厚夫　著

路遥传

【修订版】

人民文学出版社

图书在版编目（CIP）数据

路遥传 / 厚夫著． -- 2版，修订版． -- 北京：人民文学出版社，2025． -- ISBN 978-7-02-019428-5

Ⅰ．I25

中国国家版本馆CIP数据核字第2025SW2667号

选题策划　脚　印
责任编辑　王　蔚
装帧设计　李思安
责任印制　王重艺

出版发行　人民文学出版社
社　　址　北京市朝内大街166号
邮政编码　100705

印　　刷　宝蕾元仁浩（天津）印刷有限公司
经　　销　全国新华书店等

字　　数　298千字
开　　本　890毫米×1290毫米　1/32
印　　张　13　插页6
印　　数　1—5000
版　　次　2015年1月北京第1版
　　　　　2025年8月北京第2版
印　　次　2025年8月第1次印刷

书　　号　978-7-02-019428-5
定　　价　46.00元

如有印装质量问题，请与本社图书销售中心调换。电话：010－59905336

脚印工作室

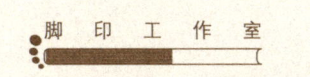

·1988年 思索

（郑文华 摄）

·1992年 潇洒

（郑文华 摄）

不管漂泊到何处,心永远贴着黄土地……

目 录

前 言 我与路遥
001

第1章 苦难的童年生活
001
与苦难为伍
出清涧记

第2章 我要上学
017
在延川"顶门"
"半灶生"王卫国
中学生王卫国

第3章 青春过山车
043
革命狂欢
人生低谷

第4章 《山花》时代
065
缪斯在召唤
路遥走来了
收获爱情

第5章 延大啊,这个温暖的摇篮!
087
好风凭借力
生活在杨家岭
在饥渴的路上
有准备的头脑

第6章 文学发轫期
113
小编辑生活
第一个金娃娃
谁识我忧

第7章 翻越《人生》这座山
143
狠加一把油
1982年
生活在广场中

第 8 章　抒写诗与史（上）
183
　　沙漠誓师
　　三年的读书与体验
　　长安只在马蹄下
　　人逢喜事精神爽
　　进山创作
　　发表一波三折

第 9 章　抒写诗与史（中）
227
　　我心依然
　　迎风而立
　　去西德
　　身体累垮了

第 10 章　抒写诗与史（下）
257
　　榆林求医
　　第三次攻坚战
　　心中的春天
　　最后的冲锋

第 11 章　轻舟虽过万重山
291
　　乘着广播的翅膀
　　身体又亮红灯
　　为稻粱谋
　　欲说不能的婚姻问题
　　准备第三段创作

第 12 章　《平凡的世界》新里程
323
　　登上中国文学的最高领奖台
　　掌声过后

第 13 章　生命的最后时光
343
　　1992 年的早春
　　没有火气的夏天
　　病在延安
　　时间定格

尾声　永远的路遥
391
后记
403
修订版后记
404

我与路遥

厚 夫

路遥是我的文学前辈，我是路遥的追随者，我们都是延川人。我少年梦的形成，人生的展开与飞翔，均与路遥、谷溪、闻频、陶正、史铁生等人的文学引导分不开。

路遥是延川县中学的校友，关于他的履历，我的许多老师都能如数家珍。1981年，他的中篇小说《惊心动魄的一幕》获全国"首届优秀中篇小说奖"后，县中学老师们这样夸路遥："我们路遥的小说获奖了！""我们路遥就在这孔窑洞里住过！"……"我们路遥"，这是多么亲切的称呼！当作家真好，这是我中学时代对文学最直接与最朴素的认知。从那时起，我就用心来遥望路遥，也有了明确的文学创作冲动。

曾记得，中学时期，我经常与三五位同学相约，到县中的后山上，进行所谓的精神会餐；曾记得，电影《人生》在延川拍摄时，我骑几十里路单车，去看高加林和刘巧珍"谈恋爱"；曾记得，在京求学时，我跑遍了大半个京城才买到刊登《平凡的世界》第一部的《花城》杂志；曾记得，1989年春，已经辗转到西安求学的我，第一次与延川籍的几位文友跑到文学讲座会上找路遥；曾记得，1989年深秋，我把路遥请到学院做文学讲座，使一千多名师生目睹了他的风采；曾记得，1990年夏，路遥专门写信推荐我，包括我到延安大学任教也与他不无关系；曾记得，1992年路遥病重后，我先后两次跑到医院去探视……

路遥长我十六岁。路遥对我好，是因为我的外公——一名正直的转业老军人的关系，他是路遥生前反复念叨的"忘年之交"。

延大是路遥的母校，因为长期在延大任教，我有研究路遥的诸多便利。一是我长期致力于路遥研究资料的搜集与整理工作。我曾主持的文学研究所与路遥研究会合作，先后推出《路遥研究资料汇编》《路遥纪念集》《路遥再解读》等研究资料。二是我在学校支持下，于2007年筹建并建成了路遥文学馆。目前，该馆已成为集纪念、研究与文学交流为一体的路遥研究的重要平台。三是我在路遥著作的搜集整理上做了大量工作，先后应邀担任北京十月文艺出版社2013年版《路遥全集》特邀编辑，以及2014年版《路遥精品典藏纪念版》选编者。

我正式产生撰写《路遥传》的念头，是在2002年路遥逝世十周年纪念大会上。我发言时郑重提出渴望具有学术品格的《路遥传》的设想，并指出："直到目前为止，社会上仍没有一本拥有学术品格的《路遥传》，这不能不说是种遗憾。呼唤《路遥传》，应是呼唤路遥本体研究的一种重要成果的出现。"我的这个发言稿后来整理成《路遥研究述评》公开发表，再后来被人大复印资料《中国现代、当代文学研究》月刊，以及国内众多路遥研究书籍多次转载。我当时就暗下决心，决心自己撰写一本兼顾文学与学术的《路遥传》。

机遇总是青睐有准备的头脑，至少对我来说是这样。2007年夏秋之际，我受学校委托，筹建路遥文学馆。在当时时间紧、任务重的情况下，我怀着报恩之心，克服重重困难，只用短短两个多月时间，就高效优质地完成路遥文学馆的资料征集、馆舍设计、装修乃至布展等工作。当然，我在筹建文学馆时，也有意识地搜集路遥的各种资料，给日后撰写《路遥传》做准备。

我清楚地记得，2007年9月18日是文学馆完成布展的日子。那天晚上，连日劳累的我倒头就睡，我做了一晚上梦，梦见路遥一直跟我说话，梦见他还像生前一样鼓励我。第二天早晨醒来后，我头像炸裂一般疼痛。我赶紧打电话给我的研究生，让他以最快的速度去花店买一束黄花与一束红花，把黄花直接献到路遥墓，并让他告诉路遥这是我送去的。我把那束红花献到文学馆的序厅，给路遥毕恭毕敬地鞠了三个躬，大声地说："路遥老师，我终于把文学馆建成了。还是用您当年最爱引用的托马斯·曼的话来说：'终于完成了，它可能不好，但是完成了。只要能完成，它也就是好的。'不管怎样，文学馆终于建成了，就请您包容与谅解吧！"我把这番话说完，头也不痛了，精神也特别好。从此，我再也没有梦见过路遥。我想，路遥在天堂听到我的话了！

2007年11月17日，也就是路遥逝世十五周年忌日，路遥文学馆正式开馆。路遥文学馆馆名由著名作家王蒙先生题写，新华社专门发新闻通稿报道，路遥女儿则专门发来《瞭望父亲精神的一面窗口——写在路遥文学纪念馆开馆之际》的感谢信。我在开馆致辞中认真表达了"感动无处不有，感激铭记心间"的心情。

这些年来，撰写《路遥传》一直是我心头的一份责任。经过长期的资料准备，我于2010年寒假正式动笔。为了真实体验与感受路遥当年艰辛的创作过程，我用手写完成本稿。我的本职工作是教师，每学期要上大量的课程，要撰写大量的科研文章，要进行业余文学创作，还要完成所担负的行政工作。这样，我的主要撰写时间只能集中在寒暑假。当然，我也充分利用其他一切可以利用的业余时间。

要写出一本能够靠得住的人物"信史"，最核心的工作是对资料的收集与甄别。路遥病逝后，社会上出现大量回忆文章，这虽有助于传记资料的收集，但是，许多撰写者按照自身的立场叙述事件，既存在着"为尊者讳，为亡者讳"的情况，也存在着记忆不准与夸大事实等情况。这就要对材料进行认真辨析。为了弄清楚某些小问题，我多次查阅各种资料，走访回忆者，了解情况。当然，路遥大起大落的人生状态也经常影响到我的写作，我许多次因为陷入无限悲伤而停笔不语。这样，就势必写写停停、停停写写。但我可以负责任地说，这本传记的撰写是下了一番苦功夫的。

在撰写《路遥传》的过程中，我深刻理解了古人所言的"古之立大事者，不唯有超世之才，亦必有坚忍不拔之志"的深刻道理。路遥就是这样一位拥有"坚忍不拔之志"的作家，敢于花六年时间创作一部六卷、一百万字，全景式反映中国当代城乡社会巨大历史性变迁的史诗性小说《平凡的世界》。他既敢于忍受创作过程中常人无法想象的艰苦与寂寞，也敢于迎风而立，挑战"唯洋是举"的文坛风气。创作完《平凡的世界》后，他在给友人的通信中说："当别人用西式餐具吃中国这盘菜的时候，我并不为自己仍然拿筷子吃饭而害臊。"时间证明他的坚持是对的，读者把他抬到"茅盾文学奖"的领奖台上。撰写《路遥传》的过程，也是我深入学习与认识路遥的过程。我时时以路遥为榜样，坚持打完"一个人的战争"。

作家的生命长度是由其作品来决定的。作为深受路遥影响的作者，我有责任也有义务做好路遥人生与精神的解读工作，给社会提供更多"向上与向善的正能量"。唯其如此，我才能对得起自己的不懈追求！

这就是我与路遥的故事。

第1章 苦难的童年生活

与苦难为伍

出清涧记

清涧县石咀驿镇王家堡村路遥出生的窑洞

与苦难为伍

农历己丑年十月十三日（即公元 1949 年 12 月 2 日）①，陕北一个平平常常的深秋天。

那天早晨，陕北的天气与往常没有什么两样。陕北绥德专区清涧县石嘴驿镇（当时清涧县的行政区划，石嘴驿是区级建制）王家堡村的沟渠里，一户叫王玉宽的青年农民家里，人们都早早地起来，忙前忙后，等待新生命的降生。全家人等待降生的孩子，是王玉宽的头生子。

王家堡村在石嘴驿镇的北面，这里距县城九十华里，距绥德县六十华里路。王玉宽是王再朝老汉的二儿子。王再朝共有三个儿子和一个女儿，儿子分别叫王玉德、王玉宽和王玉成。三个儿子的名字很实在，表达了王再朝老汉的朴素心愿。

二儿媳妇生娃了，王再朝老汉夫妇都已经从距王家堡村大约有一百七八十里地的延川县郭家沟村，赶回到王家堡村。在陕甘宁边区的 1940 年春，边区政府号召人多地少的绥德、米脂一带人口移民到延安一带开荒种地。延安以及周边地区由于回乱等原因，土地肥沃，但人口一直稀少，是陕北榆林一带的"上头人"俗称的"老南山"。"走南路"谋活计，也叫作"滚老南山"。王再朝响应边区政府号召，由清涧县的王家堡村走到延川县的郭家沟落了户，扎了根，还分别给大儿子王玉德和二儿子王玉宽娶了媳妇。王玉宽是1947年娶的媳妇,他个子不高,大约一米五几的样子,但那时已是二十岁的小伙了;媳妇马芝兰才十五岁,是绥德县田庄乡麻地沟村人。1947年是个特殊的年份,胡宗南进攻延安,毛泽东开始转战陕北。就在这个兵荒马乱的年代,王再朝老汉居然在延川的郭家沟村给二儿子娶了媳妇,这至少证明王老汉还有些能耐。

形势稍微好转、陕北开始大面积土改时,王再朝老汉开始惦记百里路之外的清涧县王家堡村的老家,那里毕竟是他的根,有祖辈留下的烂石窑,也有几垧薄地。王家再没有人回去,这些地方让别人占了,就不好要回了,也不能再分地。于是,他做出一个决定:自己领着二儿子王玉宽夫妇回到王家堡"领料"②王家的地方,让大儿子继续留在地多人少的郭家沟经营。

陕北农村,把生儿育女看成天大的事情。陕北有句俗语:"人生人,怕死人!"在旧社会,陕北农村交通不便,医疗条件落后,产妇在生育过程中死亡率很高。因此,谁家在生孩子的事情上也不敢怠慢。王玉宽早早赶着毛驴接来丈母娘,寻来接生婆,就为婆姨头胎的顺产。

随着一声清亮的婴儿啼哭传出,接生婆喊了一声:"带把的,小子!"王家人提到嗓子眼的心开始放下了。王玉宽才被叫回窑里瞅了一眼自己的小子,他意识到,从现在开始,自己的身份与角色已经发生了根本性的变化,已经是眼前这个小生命的"大"③了。

陕北人把出生叫"落草",把死亡叫"上山"。"落草"意味着这个新生命与随风而飘的草木没有什么不同,只是在适当的土壤条件下又发生出一棵新草芽而已。王玉宽媳妇马芝兰头胎就生了个小子,这是个喜讯。王家人绝没有想到,这个在陕北深秋天里来到人间的男孩,后来成为全国著名作家。

陕北人有个习俗,谁家要是生了男孩,要在月子窑的门楣上别一块扎着弓箭样的小红布,告诉世人,这家生了个小子。红布像广告牌一样耀目，既宣告新生命的降世，也善意地提醒外人不要莽撞，不要往月子窑里乱跑，免得冲了大人和小孩。王玉宽把缯好弓箭的红布挂在门楣上，郑重其事地告知世人，我家的老大是个小子。

这个男孩来到人世的时候，中华人民共和国成立不到两三个月，是百废待兴的时期。当时，尽管陕北的条件非常落后，但清涧毕竟是革命老区，各种消息源源不绝地传回县里。王玉宽知道共产党在北京宣布建立了新中国，知道他的长子是在新中国成立后降生的。对于1940年就曾响应边区政府号召"走南路"开荒的王再朝老汉来说，这个"带把的"小子可让他的胡子翘到天上了。他在延川的大儿媳妇倒是生了几个，全没有"裹住"[④]。这可是个长孙啊！当然，作为一家之主的他也有难肠事，就是家里的粮食短缺得很。国民党胡宗南部队1947年春进攻陕北，陕北就进入持续两年多的战争状态，受苦人不敢抢种粮食，大都是吃余粮。另外，胡宗南的匪兵们，到处搜刮粮食，甚至把老百姓"坚壁清野"藏下的粮食都挖走了。家家户户都困难，都缺粮食。王再朝全家人想尽一切办法确保大人吃好，孩子有奶吃。在精明的王再朝老汉的料理下，一家人围着月子媳妇和婴儿转，月子媳妇的奶水也足。

农历的十一月十三日，王家的新生儿满月。王玉宽让大给孙子起个名，王再朝思量再三，给这个长孙起了个"wèi"的小名。他说只能给娃先起个小名，官名等上学堂后让先生起吧。发音"wèi"是什么意思，字到底怎么写，笔者曾询问过路遥兄弟王天云，他说也不知道是什么意思，反正现在传下来是这个"卫"字，就认这个吧。旧社会，陕北没有基本的医疗条件，老辈人认为孩子要贱养，给新生儿起的名字越像猫像狗，孩子越好抚养。反正孩子就像一颗颗在泥土里新刨出的洋芋蛋蛋，能不能活下来、能活多长久，全靠老天爷的造化哩！不管怎样，这个孩子有了名号，也有了生存的意义与方式。上小学后，我们的传主终于有了在"wèi"这个小名上扩展的正式官名——"王卫国"。当然，这是1958年春天的事情了。

路遥的生母马芝兰,自从十八岁上生下长子"卫"后,一直不住气地从事生产子女的工作。1951年生路遥的大妹"荷"(即王荷,二十多岁因挖野菜在山崖下摔伤,1975年病亡);1953年生路遥的大弟"刘"(即王卫军,1970年参军,1974年退伍后分配到陕西省结核病院工作,1985年11月调到延安地区工商局工作,1997年病逝);1956年生路遥的二弟"四锤"(即王天云,1972年也来到延川县的大伯家,现在延川县生活);1959年生路遥的三弟"猴蛮"(即王天乐,生前任《陕西日报》记者,2007年病逝);1962年生路遥的二妹"新芳"(即王萍,在世);1966年生路遥的三妹"新利"(即王英,在世);1968年生路遥的小弟弟"九娃"(即王天笑,2016年病逝)。期间,大约在1952年还生过一个男孩,这个男孩在三岁左右夭折[5]。这项艰巨的生育工作到1968年生完"九娃"后结束,期间共生过六男三女。这样,后来研究路遥家世的文章均称路遥是兄妹八人。其实,是兄妹九人,不然"九娃"的来历怎么解释?

在上个世纪的五六十年代以前,这样的高生育率在陕北农村比比皆是。育龄期的陕北农村妇女,没有丝毫节育措施,怀上孩子就要生出来。路遥兄妹多,就是这种情况。老大是1949年年末出生,老二又在1951年接踵而来。这种高密度的生育方式,导致的直接结果是兄妹之间的年龄差距很小。陕北人算年龄,是以虚岁计算,路遥的生月小,按陕北人的计算方式,到1950年正月,他就已经是两虚岁的孩子了。

这位"英雄母亲"不仅能生育,还有一副好嗓子,会唱秧歌、唱道情,是村里有名的民歌手。当然,王家堡村性格开朗、喜欢说"古朝"的本家"五叔",也是卫儿最早的"艺术老师"之一。卫儿在孩提时代,就深受这种原生态民间音乐的熏陶。

卫儿在一岁左右,因母亲再次怀孕,被奶奶接去抚养。他断奶很早,奶奶在他断奶后给他喂小米糊糊与羊奶。卫儿每天晚上甚至要吮着奶奶的奶头才能入睡。不然,他会起劲地号叫。卫儿的这个习惯一直保持了好久。1953年,王再朝老汉病逝,奶奶在王家堡孤居两年,后来搬到延川长子王玉德那里去住。卫儿1957年过继给延川的大伯王玉德"顶门"为儿,多一半心理是冲着奶奶去的。

卫儿在奶奶那里找到了初来人世后的情感寄托,这为他后来能顺利给大伯"顶门"为儿埋下了伏笔。甚至这个"草蛇灰线"一直埋到长篇小说《平凡的世界》中,路遥对孙少平一家三代同堂时瘫在炕头上"老奶奶"形象的刻画,读者可以在这一家三代人身上,感受到把人间苦难转化为家庭温暖的情感力量。想必,这种温暖的情感最初是来自奶奶那里。

贫穷是陕北上世纪五六十年代农村人生活的代名词,王玉宽家也不例外,仅仅能维持基本的生存。家里孩子多,拖累大。王玉宽的婆姨马芝兰,到1957年秋卫儿离开王家堡村时,这个虚岁才二十六岁的年轻婆姨,已经连续生育过五个孩子了。也就是说,她在操持家务的同时,把主要精力都投入到生育子女的工作上了。一朝分娩,需要怀胎十月的时间;一朝分娩后,更需要长时间的哺乳。这样,势必影响到她所操持的家务。

再说,1953年王再朝病逝后,那时的农村还是单干,各家种各家的地,劳动效率可想而知。路遥三兄弟王天乐生前的回忆文章称:"父母亲是目不识丁的文盲,在陕北清涧石嘴驿镇王家堡村务农。父亲的身高在一米五左右,这完全是由于沉重的劳动使他在土地上弯曲了他不该弯曲的身躯。他就是用这么一副侏儒般的钢铁双肩,挑起了全家十口人的生存重担。"⑥

卫儿在最初的人生历程中,有差点夭折的经历,那是因为一次重感冒。在缺医少药的陕北农村,婴幼儿的死亡率居高不下,但卫儿却奇迹般地躲过了死神的缉拿。成名后的路遥在《早晨从中午开始》

中对此有个大体的记忆：

> 第一次（死亡体验——笔者注）好像在三岁左右，我发高烧现在看起来应是到了四十度。我年轻而无知的父母亲不可能去看医生，而叫来邻居一个"著名"的巫婆。在那个年龄，我不可能对整个事件留下完整的记忆。我只记得曾有一只由光线构成的五颜六色的大公鸡，在我们家上窑洞的墙壁上跑来跑去；后来便什么也没有看见，没有听见，只感到向一种无边无际的黑暗中跌落。令人惊奇的是，当时就梦到这是去死——我肯定，当时这样想过，并且理解了什么是死。但是，后来我又奇迹般活了，不久就将一切忘得一干二净。这件事唯一的后果就是那个巫婆更加"著名"了，并且成了我的"保锁"人——类似西方的"教母"。⑦

俗话说："大难不死，必有后福。"卫儿是穷人的孩子，命硬，他还没活人呢，怎么能夭折呢！

穷人的孩子早当家，这是基本的生存法则。陕北有句俗话：小子娃（男孩）不吃十年闲饭。其实，卫儿在四五岁起就开始跟在大人后面干自己力所能及的事情。照看弟弟妹妹，这是基本的劳动。除此之外，在夏天要寻猪草，在冬天要砍柴。路遥母亲马芝兰老人生前回忆，卫儿很懂事，在五六岁时，每年给家里砍的柴都能整整齐齐地垛在一起，很让村里人羡慕。《早晨从中午开始》中回忆的第二次死亡体验，就是上山砍柴时发生的事：

> 第二次是五岁或六岁时，那时我已经开始了农村孩子的第一堂主课——劳动。我们那地方最缺柴烧，因此我的主要作业就是上山砍柴，并且小小年纪就出手不凡……我恰好跌落在一

个草窝里,而两面就是深不可测的山水窖。⑧

卫儿在上山砍柴时会遇到死亡的危险,但他明白这是他的目标,他必须爬起来再干,尽管他那时不一定懂得这也是陕北北部山区农村孩子认知社会的基本方式。

路遥在回忆文章中的这种说法,在母亲那里得到证实。路遥病逝后,路遥好友、清涧籍作家朱合作专门到王家堡村看望马芝兰老人。老人这样说:"我家路遥从小就是个精,就是脑子精。从来就没让我急过肚子。七八岁上就会砍柴了。砍的柴捆成捆,摞在硷畔上,摞下美美一摞。俊得人贵贱不能烧。"⑨

当然,再成熟、再懂事的孩子,毕竟还是个孩子。卫儿有孩子的脾气和个性。马芝兰老人回忆,卫儿从小的爱好,"就是个爱吃的"。在饥饿中成长的卫儿,"爱吃的"倒属正常,也是他的天性。

卫儿不光爱吃,还想上学,想坐在村子的学堂里念书,可是父母太穷,没法儿供他上学。孩子一天天地长大,总不能再当个"睁眼瞎"吧。王玉宽夫妇把卫儿送到村办小学上了几天学,因为家里的营生太多,又只好把他叫回去干活。卫儿想上学,经常含着眼泪,干活也不积极,王玉宽看在眼里,痛在心上。老辈人说,就是砸锅卖铁也要供孩子上学。靠自己目前的光景,供孩子上学是没有一点门,家庭拖累太大了。他只能在延川的大哥王玉德身上打主意了,用"顶门"的方式把卫儿过继给大哥,在那里供孩子念书。

王天乐在回忆文章中谈过,母亲马芝兰精明能干,家中的大小事主要靠母亲来操持。这边有给的意愿,那边也有接受的意愿。王玉德没有儿女,原因是婆姨李桂英生下的孩子裹不住⑩。"不孝有三,无后为大",中国人对无后之事看得非常重,当然王玉德也不例外。王玉德最想要的孩子是老二家刚出生不久的"四锤"。陕北讲:"光景行不行,长子不顶门。"但老二婆姨又坚持要把长子卫儿送去"顶门",其用意在于要供孩子上学。老大虽说是"受苦人",但也翻开这个本本。不管怎样说,有子"顶门",总比没子强,更何况这是自己的亲侄儿呢!老大爽快地答应了老二的请求。

关于路遥的"顶门"之事,马芝兰老人在晚年时这样解释:"我哥(即路遥大伯)心好,可跟前一直没有个男孩。养是养了三个,月子里就没有了。我家人多,家里又穷。路遥九岁时,我就有了四个娃娃了,一满抚养不了。头几年,路遥的奶奶去了他大伯家。后来,他大伯想要个小子,我们就把路遥给了他。咱农村有个讲究,亲兄弟之间,要顶门(过继)一般都是老大顶哩。把路遥给了人以后,我心里可后悔结实了。我家路遥从小可精哩。"⑪

路遥母亲的说法也有一定道理,但长子顶门之事与陕北风俗不同。不管是为了什么目的,卫儿能去延川的大伯家"顶门"则是事实。陕北有句俗话,叫"憨老大,精老二,滑老三"。意思是一个家庭中的长男、长女一般较为忠厚,而老二、老三就比较有心眼了。此话也可以一听。

就在父母密谋这件"出卖"自己事件的过程中,卫儿已经有了这方面的感受,但他一直装聋作哑。他知道距王家堡村一百多里地的延川县郭家村有个大伯,奶奶在爷爷去世后就搬到那里去住了,他想念在延川的奶奶。卫儿不明白奶奶为什么要离开正在"拖累大"的"水深火热"中煎熬的他家,却毅然去了延川的大伯家,当然这可能是永远的谜团了。按照常理,善良的陕北老人往往是"疼小而不疼大"。二儿子王玉宽子女一大把,正需要老人帮衬。而老人却在寡居几年后,扔下一大把孙子,去延川的大儿子那里享清福去了。依照笔者的猜度,原因恐怕有二:一是大伯家那里有当紧的事,老人必须去帮助;二是老人与二儿婆姨的关系不好,老人必须离开。此事情还可进一步考证,它对卫儿的成长走向与路径产生过重要影响。这是题外话。再说,虽说今后要成为大伯的"儿子",但毕竟能在延川上学，坐到学堂里听老师讲课啊！卫儿心里尽管纠结，但延川对于这个虚龄九岁男孩的诱惑实在是太大了！

王家堡村尽管穷，但却并不封闭。研究路遥成长经历的人们，应该也必须注意到那条穿村而过逶迤远去的咸榆公路。这条公路是上个世纪五十年代贯穿陕北南北的唯一一条主动脉，上面已经开始跑那个时代所拥有的车辆。这条在中华民国时代所修筑的简易公路，轰鸣而过的车辆，足以调动起卫儿对外部世界的认知与想象。他晓得沿公路往南可以找到奶奶，见到大伯，还知道群山之外还有丰富与精彩的世界！

出清涧记

1957年深秋的一个早晨，王玉宽把大儿子卫儿叫醒后告诉他，今天要领他到延川的大伯家玩几天，卫儿痛快地答应了。

母亲马芝兰专门给卫儿穿了一双新布鞋，做了一顿可口的早饭。随后，王玉宽领着卫儿，踏上了沿咸榆公路南下走亲戚的路程。

这一天的"出清涧"是路遥的人生转折，在其短暂的四十二年的人生中具有极其重要的位置。1991年9月26日，也就是路遥的长篇小说《平凡的世界》荣获第三届"茅盾文学奖"的半年之后，他荣归故里，应邀在延川县当时最豪华的大礼堂——延川影剧院给全县各界人士做了一场报告，开宗明义地谈他对延川的感情。

我尽管出生在清涧县，实际上是在延川长大的，在延川成长起来的。所以，对延川的感情最深。在我的意识中，延川就是我的故乡，就是故土。而且，我的创作、作品中，所有的生活和它的生活背景和生活原材料,大部分都取材于这个地方……

从这个意义上说,我对延川这块土地,永远抱着感激的心情。在我这本书中(《平凡的世界》——笔者注),写过一句总献词——"谨以书献给我生活过的土地和岁月!"实际上就是献给延川的。⑫

路遥讲这段话时,距虚龄九岁那年的"出清涧记",已经有整整三十四年的岁月。在此,他毫无遮掩地向世界告知延川之于自己的意义。

我们再把镜头拉回到1957年深秋的那天早晨,追踪卫儿跟在父亲屁股后面上路的情景吧!

笔者在第一节中已经交代,王家堡村距卫儿和父亲要去的延川县郭家沟村,大体有一百六七十华里的样子,其中要经过清涧县城和延川县城。大体的路线是先沿着咸榆公路走九十华里到清涧县城,再沿流经子长、清涧与延川三县的秀延河河谷走六十华里到延川县城边的拐峁村,然后再沿文安驿川溯流而上行十华里,方能到达此行的目的地。这条路线与古代的驿道路线一致,是王家堡到郭家沟村的最便捷的交通路线。1940年春,王玉宽跟随父亲走南路垦荒时走的就是这条路;1947年冬,他娶了婆姨后跟随父亲再回老家王家堡时走的还是这条路。这次他领卫儿,徒步去延川,规划好是两天的路程。

这条路线中最难走的路莫过清涧县的九里山了。出王家堡村,沿咸榆公路南行七八华里即到石嘴驿镇,再行十来华里,就是九里山了。而翻过九里山,则到了秀延河流域,父子俩要去的延川县郭家沟村就属于秀延河流域的村庄。

关于那双新鞋,成为全国著名作家的路遥,在陕西省作协院子里纳凉时回忆说,那天穿着新布鞋还没走出多远,新鞋帮就已经磨破了他的双脚,很快起了水泡。后来,他干脆脱下新鞋,赤脚跟在父亲的后面……

盘绕在九里山的简易公路是卫儿有史以来最难走的路。1980年代中期,路遥在创作《平凡的世界》第一部时,把九里山写进小说:

> 从县城到他的村(双水村——笔者注)有七十华里路。这条路连接着黄土高原两个地区,因此公路上的汽车还是比较繁多的。……不过,山两面公路的坡度还是很长很陡的。这里汽车事故也最多,公路边的排水沟里,常常能看见翻倒的车辆——上坡时慢得让司机心烦,下坡时他们往往发疯地放飞车,结果……上这坡时,所有的自行车都不可再骑了。

九里山是咸榆公路的咽喉要道,是陕北地区有名的大山。只要翻过这座山,清涧县就不远了。1957年深秋的咸榆公路仍是简易的砂石公路。赤脚的卫儿沿着公路翻越九里山,到达清涧县城时,已经是傍晚时分了。父子俩只好找地方借宿一晚上,讨了碗白开水,嚼着干粮充饥。这难为九岁的卫儿,第一天出门远行竟赤脚走了九十华里。

第二天天刚亮,王玉宽就吆喝卫儿起来。他把卫儿领到早市上,用身上仅有的一毛钱,为儿子买了碗油茶,自己则用干粮充饥。看着儿子喝下最后一口油茶后,王玉宽拉着儿子的小手上路了。秀延河河谷相对开阔,沿此间修筑的简易砂石公路也较为平整,至少再不用翻那可恶的九里山了。

为了方便儿子的行走,王玉宽还特意捡了一双破布鞋让儿子换上——尽管这双破布鞋像风箱一样,但毕竟比赤脚要好。那双制造"事端"的新鞋,早让他收在身上的褡裢中——做一双新鞋并不容易。

衣衫褴褛的王玉宽父子,一前一后地走在1957年深秋的路上,他们穿过下二十里铺村、徐家沟村、寨山沟、园则沟村，走到了延川县境内的贺家湾乡，越来越接近目的地。秀延河川面宽展，这对父子的心情也轻松了好多。饿了，嚼几口干粮；渴了，趴到泛水泉上喝几口泉水；累了，随便找个阴凉处歇歇脚。等到太阳快要落山时，他们已经过了延川县城北的拐峁村，拐进更窄的川道。

王玉宽告诉儿子，再走十来里路就是你大伯的村子了，咱们赶上灯的时候就能到那里，你奶奶和大伯、大妈都等咱们呢！果真等到上灯时分，王玉宽父子出现在延川县城关乡郭家沟村。

卫儿九岁时父子俩步行走延川的情景，成为路遥一生中永远的心痛之处。1992年10月，路遥已经生命垂危，但他仍清晰地回忆起三十多年前的那一幕往事：

> 我小时把罪受尽了。九岁那年，因我家穷，弟妹又多，父亲便把我领到延川的伯父家。我和我父亲走到清涧城时，正是早晨，那时我早就饿了，父亲便用一毛钱给我买了一碗油茶，我抓住碗头也没抬就喝光了，再抬头看父亲，我父亲还站在我眼前。于是，我就对父亲说："爸，你咋不喝？"我父亲说："我不想喝。"其实，并不是父亲不想喝。我知道父亲的口袋里再连一分钱也掏不出来了。唉……⑬

陪护路遥的航宇清楚地记得，路遥说到这里，有些伤心地伸出手擦了一下眼泪。这是刻骨铭心的记忆，这是路遥一辈子都难忘却的心结啊！

有资料显示，在交通不便的中国西北地区农村，农民交往的空间范围是以徒步半天的行程为半径画圆的。也就是说，四十华里左右为半径的圆形区域是其一人所认知社会与经营人生的空间。而出生在咸榆公路沿线边山沟沟里的卫儿，第一次出门远行，就有一百六七十华里的跨度。在这个区域跨度中，卫儿体验与认知的世界又是怎样的呢？想必，这真是个有趣的设想。

注释：

① 陕北人出生年月习惯按农历来计算，路遥出生于农历己丑年十月十三日，即公元1949年12月2日。陕西省作家协会保存的"路遥档案"中《中国共产党党员登记表》《路遥同志考察材料》等重要资料，均称路遥生于"1949年12月2日"。另外，路遥在青海人民出版社出版的《路遥小说选》"自序"中写道："我于一九四九年十二月二日生于陕北山区一个贫困的农民家庭。"路遥胞弟王天云接受笔者采访时也确证路遥的农历生日。可路遥病逝后许多研究著作却以讹传讹，称路遥生日是"1949年12月3日"。本传记特予纠正。

② 陕北方言，即"管理"。

③ 陕北方言，即"父亲"。

④ 陕北方言，即"养活"。

⑤ 2011年3月采访路遥胞弟王天云记录。王天云回忆，这个男孩应比王卫军大。

⑥ 王天乐：《苦难是他永恒的伴侣》，见李建军主编《路遥十五周年祭》，新世纪出版社2007年版。

⑦⑧ 路遥：《早晨从中午开始》，《路遥文集》第2卷，陕西人民出版社1993年版。

⑨⑪ 朱合作：《在王家堡路遥家中》，见刘仲平《路遥纪念集》（内部资料）。

⑩ 陕北方言，即刚出生的小孩就夭折。

⑫ 路遥：《在延川各界座谈会上的讲话》，《路遥全集·早晨从中午开始》，北京十月文艺出版社2013年版。

⑬ 航宇：《路遥在最后的日子》，陕西师范大学出版社1993年版。

第2章　我要上学

在延川"顶门"

"半灶生"王卫国

中学生王卫国

1964年学生运动会合影中的路遥（后排左起第二）

少年时代的路遥（14岁左右）

延川县郭家沟村路遥故居外景

在延川"顶门"

郭家沟村位于延川县文安驿川距县城十华里的小山沟，它与阳面的刘家圪崂村隔河相望，村口面对文安驿川。它与刘家圪崂、马家店等自然村，共同组成了刘家圪崂大队。

文安驿川沟深大约七八十华里，背靠延安县与延长县，呈典型的织布梭子形，两头尖细，中间宽展；其流域的山体平缓，川面平整，土地肥沃，是延川县著名的"米粮川"。这条川丰富的毛细血管里容纳了近百个小山村，这些村庄构成了禹居乡与文安驿乡的全部，以及城关乡的大半部分。习近平总书记插了七年队的梁家河村，也在文安驿川的一个毛细血管里，该村距郭家沟村约有十五六华里的样子。郭家沟村属于城关乡的地盘，它藏在文安驿川靠近县城的山旮旯里，虽不显山露水，却方便出行。

1957年深秋，经过快二十年的奋斗的王玉德，终于在郭家沟村扎下深根。他家已经从移民初来时借居的后郭家沟村搬出，在前郭家沟村箍起了一孔新石窑。王玉德的庭院端坐在郭家沟村口的阳坡上，坡底是一股细细的溪水，叮咚北流，汇入文安驿河。更为重要的是，这个庭院的出路很好，它距文安驿川的垂直距离不到三百米，下得坡来，出了沟口，蹚过文安驿河，就能上了走南闯北的大路。应该说，当时王玉德家的院子，在这个共有十来户人家、六七十口人的小山村里还是较为显眼的风景。

王玉宽和儿子卫儿一身疲惫地来到大哥家时,已经是上灯时分。卫儿见到了亲他、疼他的奶奶,也见到了大伯和大妈。吃过晚饭,他和奶奶、大伯、大妈以及父亲挤在一盘炕上早早地睡了。在清涧老家,他和大弟弟"刘"一起睡"沙毡"①,盖一床补了又补的破被子。而在大伯家,他能单独盖一床新棉被,铺一条新褥子了,这是他有生以来享受到的最好条件。

王玉宽继续认真地做着"走亲戚"的游戏。他在大哥家无所事事地歇了两天脚后,终于在第三天早晨告诉卫儿,他要到延川县城赶集去,下午就回来,明天再领卫儿一起回清涧。其实,九岁的卫儿心知肚明,父亲是在撒谎,要悄悄溜走,把自己"卖"给大伯为儿。这本来是个撕心裂肺的情景,懂事的卫儿却装着答应了父亲的"谎话",把眼泪咽到肚子里。

很多年后,路遥在《答中央广播电视大学问》时,第一次披露了他当时的真实心情。

我知道,父亲是要我撂在这里,但我假装不知道,等待着这一天。那天,他跟我说,他要上集去,下午就回来,明天咱们再一起回老家去。我知道,他是要悄悄溜走。我一早起来,趁家里人都不知道,我躲在村里一棵老树背后,眼看着我父亲,踏着朦胧的晨雾,夹个包袱,像小偷似的从村子里溜出来,过了大河,上了公路,走了。这时候,我有两种选择:一是大喊一声冲下去,死活要跟我父亲回去——我那时才七岁(指七周岁——笔者注),离家乡几百里路到了这样一个完全陌生的地方。我想起了家乡掏过野鸽蛋的树林,想起砍过柴的山坡,我特别伤心,觉得父亲把我出卖了……但我咬着牙忍住了。因为,我想到我已到了上学的年龄,而回家后,父亲没法供我上学。尽

管泪水刷刷地流下来,但我咬着牙,没跟父亲走……②

《尚书·君陈》言:"必有忍,其乃有济;有容,德乃大。"现代心理学认为,五至七岁是人性格形成的关键时期,此时的心理积淀将形成一种定式,成为影响个体性格和行为特征的重要因素。幼年时期的人生变故,对于路遥敏感心灵的形成,无疑有着至关重要的作用。

要留在延川上学,就要在心理上接受和适应这个全新的环境。陕北有"五里不同俗,十里不同风"的说法。王家堡村和郭家沟村相差一百多里路,王家堡村属于无定河流域,郭家沟村属于秀延河流域,这两地人们的生活习性与语言习惯等方面,均有较大差异。就这点而言,卫儿的感觉非常敏锐,郭家沟村的大小孩子们也非常敏锐。村里的孩子们把这个操着清涧口音的男孩,叫"外路脑子"③,甚至公开挑战与示威。对此,开始试图融入郭家沟村的卫儿,也尽量采取一种克制与容忍的态度,保持适当的距离。但他毕竟是个孩子,又忍不住孩子们各种乡间游戏的诱惑,迫不及待地参与其中。矛盾终于在一次"打瓦片"游戏中爆发。本来,卫儿赢了游戏。但村里大男孩骂他,"私孩"④"为儿货"等各种恶毒的乡间污言涌出来。卫儿这时再也控制不住情感,和这个男孩摔到一起,并把这个男孩的头打破,直到大人们走过时,才把他们拉开。这次打架,给郭家沟村的孩子们上了一课,这个"外路脑子"心"残火"⑤着哩。这次打架,也让卫儿打出名声,村里小孩再也不敢公开欺负他了。

当然,"私孩"与"为儿货"的恶毒词语不得不令卫儿警惕。这也说明他到郭家沟村来的目的已经是家喻户晓的事情,只不过大人们心照不宣,而小孩们却有口无心地说出来了。事实上,除了白天与村里小孩的玩耍外,卫儿更要直接面对大伯与大妈。大伯是善良与厚道的"受苦人","外来户"的身份,早已经让他养成了小心处事、谦让待人的性格。村里不管有什么红白事情，他总是乐意忙前忙后。在郭家沟村经营了十几年，他已经有了不错的人缘，也有自己的"拜识"⑥。没有儿女，一直是他的一块心病。俗话说"养儿防老"，弟弟玉宽送来的卫儿，就是自己今后的儿子，自己死后继承香火的儿子。大妈李桂英因没有养活自己的亲生儿女，本来就心虚理短，她也十分卖力地讨好卫儿。事实上，卫儿已经拥有初步判断力，与大伯、大妈保持着小心翼翼的平衡关系。大伯、大妈千方百计地把卫儿的心拴住，绝口不提"顶门"为儿的事情；卫儿也善于察言观色，十分"有眼睛"，从不在大伯、大妈面前提出过分要求。

在卫儿初到郭家沟村的适应期里，奶奶起了很好的亲情黏合作用。卫儿自幼就跟奶奶生活，是奶奶抚养他到四五岁。后来，奶奶到大伯家了，他才重新"归队"，睡回到父母的窑里。现在来到完全陌生的郭家沟村，最亲的亲人自然是奶奶了。他甚至是每天晚上睡觉时，搂着奶奶才能入睡。

曾任《陕西日报》记者的路遥兄弟王天乐生前接受采访时，证实了奶奶当时在路遥初来郭家沟村时的重要性："尽管养母非常喜欢这个侄儿，时不时给卫儿用仅有的粮食做点可口的饭菜，但他还是感到有些孤寂，好在奶奶也住在伯父家里，使他的心里感到一丝慰藉，每天晚上，他总是搂着奶奶睡觉。在养母的眼里小路遥又懂事又听话。"⑦

在陕北农村，成年人"顶门"为儿、继承香火是件天大的事情，往往要有家族的长辈主持仪式来确认。顶门为儿之人要叩头行礼，改口称呼所顶门户的父母，全心全意承担养子的责任与义务；而被顶门的父母，要在此后视养子为己出，绝不能偏心偏眼，对养子不好。不然，村里人会骂，这家人对养子都不好，会绝户哩。当然，养子与养父母要解除关系，也必须在一定的场合有个说法。不然，村里人也会骂这个养子是个"白眼狼"，连畜生都不如。倘若顶门人是尚在襁褓中的婴儿,双方大人要以一定的契约形式确定关系,抱养孩子的一方,要给被抱养孩子的一方经济补偿。然而,卫儿过继给郭家沟村的大伯,却没有这里面的任何形式。相反,卫儿还是以"大爹"⑧与"大妈"的称谓叫着自己的大伯、大妈。大妈有一次小心翼翼地试探卫儿:"从今后你就叫我妈,郭家沟就是你的新家。"不料,警惕的卫儿却说:"我妈说我只能叫你大妈,让你们供念书才到你家。"孩子毕竟是个孩子,出卖了王家堡村那里亲妈的如意打算。大妈听到此话打了个冷战,心里自然不舒服。她也给丈夫偷偷地诉说,结果遭到丈夫的谴责。王玉德心如明镜,顶门为儿是个难肠事。卫儿已经九岁了,要让他改口也难。叫什么倒不重要,关键是自己和婆姨死后,能有个后人挖个坑埋了,不至于让野狗啃了骨头。在王玉德的包容下,卫儿一直没有改口,直到长大成名后,他仍然叫自己的养父母为"大爹"与"大妈"。

1958年的新学期开学,王玉德领着卫儿到村小学报名。郭家沟是刘家圪崂大队的一个自然村,全刘家圪崂大队只有一个设在马家店自然村的马家店小学。马家店小学坐落在散漫的刘家圪崂大队各个自然村中间,是用一座废弃的庙宇改建的。学校共有三孔窑洞,教师办公室占一孔,其余两孔则挤了四个年级——一二年级复式班占一孔,三四年级复式班占一孔,学校的院子很小,只好长期"借用"河滩当操场了。

当时,马家店小学只有一位叫刘正安的男老师。王玉德告诉他,这个孩子是自己的侄儿,要在村里上学。刘老师考了卫儿几个笔画稠的字。因为有在清涧上了几天学的底子,卫儿会认,也能写正确,老师同意作为"插班生",跟着上一年级第二学期的课程。那时,全国农村小学是秋季入学,一年级第二学期正好在春夏学期。学籍注册时,老师说"王卫儿"是个小名,也太土,得起个官名。王玉德说:"我们不识字,先生你给起一个吧。"刘老师顺口说:"把卫字带上,填上个国字，王卫国。将来念成书，长大了参军，保家卫国，说不定还能当个大官、军长！"老师这一说，王玉德自然高兴。卫儿心里也热乎乎的，老师说当军长，首先是个大官，就像电影上那样腔子①上挂了个望远镜，手一挥，千军万马，冲啊！……他下定决心，要好好用功，把书念成，长大当个"军长"！

从此，卫儿正式改名叫"王卫国"，成为延川县马家店小学的一年级学生。这个叫王卫国的男孩，既聪明也用功，学习上如鱼得水，成绩一直是班上的前几名。当时，马家店小学只能采取复式班教学方式——即高低年级混搭在一个教室上课，老师先上高年级的课，再上低年级的课，低年级的辅导由高年级学生来完成，这是教学资源紧缺时不得已而为之的一种方法。王卫国同学在一年级时，已经有精力听老师讲二年级的课了，三年级时已经能听懂四年级的课了。等到学期结束，总能拿回奖状。

这时的王卫国，已经完全融入新的环境。上学时他和村里小伙伴们一起上学；下课了，他与同学们一起嬉戏、打闹；放学了，他也与小伙伴一起打猪草、砍柴，做一些力所能及的家务事。而王玉德两口子也竭尽全力来供小卫国念书。那时，社会上今天搞"大跃进"，明天搞"反右倾"，农村人的光景过得紧巴巴。好在他们家四口人中只有一个小孩，想想办法日子总能凑合着过。小卫国在郭家沟找到了幸福生活，他也不怎么想念老家的父母和弟弟、妹妹。他在郭家沟村待了一年多时，头一回坐一辆大卡车回了一趟王家堡村，再后来就很少回去了。王玉宽两口子也因家庭拖累大，很少去郭家沟看望儿子，小卫国对父亲的印象十分淡漠。

当然，这个既理性又敏感的男孩，也有跟养父母闹别扭的时候。路遥病逝后，大妈接受采访时，曾讲述过一个事情：卫儿十二虚岁那年，因一件小事，与大妈闹起了别扭。大妈骂了他几句，他一赌气跑了，并扬言要回清涧家去。天黑了，大妈仍不见他回家，赶紧去找，出了村子不远，发现他独自坐在村口的石碾盘上，往小河里一块块地扔小石头。大妈问他："你不是要回清涧去吗，怎么坐在这里？"小卫国噘起嘴，半嗔半恼地说："我从来就没有那种坏毛病！"⑩

路遥病逝后，他的同村同学、作家刘凤梅回忆道："童年的路遥是淘气的和富有个性的。那一次，他与一个大他三岁的孩子打架，尽管是两人联手，还是被打败了。他俩不服输去找那个孩子的家长算账，却没能如愿，就双双趴在人家的门框上呜呜地哭。这是受了委屈的宣泄，也是不甘罢休的挑战。因为他们不像一般孩子那样受了欺负，要不害怕了，从此躲着对方；要不告诉家长，让家长替自己'报仇'。永不认输，这就是童年路遥留给我的印象。"⑪

这就是小卫国的性格。他既拥有为了实现一个既定目标的强大自控能力，又永不服输，有不达目的誓不罢休的雄心。这种性格与其年龄不相匹配，它是特定时代、特定环境与特定家庭相互挤压所形成的一种特殊性格。而这种特殊的性格，决定了他的行为方式与人生走向。

"半灶生"王卫国

在马家店小学上了几年学后，王卫国于1961年夏考入延川县城城关小学高小部。1960年代初，延川县的小学设置是：各个大队有自己的初级小学，学生要上五六年级，只能通过统考到公社办的高级小学里上。刘家圪崂大队属于城关乡，王卫国通过统考考到城关小学高小部。

城关小学在延川县城的"堂坡"上面，是在古代"文庙"旧址上建起来的，它是全延川县最早兴办的国民小学，也是延川县教育资源配置最好的小学,有点类似于今天的"贵族小学"。为何这个坡叫"堂坡"呢?因为古代延川县的县衙就在"文庙"旁边的高坡上,老百姓把去县衙叫作"上县堂"。久而久之,人们就把"上县堂"叫成"上堂坡"了。当然,"上堂坡"也有某种民间的期盼。新中国成立后,一直到1990年代,这所小学一直以招收县城学龄儿童为主。当然,该校在"文革"前专设的"高小部"也招收过从城关乡各个大队小学考入的"高小生",王卫国就是这样的情况。

据路遥"高小"同学、作家海波回忆:"高小部共两个年级四个班,具体的学生数我记不确切,但不会超过一百八十名。这些学生又能分为两种:一是县级机关、事业、企业的干部职工子女和城关大队农民的子女;二是城关公社四十个村子里农民的子女。前者在家里吃饭、住宿,为走读生;后者在学校里住宿、上灶,为住校生。住校生的数字我也记不确切,但可以肯定不会超过二十人。因为只有一个男生宿舍,一条土炕最多能睡十个人,而女生比男生更少。由此可以得出这样一个结论:那时农村小孩能上高小的人也很少,具体到路遥他们这一级,平均两个村子才有一个上高小的孩子。"⑫

王卫国能考到城关小学高小部,说明他的学习成绩相当优秀,属于农村孩子中的出类拔萃者。

吃饭是当时住校生的头等大事。当时,城关小学的住校生,有"全灶生"与"半灶生"之分。"全灶生"是指住校学生要给学校交纳一定数量的白面、玉米面和菜金,按照粮食"库存"情况报饭,吃什么、吃多少由自己决定。一般而言,"全灶生"家的光景都比较好。"半灶生"是住校生中的穷学生,自己交不起粮食,只能把家里带来的干粮带到灶房"馏热"吃,王卫国属于这一类。他在城关小学上学期间,正是我国三年严重困难时期,土地贫瘠的陕北农村人更是食不果腹、衣不蔽体。由于家庭底子薄等原因,王卫国家更穷,经常要吃加了麸糠才蒸出的干粮。

在当时的城关小学,住校生吃饭绝对是学校的一道风景。每天饭钟一响,冲在前面的往往是"半灶生",要以最快的速度赶往灶房,抢先取出自己的干粮。要不然,别的学生一翻搅,那些"团粒结构"极差的干粮就散架,根本捧不到手里,更不用说吃进嘴里了。而"全灶生"就不用这样,每顿都有一份固定的饭菜。吃干粮,喝"熬锅水"[13]是"半灶生"的常态。学校规定,"半灶生"星期三和星期六下午,上完主课后可以离校,回家取干粮,以保证一个星期的食物维持量。尤其到了酷热难耐的夏季,糠菜团子经常会发霉变质,就这样他们也绝不轻易扔掉,要硬着头皮吃下去。每到这时,这些"半灶生"就离开饭队,躲到墙角,闭着眼睛,屏住呼吸,伸长脖颈,几大口吞咽下去,再喝碗"熬锅水",就算一顿饭了。

据海波回忆,王卫国在更多时候是就着酸菜吃冷糠团子,和灶上的"交往"只是喝一碗"熬锅水"而已。他给同学说最看不起"告状老婆"和睡觉后在被窝吃"干馍片"的人。"告状老婆"的人格卑下;而在被窝里吃"干馍片"的人,总发出"咯嘣嘣"的响声,让饥肠辘辘的他半夜睡不着觉。王卫国在城关小学上学时,生活困难的情况可见一斑。

大伯、大妈想方设法供王卫国上学。大妈几乎每逢集就进城,她常常拎个篮子,篮子里不是红薯、洋芋,就是南瓜、水果之类的东西,她把这些东西拿到集市上卖了,换上几毛钱,赶紧跑到城关小学送给儿子,她晓得儿子用钱处多。每过节令,大妈总是用自己舍不得吃的荞面包成饺子拿到县城熟人家里煮熟,叫来儿子吃。因为怕儿子受累,耽误学习,她有时在"半灶生"回家取干粮的前一天,就步行十来华里路把用糠菜蒸成的"干粮"送到儿子手里。到了1963年春,家里穷得实在没办法,为了不中断儿子的学业,大妈拄着打狗棍跑到延长县一带的村庄讨饭,再把讨来的食物卖掉,换成零钱供孩子上学——因为延长县在延川西南方向,那里没有儿子的熟人,他丢不起人。当然,讨饭是青黄不接时陕北农村人的普遍行为。

至于穿衣、学习用品与文化生活等方面的条件,王卫国更是无法与城里的孩子相攀比。曾在延川城关小学当过路遥美术老师的白军民回忆:"在小学,王卫国最怕图画课,没有道林纸,更没有水彩颜料,连那种指头蛋大的十二色硬块水彩,一片也得一毛几,他束手无策,只得端端地坐着,看同学们调色、画画,或者找个借口离开教室,不到下课不再回来。每到这时,美术老师便将教案纸递给他两张,他借这个同学的毛笔,用那个同学的水彩,三下五除二,敷衍了事,老师一般给他及格分数,谅解其家贫寒。"⑭

一般而言,在贫富差距极大环境中成长起来的孩子有两种心理趋向:一种是极度自卑,把自己封闭起来;另一种是极度自强,在诸多方面有强烈的表现与征服欲望。少年王卫国是后者,他敏感而好胜心强,想方设法改变其处境。他一直是村小学的"孩子王",他要在这里夺回在城关小学中失去的"话语权"。

那时,看场电影绝对是一种高级的精神享受。整个延川县城只有一个露天电影院,一张电影票一毛钱。当时的一毛钱,相当于一个小干部日工资的十分之一(当时级别最低的干部月工资为三十元),但却差不多相当于一个农村好劳力的一天工值(当时大部分农村壮劳力的日工值为一毛多钱,经济条件差的生产队甚至连一毛钱都达不到)。能看电影的大都是县城里的干部子女。在电影是强势的大众精神享受与文化消费的当时,一部电影中的人物往往是人们议论的话题。县里每放映一部电影,就很快成为城里孩子议论的焦点。这些城里孩子往往把许多农村孩子也吸引过去了,这是好胜心极强的王卫国所无法接受的。他也尝试着通过"爬下水沟"的方法来观看电影,但是都没有得逞。

1991年6月10日,已经荣获"茅盾文学奖"的路遥在给西安矿业学院学生演讲时,情不自禁地回忆到当年"爬下水沟"的耻辱:"想到自己青少年时期的那种艰难,叫你觉得自己简直就是从下水沟里一步一步爬出来的。说到这里,我想起小时候有一个情节在脑子里印象很深，就是爬下水沟，这也是我整个童年、青少年时期的一个象征。那时候在县体育场的土场子上放电影，一毛钱的门票也买不起，眼看着别的同学进去了，我们几个最穷的孩子没有票，只有从小水道里往进爬，黑咕隆咚的，一不小心手上就会抓上一把狗屎（笑），但是为了看电影，手在地上擦几下还要继续往里爬。谁知刚进洞子，就被巡查员一把从帽盖子上抓住，抓着头发又从大门把你送出去。我们两眼含着泪水，只得灰溜溜地离开这地方。"⑮

电影是看不到了，但王卫国想到通过阅读方式获取信息的渠道——县文化馆阅览室是免费的，那里有很多报纸杂志。当发现这个"新大陆"后，他经常在星期三和星期六下午往县文化馆阅览室钻，因为这是他"法定"的寻干粮时间。他像一头馋嘴牛犊闯进菜园子，拼命地啃食，不到下班关门，他绝不离开这个地方。阅览室有事关门时，他又很快找到了新华书店，钻到新华书店看半天。时间长了，售货员就赶他走："这是书店，要看到文化馆去。"这时，他才悻悻离开。他也经常在文化馆与新华书店两个地方交替看书。久而久之，这两个地方的工作人员都认出这个爱读报、爱看书的男孩。王卫国也经常有因看书而耽误回村寻干粮的事情。等回到村里常常是上灯的时候，他"宣谎"⑯说换了校长，不准"半灶生"提前离校。他也有看书时撞上老师的时候，他就煞有介事地"捣鬼"，说已经约好谁谁，人家让在这里等……

就这样，王卫国在书本与报纸中获取丰富信息，看到外面精彩的世界。他每次在班上宣讲的时候，总能吸引到绝大多数同学的目光。那些只谈论电影的城里孩子也经常能在王卫国这里获得各种新鲜知识。同学们重视他了，王卫国夺回别人关注的目光，他自然更有信心，到后来经常是有事无事地往县文化馆与新华书店那里跑。起初这种功利性的读书方式，最后成为一种自觉方式，他完全彻底地喜欢上阅读了。

在精神上获得充分自信的王卫国，彻底超越物质生活的贫困，完全融入城关小学那个县城干部子女占大多数的班级。白军民回忆："（音乐课上）他不仅能和同学平起平坐还略占优势，嗓门高，胆子大，加上他的一个小发现，用吹口哨的方式学曲子，赢得老师的另眼看待，所以唱歌特别卖力气，直到把脸涨得通红。班上或者学校举办文艺晚会，也是他出头露面的机会，扮演个匪兵或狗腿子，还挺像回事，主角轮不上他。"[17]

王卫国的音乐才能，得益于生母马芝兰的开发与培养。马芝兰虽是文盲，但很有艺术天赋，她会唱几十首陕北民歌。王家堡村每年春节闹秧歌时，她可以即兴自编自唱，就连那些唱秧歌的老把式，她也没放在眼里。童年时的卫儿最爱听母亲唱那些婉转动听的民歌，他有时还跑到五叔那里听他弹三弦，说"链子嘴"。这些儿时积累的艺术素养，突然在城关小学的教室里得到展现，他怎能不高兴呢！

在城关小学上"完小"的后半程，王卫国凭借自己优异的学习成绩，拥有丰富的知识信息以及出色的组织才能，已经成为全班同学的核心，担任起一班之长，每节课上课前的起立都由他喊。城关小学同学冯延平回忆起路遥，有这样深刻的印象："小路遥是班长，喊起立的班干部，给班里的同学起绰号，起的有'日本花、美国花、兰花花、山丹丹、烂南瓜、流氓'等。调皮聪明的小路遥从小就擅长领导同学搞活动，玩各种花样。尤其上音乐课，路遥就高兴了，他不仅嗓门大，胆子大，别的学生还没学会，他就会唱了，常常受到老师的夸奖，所以唱歌特别卖力气，直到把脸涨得通红，有时调皮捣乱得叫老师都很无奈。但小路遥讲的'三国故事'令同学们折服……"[18]

王卫国的聪明之处，是在给别人起绰号之前，先给自己起了一个最不堪的绰号——"王喂狗"（王卫国的谐音）。无论谁叫，他都答应。他还喜欢编顺口溜调侃人，编出的顺口溜故事笑得人"肚子疼"。这可能是他最初的"创作"尝试了。这样,这个在饥饿中成长、在饥饿中寻找精神快乐的男生王卫国,无论走到哪里,哪里就是一片笑声。他是全班的快乐中心,同学们也愿意"紧密地团结"在他的身边。

中学生王卫国

1963年的陕北农村,仍处于极端贫困的时期。对于王玉德这样移民来到延川、本身没有什么积累的"外来户"来说,再供一个孩子到城里去上学,这更让他无法承受了。

这年夏天,就在王卫国准备参加全县的升初中考试时,养父王玉德却下了一道死命令:不准考试,回村里"受苦"!这道命令,对于正处于学习兴致中的王卫国而言,不啻晴天霹雳。王玉德不让养子考试,是有自己的打算的:一来,他已经把卫儿供到"完小"毕业,对弟弟王玉宽有了个不错的交代。要知道,在当时"完小"毕业就已经算是"高"学历了,养子能断文识字,至少不再是睁眼瞎了。二来,像他这样的农村家庭,已经到"汗干力尽"的地步,再也无能为力供孩子上中学了,农村受苦人有一茬哩。现实的情况是,卫儿"完小"毕业后,在农村劳动两年,就能说个媳妇结婚,生儿育女,过自己的光景。这也是为老人的心愿,对得起当初过继兄弟儿子时的初衷!历史而客观地看问题,王玉德当时的想法,是陕北众多农民普遍的现实想法,并没有什么明显的不对。但是,已经在知识的海洋中开始畅游的卫儿,他心比天高,怎么会接受养父这道荒唐而离谱的命令呢?

卫儿明确告诉大伯,哪怕不让上学,但必须参加全县的小学升初中统考,他要证明这几年来是认真学习的,要证明自己是有能力考上的!王卫国的话在哀求中有几分倔强。他在城关小学小伙伴们的簇拥之下,走进了那个捍卫自己尊严的神圣考场。

考试的结果是可想而知的。延川县唯一的全日制中学——延川中学只招收两个班一百名左右的初一学生,而全县却有一千多名考生。在如此激烈而残酷的升学竞争中,王卫国以全县第二名的成绩,名列"榜眼"位置。消息传来,郭家沟村引起了不大不小的轰动。此时的王卫国心里,更激荡着强烈的求学欲望。他把"录取通知书"领回后,先是给奶奶和大妈看了,再给大伯看。大伯还是当初拿定的老主意,沉着脸,不吭声。

直到新生开学报到那天,王玉德才给儿子说了实话:"这学肯定不能上,天王老子说了也没用!"说罢,他递给卫儿一把小镢和一条长绳,要他上山砍柴。卫儿愣了一下,默默地接过小镢和长绳,跑到沟里扔了,然后独自进城去了。

没有报名费,王卫国自然报不了名。城关小学几个关系要好的同学七凑八凑,还是凑不够。一位好心的家长建议王卫国直接找村子里的领导,争取当地党组织的支持。王卫国接受建议,返回村后直接找到村大队党支部书记刘俊宽。

王卫国跑到刘俊宽的跟前,哭着说:"干大,我想上学,你给我想想办法!"

刘俊宽是方圆几十里有名的仗义人,他与王玉德是"拜识",看到卫儿因想上学而泣不成声的样子,心里很是难受。他擦拭孩子的眼泪,当即答应想办法。那时,刘家圪塔大队的家家户户都十分困难,几乎顿顿都是用糠菜充饥,要借点粮食还真不是件容易事。好在他的威望起了重要作用,他跑到很多地方总算借到两斗黑豆,让王卫国换成钱去交报名费。王卫国高兴得自然合不拢嘴,他背着黑豆进城了。

命运总是在无情地捉弄着王卫国。他进了城，卖了黑豆，换了钱，高高兴兴地到县中学报名时，可县中学已经不收他了。原因是学校有规定，新生超过一个星期不报到，就除名，而他已经超过一个星期了。王卫国又一次哭着找到刘俊宽："学校已经不收我了！"问明情况的刘俊宽专门赶到延川县中学，找到校长说明情况，恳求学校能够网开一面。校长被打动了，破例将王卫国收进学校。

这就是王卫国在1963年上延川中学的真实情形。说是颇费周折也好，好事多磨也罢，王卫国终于以不懈的努力达到目的。这件事在王卫国一生中影响巨大，它的意义不仅仅在上学本身，更在于关键的时候，他通过自己的抗争与机智，把握住了命运之船的航向。反抗大伯的结果，是脱离了大伯为他预设的人生轨道，自然也消解了大伯在他心中的权威性。从那时起，他明白了"自己的事情自己办，自己命运自己安排"的朴素道理，勇敢地走自己的路。另一方面，他也通过刘俊宽帮他这件事情悟出了情义无价的重要性，珍惜友谊，珍惜情感。

很多年后，路遥在"准自传体"中篇小说《在困难的日子里》真实地再现了他当年艰难上学的过程，也在小说中歌颂了乡间的真情与大爱：

> 我的亲爱的父老乡亲们，不管他们有时候对事情的看法有着怎样令人遗憾的局限性，但他们所有的人是极其淳朴和慷慨的，当听说我父亲答应继续让我去上学后，全村人尽管都饿得浮肿了，但仍然把自己那点救命的粮食分出一升半碗来，纷纷端到我家里，那几个白胡子爷爷竟然把儿孙们孝敬他们的那几个玉米面馍馍，也颤巍巍地塞到我的衣袋里，叫我在路上饿了吃。他们分别用枯瘦的手抚摸了我的头，千安顿、万嘱咐，叫我好好"求功名"去。我忍不住在乡亲们面前放开声哭了——自从

妈妈死后，我还从来没有这样哭过一次。我猛然间深切地懂得了：正是靠着这种伟大的友爱，生活在如此贫瘠土地上的人们，才一代一代延绵到了现在……

　　就这样，在一个夏日的早晨，我终于背着这些"百家姓粮"，背着爸爸为我打捆好的破羊毛毡裹着的铺盖卷儿，怀着依恋和无限感激的心情，告别了我的亲爱的刘家圪崂村，我踏着那些远古年代开凿出来的崎岖不平的山路，向本县的最高学府走去——走向一个我所热烈向往但完全陌生的新环境。我知道在那里我将会遇到巨大的困难——因为我是一个从贫困的土地上起来的贫困的青年人。但我知道，正是这贫瘠的土地和土地一样贫瘠的父老乡亲们，已经交给了我负重的耐力和殉难的品格——因而我又觉得自己在精神上是富有的。⑲

　　路遥在现实生活中更是用全力反哺与回报的方式，感谢前行路上真诚帮助过他的人们。刘俊宽之女、作家刘凤梅回忆："1990年，我父亲有事要路遥帮忙，他欣然答应，并把这件事托给他一位朋友去办，在给友人的信中，他写道：我干大（指我父亲）曾在几件事上帮了我的大忙，我一直想予以报答，苦于没有机会，希望你能帮上这个忙，了却我这桩心愿……"⑳

　　好事多磨的结果是王卫国终于走进延川县唯一的县级中学——延川中学。延川中学也在县城的"堂坡"之上，在城关小学上面，占据着县城制高点的位置。1982年9月，贾平凹在路遥的陪同下来过延川县城，在《延川城记》中这样写道："再也没有比这更仄的城了：南边高，北边低，斜斜地坐落在延水河岸。县中学是全城制高点，一出门，就漫坡之下，窄窄横过来的唯一的一条街道似乎要挡住，但立即路下又是个漫坡了，使人禁不住设想：如果有学生在校门跌上一跤，便会一连串跟头下去，直落到深深的河水中去了。"

王卫国怀着异常激动的心情，走进这所全县的最高学府，被编进初六六乙班，班主任兼数学老师是刚毕业于西北大学数学系的常有润，语文老师是毕业于陕西师范大学中文系的程国祥。

王卫国所在的班级是个尖子班，班上的同学大都是县城干部与职工的子弟，在鲜明的对比中，他一身破烂的衣着更显得寒碜。然而，最为可怕的还是饥饿的压迫。因为住校生急剧增多，延川中学在住校生的管理上取消了"半灶生"的临时救急措施，而统一改为"上灶生"。这就意味着住校生要每月按时缴粮缴菜金，由伙房统一安排伙食。那时，学校一天两顿饭，每顿饭的饭菜又分为甲、乙、丙三个等级。甲菜以洋芋、白菜、粉条为主，里面有一些叫人馋嘴的猪肉片子，每份三毛钱；乙菜和甲菜基本一样，但没有肉，油水也少一点，每份一毛五分钱；丙菜一般是清水煮萝卜或清水白菜，每份五分钱。主食也是分三等：白面馍、玉米面馍和高粱面馍，白、黄、黑三种颜色就表明了三种身份，学生们戏称叫"欧洲、亚洲和非洲"。

那时，延川中学的学生灶房没有什么餐厅，十几路纵队的上灶生直排到墙根，同学们打来饭在院子当中围成圈，说说笑笑地就打发一顿。谁吃什么、怎么吃，同学们都一清二楚。当时学校的伙食普遍差，学生中流传这样几句顺口溜："父母亲大人两点点，儿在门外把书念，每顿稀饭一碗碗，把儿肚子饿成个扁片片。"不用说，王卫国更是以吃"非洲"的主。他交不起每月四五块钱的伙食费，有时甚至连五分钱的清水煮萝卜也吃不起。就这样勉强的伙食维持，也还是要好的同学凑给的。

王卫国时常饿得发晕，饿得发疯，饿得绝望，似乎感到自己的生命到了最后时刻。这个正在拔节成长的男生，身子骨倒还挺壮实。正应了延川人的土话："喝口凉水还长肉呢！"

路遥在《在困难的日子里》中真实地刻画了他当年忍饥挨饿时的情形：

饥饿迫使我凭着本能向山野里走去。

县城周围这一带是偏过一两场小雨的,因此大地上还不像我们家乡那般荒凉,远远近近可见些绿颜色。

我在城郊的土地上疯狂地寻觅着酸枣、野菜、草根,一切嚼起来不苦的东西统统往肚子里吞咽。要是能碰巧找到几个野雀蛋,那对我来说真像从地上挖出元宝一样高兴。我拿枯树枝烧一堆火,急躁地把这些宝贝蛋埋在火灰里,而往往又等不得熟就扒出来几口吞掉了。

节气已经到了秋天。虽然不很景气的大地上,看来总还有些收获的:瓜呀、果呀、庄稼呀,有的已经成熟,有的正接近于成熟。这些东西对一个饿汉的诱惑力量是可想而知的。但我总是拼命地咽着口水,远远地绕开这些叫人嘴馋的东西。我只寻找那些野生的植物充饥——而这些东西如水和空气一样,不专属于任何人。除此之外,我绝不跨越"雷池"一步的!不,不会的!我现在已经被人瞧不起,除过自己的清白,我还再有什么东西来支撑自己的精神世界呢?假如我真的因为饥饿做些什么不道德的行为来,那不光别人,连我自己都要鄙视自己了。[21]

上中学期间,王卫国有一次回到清涧老家,母亲用家里仅剩下的高粱面和土豆丝包了一锅"扁食"[22]。煮沸的"扁食"一个个烂在锅里,站在灶台旁的母亲非常难过地转开身去,默默地流泪。面对这"四分五裂"的"扁食",王卫国一句话也没说,操起筷子,就狠命地吃起来,一口一口地强咽着……他知道,"扁食"是陕北人最好的饭。这顿在极端贫穷的环境下做出的"扁食",寄托着母亲沉甸甸的希望!

这种饥饿感是刻骨铭心的,在路遥身上缠绕了一生。路遥长篇小说《平凡的世界》就是从孙少平吃早饭开始起笔的，生存与奋斗成为孙少平人生的关键词。

1992年深秋，路遥病危时，仍念念不忘上中学时偷吃西红柿的情景："上学期间，饥饿仍然没有摆脱对我的纠缠。直到现在都不能忘记在放学回家的路上，我突然看见路畔的园子里，一株西红柿上结一颗淡红红的西红柿，我就静静地盯了一会，看看左右没人，便扑过去，抓住那颗西红柿就跑，一直跑到山背后的水渠里，心仍在跳，好像有人发现追上来了一样，当我确认没有任何人发现时，两口就把那颗西红柿给吃了。"㉓

事实上，这种饥饿感既是尾随路遥一辈子的老狼，又成为他超越自我人生的强大动力。

在延川中学初六乙班这个县城学生占大多数、物质生活对比鲜明的班集体中，男生王卫国在经受歧视和冷遇的时候，也得到过温暖和友谊，许多同学都向他伸出过热情援助的手。他已经摆脱了在城关小学上"完小"时的那种强烈的自卑感和屈辱感，而是在不断丰富的阅读中，获得了精神的高度超越。

王卫国依然喜欢到县文化馆阅览室看报，到新华书店翻书。他迷上了《参考消息》，对时事政治尤为关注，而且可以自己分析理解。就是因为这个特长，使得他的视野要比同辈人开阔得多。他在《参考消息》上看到苏联宇航员尤里·加加林乘坐"东方一号"宇宙飞船在太空遨游的消息后，竟兴奋得彻夜难眠，站在县中学空旷的大院里，遥望夜空中如织的繁星，寻找着加加林乘坐的飞船轨道。

王卫国为何对尤里·加加林投入如此不切实际的巨大关注？笔者以为，这与其梦想有关。加加林是人类有史以来第一位在太空中遨游的宇航员，是在人类伟大想象与科学工作推动下创造出的奇迹。心有多大，舞台就有多大，男生王卫国就在《参考消息》中获取了超越人生的丰富营养。王卫国对加加林的热爱，一直持续到他成名后创作《人生》的时候。他在设计一位在"城乡交叉地带"奋斗的主人公的名字时，第一感觉就是"高加林"三个字最为妥帖。当然，这是后话。

初六六乙班是一个尖子班，学生们大都很有个性，也是当时延川中学最难管理的一个班级，先后换过四任班主任。王卫国不擅长数理化，上课时，他想听就认真听，不想听时就旁若无人地看小说，也不影响别人听课。好在班主任老师对学生很宽容，从不强迫学生，允许学生看自己喜欢的书，并且开导王卫国："你不爱学数学，我很理解，你对文学感兴趣就应该下功夫学，不要荒废时间。"

班主任的宽容，使王卫国有条件广泛涉猎自己喜爱的文学作品：《钢铁是怎样炼成的》《青年近卫军》《毁灭》《铁流》等苏联翻译小说，另外还有《把一切献给党》《牛虻》等。延川中学当时已经有了一个不错的图书馆，王卫国是那里的常客。保尔·柯察金、吴运铎等人物成为他心目中最仰慕的英雄。他从语文老师那里借出保存了多年的文学杂志，逐一翻阅。他甚至还与县中学图书馆的管理员老师搞好关系，偷偷借出那个时期的许多"黄书"与"禁书"，钻到校园后面的山沟里阅读。王卫国中学同学多年后的共同印象，就是他如饥似渴地吞食着所能找到的一切精神食粮，抓住一切机会读书看报。这样偏科性的学习结果是，他的语文成绩出类拔萃，写出的作文经常作为范文在各个年级传阅。班主任老师也有意识地在班务活动中发挥王卫国的才能，只要与文学有关的活动就用他。

海波也回忆道："路遥的作文常常得到语文老师的表扬，有一次他写了一篇作文，题为'在五星红旗下想到的'，学校领导在全校学生面前朗读了一遍，从此他文名大振，成为全校的'明星'了。还有一次，他根据小说《红岩》创作并编排了一幕话剧，利用活动时间在教室前演出，引来全校学生观看。"[24]

儿童心理学家曾说：好孩子是夸出来的。其实，对身心都在成长过程中的少年而言,又何尝不是如此呢?那时的延川中学师生,都认为这位经常吃不饱的男生王卫国是"笔杆子"。这种久而久之的刺激,不断鼓励着王卫国,他的情感源源不断被激发,开始有了最初的文学激情与冲动,他开始写日记,开始评析时事政治,也开始尝试文学创作……

与在城关小学上学时一样,王卫国依然是初六六乙班上的活跃分子,依然是全班同学的中心。他篮球打得好,个子不高,很灵活,很猛,有股不服输的劲头,他甚至被抽到校篮球队,成为校学生篮球队主力队员。在他的带领下,初六六乙班在初中部的篮球联赛中常是第一名。人气极高的王卫国依然延续在城关小学时给同学起绰号的传统,班里同学的绰号大都是王卫国"亲自命名"的。这些逗趣的绰号成为同学们紧张学习生活中的笑资,班级里经常能传来活泼与快乐的笑声……

由绝望到渴望,由孤愤到倔强,由征服到宽容,由激情到理智,是王卫国三年初中生活的基本色调。这种由多重矛盾性情绪所构成的复杂心理,积压到一定时候,会像地下奔腾运行的火山岩浆一样喷薄而出,势不可当。1980年代初,路遥回想到多年前所受到的歧视与冷遇,以及得到的温暖与友谊,创作出"准自传体"小说《在困难的日子里——一九六一年纪事》。这篇小说发表后,引起许多读者的强烈共鸣。

1980年代,路遥在《答中央广播电视大学问》中畅谈了他当时的创作心理:

> 父亲不给我拿粮食,我小学几个要好的同学,凑合着帮我上完初中,整个初中三年,就像我在《在困难的日子里》写的那样。当时我在的那个班是尖子班,班上大都是干部子弟,而我是一个农民的儿子,受尽了歧视、冷遇,也得到过温暖和宝贵的友谊。这种种给我留下了非常强烈的印象,这种感情上的

积累，尽管已经是很遥远了，我总想把它表现出来。这样，我开始了构思，怎么表现呢？如果照原样写出来是没有意思的，甚至有反作用。我就考虑：在那样困难的环境里，什么是最珍贵的呢？我想那就是在困难的时候，别人对我的帮助。我想起了在那时候，同学（当然不是女同学，写成女同学是想使作品更有色彩些）把粮省下来给我吃，以及别的许多。这样形成了作品的主题：在困难的时候，人们心灵是那样高尚美好，反过来又折射到今天的现实生活，因为今天的现实生活正好缺乏这些，我尽管写的是历史，但反过来给今天现实生活以折光……㉕

这部"准自传体小说"为了强化困难时期同学的友谊，把故事背景放在1961年，而且让主人公马建强考上高中。但小说中的马建强的困难情况，以及同学们之间珍贵的友谊，却是王卫国当年上初中情景的真实再现。

注释：

① 陕北方言，即山羊毛擀成的一种毛毡。其质硬毛粗，人睡其上，犹如睡到砂石板上般难受。但因结实耐用，是旧时陕北农村人睡觉用的主要物品。

②㉕ 路遥：《答中央广播电视大学问》，见《路遥文集》第2卷，陕西人民出版社1993年版。

③ 陕北方言，对外地人的蔑称。

④ 陕北方言，即"私生子"。

⑤ 陕北方言，即"厉害"。

⑥ 陕北方言，即"好哥们"。

⑦⑱ 见八集电视专题片《路遥》第一集采访的同期声。

⑧ 陕北方言，即"大伯"。

⑨ 陕北方言，即"胸前"。

⑩ 贺智利：《黄土地的儿子》，中国文联出版社2005年版。

⑪⑳ 刘凤梅：《铭刻在岁月中的思念》，见申晓主编《守望路遥》，太白文艺出

版社 2007 年版。

⑫㉔　海波:《我所认识的路遥》,见《十月·长篇小说》2012 年第 4 期。

⑬　陕北方言,即蒸熥食物的锅底水。

⑭⑰　高歌:《困难的日子记事——上大学前的路遥》,见马一夫、厚夫、宋学成主编《路遥纪念集》,人民文学出版社 2007 年版。

⑮　路遥:《文学·人生·精神》,《路遥全集·早晨从中午开始》卷,北京十月文艺出版社 2013 年版。

⑯　陕北方言,即"撒谎"。

⑲㉑　路遥:《在困难的日子里》,见《路遥文集》第 2 卷,陕西人民出版社 1993 年版。

㉒　陕北方言,即"饺子"。

㉓　航宇:《路遥在最后的日子里》,陕西师范大学出版社 1993 年版。

第 3 章　青春过山车

革命狂欢

人生低谷

1969年的路遥

战斗在一起 68.10.25.

1968年（后排左起：马林山、李万财、吴江、侯万荣、庞廷堂；前排左起：路遥、薛延庆、梁太平、杨四顺、詹明娃）

革命狂欢

1966年夏,王卫国在陕西省初中升中专考试中,以优异成绩考取西安石油化工学校。①在当时情况下,农家子弟要是考到中专学校去,意味着鲤鱼"跳农门",从此彻底脱离农村这个苦海;意味着能拿着国家的学习补助,再也不要为生活发愁;意味着能吃上"国库粮",三年毕业后成为国家干部,成为腰板硬正的城里人……

王卫国能考上省里的中专学校,这不仅是王玉德全家的大事,更是全刘家圪崂大队人的高兴事。王卫国憧憬着自己秋季到省城上学的情景,开始设计与规划着自己的人生理想;王玉德与老伴开始准备养子到省城上学的行囊;刘家圪崂大队人也络绎不绝地看望王家,王玉德那个从来都很冷清的农家小院里笑声不断。

然而,命运总是无情地捉弄着这个饱受饥饿折磨却又志向高远的农家小子。"文化大革命"爆发了,全国所有大专院校的招生无限期停止,所有毕业班留在原校就地闹革命,即使已经考取大专院校的学生也要返校参加劳动。

在1965年冬到1966年初,男生王卫国三年的初中生活已接近"倒计时"——他正专心致志地为参加全省初中升中专考试积极备战,确保获取一个"铁饭碗"。但是,从城关小学时就养成看书读报习惯的他,也隔三岔五地溜到县文化馆里翻阅报纸,了解时政新闻,他也能头头是道地向同学们讲述国际国内大事，自然也包括"文革"前的新闻。如姚文元1965年11月10日在《文汇报》上发表的《评新编历史剧〈海瑞罢官〉》；1966年5月4日，上海《解放日报》刊出的社论《千万不要忘记阶级斗争》；5月9日，《解放日报》和《文汇报》刊出的《评"三家村"——〈燕山夜话〉、〈三家村札记〉的反动本质》等等。他甚至注意到1966年6月1日《人民日报》发表的社论《横扫一切牛鬼蛇神》；注意到全国第一个红卫兵组织——清华大学附属中学红卫兵组织……然而，因为备战中考的原因，这种关注仅仅是简单的关注，他不明白其中的玄机与奥秘，只知道中国开始了"文化大革命"，只感觉到要打倒所有的资产阶级学术权威。当中考结束后，他才开始认真琢磨这一连串事件的意义与价值所在。

1966年6月13日，中共中央和国务院发出通知，决定1966年高等院校招收新生工作推迟半年进行。6月18日，《人民日报》发表《彻底搞好文化革命 彻底改革教育制度》，废除高考制度。这一份通知和一篇社论，让沉浸在中考收获喜悦中的王卫国彻底空欢喜一场。因为即将捧起的"铁饭碗"成了水中之月、镜中之花，他又开始为自己的前途忧心忡忡了……

就在此时，陕北黄土高原延川县的"文化大革命"开始了——说准确点，是在1966年暑假期间延川县"教师集训会"上开始的。这个靠近秦晋大峡谷的山区小县，古代社会时虽说有一条古驿道穿境而过，但在1960年代，却因资讯不发达，其有组织发动的"文化大革命"已经比全国各地如火如荼的革命浪潮晚了一两个月时间。

"文化大革命"从字面意义上讲是"文化单位"的大事。延川中学是全县唯一的全日制中学，自然是延川全县革命的风暴眼。当时，延川中学共有九个班。初中部每一年级两个班，共六个班；高中部每一年级一个班，共三个班。初中部每班大约五十人，高中部每班大约三十人。高中生在人数上是绝对少数,约占全校学生总数的四分之一。

延川中学的第一个红卫兵组织,开始是在县委工作组的指导下成立的,其主体是高中生,几乎囊括了所有家庭出身好且有威信的学生。他们的红袖章上印着黑色的"红卫兵"大字,县里人称"黑字红卫兵"。后来,县委工作组被斥为执行"资产阶级反动路线",成为受批判的对象,"黑字红卫兵"组织骨干力量受到牵连,这就给初中生提供了"风起云涌"与"做大做强"的机会。

延川中学初中部的"红卫兵组织",开始也是小心翼翼的有组织行为,各班的班主任是班级红卫兵组织的当然领导。已经从校门中走出、又被学校召回的初六六乙班的红卫兵组织,自然少不了王卫国的参与。一来他平时积极参加各种活动,文才突出,调皮活泼,能言善辩;二来他平时善于读书看报,了解国家大事,有大局意识;三来陕北本身就是造反者的天堂,革命在很长一个历史时期就是陕北人的生存方式,王卫国从小就生活在这块被红色革命所濡染的土地上,他身上潜滋暗长的革命激情被点燃、被激活了;四来他要捧起"铁饭碗"的梦想被打碎后,所有的理想都寄托于这场轰轰烈烈的革命风暴中了。就这样,初中毕业生王卫国自然会全身心地投入这场"造反有理"的革命狂欢中。

1966年8月,全国各地的"红卫兵"开始全国性大规模串联。8月18日,毛主席在天安门广场首次接见了来自全国各地的红卫兵。此后至11月期间,又陆续接见了全国各地来京的一千一百万人以上的红卫兵。王卫国也因为在延川中学初六六乙班的红卫兵组织中表现突出,被选为五名代表之一,赴京接受毛主席的亲自接见。毋庸置疑,这个荣光对于王卫国个人而言,其影响与意义是巨大的。

当时,红卫兵串联都是徒步前行。1966年10月,王卫国和延川中学赴京红卫兵代表们离开县城后,先到本县的延水关渡口,东渡黄河到山西永和县，再赶到临汾，乘当时蒲太线火车辗转到太原、到石家庄，再进入北京城。

这次北京之行尽管短暂，但使王卫国大开眼界。他第一次过黄河，第一次乘火车，第一次走进伟大首都北京，第一次走了上千公里的路程，见到了陕北之外的大千世界，第一次站在天安门广场中仰望伟大领袖毛主席，亲耳聆听毛主席的教导……总之，有许多个第一次。而这些人生的第一次，均是红卫兵"革命无罪，造反有理"的革命风暴带来的。

在这种万丈豪情的革命觉悟的鼓舞下，王卫国当时已成为狂热的红卫兵分子，更加自觉地投入到那场史无前例的造反斗争中。他回到学校后不久，就自行组织成立了以初六六乙班同学为骨干成员的"横空出世誓卫东战斗队"，并自任队长，他专门为此撰写了一篇《宣言》。《宣言》写得很长，用了两整张白纸。其中有两句："大旗挥舞冲天笑，赤遍环球是我家！"他很欣赏这两句话，并一度把"天笑"作为自己的化名。后来，他又据此给三个弟弟起了大名——二弟叫王天云，三弟叫王天乐，小弟叫王天笑！

狂热的王卫国，在革命激情的燃烧下，"上大会，念批判稿，博得阵阵掌声；登高墙，贴大字报，引来簇簇群众；挥拳头，高呼口号，'九种人'闻风丧胆。"[②]他因突出的组织能力与煽动能力，最终担任本班红卫兵组织"井冈山战斗队"队长。

1966年11月以后，毛主席接见红卫兵的活动结束，全国各地原来以教师和学生为主的红卫兵运动开始向工厂和农村扩张，上海率先成立了"上海工人革命造反总司令部"。1967年1月，"上海工人革命造反总司令部"夺取上海的党政大权，这也成为全国"夺权"行动的开始。据《延川县志》与《中国共产党延川县历史大事记》记载：1967年1月8日，延川中学等二十余个县级机关的红卫兵组织联合召开了《彻底推进无产阶级文化大革命》的誓师大会；3月上旬，红卫兵造反派非法夺取了中共延川县委领导权，党政军各机关陷入瘫痪状态；8月，延川中学红卫兵组织砸烂城关小学孔庙牌位。

王卫国在延川县造反派活动中，表现得极为活跃。1967年5月14日，安塞县造反派来到延川县要抓延川县委副书记霍学礼回县批斗。延川县造反派内部有"放车派"与"拦车派"两派。王卫国派是"拦车派"，挡住安塞县造反派不让抓人。王卫国冲锋在先，他发动群众"拦车"，最后迫使安塞县造反派没有得逞。在他这派红卫兵组织的人们看来，王卫国"大智大勇、敢作敢为"，于是推举他为本阵营的学生领袖。

随着斗争形势的变化，延川县的派性格局基本形成，全县的造反派们逐渐联合成两大阵营——一派是由延川中学初六六乙班等红卫兵组织联合成立的"延川县红色造反派第四野战军"（简称"红四野"）[3]，军长由王卫国担任；另一派是由延川中学高六六级、高六七级等红卫兵组织联合成立的"延川革命造反派总司令部"（简称"红总司"），司令员由高六六级娄新文担任。

这样，王卫国扶摇直上，担任"红四野"首领，成为延川中学呼风唤雨的人物。"他（王卫国）给自己刻了一个斗大的印章，上面刻着'王卫国'三个大字，他们抢了县武装部的武器，砸了延川县银行的门，背了十八袋钱，在枪林弹雨中穿行。看着数以万计的城里人乖乖地听从自己发号施令，长期以来被压抑的屈辱情绪终于得到了宣泄。"[4]毋庸讳言，青年王卫国被裹挟到这场史无前例的革命风暴中时，他即使有再理性的性格，也有迷失方向的时候。因为这场"造反有理"的红卫兵运动，是打倒资产阶级权威与当权派的运动，是"消灭一切剥削阶级、剥削制度，逐步消灭工农、城乡、脑力劳动、体力劳动的差异"[5]的运动。在这个全民狂热的风暴面前，要求一位年仅十七八岁的青年"独醒"，这似乎太苛刻了。

1967年全国性的"武斗"开始后，延川县的两大造反派组织在相互指责对方是"保皇派"的过程中,也明火执仗地斗争起来。

处在延川县狂热的革命风暴中心的王卫国,在一年多的造反批斗中,越来越表现出冷静的思考能力与惊人的理性。他在武斗当中,与"红四野"的其他负责人共同商议:决不搞对谁都"造反有理",对县里的好干部要一保到底!这是他造反的底线。

王卫国的这种底线,来自他长期读报养成的敏于时事的眼光,来自他作为一个农家子弟的本能善良,来自延川县也确实有位有口皆碑的好县委书记。

当时,延川县县委书记叫张史杰,是1965年调到延川的。他以实干出名,是年轻的"老革命",少年时代曾参加过陕甘宁边区文教大会;新中国成立后,二十岁的他就担任《延安报》总编辑;随后担任过中共延安地委副秘书长。他到延川上任后的"三把火"就首先从给延川人办实事开始。第一件事是建了延川县面粉加工厂,彻底解决了干部职工推面、碾米的问题;第二件事是在延川县城的"繁华地带"——转角楼建了一座国营食堂,解决了干部职工的吃饭问题;第三件是在县里组建了一支"乌兰牧骑文工队",排演小歌舞,活跃城乡群众的业余文化生活。

张史杰在延川任县委书记期间,还主持全县大张旗鼓地学大寨,抓水利建设,抓蓄水工程,使经过三年"自然灾害"的延川百姓,开始不看老天爷的脸色了。就这样一位全延川人衷心拥护的好领导,在"文化大革命"开始后,也不可避免地受到冲击。在当时夸大"阶级斗争"、人为制造矛盾、树立"对立派"的现实环境中,延川县两派造反派在全国"武斗"形势的怂恿下,也进行着激烈的敌对性斗争,甚至到了动刀动枪、流血冲突的武斗地步。还有一些混进群众组织的坏人,借批斗当权派之名,对延川县包括张史杰在内的领导干部实行惨无人道的迫害,政治上打不倒,就搞肉体摧残,剃阴阳头,搞喷气式,灌肥皂水,因病住院的还撑到医院里"拼刺刀"。

就在张史杰受到一些别有用心分子摧残、生命受到威胁之时，王卫国担任军长的"红四野"，策略性地进行"火烧、批判、团结、保护"。他带领"红四野"骨干分子，果断对县委书记采取了"农管"，制造了轰动陕北大地的"保皇丑闻"。他们把张史杰从"红总司"那派抢出来后，连夜秘密地转移到距县城十多华里的小山村，再辗转运送回延长老家。其间，他们严密封锁真实情况，故意散布虚假消息，使"红总司"造反派东奔西突、毫无结果。就这样，张史杰这位正直、有作为的好领导得到最好的保护，直到1968年的"红色政权"建立后，延川的社会太平了，他才回到县上。"红四野"派一夜之间成为"保皇派"，王卫国成为一条彻头彻尾的"保皇狗"，成为"红总司"造反派欲啖之而后快的不共戴天的"仇人"。

1967年11月3日，是延川县"文革"由"文斗"转向"武斗"的转折点，简称"11·3事件"。"11·3事件"是指延川"红总司"在县影剧院礼堂举行文艺公演期间，与延川"红四野"发生的大规模冲突。从此，"红四野"以延川县城为根据地，"红总司"以距县城九十华里的延长油矿总部永坪镇为根据地，各自扩大势力。自1967年农历十一月起，到1968年7月24日止，这两派先后发生过十余起动用武器的武斗事件。

最为严重的武斗事件，就是1968年4月17日在县城附近山塬的武斗枪战。当时，延川县的"红总司"派聘请当过八路军的县财贸部部长白振基任总指挥，"红四野"派聘请解放战争时曾担任我军骑兵团长、已退休在家的老军人白胜贵任总指挥，真可谓强将相对。可惜这两名曾在战场上出生入死的"老革命"没有认清形势，误以为"内战"又开始了，就又真刀真枪干起来了。

当时，笔者的外公吕文彬任延川县百货公司主任，他是解放战争时期的老兵，新中国成立后上过西北军区炮兵学校，分配到广州军区任排长、连长，是广州军区赫赫有名的军事尖子，1962年转业回延川工作。他会多种大炮射击，延川人都知道他的威名。"武斗"开始后，"红四野"抢来一门迫击炮，准备强行绑架他当炮兵。他连夜从县城逃出，在家乡的山水窟窿里整整待了一个月，才逃过此劫。笔者曾问过外公，外公坦言：炮弹是能炸死人的，一炸一大片；再说现在又不是当年的解放战争。笔者的外公，这位解放战争时在死人堆里爬出来的老兵，他以独特的方式拒绝这种"战争"的诱惑。

而白胜贵与白振基两人，非但没有制止冲突，却指挥着各自的造反派们，为捍卫所谓的"真理"而进行导致流血与死亡的"闹剧"。这场"游戏"的结果是"红总司"总指挥白振基倒在血泊中，双方多位战斗人员死伤。真真切切的死亡让这场"游戏"提前结束，"红四野"打扫战场后赶紧朝南撤离。

在这场战斗"游戏"中，王卫国负责带领"红四野"学生打扫"战场"。这场"游戏"，也就是后来有人状告路遥牵扯"人命案"的事件。因为这件事情影响了王卫国的一生，甚至包括他的情感走向。关于所谓的"人命案"事件，还需要在后面专门交代。

后来，"红总司"在延安"联总"等同盟军的强大火力支援下攻下县城。在保卫县城的战斗中失利后，王卫国与"红四野"的首脑们只好率领众弟兄落荒而逃，一路狼奔豕突，直至"流亡"到省城西安。当时，整个延安地区是"联总"的势力范围。"红四野"退到西安后，大部队租住西安市东郊韩森寨的东方红旅馆，而王卫国等"红四野"的核心成员则租住西门内的勤俭旅馆。

撤到西安后，王卫国写过"十字街道摆下控诉台，土皇帝大骂造反派"的夸张檄文。文章主要内容是挖苦"红四野"派撤出延川县城后，"红总司"派进城后的作为——利用本县籍的一位县级领导，在延川县城当时最繁华的地段十字街，所进行的代表性演说。王卫国的这篇文章被刻印成传单，散发到社会上，为"红四野"赢得延川城乡群众支持制造舆论。

在延川狂热的"武斗"中,"红四野"和"红总司"这两大对立派找到了发泄情绪的方式,彼此均强调唯一合法性,彼此均有你死我活的"战斗"。毋庸讳言,这两派里没有高低,即使有"保皇派"名号的"红四野",也在这场持续时间长的"武斗"中犯下诸多错误。当然,血气方刚的年轻人们,在革命热情被激起后,总是一股脑地冲锋陷阵,缺乏必要的是非标准。

大乱总不是个办法。就在全国"武斗"形势日益严峻、接近于一场内战时,毛泽东看到了问题的严重性,他决定把这场失控的"造反运动"平息下来。中央连续发布了"七三""七二四"两份措辞强硬的文件,要求全国立即停止"武斗",解散武装队。随即,中央又调动军队强行介入,命令全国各地造反派无条件地实行革命"大联合"。

王卫国任"红四野"谈判代表,由进驻延川的解放军某部把他从"流亡地"——省城西安护送回延川谈判。"造反派"和"保皇派",在利益上摔了个平跤。部队为了确保"公平",在"大联合"的人事安排上,一家一半,进入县革命委员会班子的副主任、常委、委员,完全对等。

1968年9月15日,延川县由部队干部、革命领导干部和群众代表组成的"三联合"的临时权力机构——县革命委员会宣告成立。军代表马志亭担任县革委会主任,"红四野"青年学生领袖王卫国被协商成县革委会副主任。

虚龄二十岁的王卫国,在整整两年的革命狂欢与革命闹剧中,用自己的激情和热血,收获了一顶延川县革命委员会"副主任"的乌纱帽。严格意义上说,这个东西来得太仓促了,他还完全没有调整好心态。两年前的1966年的暑假,已经被中专学校录取的他正憧憬着如何捧好"铁饭碗"的时候,是"文革"击碎了他的青春美梦。他被懵懵懂懂地裹挟进这场革命狂欢后,似乎明白了革命领袖发动这场运动的初衷,便义无反顾地参与进去,并全身心地扮演好自己的角色。可是,又是一年多你死我活的乱哄哄"武斗",又是"造反"与"保皇"的争夺,甚至把他逼到西安"流亡"的境地。若不是"武斗"停止,他对这场戏如何收场还不敢想象。但是参与革命的最大收获是每天可以放开肚皮吃猪肉了,这两年来狂饮暴食的结果,是后来一看到猪肉就想吐。

就这样,青年学生王卫国用一种近似荒诞主义戏剧表演的方式,进入了延川县政治权力的核心位置。

人生低谷

1968年9月15日,青年学生王卫国以群众代表的身份被结合进"延川革命委员会",并担任副主任。这个副主任是什么角色,他自己心里也没谱。庆祝大会一结束,他专门找县文化馆馆长白军民探讨一番。白军民不光是他小学时的老师,更是"红四野"的亲密战友。

"白老师,你说我这副主任到底顶不顶个副县长,就像咱马县长⑥那号?"

"说不定比副县长还扛硬,因为副县长只是行政职务,革委会可是党政财文通吃,兼代县委。"

王卫国又问:"咱们延川七类地区,县长最低十七级,那我每月就能挣一百零一块半工资了!你才三十七块!"

白老师说:"怕你连三块七也挣不上!"

王卫国说:"怎啦?我这副主任是省革委会红头文件任命的,正儿八经的副县级,还是红色政权,可不是旧人委!"

白老师说:"憨娃娃,省革委会批的你是群众代表,而现在还是学生身份,连政籍也没有,单位更没有,我劝你把你那个副主任看得淡淡的,刚才那些憨话再不敢跟别人讲,不然人家笑话你!"

王卫国不以为然,好心好意地劝诫老师:"你这话也千万不要对其他红色政权的领导讲,我不出卖你,可你这是攻击红色政权的反动言论。什么错误都能犯,政治上的跤不敢栽,你们一家老小就看你哩!"⑦

当时的王卫国,长期身处社会底层,长期被压抑的政治抱负与权力欲望开始得到实现,但他也怀疑这种身份的真实感,甚至不敢正视其尴尬的境遇。

接下来的情况,更让王卫国难堪。他上任之日,便是他的受累之时,办不完的各种"毛泽东思想学习班",如何策划大规模"武斗"还没交代彻底,怎样迫害革命领导干部的审查又开始。三五天交一份斗私批修的检查,弄得这位刚走马上任、踌躇满志的延川县红色政权的"新贵"手足无措。

在那个政治狂热化的特定年代,最高领袖的每一句话都是圣旨,都必须不折不扣地执行。1968年12月21日晚,中央人民广播电台向全国广播了毛主席的最新指示。这个指示的全文如下:"知识青年到农村去,接受贫下中农再教育,很有必要。要说服城里的干部和其他人,把自己初中、高中、大学毕业的子女送到乡下去,来一个动员,各地农村同志应当欢迎他们去。"

这是一个与两千万知识青年的命运相关联的重要批示,尽管当时的许多人还没有充分认识到它的重要性。关于这个批示的起因,有多种说法,其中的一种是全国性的红卫兵运动持续两年多,终于闹得革命领袖也头痛起来。尽管此前一再呼吁"复课闹革命",但全社会的震荡和混乱却无法制止。到1968年暑期,大学仍不招生,工厂仍不招工,六六、六七、六八三届高中毕业生共四百多万人待在城里无事可做，成为亟待解决的社会问题。在这种情况下，具有无限号召力的伟大领袖毛主席作出了这个批示。

这个重要批示与正在春风得意之时的王卫国的关系，一是在于接下来的中共中央最新指示："老三届"要全部上山下乡，接受贫下中农再教育。而王卫国虽是初中毕业生，也被政策套到"老三届"的队伍中，他尽管已经贵为县革委会副主任，也必须返乡劳动。二是随着"北京知青"的大量涌入，他的人生向度就与北京知青紧紧地联系在一起，甚至恋爱，甚至后来的婚姻与家庭走向。

1968年底，延川县革委会在县城井滩广场，举行了隆重的"延川县知识青年上山下乡欢送会"。凡各学校的"老三届"学生全部下乡，到农村广阔天地接受贫下中农再教育，直接参加到战天斗地的"农业学大寨"运动中。县革委会给每位上山下乡学生送一套时称"红宝书"的红皮《毛泽东选集》，一把老镢头，一块新白羊肚毛巾。身为县革委会副主任的王卫国也在其中，他必须带好这个头。

命运再次与王卫国开了一个巨大的玩笑。他万万没有想到，自己倾注满腔热情的这场政治运动，突然间变了脸，露出残酷的一面，他有一种被政治游戏所戏弄的感觉。一心想跳出"农门"的他，又一次灰溜溜地背着铺盖卷回到郭家沟村。他虽然还暂时身背"县革委会副主任"的空头政治荣誉，但现实的问题是他已经被剥离成一个地地道道的"受苦小子"，要面朝黄土背朝天。这是他根本无法接受的残酷现实。

1968年冬天，回到刘家圪崂大队的王卫国，正赶上大队打坝修水利。他和返乡学生都被编进农田基建队，从事劳动强度极大的打坝劳动。打坝劳动，最重最累的活就是崖上挖土。陕北冬天，地冻得像铁壳一样，镢头下去往往只能挖个白印；挖不了几下，就震得虎口流血。王卫国每天都挥动着几斤重的老镢头，在寒风逼人的严冬中，坚持在半崖上挖土，他是用浑身的劲儿表达自己的愤懑情绪。

当然,起初回到农村的王卫国,仍在满腹狐疑中守望自己似乎苍凉的理想。因为他尽管是返乡农民,但头上还顶着一顶"县革委会副主任"的乌纱帽。这种特殊的身份,至少还给他提供了谈笑风生的心理。刘凤梅回忆,在1968年冬天的打坝造田中,"干活时,路遥几乎不说一句话,可在这个时候(即休息时——笔者注)他却显得十分活跃,他常常成为谈话的主角,他谈论国际新闻时事,谈论西方国家在野党与执政党之间的斗争……他那渊博的知识,使我这个比他高两级的学生不得不自愧弗如。收工后,我们又相随回家,一路走一路谈。他的家就在我上工的半路上,他有时邀我去他家坐,我也毫不客气,坐在他家的土炕上,嗑着干妈为我们端来的南瓜子,我们继续谈天论地,有时他也拿一些书给我看,这一年冬天,我从他那里学到了许多东西。"⑧

那时,农村生产队社员实行挣工分分口粮,好男劳力一天十分,而王卫国每天只能挣到八分,这还是照顾到他是个学生娃。但是,从事这种纯体力的劳动毕竟不是长久之计。关键的时候,养父王玉德的人品起了作用。王玉德是郭家沟有口皆碑的好人,经常"说大事,了小事",在村里有极高的威望。他的儿子回村劳动了,村里人怎能让他干重体力活?

刘家圪崂大队领导们思前想后,先想到一个让王卫国到县城拉大粪记全勤的办法。"拉大粪"是农村生产队特色性的积肥方式,在大集体时派队里的劳力挖县城里公厕的大粪,用畜力车拉回肥田。说白了,就是小说《人生》中高加林干过的那份工作。而这个拉粪工作在当时是农村男劳力最轻的活计,也是许多人羡慕的活计。既然村里照顾,王卫国也倒乐意接受这份相对轻松的劳动,每天赶着驴车到县城掏一次大粪。尽管要忍受大粪臭味的熏烤,但毕竟有了更多的空余时间,甚至还可以抽时间到县文化馆阅览室里翻阅报纸,了解一下国际国内形势。

进城拉大粪的工作干了没多久，刘家圪崂大队领导又合计一番，村小学需要民办教师，就让王卫国去吧。在生产队里，能当民办教师是头等美事了，活轻不算，有工分加补助，还有条件学习，这是当时农村年轻人脱离苦海的基本"跳板"，也是众多年轻人梦寐以求的工作。当然，村里也有一些领导担心，王卫国是县里的造反派头头，怕不宜重用。而刘俊宽等人却不怕，王卫国是县革委会副主任，既然县里高看他，我们为什么不能重用他？

就这样，王卫国又在马家店小学任民办教师，有了一份令许多农村年轻人羡慕的工作。其间，当别的造反派头头正在县里接受旷日持久的审查时，王卫国又以同样的优势，于1969年11月9日由村主任郭庭俊和村教师马文瑞介绍，在本村加入了中国共产党。入党意味着基层党组织对他政治上的肯定，竭力为他创造条件，提供政治上的拓展空间。

1969年冬，王卫国想参军。那时，参军是全中国青年的梦想。由村里到公社很顺利，而县里在政审时卡住了。原因是有人告发他，说他与"武斗"时一件人命案子有关。这样，参军不成事小，有人还想让他进监狱。

关于此事，笔者还要从头交代。事实上，山区小县延川县同全国一样，在成立县革命委员会的同时，也成立了中国人民解放军延川县公检法军事管制小组。军事管制小组代行在"文革"初期被"砸烂"的公检法的权力，开展的第一项工作就是彻查武斗中的刑事犯罪案件。王卫国尽管已任"县革委会副主任"，但他原来的身份是"红四野"的"王军长"，是全县著名的造反派领袖。好在王卫国这一派虽然文笔有嘉，但实际行动软弱，被对立派"红总司"赶出延川县城，到西安"逃亡"了半年多，最后还是由解放军武装护送回来的。因此，"红四野"涉及的刑事案件少，而对立派就相对多一些，还涉及主要头头。在彻查"武斗"刑事案件期间,延川县每隔三五天就有人被拘留或逮捕,被怀疑的对象都如丧家之犬惶惶不可终日。就在军管小组大量逮捕"红总司"成员时,他们的成员们一边抱怨军管组没有"把一碗水端平",一边千方百计地"寻找对方线索"。

这样,矛头自然集中在王卫国等人身上,甚至有人揭发说他与武斗中的一桩人命案件有关系,告他是杀害"红总司"总指挥白振基的凶手。理由是你王卫国已经身居县革委会副主任一职了,而一同参加武斗、打出人命的同龄人们,却一个个遭到逮捕、判刑,这不是便宜你小子了吗!王卫国一直知道县军管小组暗暗调查自己,他虽然表现出镇定自若、处变不惊的风度,但还是高度紧张。他知道,仅凭自己是"红四野"的"王军长"这一条,就够自己喝一壶的了,更何况有许多人想落井下石、置自己于死地而后快。

海波回忆:有一次,王卫国穿着破棉袄,头上扎着一条旧羊肚子手巾,急匆匆地赶到他的村子里找他。王卫国找到他时,告诉说出大事了,倒霉了——有人诬告自己与武斗时一宗大案有关。王卫国简略地说明情况后,从怀里掏出一份材料郑重地交给海波,并告诉海波:如果自己被抓了,要海波想办法把这份材料递到延安地区军事管制小组。他家是外来户,在延川没有亲戚,只有一些朋友,所以只能靠朋友了。看到海波紧张的样子,王卫国安慰说:"我肯定没事,如果真的有事,写这些能起什么作用?"王卫国告别海波后,又一次折回来,要走那份材料。他自言自语地说:"我就不信他们能把假的说成真的!"⑨

刘家圪崂大队的乡亲们对王卫国"武斗"期间的事,不是没有耳闻,而是尽心竭力地保护他。1969年冬,王卫国被选到城关公社"贫下中农毛泽东思想宣传队",进驻县百货公司开展路线教育。

有意思的是,县百货公司主任就是王卫国在"武斗"时千方百计想拉"出山"的炮兵专家吕文彬。当时,由于县百货公司的住宿条件差，王卫国住到吕文彬宿办合一的窑洞里。解放战争时参军的老兵吕文彬，算是王卫国"一道川"里的老乡。他1962年在部队上转业后，先后在县人民银行工作过，后因百货公司内的派性问题，被县里派去整顿。公司整顿好了，又迎来这个宣传队。人到中年的吕文彬，毕竟是从"大地方"回来的干部，虽说在"文革"开始后过了两年多的紧日子，但他并不反感那些年轻的"造反派"，包括眼下这位曾准备以"绑架"方式强迫自己卷入"武斗"的"红四野""王军长"。他始终以宽厚之心待人，始终觉得年轻人血气方刚，容易激动，也可以原谅。而住进吕文彬宿舍的王卫国，在吕文彬身上感受到了军人的刚正、长者的宽厚，领略到吕文彬正派为人、处事宽厚的人格魅力。就这样，王卫国与吕文彬，这两位年龄差距大、身份不同的人却在一个特殊的年代开始有了更深的交往。笔者年轻时因喜欢文学而追随路遥，每次见到路遥时，他总要认真地说："厚夫，我和你外公是忘年之交！"

王卫国当时尽管已经受到延川县军管组的"秘密调查"，但他身份仍然是县革委会副主任。在延川县百货公司路线教育期间，他开始恋爱了，女孩是县业余文艺宣传队临时抽调的北京插队知青林虹。

说到北京插队知青，这里有必要补充交代。"文革"期间，先后有两万八千名北京知青来到当时的延安地区插队，而其中的大部分是1969年元月来到延安地区各个县的。延川县当时接纳了两千多名北京知青，全部来自海淀区，这其中的大部分是清华大学附中的各年级学生。这些知青里包括现任党的总书记、国家主席习近平同志，著名作家史铁生、陶正，原国家自然科学基金会主任杨卫院士，美国某文图公司总裁孙立哲先生，著名画家邢仪女士等优秀人才。这两千多名北京知青像星星一样撒到延川县的各个角落，对延川县产生了巨大的文化影响。这些知青带来全新的都市文化观念，强烈冲击着闭塞的陕北乡土文化。

更重要的是，这些从诞生了第一个"红卫兵"组织的清华大学附中来的插队学生，普遍有一种"精英意识"，他们是抱着在农村大有作为和改造农民的思想来到陕北的。正如曾插队延川、后成为著名作家的陶正所言："我当时的全部感受只用一个字就可以概括：干。嘴里还得说接受再教育，心里念叨的改造农村改造中国。我也真想在革命圣地学到什么革命传统。陕北穷，落后，能大有作为，这是真的。志同道合的十七人编成一组，专挑荒僻穷困的地方落草扎根。"[10]

具体到王卫国这位优秀的本土青年，长期养成的敏于时政的习惯，使他对外来文化更为兴奋，也更愿意接受。这些从都市落到穷乡僻壤的知青，其思想行为都深深地影响着王卫国。可以这样说，北京知青文化对王卫国的人生影响是全方位的，不仅表现在从生活、情感与能力等方面的潜移默化，更对其思想乃至文学创作均产生了举足轻重的作用。这样，王卫国与北京知青林虹的初恋也在情理之中。

林虹说一口普通话，她活泼美丽、能歌善舞，举手投足均深深地吸引着王卫国；而王卫国也以其才华、人品得到林虹的好感。就这样，俩人的关系便逐渐密切起来。有一段时间，林虹回村里办事，俩人只好鱼雁传书。有意思的是，王卫国把这些情书放在吕文彬办公室的抽屉里。

王卫国与林虹的恋爱显然是各取所需。以年轻志高的王卫国心理来看，他绝不会爱上一个本地姑娘。海波回忆，路遥亲口讲述第一位向他示爱的姑娘是延川中学的同学。那时，他虽说还当"延川县革委会副主任"，却必须返乡务农。就在临离开学校之时，女孩子对他作了表白。而他却没有"来电"，打了"马虎眼"。首先告诉女孩子说："我也是平常人，那个副主任职务只是个'名'，一离开学校就是农民。"那个女孩子答："你是农民，难道我不是？我就喜欢农民。"王卫国又说："我啊，农民也不是个好农民，耕不了地，下不了种，庄稼活十样里边九样不会。"那女孩子又答："你不会我会,地里的活都有我去干,

你在家里款款地待着，什么也不要管。"王卫国一听大惊，连忙找了个借口离开，那女孩子的笑容立刻僵在了脸上……⑪

王卫国的心理是征服者的心理，恋爱好比征服，只有从都市来的北京女知青才能激起他的恋爱欲望，因为北京女知青的身份、气质与才能真正打动他。他与林虹的初恋是认真的，我们虽无法知道其中具体的恋爱细节，但可以知道路遥后来的许多生活细节，均是由她"改造"而来的，按照海波的说法，"路遥喜欢在下雪天沿着河床散步，据说这是他们相识的情境；路遥喜欢唱《三套车》和《拖拉机手之歌》，据说这是他们相恋时唱过的歌曲；路遥喜欢穿红衣服，据说这是那女子的最爱；路遥曾用过一个笔名叫'缨依红'，据说其中暗含那女子的名字。"⑫

王卫国与林虹的恋爱可谓昏天黑地。1970年，国家首次在知识青年中招工，县上给王卫国一个指标，让他去铜川市"二号信箱"（保密工厂，不公开厂名和地址）当工人。这是"文革"开始后的第一次招工，机会非常难得，但王卫国却把这个名额让给了恋人。他回到郭家沟向大妈要了几斤棉花，背到城里后，用每月十八元的生活补贴，扯了布，缝成新被新褥子，送给心爱的恋人……在当时所有的乡下青年想方设法"跳农门"之时，王卫国却把宝贵的招工指标让给"八字还没一撇"的恋人。当时，有人善意地提醒王卫国。他却说："为了她，死也值得！"

王卫国在"武斗"时期那段不堪回首的特殊经历，后来终于成为对立派攻击、诬陷他的一大口实。1970年春，全国政治运动进入到整肃造反派、打击造反派的阶段，延川县革委会主任马志亭向王卫国当面宣布：奉上级指示，令他停职反省，交代"文化大革命"中的问题。

对此，王卫国多少有点心理准备。他知道这是自己躲不过去的灾难。对于"武斗"期间打死"红总司"总指挥白振基的指控，他相信一定会调查个水落石出。但是，自己当时毕竟是"王军长"，参加过"武斗"，这是洗不掉的"污点"，也是自己的"原罪"。

就在王卫国整天提心吊胆、战战兢兢地担忧前途时，屋漏偏遭连阴雨，他为之倾注全部情感的姑娘林虹给了他致命的一击——他接到林虹的"绝交信"。这封"绝交信"像釜底抽薪一样，彻底砍断了王卫国全部脆弱的希望，使他终于有了想死的念头。

这位招工进城后的女知青，在进厂后不久，就给王卫国寄来"绝交信"，还把她和王卫国的定亲纪念品——一块提花被面退还回来。这位女知青当年为何要热恋王卫国，一切已无从考证。但就其行为而言，她何尝没有利用王卫国的"有效身份"摆脱自身人生困境的意图？也许,她当初的恋爱本身就具有功利性。这种"绝交"的打击，彻底改变了王卫国的人生轨迹。

如果说王卫国在仕途遭受着重大挫折时还能强颜欢笑的话，那一定是爱情的希望在维系这份坚强。当这份脆弱的爱情夭折之后，年轻的王卫国无论如何也不能接受这种本来就不切合实际的爱情的失败，他走到了死亡的边缘。

这场青春"游戏"结束了。后来路遥在《早晨从中午开始》中轻描淡写地回叙了当时的情形："后来的一次'死亡'其实不过是青春期的一次游戏罢了。那时，我曾因生活前途的一时茫然加上失恋，就准备在家乡的一个水潭中跳水自杀。结果在月光下走到水边的时候，不仅没有跳下去，反而在内心唤起了一种对生活更加深沉的爱恋。最后轻松地折转身，索性摸到一个老光棍的瓜地里,偷着吃了好几个甜瓜。"[13]

可以想象，王卫国在仕途无望与初恋失败的双重打击下，他由想到水潭跳下去轻生，到后来偷吃老光棍地里甜瓜的"未死"，显然有个相当复杂的心理转变。以王卫国刚烈的性格而论，他会想到死；以王卫国的倔强与韧性而言，他会想到不死，挺直腰板，站起来，决不言败！

然而，这番彻心痛骨的双重打击之后，王卫国显然元气大伤。刘凤梅回忆："但这一时期，由于一些别的原因，路遥思想压力很大，心境很不好，这年冬天，我回到家，见他穿一身白衣服，腰上还勒着白腰带。在陕北，是没有人冬天穿白衣服的，遂不解地问：'为什么这身打扮？'他说：'我在为自己戴孝。'我见他情绪十分不好，便说了一些开导的话，他说：'放心，生活不会打倒我，除非心脏停止跳动。'"[14]

王卫国"戴孝"，是告别自己的过去，是在与自己的过去做"一刀两断"的切割。

注释：

① 海波：《我所认识的路遥》，见《十月·长篇小说》2012年第4期。

② 高歌：《困难的日子纪事——上大学前的路遥》，见马一夫、厚夫、宋学成主编《路遥纪念集》，人民文学出版社2007年版。

③ 因林彪当时已经被定为毛主席的接班人，延川县的造反派们取名"第四野战军"。

④ 贺智利：《黄土地的儿子——路遥论》，中国文联出版社2005年版。

⑤ 《高举毛泽东思想伟大红旗，把无产阶级文化大革命进行到底——关于文化大革命的宣传教育要点》，见《解放日报》1966年6月6日。

⑥ 即时任延川县革命委员会主任的军代表马志亭。

⑦ 见白军民陕北说书词《延川人说路遥》，未刊稿。

⑧⑭ 刘凤梅：《铭刻在黄土地上的哀思》，见马一夫、厚夫、宋学成主编《路遥纪念集》，人民文学出版社2007年版。

⑨⑪⑫ 海波：《我所认识的路遥》，见《十月·长篇小说》2012年第4期。

⑩ 陶正：《自由的土地》，见孙立哲主编《情系黄土地——北京知青与陕北》，中国国际广播出版社1996年版。

⑬ 路遥：《早晨从中午开始》，见《路遥文集》第2卷，陕西人民出版社1993年版。

第4章 《山花》时代

缪斯在召唤

路遥走来了

收获爱情

和诗人闻频的最早合影（1970年）

青年时代的路遥与林达

和曹谷溪摄于黄河畔

缪斯在召唤

青年王卫国何时产生文学创作冲动，并开始有自觉意识的文学创作？这个问题已经无法考证了。不过，中学时代就喜欢文学的王卫国，在"文革"造反运动中，用生动、犀利的大字报，在延川县出尽了风头。"武斗"结束，县革委会成立后，王卫国虽然以群众代表的身份担任了副主任，但他却陷入无休无止的"政治学习"，甚至被打发回村当农民，现实世界与"造反有理"的青春快意形成极大的反差。就在强大的政治恣意捉弄他的时候，王卫国开始迷恋上文学这位美丽的缪斯女神了。

王卫国能走上中国文坛，与"老镢头"诗人曹谷溪不无关系。1968年秋，也就是延川县革委会成立后不久，诗人曹谷溪调离了派性斗争严重的贾家坪公社，到县革委会政工组的通讯组担任通讯干事。就在这时，王卫国和曹谷溪开始认识。王卫国见到曹谷溪后说："我早知道你，没想到今天才第一次见你。"曹谷溪冷淡地说："我也早听说过你的名字，还坐过你们的监狱呢。"王卫国听出曹谷溪话里有话，显出一脸尴尬，他解嘲地说："那些龟孙子们瞎日鬼哩，我一满不知道。今后我要拜你为师，跟你学写作。""不敢这么说，我担当不起，我也是瞎闹哩。"曹谷溪对这位小他八岁的小伙表现出自己的宽容,"咱们互相学习,互相帮助。"

还有一种说法是王卫国在1969年寒假时,主动拜访曹谷溪。1969年寒假,王卫国参加县上短期教师进修班,一次偶然的机会中,在墙上写了一首短诗,这首诗虽没有打动别人,但却独独打动了他自己,一个念头闪出来,他要拜访曹谷溪。

就这样,延川"红四野"的"王军长"和"红总司"诗人曹谷溪,突然间化干戈为玉帛了。这让曾经尖锐对立的两派骨干分子根本无法理解。"红四野"派指责王卫国:"你堂堂的副主任,拜那个保守派曹'屎人'为师,太有失身份了,连我们的脸都没处放。"而"红总司"派围攻曹谷溪:"王喂狗那一伙几乎把你揍死,你还要教他写作,这不是认敌为友?"

在县革委会刚刚成立、派性对立依然严重的当时,"红四野"与"红总司"派对王卫国与曹谷溪的交往持激烈的反对意见,这也在情理之中。然而,在文学神奇的作用下,王卫国与曹谷溪这两个原先属于敌对阵营里的人,竟义无反顾地走到一起。从此,任何力量都无法把他们分开。这种魅力既源于曹谷溪,也源于王卫国。

曹谷溪原名曹国玺,1941年生,陕西清涧县人。1956年夏,属于绥德专区管辖的延川县中学招收三个初中班,其中就有从绥德专区分配的六十五名学生。年仅十五岁的曹国玺报考清涧中学,却阴差阳错地被调剂到延川中学。从此,他与延川县结下了一生的情缘。曹国玺在延川中学初中学习期间,因喜欢美术,在初中毕业时就考上西安美术学院附中,但因家穷未能如愿。他再上延川中学,成为第一届高中毕业生。在上高中期间,曹国玺的美术才华得到初步展示。他用红胶泥为鲁迅做浮雕,为革命伟人列宁、毛泽东做塑像,送到延川县展览馆展览;他还给学校图书馆做了一个两米多高的高尔基泥塑,吸引了不少人的眼球。

中学毕业后,曹国玺因家境困难未参加高考,被推荐到县医院当炊事员。这样,他成为延川县文化程度最高、做饭水平最低的炊事员,常为擀面发愁。这位不安于现状的年轻人,在每天的洗锅刷碗后,开始做起自己的文学梦。在贺家湾公社当炊事员时,他已经写出一部叫《脚印》的剧本和百首秧歌词,投给县委宣传部。这种初步的创作收获激起他的文学创作欲望,又写了一篇《一只手表》的通讯,居然被报纸刊登了。再后来,他又以"谷溪"的笔名尝试创作民歌体诗歌《老镢头》,更被中国作家协会西安分会主办的《延河》杂志发表,成为名噪一时的"老镢头"诗人。当然,他的工作条件也不断改善,到"文革"开始时,他已经是贾家坪公社的团委书记了。

"文革"风暴刮到延川后,"造反派"在全县找不到"三家村",但发现了这位曾去京城参加过"全国青年文学创作积极分子代表大会"的曹谷溪,他听过彭真、周扬的报告。他受过彭真、周扬的流毒影响,他不是彭真、周扬伸到延川的"黑爪牙""小爬虫",又是什么呢?这样,曹谷溪这样的"黑诗人"理所当然地受到冲击。冲击他的就是"红四野"造反派,王卫国是"红四野"的"军长"。

1967年,延川县的"文革"造反运动不断升级。"红四野"的营地在延川县城,他们把正任贾家坪公社团委书记的曹谷溪抓到延川县监狱,进行严刑拷打。曹谷溪在政治观点上属于"红总司"派,还不认识王卫国,只知道他是被"红总司"骂作"王喂狗"的延川中学初三毕业生。

"红四野"抓曹谷溪的原因很简单。曹谷溪在"文革""武斗"期间,表态支持与米脂101造反派同一派别的"红总司"。北京发出最新指示,把米脂的101造反派树成"文革"的一面红旗。身在"庐山"之中的诗人,为了紧跟形势,表示愿意与"红总司"风雨同舟……曹谷溪的声明刚发表,"红总司"就打死了"红四野"的中坚力量、县交通局的局长。"红四野"一时抓不到杀人凶手,就抓来这个骂他们是"保守派"的"屎人"(诗人)抵罪。他们要把这个写过黑诗、黑戏,开过黑会,见过黑帮头子的"屎人"枪毙了,创造"红四野"的革命壮举。

"黑诗人"曹谷溪在"红四野"的监狱关了一段日子后,他才知道抓他的人就是王卫国。看守曹谷溪的造反派讲:"抓你是因为你是个名人,你那个嘴能顶十挺机关枪,站在我们的对立面,一下子就把群众都拉过去了,对我们的影响不好;主张放你,是想让你改变观点,加入我们的造反派组织。"

"王军长"还没有来得及释放曹"屎人","红总司"就攻进延川县城。这样,曹谷溪在县监狱中被自己人救出……

延川县"三结合"的县革委会成立后,以当时的名望和身份,曹谷溪完全有资格在贾家坪公社革委会当一名副主任,但在征求意见时,他坚决拒绝了。他想到周总理多次说过两派都是革命群众组织,他想到自己身陷牢狱时所亲历的一切,觉得革命同志不应该是不共戴天的仇敌,而应该"相逢一笑泯恩仇"。同在一个国家、一种社会制度里"搅稠稀"[1]的人,能有什么过不去的纠结?不管怎样,他包容的性格使他告别了派性纠葛,重新回到热爱文学的正常轨道。

1999年元月,曹谷溪在接受日本路遥研究专家安本实先生采访时,讲到他当时在延川县通讯组的情况:"1969年我被调到延川县革命委员会政工组通讯组工作。刚开始当干事,后来成为组长。当时,通讯组的正式成员是我和林达、石焕南三人。通讯组的主要任务是向报纸和广播站提供新闻稿件,但我热衷于文学创作,创作活动也成为通讯组的业务。后来,张兴祥、路遥、陶正这些人来到了通讯组。他们在那儿被培养成为民工创作人员。"[2]

1991年,路遥给谷溪诗集《我的陕北》作序时,这样写道:"我和谷溪最初相识在'文化革命'这幕戏剧的尾声部分。而在这幕社会戏剧中,我们扮演的角色原来是属于两个相互敌视的'营垒',漫长而无谓的争斗,耗尽了所有人的热情,带来的是精神上的死一般的寂寥。'文化革命'作为没有胜利者的战斗结束了,但可悲的是,失败者之间的对立仍然十分强烈。意外的是,我和谷溪却在这个时候成了朋友。把我们联系起来的是文学(这是一个久违了的字眼)。"③

这时的王卫国,已狂热地喜爱上诗歌创作。他在延川县文化馆创办的不定期油印期刊《革命文化》上发表小诗《我老汉走着就想跑》。曹谷溪在这首"顺口溜式"的小诗中看到王卫国的灵气,他决定帮助这位正经受政治审查痛苦的小伙子。

1970年夏,已是延川县革委会通讯组副组长的曹谷溪,说服了城关公社领导,用了路线教育积极分子的名额,把王卫国抽到通讯组进行培训,名为培养通讯骨干。可一连干了两期,实在没办法留人了,曹谷溪又与县文教局白军民联系,让王卫国以代理教师的身份,进入文教局成立的"延川县业余毛泽东思想宣传队"搞编剧。

为培养王卫国,曹谷溪几乎每次下乡采访,都想法带上他,让他开阔视野。1970年盛夏的一天,曹谷溪带王卫国到新胜古大队采访,曹谷溪背个海鸥照相机,王卫国背个黄挎包,两人骑一辆破旧不堪的自行车出发了。在那次富有浪漫与神奇色彩的采访活动中,王卫国跟曹谷溪学习采访,学习照相,也学习吃苦耐劳的精神。他俩站在黄河畔的石崖上,背倚苍茫而高峻的黄河峰峦,俯视着秦晋大峡谷中滔滔不息的黄河水,顿时有了一种诗意,有了对未来的自信和向往。他俩在这里自动拍摄了一张二人在黄河畔大笑的合影照。这张合影照,是路遥生前最喜欢的一张照片,因为它定格了永恒的青春、理想与友谊。1992年9月,路遥因肝硬化腹水,由延安地区人民医院转院到西京医院。转院前,他要曹谷溪把这张照片放大一张给他。曹谷溪把这张照片冲洗放大好后,专门送到路遥病房。它伴随着路遥走完了四十二年有限生命中的最后七十二天!

王卫国去新胜古大队采访活动的收获是,他在《革命文化》上发表的《我老汉走着就想跑》,被曹谷溪推荐发表在新胜古大队的黑板报上。后来,这首诗歌又被曹谷溪推荐到1971年8月13日的《延安通讯》上发表。这也是王卫国第一篇公开发表的作品。刘凤梅回忆说："1970年3月，我参加了工作，离开了延川。一天，路遥给我来了一封信，他说：'我的一首诗在《延安报》（即当时的《延安通讯》——笔者注）上发表了，你可以看看，这首诗虽然写得不怎么样，但它是在它的母亲如此的境遇中问世的，也许还是值得欣慰的。'这是路遥走向文学之路跨出的第一步。"④

王卫国当时不光跟着曹谷溪到处采访，更在曹谷溪那里借书苦读。曹谷溪的私人藏书很多，有普希金、高尔基、马雅可夫斯基等一大批俄苏著名作家的著作，有歌德的《浮士德》、惠特曼的《草叶集》、泰戈尔的《飞鸟集》，还有裴多菲的诗选集……王卫国找到这个"藏宝洞"后，每次都到谷溪宿办合一的窑洞里，借几本名著苦读。但王卫国又是个粗心之人，经常弄丢书本。书在哪里看完，这本书就放到哪里去了，离开后就再也想不起来了。曹谷溪也经常苦口婆心地说他丢书的毛病，可他却是屡训屡犯……

当然，真心帮助王卫国的不止曹谷溪一人。1970年，延川县革委会党校组织人参观榆林地区学大寨先进县吴堡县，党校校长白光明与老师黄殿武，借口王卫国能做记录，就带上他到吴堡参观。王卫国在吴堡县黄河铁桥上步行，联想到"车过南京桥"；在榆林城边钻进沙柳丛，产生《塞上柳》的灵感。于是，他在榆林招待所里一气呵成，创作了诗歌《车过南京桥》和《塞上柳》。

王卫国的这两首诗，首先在延川县文化馆油印期刊《革命文化》上发表。当时，发表文章时要对作者进行严格的政治审查。王卫国正在交代问题期间，为了避嫌，馆长建议他用个笔名。王卫国想了一阵，决定用"缨依红"的笔名。王卫国与北京知青林虹正在热恋中，取名"红"字，有表达爱情之意。

但是，这两首诗最终不是以"缨依红"的笔名发表，而是以"路遥"笔名发表的。当时，从西北大学中文系分配到延川县永坪中学任教的诗人闻频,由于文艺创作成绩突出,被县里抽到"县业余毛泽东思想宣传队"搞创作。一天早饭后,他到县文化馆闲串,县文化馆文学干事吴月光正编《延川文化》,对闻频说:"这里有一篇稿子,你看看写得怎样?"闻频接过稿子,是《车过南京桥》的诗歌,署名"缨依红"。他被作者的才情打动了,连声夸赞写得好。吴月光见闻频很满意,便说:"作者就在外边,你见不见?"闻频自然想认识一下作者。他和吴月光走到院子里,见到一位大约二十来岁的男青年。闻频指着书稿上的署名问:"这是你的笔名吗?"男青年没说话。闻频说:"笔名,一般要求独特,好念,好记……你另想个别的名字怎样?"男青年说:"好。"他接过诗稿,略加思索后断然写下"路遥"二字。闻频说:"好!这个名字好!路遥知马力。"王卫国的"路遥"笔名就这样诞生了。署名"路遥"的《车过南京桥》在《革命文化》上刊出不久,陕西省群众艺术馆主办的《群众艺术》杂志也选载了这首诗。

闻频是位多才多艺之人,也是延川县当时屈指可数的几位大学中文系本科毕业的科班学生。他的话对于一位初涉文坛的毛头小伙来说,可谓字字千钧。新时期后,闻频当过陕西省作家协会《延河》杂志的副主编,成为全国知名的抒情诗人。

《车过南京桥》也好,《塞上柳》也罢,这些诗歌还很稚嫩,带着那个时代的印记,但这毕竟是第一次以"路遥"的笔名公开亮相。这位在政治失意后钟情于缪斯的小伙子,决心手握柔弱的文学之笔,向这个爱恨交加的世界发起文学进攻!

路遥走来了

老子云:"祸兮,福之所倚;福兮,祸之所伏。"已经使用"路遥"

笔名的王卫国，其人生与此十分相似。

1970年，路遥在仕途中止与失恋的双重打击下，差点走上轻生的道路。接到"绝交信"的那天，他当着谷溪的面，伤心地痛哭，哭得肝胆欲裂。等他宣泄完情绪后，谷溪讲了自己的爱情故事，然后对路遥说："一个汉子，不可能不受伤，受伤之后，应该躲到一个阴暗的角落，用舌头舔干身上的血迹，再到社会上去，还是一条汉子。那个屄官能当就当，不能当算屌了，又不是咱老先人留下的，有什么撂不开的？女人也还有哩，又不是都死光了，不值得为这个哭鼻流水……"

也许就是这一席话，使路遥豁然开朗，结束了走向轻生的"青春游戏"。而在此后，谷溪也成为路遥紧急时刻最信赖与最愿意依托的人物之一。

被罢了官、又失了恋的路遥，那时几乎是县里人的"笑柄"——把招工名额让给北京知青林虹，结果落得个"鸡飞蛋打""竹篮打水——一场空！"路遥在默默承受社会的种种非议与压力之时，也更坚定地要在文学上"突围"，找到重新拯救自我的独特道路！

路遥当时几乎是尝试各种文体的写作，写过诗歌、歌词，也填过词，甚至会创作歌剧，近乎废寝忘食地读、写、改。闻频回忆当时的路遥既勤奋，更有超人的悟性：

> 1971年初，也就是在他诗情正浓的时候，有一天他突然问我，"歌词"有什么特点、要求，我三言两语作了最简明的回答。
>
> 没过几天，他拿了几首歌词给我看，果然是歌词，而且都合乎要求。同时，构思和组词还不落俗套。
>
> 我对他的领悟能力感到吃惊。
>
> 他这几首歌词中，就有《清格朗朗流水幸福渠里来》，后来中央的《革命歌曲》发表了。⑤

2010年发现的《促拍满路花新填》词,也是路遥当年心情的佐证。

  抛尽男儿意,换来一无情。城北廊南处,独怜心。何必惆怅?笑向华岳峰。少年正青春,水出火入,便是灿烂人生。揩抹了轻烟浮云,还原真意境。毕生学葵花,向日倾。路远任重,无意去争风。李白桃再红,总要凋零,不及雪里青松。⑥

这首作于1972年1月23日的词,是家人2010年整理路遥笔记时发现的。为何起《促拍满路花新填》这样古怪的题目,尚无定论,但却传达了路遥青春年华时"毕生学葵花,向日倾"的人生志向。

"文学青年"路遥,虽然仕途失意、爱情失败,但因在曹谷溪等人的帮助下,仍坚持在县通讯组当"学员"。县通讯组里"藏龙卧虎",有多名北京知青,后来成为路遥妻子的女知青林达,以及后来成为著名作家的陶正都在此中。

陶正是清华大学附中的红卫兵小将。他来延川插队时,只用军大衣包裹了一个油印机就千里迢迢来陕北,一到关庄公社鸭巷大队,就办起一张油印的《红卫兵战报》。这张小报不但探讨中国的农民问题,甚至面向世界,摘编俄罗斯民歌。1969年的某一天,已经任延川县通讯组副组长的曹谷溪,接到一个任务,要他去关庄公社鸭巷大队调查陶正。原因是其主办的《红卫兵战报》转录了《内参》中的内容,引起有关方面注意,要求延川县调查此事并写出报告。曹谷溪见到这位小伙子后,就让他的激情、坦率与目光远大深深地吸引住,开始喜欢这位理想远大的北京小伙。回到县城,他把大事化小、小事化了,平息了一场风波。

风波过后,曹谷溪想:人家北京知青敢背架油印机在陕北偏僻农村办报纸,普及文化,为什么我们不敢这样做?他又把陶正以"民工创作员"的身份弄进通讯组，让小伙子一展身手。

林达是清华大学附中的初中女生，在关庄公社前楼河村插队。她与路遥的初恋女友林虹从小在一个机关大院长大，关系十分要好。已任关庄公社妇女专干的林达，也让曹谷溪网罗到县通讯组，从事新闻报道。这样，才有了路遥与林达走在一起的伏笔。

就在曹谷溪不断收罗人才、扩大通讯组队伍的过程中，上海市出版了一本由川沙县农民业余编写组编写的故事书，题为《一颗红心为革命》，《人民日报》用大篇幅介绍了此书。与此同时，谷溪得到陕西人民出版社出版的诗集《延安儿女歌颂毛主席》，他从头到尾翻了一遍后，大失所望。这两本书深深地刺激了曹谷溪，他一下子找到了方向，决定"咱们也干它一场"，也要编本诗集，和《延安儿女歌颂毛主席》一比高下。

在当时特定的社会环境中，延川县"革命文艺工作者"，走一条以革命样板戏为榜样的"群众性"革命文艺创作道路，这完全符合毛主席无产阶级文艺路线，县里领导岂有不支持之理？县委书记申易表态支持这一"新生事物"。正以"民工创作员"身份暂时在通讯组帮忙的路遥、陶正，以及在已改名为"毛泽东思想文艺宣传队"中担任创作员的闻频被动员起来，参与到这项后来产生广泛社会影响的工作中。

路遥当时全身心地投入编辑延川工农兵诗歌集的工作中。他遇事敏感，长于推理。"林彪事件"发生后不久，曹谷溪参加了县里传达中央文件的会。县里的传达会开得很神秘，会场外有荷枪实弹的解放军战士站岗，会场内人人神情紧张。参加完会议的曹谷溪不敢明告，故意将正在编辑的一首诗中的句子"平型关前逞英豪"，修改为"青纱帐里逞英豪"。据此，路遥和陶正几乎异口同声地判断："林副统帅出事了！"而曹谷溪却不置可否，他佩服年轻人的敏感判断力。此后，"林彪事件"的真相揭开，林彪反革命集团里有一个叫"王维国"

的死党,与王卫国同音。考虑到这种关联,路遥决定不再使用"王卫国"这个真名。从此,王卫国正式改名为"王路遥"。

"林彪事件"后,路遥一同在"红四野"的战友樊俊成,当时正在部队当兵,他在1971年10月5日给路遥写了一封长信,主要是担心路遥情感上接受不了这一事实。过了一个来月,他接到路遥的回信,表达了对"9·13事件"的看法和见解。路遥说:"假如当年身先死,一生真伪有谁知。"⑦

其间,路遥与陶正合作创作了大型歌剧《蟠龙坝》,与闻频合写了大型歌剧《第九支队》。前者是写现实生活中的治山治水,后者是写陕北闹红中的第一支革命武装——"九支队"的故事。这两部戏均在延川县公开排演,都成为延川县惊天动地的文化事件。

与此同时,油印诗集《工农兵定弦我唱歌》以"延川县工农兵文艺创作组"的名义编就,以"延川县革命委员会政工组"的名义内部刊印。此诗集被刚刚恢复业务、正四处寻找稿子的陕西人民出版社相中,更名为《延安山花》,在1972年5月,也就是纪念《讲话》发表三十周年前夕正式出版了。此书一出,上下震动。延安地区和陕西省文化部门派出联合调查组来延川总结经验。而延川县以诗歌创作和关中户县农民画、渭南合阳县革命故事、陕南紫阳县民歌合称为陕西省的四个文化先进县。

延安地区革委会文教局、陕西省工农兵艺术馆联合调查组的调查报告《"山花"是怎样开的?——诗集〈延安山花〉诞生记》,刊于《陕西日报》1972年8月2日。该报告这样写道:

城关公社刘家圪崂大队创作员王路遥同志,一年中创作诗歌五十余首,其中有六首在报刊上发表。据不完全统计,全县一年来共创作诗歌两千余首。这些革命诗歌,运用黑板报、墙头诗、诗传单、唱秧歌、朗诵会等各种形式直接与广大群众见面，有力地配合了三大革命运动。

《陕西日报》在显著版面发表的调查报告，点名表扬的作者只有一人，就是路遥。因为《延安山花》的几个骨干作者中只有路遥是真正的农民身份。当时，延川县除了一个农具修理厂外，没有别的工厂；除了"县中队"外，没有别的驻军。因此，"工农兵"创作的核心就是返乡青年"王路遥"。路遥的名字上了《陕西日报》，这使他再次成为全延川县的"名人"。

而这本《延安山花》诗集，自第一版公开发行后，就成为工农兵创作的典型。随后，不断修订、完善，先后多次印刷，甚至在香港的三联书店也印刷发行。这本诗集先后累计发行达28.8万册，创造了工农兵文艺创作诗集的发行奇迹。成名后的路遥回忆此诗集时曾说："可以说这是'文化革命'后期中国大陆上第一本有泥土气息文学价值的诗歌集子，不能不引起社会的广泛关注。"

1974年，日本学者安本实在日本大阪书店买到一本《延安山花》。当时，他第一次读到谷溪和路遥的名字。2007年，身为大学教授的安本实先生把这本珍贵的诗集赠送给了延安大学路遥文学馆。

《延安山花》给延川县赢来了声誉，延川县领导怎能不支持？在出名效应的鼓励下，谷溪他们在1972年9月创办了县级文艺小报《山花》。《山花》的旋律是"信天游"的，延川县的文艺青年主要通过"信天游"的方式来抒志咏怀，表现"崇高的革命理想"。

《山花》在万木凋零的时代，一枝独发，自然产生了强大的魅力。《山花》的骨干作者除了延川的谷溪、闻频、军民、陶正、路遥、荆竹等工农兵外，还吸引了一批文学爱好者。后来的著名作家赵熙、刘成章、著名诗人梅绍静、著名散文家和谷等人的作品，都在《山花》上发表过。文学评论家李星这样评价《山花》："《山花》像一株鲜艳大红的山丹丹花,使中国阴霾的文坛天空出现了一丝亮色。"⑧

路遥在延川创作的诗歌、散文、小说的首发阵地均是《山花》。他最初的诗歌《车过南京桥》《塞上柳》《我老汉走着就想跑》《当年"八路"延安来》《走进刘家峡》《电焊工》《歌儿伴着车轮飞》《老汉一辈子爱唱歌》等,均刊于《山花》;他的叙事诗《桦树皮书包》,短篇小说《优胜红旗》《基石》等,也同样是在《山花》上刊发后才引起外界注意,并被选入省级文艺刊物的。

王卫国搞创作"一炮打响"后,延川县再没人叫他"王卫国",更没人叫他"王军长"。不管是熟人也好,陌生人也罢,都叫他"路遥"。

收获爱情

路遥在缪斯女神的引导下,全身心地扑到文学创作上。他不仅有激情满怀的诗歌表达,更开始创作长篇叙事诗、剧本与小说的尝试。他也在不经意间收获了爱情,其可谓:"有心栽花花不开,无心插柳柳成荫。"

自从路遥在失恋后哭得一塌糊涂后,曹谷溪便决心帮助这位把爱情看得比生命还重要、有情有义的小伙子。就在延川许多人骂王卫国是傻瓜蛋的时候,曹谷溪却觉得在农村人设法跳出"农门"、逃离苦海的时候,王卫国却把自己的招工指标让给心爱的对象,这种品质是非常难能可贵的。

曹谷溪定期给在铜川"二号信箱"工作的林虹寄《山花》小报,让这个已经变心的女孩子了解路遥的作为。他甚至动员林虹的好友、同在一个村子插过队的林达去铜川给林虹做工作,劝她回心转意,再续情缘。当时的林达因文笔突出,被抽到延川县通讯组当干事,是谷溪麾下的兵,她自然乐意为朋友"穿针引线"。有一次,林达去铜川看望林虹,结果是可想而知的。林虹已经与别人相好,不可能再回到从前。

这一切秘密工作,路遥却并不知情。有"吃钢咬铁"性格的他,绝不会退回到过去。当时,住在延川县委二排18号谷溪窑洞里的路遥,与谷溪同住一个土炕,共用一个书桌。他与林达几乎是抬头不见低头见,二人彼此均有好感。对于路遥而言,他知道林达的文笔很好,她在《山花》第四期以"程远"的笔名发表散文《在灿烂的阳光下》,她性格单纯,做事干练。对于林达而言,因为有与自己好朋友的初恋关系与谷溪的相托,她才认真地观察并用心了解路遥。她知道路遥尽管有失意的仕途和失败的初恋,但她发现路遥性格沉稳、大气,思想深刻,文笔敏锐,有理想,有抱负,有文学才华,是一位延川好青年。就这样,他们彼此之间有了好感,也开始交往了。

这一切,均被曹谷溪看在眼里。他在县城、新胜古、贾家坪等地办业余文学创作人员学习班时,总是同时抽调他俩一起参加采访学习,有意无意地将他俩编入一班,故意给他们提供相互接触和了解的机会。林达当时住集体宿舍,路遥又借居谷溪的办公窑洞,而谷溪的窑洞又经常门庭若市。为了给这对青年男女提供机会,谷溪专门把只有自己才能进入的照相暗室,提供给路遥与林达,供他们谈恋爱。就这样,路遥与林达在一间"照相暗室"里,正式开始了他们的恋爱。

对于和路遥的恋爱,林达是很慎重的。她专门再一次去了一趟铜川,给自己的好友、路遥的前任女友林虹报告她与路遥的恋爱情况,以求得好友理解。当时的林虹,已经为自己对路遥的伤害而心怀内疚。当获悉林达已经与路遥恋爱后,她又感到一些欣慰,好人付出的情感总是有好的回报……

林达还在回福建省宁德地区探亲时,向母亲报告了自己与路遥的关系,征求母亲意见。林达父母原在全国侨办工作,父亲是归国华侨,曾任廖承志秘书。"文革"开始后,林达父亲被打成"走资派",下放到福建老家。林达母亲是位大家闺秀,聪慧贤淑,她要女儿讲讲路遥是怎样一个人。只见林达滔滔不绝地夸路遥的才华、勤奋、刻苦、毅力……末了,母亲再问:"你讲的都是路遥的优点,路遥有什么缺点呢?"林达答不上来。母亲告诉女儿说:"你不知道他的所有缺点,就说明你并不很了解他,你们的事缓一缓为好,你得先冷静下来,拉开距离之后再看看。从某种意义来说,只有当你愿意接受和包容他的全部缺点的那个人,才能成为你的生活伴侣……"林达是母亲的孝女,遵从了母亲的意见。探亲回来后,她果然与路遥拉开距离,好久不再进那个冲洗照片的暗室。

这时,已经陷入爱情泥淖中的路遥,又一次手足无措。他对谷溪语无伦次地说:"林达不和我好了……"在谷溪面前,他又一次落泪了。谷溪安慰他说:"事情不会这么简单,林达不是一个会突然变卦的人。"路遥告诉谷溪:"是她母亲不同意,林达听她妈的话……"作为过来人的谷溪笑了,说:"人家娘问得很好,你总不会没有缺点?对一个人认识,总得优点缺点都了解才行。"这样路遥忐忑不安的心才稍稍有些平缓。

县革委会大院的人很快都知道了这场风波。团县委书记找到谷溪说:"林达和路遥快不行了。不行了,咱就叫陶诗人上。"陶诗人是指陶正,他当时的诗歌创作与路遥并驾齐驱;更为重要的是,他与林达均是清华大学附中学生,在语言与生活方式上更容易接近。可是谷溪赶紧制止团县委书记的瞎掺和:"快不敢这样,不是这么回事。"谷溪知道路遥已经为爱情受过一次伤,他的心灵极其脆弱。不管从爱护年轻人的角度,还是从爱护人才的角度,他都要尽最大可能促成这对年轻人的爱情。于是,他又找来林达,说:"你妈的话很好,但并不是不同意你谈。我对路遥说了，路遥也同意你妈的话。那你以后就继续了解路遥，爱情的大厦也要建立在坚实的地基上，不能是空中楼阁……"

谷溪的一番话，挽救了路遥和林达的爱情。林达表示愿意继续了解路遥。

这时，拉开爱情距离的路遥，痴情于缪斯女神。他依然在县毛泽东思想文艺宣传队当编辑，每月领十八元补助费。有演出，他去拉大幕；没有演出，他就一边帮谷溪编《山花》，一边文学创作。

延川县关庄公社关家庄大队插队的北京知青孙立哲，本身没有学过医，他所有的医学知识均来自当医生的姐姐的耳濡目染。作为村里一名赤脚医生，一次他在病人生命的危急时刻挺身而出，在简陋的医务室，为一位产后大出血的妇女施行手术，并且获得成功。从此，孙立哲有了"救命菩萨"的美誉，也很快成为当时缺医少药的延川农村家喻户晓的名人。孙立哲的事迹可谓惊天动地。有人说，他是一个黑医生，没有行医执照，闹出人命怎么办？有人说，他是一个红医生，白手起家，因陋就简，像白求恩一样全心全意地为人民服务。两种观点针锋相对，县革委会莫衷一是。县委让曹谷溪代表县委去考察，拿出意见。谷溪带了几个通讯员，另外配了一位在延川县医院下放的外科大夫，对孙立哲的行医和手术情况进行实地考察。考察的结果是曹谷溪撰写了大型通讯《一个活跃在延安山区的赤脚医生》。此文在《人民日报》几乎用一个整版刊出，孙立哲一夜之间成为全国名人。孙立哲出名后，引来全国多位著名作家采访。当时，在陕西省文艺创作室工作的作家李小巴就是其中的一位。曹谷溪把年轻的路遥介绍给李小巴。李小巴回忆，路遥那时一连几天晚上主动找他闲谈，谈自己的家庭、人生与创作。他甚至在一天傍晚陪着李小巴闲逛时，笑着告诉李小巴说："北京知青来了不久，我心里就有种预感：我未来的女朋友就在她们中间。"李小巴当时听了十分惊异，认为这是不可能的事，这是一个不自量力的陕北后生在口吐狂言⑨。

李小巴采访完孙立哲后，又到延川县学大寨的先进典型新胜古大队采访。这次，是谷溪安排路遥陪同。许多年后，李小巴清楚地记得："头天晚上，脱衣睡觉时，我发现路遥先把被子盖在身上，然后再把裤子脱掉拉出来。我有点奇怪，后来才知道，他没有内裤，没有短裤头。他当时的确是个陕北贫困农民的儿子。我当时从内心同情和喜欢这位青年。但我不能说。我已经感觉到他是个自尊心很强的人。我装着没看见。"⑩

李小巴眼中的路遥，"内心深处却蕴藏着饱满的激情"。他们步行去延水关看黄河时，路遥虽然沉默着不说话，但内心都在翻腾。当坐上小木船过黄河时，路遥兴奋了，他用低沉的嗓子哼着《黄河船夫曲》。这一天，路遥恢复了年轻人该有的开朗。

此时，开始恢复工作的陕西省文艺创作室准备筹办《陕西文艺》。负责《陕西文艺》稿件的女作家贺抒玉和问彬到延川县搜寻作品。谷溪又一次把路遥刚在《山花》上发表的短篇《优胜红旗》介绍给这两位女作家。她们看了小说后十分惊奇，觉得这篇小说的可贵之处，在于它洋溢着生活气息和真实感受，有限的篇幅里情节跌宕起伏，人物栩栩如生，仿佛一缕清新之风。她们充分肯定了这篇小说的价值，认为作者有培养前途。后来，《优胜红旗》发表在《陕西文艺》1973年创刊号上，这是路遥作品第一次正式发表在省级文学刊物上。

路遥在文学创作开始进入门道的时候，也开始收获了爱情。距离产生美，与路遥拉开距离的林达更加清晰地看准路遥的优缺点后，她决心抓住这次爱情，不让它从身边再溜走。这样，他们拉开距离的时期结束了，难分难舍的时间到来了。1973年春节，林达没有探望下放到福建的父母，而是随路遥到郭家沟的养父母那里过年。在陕北，女孩子能到男青年家里过年，意味着一门亲事的确立，女孩子要成为这家的媳妇。路遥领了一个北京女知青回家过年,这自然是大爹、大妈所满心欢喜的。儿子这回是真有出息了,能把北京的女孩领回家,自然是件大事。当时,延川农村人过年寒碜,但大妈还是拿出最好吃的年茶饭招待未过门的儿媳妇。

路遥和林达一过完年,就骑车去曹谷溪在城关公社刘家沟大队的家看望谷溪去了。谷溪既是林达的领导,也是路遥的"师傅",到了谷溪家,他们十分自由与自在。谷溪找大队收拾了两孔知识青年住过的窑洞,分别安顿他们住下,就给这对恋人好吃好喝的招待。饭饱之后,就让他们俩回窑里卿卿我我。这样的好光景一直到正月初八春节收假,谷溪又陪着路遥和林达一同回县城上班……

就在路遥和林达热恋之时,风凉话又传到路遥耳朵里。一些人笑话他,癞蛤蟆总想吃个天鹅肉。上次跟那个北京女子恋爱,把招工名额也让给她,结果是鸡飞蛋打。这次又和一个北京女知青好,弄不好还是上次的下场。人家长嘴就让人家说,自己全当没有听见。路遥是位对自己很"狠"的人,一旦认准了目标,就有九牛也拉不回的劲儿。海波回忆路遥当年的情景:"有一次,他谈到自己的婚姻,说还得找一个北京知青。我说:'还是找一个本地人比较稳妥,知根知底,有挑有捡。'他一听生气了,反问我说:'哪一个本地女子有能力供我上大学?不上大学怎么出去?就这样一辈子在农村沤着吗?'见我尴尬,他又说,'一个人要做成点事,就得设计自己,先得确定目标。目标一设定,就要集中精力去努力,与此无关的都得牺牲。想样样都如意,结果一样也不能如意。"①

由此看来,路遥是一位相当理智并有着超常自控能力的人,他在恋爱与婚姻中有明确的功利目的性。

事实上,当林达成为路遥的未婚妻后,她给路遥付出了很多。她每月挣三十八元工资,除了自己的伙食和必不可少的零花钱外,其余的都让路遥花了。这还不是最主要的,林达也是一个十分了得的"笔杆子",无论在领导还是群众中间都有很好的口碑。以她的才气和表现,上大学是完全有可能的,但为了支持路遥,她放弃了这个选择。

注释:

① 陕北方言,即"一起生活"。

② 安本实:《路遥的初期文学活动——以"延川时代"为中心》,见马一夫、厚夫主编《路遥研究资料汇编》,中国文史出版社 2006 年版。

③ 路遥:《土地的寻觅》,《路遥文集》第 2 卷,陕西人民出版社 1993 年版。

④ 刘凤梅:《铭刻在黄土地上的哀思》,见马一夫、厚夫、宋学成主编《路遥纪念集》,人民文学出版社 2007 年版。

⑤ 闻频:《回忆路遥》,见马一夫、厚夫、宋学成主编《路遥纪念集》,人民文学出版社 2007 年版。

⑥ 见《路遥全集》"早晨从中午开始"卷,北京十月文艺出版社 2013 年版。

⑦ 樊俊成:《追思与路遥相处的日子》,见延安大学路遥研究会编辑《路遥研究》,2008 年第 3 期(内部刊印)。

⑧ 李星:《今日山花更灿烂——延川作家专号漫评》,《延安文学》1998 年第 5 期。

⑨⑩ 李小巴:《留在我记忆中的》,见晓雷、李星《星的陨落——关于路遥的回忆》,陕西人民出版社 1993 年 6 月版。

⑪ 海波:《我所认识的路遥》,见《十月·长篇小说》2012 年第 4 期。

第5章 延大啊，这个温暖的摇篮！

好风凭借力

生活在杨家岭

在饥渴的路上

有准备的头脑

1976年夏,路遥在延大上学时与同班同学的合影

1975年7月13日延大中文系七三级赴榆林报社实习小分队留影(第二排右三为路遥)

好风凭借力

1973年夏,全国高校普遍恢复招生。当时的招生方式是实行推荐选拔制,即上级把大专院校的招生名额分配到县上,由公社给县文教局上报推荐对象,文教局负责政审及向大专院校推荐。当时的招生虽是文化课考试与社会推荐相结合,但因是招收工农兵学员,特别强调出身与表现,只要政审不出问题,招生院校一般不做改变。于是,插队知青、返乡青年动用各种关系,利用各种手段,纷纷想跳出"农门",抓住一份现成工作,成为二元社会体制下的城里人。有扛硬关系者,小学毕业也可以送进大学;关系一般者,高中毕业却只能送进中专。

全国大专院校恢复招生的消息传到延川县后,路遥动了上大学的念头。他决定到大学深造,提高自己的文学创作水平。路遥的志愿依次是:1.北京大学哲学系;2.西北大学中文系;3.陕西师大中文系。他似乎志在必得。路遥那时因文学创作成绩突出,事迹已上《陕西日报》,县里领导和有关人员自然也十分支持他。人才难得,好好让大学把路遥打磨一下,这后生是块干大事的料!

1973年暑假期间,延川县文教局招生办公室专门组织了一次大专院校选拔学员的"文化考查"考试,考场设在延川中学,一千来人参加考试,其中北京插队知青占了很大比例。路遥"干部档案袋"中的"1973年高等院校招生文化考查成绩登记表",记录当时的成绩:语政83分;数学22分;理化30分;平均45分。另外,还保存一份《我从实践中获得了真知——批判刘少奇散布的"天才论"》原件。这份批判稿是用书信体的方式来完成其构思和行文的,尽管有浓重的时代痕迹,但仍可看出路遥的才气。这份批判稿使他的"语政"获得了83分的高分。

延川县文教局对路遥的推荐更是煞费心思。路遥的数理化不行,只有文学创作一样特长,只能往文科专业上送。好在北京师范大学中文系和陕西师范大学中文系均在延川招生。县文教局同志把路遥发表的作品呈上,北师大的招生老师开始十分满意,可是提到审查简历时却直摇头。因为造反派在当时是个大忌,更何况路遥还是"红四野"叱咤风云的"王军长"!本来中央有政策,对于"文革"初期学生中犯错误的,"高中以上的记入档案,初中以下的既往不咎"。路遥是初中毕业生,属于"既往不咎"者。可是,北师大招生教师婉言拒绝:"这小伙是人才大有前途,请原谅实在是爱莫能助,中央对造反派视如恶虎,千万不要让我们犯政治错误。"话说到这个份上,县文教局不能再勉为其难了。

县文教局的同志只好退而求其次,再往陕西师范大学中文系送。当时,招生院校的老师们都住在延川县唯一的旅社——工农兵旅社。陕师大招生人员从北师大那里已经知道情况,也坚决不要,说:"我们学校是培养教师的,路遥应该上综合大学的中文系。"他们私下里却抱怨:"这延川县推荐人才也是太荒唐了,非要选个造反派头头上大学。他们夸路遥如何优秀,怎不让他继续当县革委会副主任?他们也不替招生方想一想,咱们怎能把'三种人'招到学校捣乱!"

就这样,北京师范大学和陕西师范大学均公开拒绝录取,延川县文教局碰了一鼻子灰。这个意想不到的结果,对于正踌躇满志地展望大学梦的路遥来说是一个沉重打击,这也几乎使他又一次陷入绝望的痛苦之中。

招生院校为何接二连三地拒绝这样一位已被省报点名表扬的优秀文学苗子呢?必须结合当时的招生背景才能说清楚。当时,全国高校虽然恢复招生,但在毛泽东"开门办学"以及"与实践相结合"的指导方针下,招收的学生叫"工农兵学员",上面给"工农兵学员"的任务是:"上大学、管大学、改造大学",各个大学都有由学生组成的"上管改"领导小组,直接参与学校管理。这些招生的高校老师,以为路遥是个闹派分子,由此进一步认为,县上全力推荐意在甩掉这个"包袱"。于是,就出现戏剧性的一幕:县上越是拼命推荐,他们越是不敢收!

路遥是全延川县的人才,为了他的进一步深造,县文教局可谓"绞尽脑汁",想尽一切办法。大学不行,他们甚至想到过送路遥上师范的主意。有人说:现在这种招生制度,大学和中专一样,大学不要的中专也不一定敢要。

后来,有人想到给延安大学推荐,在延大那里碰碰运气——因为延大中文系的领导在1972年曾组织学员到延川搞过群众性工农兵创作活动的调查,还在延川开过座谈会。他们见过路遥,了解路遥的情况。于是,县文教局同志拿着路遥作品找延大招生人员。招生老师一看,认为路遥是个起点很高的推荐对象,但目前全国正清理"造反派",承担不起这个政治风险。他们想了个主意,只要学校领导同意,他们就招!谁能找到学校领导呢?这又让延川县文教局同志犯了难,他们向县委书记申易汇报情况。不料,申易哈哈一笑,说:"我亲自去延大做工作。我们要想办法把这样的好人才推出去!"就这样,延川县委书记申易亲自出马做路遥上大学的工作。

申易是老红军后代,曾先后担任过志丹县委书记、延安县委书记、富县县委书记,"文化大革命"时期蹲过造反派的牛棚。1969年底,调到延川县任县革委会核心小组副组长、革委会副主任。他参与过"关于白振基同志参加武斗致死，涉嫌王卫国案"的处理。当时王卫国的同派群众说此事是无中生有、故意陷害；但另一派群众说他有"人命案"，罪不可赦。两种意见，互不妥协。

本着"不冤枉一个好人、不放走一个坏人"的原则，申易建议对"白振基参加武斗致死，涉嫌王卫国案"进行复查。军代表、延川县革委会核心小组组长、革委会主任马志亭是位正直、善良的军人，他支持了申易的建议。于是，延川县公检法军事管制领导小组对1968年4月17日"红四野"和"红总司"两派武斗进行了深入细致的调查。当时的焦点在于：第一，4月18日早晨王卫国一派打扫战场时，"红总司"总指挥白振基是否还活着？第二，王卫国等人在打扫战场的过程中，是否把白振基扔进天窨？如果是白振基尚有一息，王卫国等人把他扔进天窨，这个问题就严重了。为了对事实负责，调查组经过深入专访，复查所有可疑细节，最终得出可信结论："红总司"白振基在4月18日早晨已经死亡，将白振基尸体扔进天窨也与王卫国无关。此案就此了结，免了王卫国的一场牢狱之灾。

应该说，申易那时候并不知道王卫国会有多大出息。他只是本着正义与良知，做了一件还原真相的工作。也就从那个时候起，申易才开始关注这位王卫国，了解到他的为人处世方式与文学创作情况。这样，1973年时已经担任延川县委书记的申易决定帮助路遥圆其大学梦才顺理成章。

当然，这位优秀的基层领导在延川主政期间，办成了三件在全国产生影响的大事：一是大力扶持"赤脚医生"孙立哲，最终把他树成全国知识青年的典型；二是大张旗鼓地表彰大办沼气的典型习近平同志，并亲自拍板推荐他上大学；三是支持县级文艺小报《山花》，使延川一跃成为以群众性"诗歌创作"闻名的陕西省级文化先进县。

申易是位有着远见卓识的基层政治家，他鼓励"新生事物"，善于发现人才。这样的工作不但提携了人才,引导了社会风气,也使自己的工作有声有色。具体到路遥,申易就是想让做出成绩的人受到重视,得到好处。

申易专门乘着延川当时唯一的车号"24-50071"的北京吉普,去延安大学找堂弟申沛昌。申沛昌当时在延大中文系主要负责招生工作。申易向他讲路遥上大学的事情,说县上原来把路遥推荐给一所大学,但人家嫌路遥曾当过县上一派群众组织的头头,而且有人告状,所以最后决定不录取。申易明确告诉申沛昌,延川县委正式作出结论,路遥在政治上没有问题。

申易是申沛昌的堂兄,更是中共延川县委书记,他的态度很诚恳,也很坚决。对于申易的推荐,申沛昌自然高度重视。申沛昌德才兼备,敢作敢为,当时也是位十分爱惜人才的中层领导,在延大威信极高。

1972年,延安大学中文系在筹备招收工农兵大学生时,专门招了一个一年级的"试点班"。在当时"开门办学"的大环境下,中文系专门组织该班学生到延川县搞调查研究,还和《山花》编创人员进行座谈,第一次见到路遥。他尽管与路遥没有单独接触,但已知道路遥的创作情况,知道这位小伙子的文学才华。这样,他亲自向中文系主要领导郭玉宝和学校领导张逊斌作了报告,建议录取路遥到中文系上学。在其后,申易先后两次找学校领导,以延川县委的名义力荐路遥。郭玉宝和张逊斌是两位开明的领导,支持申沛昌的意见,录取路遥到中文系上学。

应该说,路遥在不断奋斗的过程中,一直有"贵人"相扶。具体到他上大学的过程,倘若没有延川县文教局同志的不懈努力,没有县委书记申易的亲自出马做"保送"工作,没有申沛昌的仗义,没有郭玉宝与张逊斌的开明,他的大学梦根本无从谈起。可以这样说,路遥能一路走来,成为我国当代著名作家,与众多有名与无名人的帮助分不开!

事实上，延安大学当年录取路遥还有政治风险。西安的大学不录取，而延大竟敢录取，会不会带来什么政治上的麻烦，这些都是中文系与学校领导所慎重考虑的。所以，延安大学在果断录取之后，也做好了小心应对的准备。申沛昌回忆，延安大学为防止因录取路遥而产生的突发性事件做了充分的准备工作，甚至想好了几条应对的理由："1. 根据延川县公检法专案组的调查，所告问题可以说事出有因，但没有能够成立的证据，不予认可。2. 中共延川县委有明确的政审结论，不同的群众组织之间告状，不影响路遥上学。3. 我们1972年到延川座谈调研，已知路遥爱好文学，颇有才华，录取这样的学生上大学，或许还能培养一名有用人才。如果轻率地拒之校门之外，不仅可能断送他的前程，而且作为教育部门也是一种失职。4.'文革'中后期，派性勃起，相互告状、攻击，司空见惯，不可轻信，更不可把一纸告状信作为凭证定罪。"申沛昌回忆说："事实上，由于延大党委和延大中文系在录取路遥这个问题上态度鲜明而坚定，原来担心的麻烦事情也没有发生，看来总还是邪不压正。"[1]

好风凭借力，送我上青云。路遥这位优秀的文学青年，在众多好心人的帮助下，终于以好事多磨的方式，成为延安大学中文系七三级中的一员。成名后的路遥曾在给申易写信说，申易给了他"父亲无法给予的支持，母亲无法给予的关爱"！

生活在杨家岭

革命选择了延安，时代孕育了延大。延安大学坐落在延安城北郊的杨家岭，它有较为久远的办学历史。早在1941年7月30日，中共中央做出决定，把抗战之初就创办的陕北公学、中国女子大学、泽东青干校合并，由毛泽东亲自确立校名为延安大学。1943年3月，中共中央西北局决定，把鲁迅艺术文学院、自然科学院、民族学院、新文字干校并入延安大学。1944年5月，陕甘宁边区行政学院并入延安大学。1944年5月24日下午，重组后的延安大学在边区大礼堂隆重举行开学典礼，毛泽东和朱德相继讲话。

"文革"爆发后，延安大学和全国其他高校一样，正常的教学工作秩序被完全打破，学校处于混乱局面。1970年12月，陕西省革委会决定撤销延安大学，要把校址移交给延安革命纪念馆，新建的实验楼改为"万岁馆"。当时，延大有良知的师生把状告到周恩来总理那里。周总理专门委托邓颖超同志召集兰州军区、陕西省和延安地区负责人座谈，否决了陕西省革委会的意见。周恩来总理在座谈会纪要中亲笔批示："延大不仅要办，而且要办大办好。"

1973年秋，已经正式更名为"王路遥"的王卫国，虽然费了一番周折，但他终于如愿以偿地进入延大中文系七三级学习，成为延大恢复招生后招收的第一届工农兵学员。1973年，延大中文、数学、物理、化学四个系各招三十名，而路遥就是中文系三十名学生中的一分子，他是名幸运儿。

2010年，也就是路遥逝世十八周年那年，路遥大学同学王志强撰文称："1973年8月，我们接到延安大学的录取通知书，通知要求新生于9月下旬某日报到。然而不几天，学校又发来电报，说中文系有紧急任务，要我们提前于9月1日报到。那时我们都急切地按时报到了，领到的'紧急任务'便是诗集《延安颂》的编辑工作。当时省上要求延大中文系出版歌颂延安的诗集，我们中七三级全班同学参加了选编工作。王路遥同学比我们迟报到一个星期，后来我们知道他在录取'政审'上有争议。"②

路遥的另一位同学白正明回忆："他穿着一身半新不旧的灰的长制服，挎着一个当时北京知青普遍用的黄帆布背包，脚上是一双浅蓝色球鞋，留着青年运动发型；他脸刮得青亮青亮（全脸胡），单眼皮下两只深邃的眼睛，鼻子不大不小，厚嘴唇角带着丝丝的微笑。这就是我第一次见到的王路遥同学。"③

就这样，迟到一周的"王路遥"来到延安大学中文系报到。"王路遥"在这个全新的大学班级同学中的亮相，首先是参加诗集《延安颂》的选编工作。说白了，选编作品集是考察选家的眼光。在中文系七三级学员中，王路遥是最具"选家眼光"的选编者。他翻阅资料很投入，且速度快，质量高。在讨论定稿的过程中，他的思想更成熟，见解更独到，选编更准确。他推荐的"老镢头"诗人曹谷溪的诗歌《书记的"胃口"》顺利入选，他也受到老师的关注。

路遥是位有心之人，也是位争强之人。他在第一学期的上课和学习讨论中，不仅喜欢发言，而且善于表达，总能抓住肯綮、言简意赅、高度概括，这样他出众的表现也得到全班同学的一致赞赏。两个月后，中七三级进行了班干部的正式选举，路遥全票当选为班长。

路遥当选班长后，烧出的"第一把火"，就是精心组织中七三级在全校元旦文艺晚会上的节目。1973年临近年终，学校计划举行元旦"文艺晚会"，要求各个班级都要出演节目，这在当时是一项严肃的政治任务。在文艺演出方面，中七三级不是强项。然而，情急之下的路遥毅然做出决定："自己创作歌曲，全班同学集体演唱。"于是，他与同学开始创作歌词。经过几天的创作，朗诵词和歌词全写好，题目是组歌《我们生活在杨家岭》。征求同学意见后，路遥拿上修改稿，亲自到延安歌舞团找认识的作曲家谱曲。演出前，路遥到距学校五十华里的姚店镇延安钢厂借来工人服，到驻延部队借来解放军军服。

在延安大学1974年元旦文艺晚会的演出上，中七三级学生出尽了风头。这次激情飞扬的大合唱，在元旦晚会上一炮打响，震动了延安大学，在全校师生中引起了强烈反响，路遥也由此知名延大校园。

以路遥的能力与精力而言，主创《我们生活在杨家岭》是驾轻就熟，他早在"山花时期"就与陶正、闻频合作创作过大型歌剧，取得不俗的演出效果，他有这方面的经验。

路遥烧出的"第二把火"，就是邀请部分文学名人给全班做文学讲座，以提高同学们的写作水平。1974年夏季，是中七三级的第二个学期。全国教育"回潮"，开始整顿教育质量。路遥在班级搞"艺术走向社会文学讲座"，多次邀请省内有影响的作家与诗人做报告。在那个知识匮乏的特殊年代里，中七三级同学在路遥的精心组织下，享受着文学的盛宴。

到大二以后，路遥的创作进入到散文阶段，他的诗歌创作渐少。为了配合政治形势，他组织全班同学，在校内编辑出版了油印诗集《熊熊的烈火》。

他这个班长是敢于担当的。1976年初，周恩来总理病逝，上面指示不开追悼会，不许戴黑纱。作为班长的路遥，组织全班同学每人捐款五角钱，派人扯黑布做黑纱，每个同学都戴黑纱三天，表达对周总理的无限怀念之情。

1976年初夏，中七三级学员的学习即将结束。作为班长的路遥认真准备，亲自给全班同学做了一次《浅谈散文创作》的讲座，以此圆满结束他的文学讲座计划。这个讲座花了四节课的时间，相当于他文学创作实践的汇报。在同学王志强的记忆中，路遥讲到散文的主题和材料时，在黑板上画了一架飞机和几门大炮，用几门大炮从不同角度同时射向一架飞机的形象比喻来阐述"形散而神不散"的散文创作特点。路遥还说："要想在文学上获得成功，就必须按文学的发展规律循序渐进，不断提高。我以为搞创作首先应该写诗，写诗可以激发想象力，锻炼思维能力，开阔认知视野；其次是写散文，写散文能打好文字功，为小说创作铺平道路；最后写小说，先从短篇写起，再写中篇，待中篇成熟了才能创作长篇。"④

客观地讲，中七三级班长的角色，给路遥提供了施展才能的平台。他之所以能风风火火，引领全班同学往前走，其关键点在于：一是他有无穷的创作热情与高出同龄人的文学表达能力；二是他有较为成熟的社会组织能力与协调能力。正如陕北民歌所唱到的那样，"群羊靠的是好头羊"，路遥这位优秀的文艺青年，的确起到了好的带头作用。

在饥渴的路上

大学学习生活，并不只是红火与热闹的形式，更在于遨游知识海洋。

"文革"期间的延安大学，不管教师还是学生，生活都非常困难。路遥同班同学徐来见回忆："在大学，正是吃极'左'苦果那几年，学生食堂几乎每天是钢丝饸饹，玉米面发糕，高粱稀粥，开水煮白菜，同学们管这叫'老三样'，有的甚至在不堪忍受时竟然闹起'伙食革命'，与厨师过不去。路遥不在乎这些，他饭量偏大，有时也因数量不足，一顿能吃到六两到八两饸饹，或是两块折合成八两的发糕，填饱肚子了事，也无什么怨言。"⑤

路遥在延大中七三级上大学时，基本的生活费用是在延川县通讯组当干事的恋人林达提供的。而林达当时领三十八元的最低工资，既要维持自己的正常开销，也要供路遥上大学，这确实有点太难为她了！路遥在延川期间养成了嗜烟如命的毛病，一直到病逝都没有克服。深知路遥这项毛病的林达，总是把工资的大部分无私地支援了恋人。

与许多同学不同，路遥上延大具有明确的目标性。他就是想借延大这个平台,获取更丰富的文学营养,然后在文学的天宇上振翅高飞。这样,他能充分利用大学这一平台,按照个人理想设计自己,塑造自己。

路遥入校后,就充分利用学校图书馆资源,全身心地投入文学刊物和著作的海洋。他的发奋读书,在中七三级同学中是出名的。他的学习阵地是学校阅览室,他每天坚持阅读各种报纸,了解国内外大事;同时,有计划有步骤地翻阅图书馆收藏的"五四"以后的各种文学期刊和报纸,了解中国现代文学的发展轨迹,弥补知识空白点。

路遥不光在校阅览室翻阅大量文学刊物,他更是设法借阅世界文学名著,一本接着一本读。同学徐来见回忆:"当时的好书少得可怜。在极'左'路线禁锢下,许多中外名著仍在'文字狱'中未解放出来,偌大延安大学图书馆仅存一本《悲惨世界》,缺面残页,破破烂烂,也真够悲惨的。在这种百花凋零的境地,路遥三天两头跑图书馆,设法找书,爱不释手地读了一部又一部。他十分崇拜柳青,把《创业史》读了四遍。为了研究长篇小说,他熟读了《战争与和平》《青年近卫军》《堂吉诃德》等大量大部头中外文学作品。"⑥路遥还认真读过《红与黑》《高老头》《复活》《安娜·卡列尼娜》,以及其他同学连书名也未曾听说过的一些世界文学名著。

路遥借到世界名著后,有时是在教室,有时是在宿舍,有时是在杨家岭革命旧址,一本接着一本读。他说:"延大是读书的好地方,依山傍水,特别是夏天,延河滩里清新凉爽,杨家岭上松柏翠绿,环境十分幽雅。"白正明清楚地记得,"我与他接触中发现,有的小说不只是读了一遍,而是两遍、三遍,甚至更多,一次,他与几位文学爱好者交谈读书体会时说:'读书要有收获,就要按文学发展史的每个阶段,每个流派的代表作家的代表作去读,并要对你喜欢的作品重点地钻研,要会享受,会浏览,会大拆大卸。'他对柳青的《创业史》就是这样精读细研的。"他还记得,"在路遥的床头,经常放着两本书:一本是柳青的《创业史》,一本是艾思奇的《辩证唯物主义和历史唯物主义》,是路遥百看不厌的神圣读物。一天下午,他在宿舍里躺着看《创业史》,左手拿着书,右手揉着眼睛,自言自语道:'太难,太难了,活个人真难。'……他曾说过:'一个优秀的小说作者,既是一位作家,又是一位社会活动家,还是一位思想家,柳青就是这样的人。'"⑦

读书读报是学习,与人交往也是学习。与人交往是丰富人生阅历的重要环节,路遥虽不是刻意交往,但也十分重视与文学朋友的交往,进而通过他们的人生经验丰富自己的阅历。

路遥到延大中文系上学后,他延川的几位文学朋友相继到地区发展。"老镢头"诗人曹谷溪调到中共延安地委通讯组当干事,把家也搬到延安城,路遥就经常跑到他那里聊天,甚至改善伙食;诗人闻频也调到延安地区文工团当编剧,路遥在星期天经常找他玩。他到文工团后,顺便也到编剧贺艺家串串门,甚至在他家吃顿揪面片。他与贺艺是1972年在延川认识的,那时贺艺是地区文工团的专家,专程到延川县观看歌剧《第九支队》。有时,路遥还会到家住延安地区文工团的作家晓雷、李天芳夫妇家中海聊,谈天说地,享受着嘴上的清福。晓雷后来回忆道:"每到星期日,我们清贫得只能用口粮中百分之三十的白面做一顿揪面片,但关于文学和人生的谈话,却是我们最好的佐料。他说他和他的同学在编关于延安的诗选,把我在各地所发表的歪诗都搜翻了出来,他说要不是'文化大革命',我早已变成大诗人了,而我那时却以为要不是'文化大革命',我早已变成大黑帮。他说他小时候吃不饱肚子,我谈我买不起八分邮票;他谈他在武斗时穿越林莽,眼看着与他同行的同学死在枪弹之下,我谈学生跟踪来,把批判我只专不红成名成家的大字报敲锣打鼓地送到文工团的二楼上,那鼓槌仿佛敲击在我的心上;他谈北京在延川县的插队知青为他打开的新视野和新知识,我谈我们团在下放劳动时去深沟里挑水,从远山中背柴;他谈基辛格的《外交几何学》,谈苏俄和欧美的浩如烟海的名著,那么,关于《红字》,关于《战争与和平》,关于《茹尔宾一家》,关于普希金的抒情诗和叙事诗,就成了我们永远说不完的共同话题,而关于文学,关于理想,关于追求和未来,自然更是一切话题中的最重要的主题……"⑧

晓雷、李天芳夫妇是陕西师范大学中文系六四届毕业生,分配到延安中学与延安师范工作,"文革"前在创作上就已有成绩。路遥在与他们夫妇的交往与对话中,学到好多在书本上学不到的东西。还有白龙,这位早在革命战争年代就开始发表诗作的延安诗人,他也经常接待路遥的拜访。这时的白龙,已是延安地区文化馆创作组的头儿。白龙、谷溪、闻频、晓雷、贺艺等人都赏识路遥的才气,喜欢路遥的钻劲。当然,在不断拜访他们的过程中,顺便借阅他们所珍藏的图书,也是路遥常有的事。

路遥在延安大学就学期间,抓住宝贵的时间,不断夯实其人生的知识储备。这样,他对时政的判断上,已经超出许多同龄人。申沛昌回忆:"通过大学三年相处和以后的交往,我可以明确而肯定地说,路遥是一位酷爱文学又关注政治的人。"⑨

申沛昌的记忆中,路遥有两件事给他的印象极其深刻。一次是1974年在全国性的批林批孔运动中,他带路遥那班同学到延川县进行批林批孔宣讲。他与路遥留在县城,负责同各地的联络与协调,有了更多的时间朝夕相处,也有更深的信任与默契。路遥与北京知青关系甚密,也正与林达谈着恋爱。因为此,路遥的信息渠道通畅快捷,内容丰富,题材重大,所知道和传播的信息都十分敏感而又惊天动地。"我记得他给我说,什么批周公,批判的矛头是直接指向周总理的。这是司马昭之心,路人皆知,只不过是现在不能公开说明罢了。在同他的交谈中,我第一次听到'四人帮'的称谓。他说,我们国家现在乱成这个样子，根源就是'四人帮'在作祟。他们是一些阴谋家、野心家，企图利用'文化大革命'篡党夺权。他们祸国殃民，作恶多端，罄竹难书。最后，肯定是多行不义必自毙，迟早要被钉在历史的耻辱柱上。同时，他还讲了一些从北京传来的具体事例和'小道消息'。从这些谈吐中，我强烈感受到，路遥这个人是敢爱敢恨，爱憎分明，他对'四人帮'深恶痛绝，咬牙切齿，对我们国家和民族的前途和命运又是忧心忡忡，爱莫能助，既愤慨又无奈。这时的路遥，已经完全没有文质彬彬、激情如火的诗人气质，有的是叱咤风云、欲与天公试比高的政治家形态。"

申沛昌所说的第二件事，是"1975年夏，路遥利用暑假同林达一起去了一趟林达的老家福建。他在回校前给我写了一封长信，细说了他在沿途的所见所闻、所思所想，以及他所感受到的人心民意和国家面临的形势、未来发展的走向。通篇是用文学家的激情，写的是政治家关注的事情。他说，沿途百姓都对国事十分关心，对'四人帮'怨声载道，同仇敌忾，对党和国家的前途深表忧虑。只是心照不宣，敢怒而不敢言。"[⑩]

这两件事情，若不是申沛昌回忆，恐怕许多人是难以相信的，因为大学时期路遥已经拥有诸多同龄人所不具备的政治判断力。他本身是块天生搞政治的料，不过时代始终与他开着巨大的玩笑。

路遥上大学中文系的目的，就是读名著，学创作，为实现自己的作家梦、文学梦奠定坚实基础。这样，他在延大读书期间，重点关注的是现代文学以及外国文学名著，而对古代汉语之类的课程，就不那么热心。他上延大时，正是大学刚刚恢复招生不久，大学校园里纪律环境比较宽松：允许工农兵学员抽烟，允许打瞌睡，也允许学生离课。这些条件，也正是路遥所感到满意的。有时候，上课铃响了，同学们开始进教室了，他却怀揣本书走出教室，或是钻到杨家岭旧址，或是坐到延河滩，一直到开饭前才返回。有时，老师在讲台上正讲课,他趴在课桌上漫不经心地听着,甚至会发出熟睡的鼾声;也有时,因老师的发现,感到不好意思,连连抓耳挠腮。路遥缺课与应付一些课程的事情,有关任课教师对此颇有意见和议论。遇到这种情况,系上领导和班主任也用"因材施教"的理由,替路遥做些疏通和解释。有关任课老师了解路遥的具体情况后,也都采用了宽容和开明的态度,并没有为难路遥。在老师和同学的眼里,他是一个特殊学生。路遥有自己的个性,有自己的学习方式。

路遥1976年毕业时,延大中文系党总支在给他的毕业意见栏中只填"生活较散漫"五个字。这充分说明路遥在延大中文系就读期间的确存在"散漫"的毛病。组织虽在毕业鉴定时指出他的问题,但并没有在分配上难为他,也足以说明学校是相当包容他的。

有准备的头脑

路遥十分喜欢柳青《创业史》中的一句名言:"人生的道路虽然漫长,但紧要处常常只有几步,特别是当人年轻的时候。"他懂得如何抓住青春的时光认真读书,更懂得读书与丰富阅历的目的是更好地创作。

路遥在延大中文系上学期间,坚持自己的文学表达。他进入延大上学前,就在《陕西文艺》1973年创刊号"延河在我心上流"栏目发表短篇小说《优胜红旗》。当时的《陕西文艺》,是"文革"时期除了《解放军文艺》之外的第一家复刊的省级文学刊物。陕西的文学爱好者要走上文坛,必须通过这座"桥"。严格意义上,《优胜红旗》是路遥在省级文学刊物上公开发表的第一篇小说。缘于这篇小说的刊发,陕西文坛才真正注意到路遥的存在。

1973年10月，路遥应邀参加了《陕西文艺》编辑部召集的创作座谈会。就是在这次座谈会上，路遥结识了在西安仪表厂工作的陕北籍青年诗人申晓，结识了曾在黄陵插队后参军入伍的北京知青叶咏梅，还结识了正在陕西师大中文系上学的青年作家白描，以及正在秦岭深处一家工厂的青年诗人叶延滨。这些朋友，后来都是路遥在《陕西文艺》实习时的同事，均不同程度给他以精神支持。路遥的中篇小说《人生》被改编成广播剧，长篇小说《平凡的世界》在中央人民广播电台"长篇连续广播"节目中播出，均有叶咏梅的努力。当然，这是后话。

路遥是位善于抓住机遇的年轻人。也就是在这次座谈会上，他认识了原"裴多芬俱乐部"成员、负责筹备《陕西文艺》的知名编辑董墨。他向董墨倾诉了自己，包括身世、家庭以及在"文革"中的经历。董墨发现这位年轻人思想锐敏而深刻，在文学上蕴藏着某种潜力。董墨问路遥："愿不愿意到编辑部来帮忙工作一段时间？"他知道，当时的大学搞"开门办学"，学生经常到社会上去搞各种活动；而且那时也讲"开门办刊物"——走出去，请进来，给知识分子成堆的地方"掺沙子"。编辑部利用这种风气，把一些有希望的作者请到编辑部实习，想从实际工作中培养提高作者。当然，所谓的"沙子"只能是根红苗正的、有培养前途的工农兵。能够在省城的文艺编辑部让知名编辑们手把手地培养，这自然是路遥求之不得的事情。

1974年冬，路遥来到《陕西文艺》编辑部，协助小说组看稿。当时，由《延河》新复刊的《陕西文艺》在西安市东木头市172号办公。东木头市172号是一个由几进平房错落组成的院子，是西北文联的所在地。1950年代中期以后，西北文联先后分成作协、剧协、美协、音协西安分会，这里又是剧协和陕西省剧目工作室的办公之地。1972年，当鱼讯、王汶石、常曾刚等原文艺"黑线人物"奉命在这里筹建陕西省文艺创作研究室时，这里已成了由原"文艺黑线"家属、新调回人员和原军代表家属共居的大杂院。由原《延河》杂志主要骨干王丕祥、王绳武、董得理（即董墨）、杨韦昕、路萌、贺抒玉、高彬、问彬等人组成的《陕西文艺》编辑部，在"文革"时期新修的瞭望楼（人称炮楼）的一排四间房中办公。路遥就在这里当实习编辑。

董墨是否是帮助路遥"掺沙子"进《陕西文艺》的唯一人员，这已经无从考证了。但可以肯定的是，路遥长期的文学积累以及所释放出的文学潜能，使他赢得了这次难得的"掺沙子"机会。另一方面，延大中文系领导们也是"网开一面"，给了路遥这次机会。这个机会，使他更近距离了解"文革"时期的陕西文坛情况，得到陕西著名文学编辑的耳提面命。到《陕西文艺》编辑部实习时，路遥的生活非常艰苦，每月编辑部给一定的生活补贴，除去吃饭所剩无几，只能抽一些劣质烟，穿几件布衣裳，但他精神上很愉快，工作得很认真。曾提携过路遥的董墨回忆："他对稿件的鉴赏能力比有些正式编辑还要强，对一篇稿子的优缺点往往会一针见血地指出。编辑部让他到关中和陕北去组稿，四年后，他还根据自己在各地的见闻，写了几篇散文。"[⑪]

先天所拥有的同情心，使这位在《陕西文艺》实习的年轻人竭尽全力地帮助他人。著名文艺评论家肖云儒回忆："1972年我下放在秦岭深处的汉中，当时还在延安大学就读的路遥，作为《陕西文艺》的实习生，翻过崇山峻岭来组稿。在三天时间里看了我的一部长篇初稿《居娣》，要选摘几章给杂志。说这几年里没有人写长篇，杂志刚办，挺需要。我说我是不能发表文章之人，写这部东西只是多年苍白乏味生活的一种自娱，从来没有想到要发表它。他为此说了很多仗义的话，很是激愤。我当时想，他到底还年轻，又写诗，才有这样可爱的纯直。后来才知道，二十刚出头的路遥已经见过大的风雨，为我说的许多话其实是他自己在坎坷中的人生体味，便生出几分敬重。"[⑫]

1974年秋的《陕西文艺》创作会议期间，路遥认识了来自陕南农村的女作者张虹。他得知张虹父亲是国家代主席董必武的外甥，幼年时跟随董老后失散流落到汉水之滨，就有了说不清的牵连。这样，由于家庭的原因，张虹无法上大学。路遥得知此情况，告知《陕西文艺》副主编贺抒玉，并请求她找省上领导。当年冬天，省上领导章泽在材料上批了字，让去找汉中地委书记。路遥借在汉中组稿的机会，由县城步行到张虹所在董家营村，亲手把这份重要材料送到张虹手中。那天，路遥磨破了一双布鞋，圆满完成任务，并且再三叮嘱张虹父亲，一定要设法送张虹上大学。就在路遥的那次动员后，张虹父亲就去找病危中的舅父。张虹的命运也彻底改变，她于1975年10月进入汉中师范学院中文系上学。

路遥在《陕西文艺》前后大体实习了一年左右。1975年秋，延安大学中文系来函，要他返校准备毕业。这样，他才告别省城。这次愉快的实习，为路遥打开一扇观察世界的新窗户，也给他日后大学毕业顺利进入《陕西文艺》工作埋下了重要伏笔。

《陕西文艺》的实习，给路遥的创作与发表提供了诸多优质资源，他在《陕西文艺》发表了多篇诗歌、散文。如与谷溪合作的诗歌《歌儿伴着车轮飞》（刊于1973年第3期），与金谷合作的长诗《红卫兵之歌》（刊于1974年第4期），独立创作的散文《银花灿灿》（刊于1974年第5期）、《灯火闪闪》（刊于1975年第1期）、《不冻结的土地》（刊于1975年第5期），独立创作的短篇小说《父子俩》（刊于1976年第2期）等。路遥能连篇累牍地在《陕西文艺》上刊发作品，从另一个侧面证明他在《陕西文艺》编辑中的位置。

1975年秋，回到学校的路遥接到《陕西文艺》编辑董墨的信件，说陕北的吴堡县被树为学大寨先进县，《陕西文艺》派作家李小巴和自己去吴堡采访，他们想约路遥一起去。编辑写信约自己采访，这很让路遥高兴。他当即回信，说10月延大中文系同学到吴堡去采风，搜集民歌,到时候在那里见面。这样,路遥与《陕西文艺》的编辑们在吴堡县的黄河川口大队见了面。当时的川口大队党支部书记,是解放战争时期的民兵英雄,他正带领村里的精壮劳力,在黄河滩里垒坝造田,规模不小,颇有点战争中的英雄气概。董墨和李小巴建议路遥,把川口的历史与现状结合起来写一篇散文。二人回到县上后,路遥随行的延大中文系采风组也回到县上,都住在县招待所。短短两天光景,路遥就拿出初稿,董墨和李小巴提出修改意见。第二天下午,路遥就拿出修改稿,二人看了十分满意。此时的董墨和李小巴尽管已和路遥有交往,但绝想不到路遥是位快手。他们重新打量眼前这位敦敦实实的小伙子,看起来有些笨拙,但悟性却很高!他不仅善于领会意见,更善于把别人的意见转化为自己的感受,并融入文章中。他们回到西安后,分别写了些段落,连同路遥写作的那部分,组合成一篇3万多字的访问式散文《吴堡行》,刊登在《陕西文艺》1976年第1期上。后来,这篇散文被北京外文出版社译成英文,在英文版《中国文学》上登载了。

1975年12月8日,路遥给政治抒情长诗《红卫兵之歌》的合作者、青年诗人金谷(本名金德培)写了一封热情洋溢的信件。金谷在冶金部西安冶金机械厂工作,1974年作为工农兵业余作者的他,被"掺沙子"抽到《陕西文艺》杂志社当一年左右的"见习编辑",与路遥同住一间房子,二人成为无话不谈的朋友。金谷是上海崇明岛人,1975年冬天回上海休探亲假,路遥给他写了一封富有青春诗意的长信。

德培:

　　一来西安就见到了你的信。信和人一样使我感到亲切,它点燃了对于往事的怀念和记忆。

　　可我是一直没忘记你的。我曾接到了你病中写给我的书简,并很快给你写了很长的信,可终于没能找见已经丢失了的信封

（你的来信的地址），只好在心里责备自己。在你病中的时候，我竟不能送几个字到你面前，心里十分难受。北京回来的时候，总以为能见到你，可你去了兰州，这次呢，你又跑到那个岛上去了。

这次来西安，和小巴、老董合搞一组散文，明年元月号要用，任务紧，时间仓促，我又是一个要强的人，一来便陷入通常的那种苦恼中去了，弄得狼狈不堪，昨天终于交了卷。卸了重负，本来想沐一下久已忘却的阳光，不料天不作美，竟下起了雨，只好呆在"家"里，并记起了应该很快给上海佬写信了。

我有什么新闻要告诉你呢？没有。一年来，生活表面上充满了愉快，但心情是沉重的，这不是为了自己。个人的幸福永远代替不了对整个社会问题的忧虑和关切。我们不是偷生者，只为求得个人的欢乐，我们是祖国的儿女，对她负有深切的责任。当然，叙说这种心情，通讯是不方便的。但你会体会我的情绪的。无差别的超脱境界是没有的，只能面对现实，凭着公民的良心，以革命后一代人的名义，做哪怕是一丁点对人民有好处的事。

今年写了二三万字散文。我只能用拼命的工作来转移对那些问题的令人痛切的思考。

你又回到那个"时髦"的地方了。你能报告我那里的一些什么情况呢？那里的同行们能冷静地分析社会问题吗？他们知道上海以外的人们的心理吗？我想，真理是无法"修改"的，辩证法是无情的，为真理而斗争的人们不会绝灭。祖国万岁！真理万岁！谎言和极左派的高调必将被历史嘲笑！

北方已经开始飘雪了。千百万人又受了这冬的洗礼。冬天是严峻的，但它包含着火与温暖。

冬天是我们收获的季节。它冷，却给人清醒。正如生活一样，过于热烈，也会使人糊涂起来。

我是多么愿意在延安收到你的回信（我过几天就回去了），听听你对上海的政治状况，人们的心理形态的客观分析。

紧握你的爪子！

路遥

12.8 在西安当年的巢穴里

在这封书信里，可见青年路遥的思想智慧、政治头脑与创作才情。2020年夏，金谷把书信原件捐赠给延安大学路遥文学馆。

1976年，是令人难忘的一年。这一年，我国发生了一连串重大事件——周恩来总理逝世，朱德委员长逝世，毛泽东主席逝世，"四五"天安门事件，唐山大地震，粉碎"四人帮"，等等。中国人在情感上经历了最大的悲和欢。

这一年，也是路遥短暂一生中的重要一年。这一年夏天，路遥从延安大学中文系毕业，面临着职业的选择。大学毕业，是人生的重要转折点，关系到一个人一生的命运。按照当时省教育部门的规定，大学毕业生要"社来社去"——即从哪里来再分配到哪里去。延大中七三级三十名学生全部来自陕北的延安和榆林地区，在毕业分配上不可能有省上的指标。本来，按照路遥在文学创作上的突出表现，学校有意分配他到延安地区文化馆编创组工作，这个分配也说得过去。可是，路遥已有鸿鹄之志，他希望能分配到省上的文学单位。

一方面是路遥有想进入省级文学单位的意愿，另一方面是《陕西文艺》编辑部的几位负责同志也看准路遥是棵好苗子，在文学上会有出息，下决心把他挖过去。然而，这并不是件容易事。《陕西文艺》属陕西省革委会文化局管，延安大学属于陕西省革委会教育局管，这在行政隶属上属于两个系统。这样，首先要征得省文化局同意，再要征得延安大学同意，然后要通过省文化局协商省教育局，把路遥的派遣手续办到省文化局。这样乱麻一样的环节中的任何一环出问题，都会导致前功尽弃。而且编辑部听说延大毕业生的分配方案已定，全部就地消化。为了克服这些难题，《陕西文艺》的负责同志几上省教育局，打通关节。主编王丕祥和副主编贺抒玉还亲自出马，一起去找延安地区教育局和延安大学的领导同志。看到《陕西文艺》负责人求贤若渴的样子，一位负责同志幽默地说："哈！你们主编副主编都来了，一看这阵势就是非调路遥不可！"就这样，抱着非挖不可决心的《陕西文艺》负责同志做通了延安方面的工作。延安地区宣传部、教育局、延安大学的领导同意他们的要求，连想留路遥的延安地区文化馆也做了让步。只是有一条，等应届毕业生全部分配完毕，再分路遥，这样不至于影响其他同学的情绪。就这样，1976年9月13日，陕西省革委会教育局正式给陕西省文化局发去《关于延安大学应届毕业生王路遥同志分配问题的复函》，同意路遥分配到省文艺创作研究室工作。

一个人要干成一番大事业，除了拥有雄心壮志与勤奋努力之外，还远远不够，还需要机遇，还需要伯乐的赏识。从这点上说，路遥是时代的幸运儿。

1976年8月，延大中七三级同学毕业时，路遥和同学们抽着劣质烟，喝着大碗酒，用歌声告别。"阳光洒满了杨家岭，岭上岭下花正红，抗大的道路我们走，迎着那太阳向前进……"

一朝相知，终生拥有。在路遥最渴望上大学的时候，延安大学敞开胸怀纳了他，使他在这个重要的生命驿站加满油，一跃飞到省城，飞到他做梦都渴望的省级文学期刊当编辑，雄心勃勃地开始文学远征。

1988年，在延安大学五十周年校庆前夕，路遥专门为母校写下："延大啊，这个温暖的摇篮！"表达对母校的崇高敬意。

注释：

①⑨⑩　申沛昌：《十五年后忆路遥》，见路遥研究会编《路遥研究》2008 年第 3 期（内部刊印）。

②④　王志强：《路遥的大学生活》，《陕西日报》2010 年 4 月 12 日。

③⑦　白正明：《路遥的大学生活》，见马一夫、厚夫、宋学成主编《路遥纪念集》，人民文学出版社 2007 年版。

⑤⑥　徐来见：《炽烈年华展英才——深切怀念路遥同学》，见晓雷、李星编《星的陨落——关于路遥的回忆》，陕西人民出版社 1993 年版。

⑧　晓雷：《雨霏霏兮天垂——路遥离去的时刻》，见晓雷、李星编《星的陨落——关于路遥的回忆》，陕西人民出版社 1993 年版。

⑪　董墨：《灿烂而短促的闪耀——痛悼路遥》，见马一夫、厚夫、宋学成主编《路遥纪念集》，人民文学出版社 2007 年版。

⑫　肖云儒：《路遥记忆》，见刘仲平编《路遥纪念文集》（内部刊印）。

第6章 文学发轫期

小编辑生活

第一个金娃娃

谁识我忧

1980年左右，路遥与女儿在一起

青年时代的路遥一家其乐融融

1980年代初，路遥与陕西省青年作家在一起（后排左一为路遥，左三为陈忠实，前排右一为贾平凹）

小编辑生活

1976年9月中下旬，路遥以大学毕业生的身份分配到陕西省文艺创作研究室的《陕西文艺》编辑部工作。当时的《陕西文艺》编辑部，仍在东木头市172号。主编是老延安王丕祥，副主编是王绳武与贺抒玉，编辑部主任是董墨（即董得理），编辑部副主任是杨维章，小说组组长是路萌，小说组副组长是作家王汶石的夫人高彬和作家杜鹏程的夫人张问彬，诗歌戏剧组组长是杨进宝。

路遥分配到小说组担任初审编辑。文学编辑部的稿件，一般是三审制，即首先要初审编辑把关，提交到组长二审，再由组长提交到主编三审。倘若三审通过，这篇作品就能发表了。编辑初审相当于农民的"间苗"过程，首先要认准谷子和稗草，把稗子分拣出去。对路遥而言，这项工作难度不大。因为是年轻人，他还在小说组多干一份工作：即登记来稿，编号，接待随时来访的作者，给作者写退稿信，发作者调查函。这些工作虽然琐碎，但也是一位初审编辑所应做的工作，从中也可见其耐心和用心程度。当然，路遥也根据编辑部的临时安排，去基层采访或者组稿。

当时，东木头市172号的《陕西文艺》编辑部委实太小了。编辑部只能给路遥在小说组房间临时支了木板床，作为他的暂时栖身之地。直到1977年改名为《延河》的《陕西文艺》搬到建国路71号的高桂滋公馆后，这种情况才稍稍有所改善。

路遥分配到《陕西文艺》不久，"四人帮"就被粉碎了，这标志着十年内耗的"文化大革命"正式结束。粉碎"四人帮"的消息正式公布时，路遥正在延安组稿，恰遇已调回咸阳的闻频。他与闻频赶到延安城东关的曹谷溪家里，向曹谷溪报告这一特大喜讯。他敲开曹谷溪的家门，激动地叉开两臂，有力地举过头顶，挥动着拳头吼叫着："谷溪，人民胜利了，人民胜利了……"情绪激动的曹谷溪拿出一瓶白酒，与这两位"老战友"一同庆贺。平日里路遥不大喝酒，但那天晚上与曹谷溪和闻频却喝干了一瓶酒。路遥虽热爱文学，但他也衷情政治。他早就判断出"四人帮"迟早会有这样一天，可没想到这一天竟来得这么快！凭着敏锐的政治嗅觉，他分明感觉到中国的政治将掀开新的一页，这也是他这样一位"草根"所期盼的！

路遥因文笔好，出手快，经常被编辑部派到基层采访。作家京夫生前回忆："在1976年，我与杨进宝和路遥一起到陕北组稿，他对延安那种熟悉、那种挚爱给我留下深刻印象。他唯恐有老大作风的延安人慢待了我们，会朋友，赴宴会，采访总是拉上我和老杨，似乎他不是省城来的客人，而是一位极尽地主之谊的延安人。"[1]

路遥除了当好编辑外，他把更多的时间投入文学创作中。"四人帮"粉碎后，他与谷溪合作完成纪实散文《难忘的二十四小时——追忆周总理1973年在延安》，刊于《陕西文艺》1977年第一期。这篇纪实散文深情地回忆了周总理1973年6月回延安的情景，散文发表后，引来诸多赞誉。

我国开始拨乱反正，一切都百废待兴，一切都充满生机。1977年7月，《陕西文艺》恢复了《延河》原刊名。《延河》是1956年由中共陕西省委宣传部批准创立的文学月刊，它曾刊出过茹志鹃的《百合花》、杜鹏程的《夜走灵官峡》、李若冰的《柴达木手记》、王汶石的《新结识的伙伴》、柳青的《咬透铁锹》等优秀文学作品，培养了大量文艺人才，在十七年时期的中国文学界享有极高的声誉。1966年7月，《延河》停刊，期间共出版124期。"文革"时期，陕西省文艺创作研究室开始筹建。1973年，由原老《延河》业务骨干创办了《延河》杂志的替代品《陕西文艺》。陕西省恢复《延河》杂志，是陕西文艺界"拨乱反正"的具体体现。《延河》组成了新的编委会，王丕祥任主编，贺抒玉、董墨、余念任副主编。这个班子仍是《陕西文艺》的班底，这也显示出陕西人务实的工作作风。

《延河》恢复后，西安市东木头市172号的几间房子已经远远不能适应工作需要。为此，陕西省文艺创作研究室决定把它整体搬到原中国作家协会西安分会的另一处工作地点——建国路71号的高桂滋公馆。

这个高公馆可是有些历史典故的，它隔了一条金家巷与著名爱国将领张学良驻陕时的公馆——张学良公馆北南相对。1936年"西安事变"爆发后，张学良和杨虎城把蒋介石移扣在这里很长时间，直到张亲自放蒋的那天。新中国成立后的1954年初冬，新成立的中国作家协会西安分会的几位负责同志，找遍西安市，看中这个幽雅、宽敞的地方，并把它选成办公场所。但因高公馆面积大，省上安排前半部分让省中苏友好协会办公，后半部分交给作协使用。直到1963年中苏友好协会撤销后，才全部划归中国作家协会西安分会。如今，经过几十年的风风雨雨，陕西作协院内除前院的二层小洋楼因扣蒋而成为全国重点文物外，其他花园和四合院现都已拆除，完全不再是当年的旧模样了。

1977年的高公馆里，其前面的二层小洋楼是陕西省文艺创作研究室的办公场所，其后的三个四合院里既有老作家的家属院，也有《延河》编辑部的办公场所。《延河》搬到高公馆后，沿用东木头市的办公方式，路遥在小说组房间里支张床，便是他的宿舍了。那时，晚上熬夜看书或写作几乎成为他的家常便饭。与路遥曾同事过一段时间的袁银波回忆：那时，"他生活最能凑合。常常五分钱的咸菜能吃几顿，一小碟油炸花生米能吃几天，吃烤焦的干馒头几乎伴随了他整整二十年的写作生涯。我极少见他按时吃早饭。因为他养成了睡懒觉的习惯，一觉爬起来都是9点到10点了，这阵子谁能给你准备好现现成成的早饭呢？可他并不是不吃，这个时候他那早在夜里就在炉子里的红苕或者搁在炉盖上面的焦干的馒头，便是他的一顿美餐。"②

文学编辑部虽说是事业单位，虽要上下班，但毕竟有较大的自由度。这样路遥几乎天天熬夜看书或写作，有时半夜一两点，有时熬个通宵。他熬夜还有个特点就是拼命地抽烟来提神，这种生活习惯直到病逝前都没有改变。

路遥成为省级文学刊物编辑的时候，他长达六七年的马拉松式的恋爱也终于修成正果。他与北京知青、延川县委宣传部干事林达，于1978年1月25日在延川县城牵手结婚。路遥的婚房设在延川县委宣传部林达的办公室，一张双人床，两床新被子，就是他们所有的新婚家当。这孔窑洞和别的办公室唯一的区别，是窗棂上贴一个大红的剪纸"囍"字，它告诉人们这是新房。婚礼是下午6点在县招待所举行的，路遥是延川县的文学才子，如今又奋斗到省城，自然有很多人前来捧场、道喜。这是场没有悬念的婚礼，也是延川众多亲朋好友们所期盼已久的结果。

说实话，路遥和林达能走到一起，是件不容易的事情，没有双方任何一方的坚持，都不会走到婚姻的殿堂。北京知青到延安插队的大潮中，知青与当地人的结合，是一种新生事物，也是文化相互融合的结果。在这种结合中，往往以男知青娶当地女青年者居多，而女知青嫁当地男青年者较少。婚姻不等同于爱情，它往往是众多复杂因素形成的合力。对于新郎路遥来说,他何尝不清楚这一点呢?早在他与林达谈恋爱时,许多朋友并不看好他们,但路遥却坚持了。他甚至自我解嘲地告诉朋友,"咱家穷嘛!穷亲戚再套上个穷亲戚,那咱是把穷根扎下了,几辈子也翻不了身……"③冲着改造家庭结构方面,路遥是做到了。对于林达而言,她嫁给路遥也是做过一番思想斗争的,她不光要接纳路遥个人,更要接纳路遥复杂的家庭,以及路遥所拥有的特定文化体系。她这些年默默支持路遥就是明证。作为婚姻事中的人,谁也想不到今后的婚姻质量会如何。

路遥和林达结婚后,他们在延川县城住了一段日子。那时,路遥的短篇小说《不会作诗的人》刚刚在《延河》杂志1978年第1期上发表。这篇小说把背景置于"文革"后期,着力歌颂一位不搞花架子的作风务实的基层干部。这篇小说写得很有生活味,但也有明显的做作痕迹。路遥把这篇小说拿给海波看,并要比较这篇小说与陈忠实《高家兄弟》、贾平凹《姚生枝老汉》的特点。因为是好友,海波直言不讳地谈出自己的看法。路遥听了,好一会儿没有说话,再开口时已把话题引到其他方面去了。海波感觉到他虽谈笑风生,但有"迷茫"与"焦急"。其实,路遥是想让海波说两句好话,夸夸他的创作,但直性子的海波当头给路遥泼了一盆"凉水",这反而让路遥清醒起来。

路遥与海波是延川县城关小学同学,路遥高海波一个年级,海波常常跟随路遥。《山花》创办后,海波也是《山花》的业余作者,经常得到路遥的指点。路遥进入《陕西文艺》当编辑后,海波和路遥之间经常通信,一则是联络感情,二则是请教文学创作问题。目前有资料证明,在同学与朋友当中,路遥写信最多的是海波。路遥为何全力以赴地帮扶海波,笔者以为他是在海波身上看到了自己奋斗的影子。同是农村的"草根"奋斗者,路遥始终认为海波是可以信赖的自家兄弟。

路遥在 1977 年 4 月 6 日给海波的信中这样写道："你在那里还觉得不错,那就行了,反正到什么山上唱什么歌。不过,还是要自己严要求自己,不要虚度光阴,只要努力,什么都会好起来的。人可以亏人,土地不会亏人,有白享的福,没有白受的苦。希望你能写封长信告诉我农村目前的真实情况。"

路遥 1977 年 8 月 30 日给海波的信这样写道："揪出'四人帮'人心大快,首先是认识到这是思想上解放了人民,你在农村时间长,请朴朴实实地写一点反映农村生活的文章,这对你是有好处的,不要赶时势,胡凑一篇,以'繁荣文艺创作'。要研究生活,反映生活的本质,以前关于创作上的一些框框完全可以打破,从研究生活起,然后得出结论。"④

这两封书信,也完全可以看作路遥在 1977 年左右的心理表征。他面对新形势,企望自己创作有由茧到蛾的突破。

1978 年 10 月,同样是"城籍农裔"的《延河》编辑袁银波结婚后,路遥前去祝贺。因是十平方米的陋室作新房,屋子里一贫如洗,袁银波感到很是没有面子,路遥安慰他:"不能和人家比,咱农村娃,在城里安个家,可真是不容易!"路遥设身处地替人想,他又何尝想不到自己结婚时的窘境与酸楚呢?

还有一次,路遥年轻时交往的朋友王作人去作协看他,路遥语重心长地说:"你是甘肃人,我是陕北人,咱俩都是从乡里出来的娃,今天能进入人家西安城,那真是不容易。过去咱们都穷,买不起书,也借不到书,现在有这条件了,就要多读些书。咱们写文章的人,不读书或者读得少,就很难写出好的文章。要想当作家,就得像牛吃草一样的多读多学,以后咱们没事就少见面,多看书。"

路遥是一位思维清晰的奋斗者,他明白自己要做什么事,要做成什么事!

第一个金娃娃

"文革"期间，人们嘴边经常挂一句口头禅："形势喜人，形势逼人。"粉碎"四人帮"后，全国各行各业都拨乱反正、解放思想，一派生机盎然。文学界也一样，"文革"时期搁笔的老作家们重新登上文坛，全国各地的文学组织得到恢复，文学刊物重新运作，文学奖项也开始设立，作家的创造性劳动得到极大鼓励。这一切，对于心性刚强的路遥来说，均构成巨大的冲击。

早在1975年国庆节期间，《陕西文艺》编辑部举行国庆会餐，路遥是以实习大学生编辑的身份参加聚会。当时，在陕西礼泉县兼职的著名作家李若冰特意赶回来，和几位青年作者交谈。他语重心长地说："你们要努力，陕西文学的繁荣最终还得靠新一代主力军。我们的刊物既要出作品，又要出人才，将来你们都要接陕西文学的班。"李若冰的这句话，路遥时刻记在心上。

路遥随《延河》杂志搬到建国路的高公馆后，他的精神导师柳青已经病重住院，他随着《延河》副主编贺抒玉去医院探望了一趟，因为柳青哮喘严重，他们并没有交谈什么。但路遥对柳青太"熟悉"了，他早在"山花时代"就反复阅读《创业史》，甚至可以脱口说出《创业史》中所有人物谱系与事件关系。他既理解柳青"人生的道路虽然漫长，但紧要处常常只有几步"的高论，也能理解柳青"文学是愚人的事业"的精辟见解。他打心底里为柳青这样一位文学大师而激动。三年后的1980年，路遥根据过去的印象与感受写下了《病危中的柳青》，在结尾部分这样表达对柳青的崇高敬意："哦，尊敬的柳青同志，面对病危中的你，我们简直连一句安慰你的话都说不出口来；你已经孱弱到了这个样子，但你比我们任何人都活得坚强。让我们所有的人都站在你的病榻前面吧，向你致以深深的、但绝不是最后的敬意，请你相信，就是一个最普通的劳动者，只要他从你的作品和你自己本身所具有的顽强的进取精神中，接受过一些有益的教导，他就不会用鼾声回答生活的要求！"

不想当将军的士兵不是好士兵。路遥有这方面的雄心，也有这方面的毅力。路遥在陕西文学深厚的土壤中，汲取着丰富的营养，并转化成自己的文学创造力。这期间，他在编辑部一边从事日常工作，一边冷静地审视着文坛动向，并思考与创作着。

路遥的勤奋在当时是出了名的。1978年，也就是路遥结婚后不久，他终于有了一间十平方米的单独宿舍。里面除了一桌一凳一床与书籍外，别无所有。这个房间在小说组正对面北一排砖房的最东头，是一个比较阴暗的角落。夏天里，门口的爬山虎，给这里天然地搭起了一个凉棚，别有一番景致；入冬了，屋里便生个蜂窝煤炉子取暖，条件十分简陋。

当年冬天的一个晚上，路遥就在这间斗室，因煤气中毒差一点出了问题。原来是晚上写东西睡得太晚，天快亮时觉得头晕，想爬起来，竟不由自主地滚到床下。人虽然爬到门口，却无力站起来开门，也喊不出声来，就那么晕了过去。大家后来仔细检查，原来是这间斗室的烟囱铁锈堵了炉子，导致路遥煤气中毒。

事实上，路遥是一位心性非常要强之人，是活在事业中的"拼命三郎"。了解我国新时期文坛风景的人都知道，1978年以后近两年左右的时间，我国文学主潮是"伤痕文学"和"反思文学"，在拨乱反正的大潮下，许多作品以控诉林彪、"四人帮"为主。当然，"伤痕文学"也刺激了呼唤人性、人情和人道主义的文学的复归。路遥的创作向哪里走，这是他所认真思考与面对的问题。另外，已恢复工作的中国作家协会，在1978年底即委托《人民文学》编辑部评选全国首届优秀短篇小说奖。当年底,评奖结果揭晓,陕西有两位新人的作品榜上有名:一篇是莫伸发表于《人民文学》1978年第1期的《窗口》,另一篇是贾平凹发表于《上海文学》1978年第3期的《满月儿》。这两篇小说获奖,对于路遥的震动很大,他调整创作战略,精心创作中篇小说《惊心动魄的一幕》。

《惊心动魄的一幕》写于1978年,是写在"文革""武斗"期间,被造反派"关押"的县委书记马延雄,为了避免两派大规模"武斗"而勇敢献身的故事。这篇小说没有迎合当时"伤痕文学"发泄情绪的路子,而着力塑造县委书记马延雄在"文革"中为制止两派武斗而进行的飞蛾扑火式的自我牺牲过程。它是路遥经过深思熟虑后选择的题材,一则路遥有在"文革"武斗时的亲身经历和生死体验,写起来得心应手;二则他对当时的文艺政策走向有一个基本的判断,认为"伤痕文学"虽是逞一时之快发泄情绪,但文坛终究要有一些歌颂正面人物的作品,而他的这部作品的"着眼点就是想塑造一个非正常时期具有崇高献身精神的人"。

路遥下定决心创作这部与当时文坛潮流有些不甚合拍的中篇,是一招剑走偏锋的险棋。很多年后,时任《延河》诗歌编辑的晓雷回忆:"我看过后的第一感觉是震惊,既震惊这部小说的真实感和我的朋友闪射出来的令我羡慕甚至嫉妒的才华,又震惊于这部小说主题和思想的超前。那时我的思想还深陷在'文化大革命'好的长期喧嚣形成的藩篱中,而如今由我的朋友捧出一部讨伐'文化大革命'的檄文,怎能不让我感到惊恐呢?但我真诚认可了这作品的真诚,我毫不含糊地肯定了它,并表示我的支持。"[5]

不仅晓雷看到这部小说时叫好,《延河》副主编董墨也有同感,他认为:"这个中篇小说与当时许多写'文革'题材的作品,有很明显的不同,这种不同是作家着眼点的不同。"[6]

当时,著名的"十一届三中全会"还没有召开,"文化大革命"

还没有被彻底否定,而路遥反思"文革"的方式,不能不说具有思维的前瞻性。即使1978年12月召开了党的"十一届三中全会",全党停止使用"以阶级斗争为纲"的口号,而把工作重点转到社会主义现代化建设上来,文学编辑们能否完全领会路遥的创作意图,这也是个未知数。

事实上,《惊心动魄的一幕》写成寄出后,路遥的心也就随之悬了起来。这部中篇先是《延河》副主编贺抒玉推荐给某大型文学刊物的主编,不久被退了回来;又寄给另一家刊物,第二次被退回。两年间,接连投了当时几乎所有的大型刊物,都被一一客气地退回。每次投稿后,路遥在等待发表的焦虑与煎熬中度日如年。而当时的陕西作家却一路高歌,陈忠实的短篇《信任》和京夫的《手杖》又分获1979年和1980年全国优秀短篇小说奖。至此,陕西已有四位作者在全国获奖,而路遥却出师不顺。

这样,路遥的创作在中篇与短篇之间徘徊,他甚至重新拣起短篇,先后写出了《在新生活面前》《夏》《青松与小红花》《匆匆过客》《卖猪》。这些短篇小说仅仅是发表,只是增加他作品的数量而已,并没有引起任何实质性的"轰动效应"。

当《惊心动魄的一幕》再次被退回时,路遥甚至有点绝望,他将稿子通过朋友转给最后两家大刊物中的一家,结果稿子仍没有通过,原因仍是与当时流行的观点和潮流不合。朋友写信问路遥怎么办?路遥写信告诉他转交最后一家大型杂志——《当代》,如果《当代》不刊用,稿子就不必寄回,一烧了之。

其实,这位"朋友"就是黄秋耘先生。黄秋耘是我国当代著名作家,1954年担任过中国作家协会《文艺学习》编委,1959年担任《文艺报》编辑部副主任;"文革"时期,下放到广东省出版社工作,担任广东人民出版社革委会副主任;1976年到1982年之间,主持国家出版局委托广东"牵头"《辞源》修订工作。黄秋耘与路遥岳母袁惠慈是抗日战争时期的生死战友。路遥岳父林彦群与岳母袁惠慈早年在新加坡与香港等地长期从事地下党工作,新中国成立后在国家华侨事务委员会与中国新闻社工作。"文革"时期,他们均受到冲击。1982年,林彦群担任中国新闻社福建分社社长,1984年10月离休;袁惠慈则于1953年后长期在中国新闻社工作,1985年在中国新闻社福建分社离休。黄秋耘也是《当代》主编秦兆阳的好友,见过路遥,读懂了这部作品,也认可了这部作品。名作家推荐作品,是众多青年作家文学起步的重要方式,这个渠道是正常的,也是合理的。

于是,就在路遥彻底灰心的时候,戏剧性的一幕果真出现了,命运之神终于把幸运降临到不屈不挠的路遥身上。过不多日,《当代》编辑刘茵打电话到《延河》编辑部副主编董墨那里,明确地说:"路遥的中篇小说《惊心动魄的一幕》,秦兆阳同志看过了,他有些意见,想请路遥到北京来改稿,可不可以来?"董墨很快把电话内容告诉路遥,路遥欣喜若狂,他终于要看到所期望的结果了。《当代》是新时期以来中国文学杂志的"四大名旦"之一,有"直面人生、贴近现实"的特色,以发表现实主义作品为主,整体大气、厚重,能在《当代》上发表小说是作家们所梦寐以求的事情。

5月1日那天,路遥激动地给《当代》编辑刘茵写了一封八页的长信,诚恳而详细地阐释了这部小说的创作动因、思路乃至写作中的苦恼。这封信件,是目前路遥本人对《惊心动魄的一幕》系统的创作阐释:

尊敬的刘茵同志:

您好!

您写给我的信收到了,非常感谢您对我的帮助。尊敬的前辈秦兆阳同志(他的作品和人格都使人钦佩)这样关怀一个年轻人的作品,使我深受感动……

这篇作品所反映的内容,都是我亲身经历和体验过的生活,其中的许多情节都是那时生活中真实发生的。

"文化革命"开始时,我是初中三年级学生。关于那段生活,三言两语简直说不清楚,有机会我向您详细讲述。现在只好告诉您一些一般的情况:我当时和我所有同龄人一样(十五六岁),怀着天真而又庄严的感情参加了这场可怕的革命。我是一个几辈子贫困农民家庭出身的孩子,一边冲冲杀杀,一边又觉得被冲击的人并不都坏,但慑于当时的革命威力,只好硬着头皮革命下去。后来一些坏人从一般性折磨县委第一书记,发展到准备在肉体上消灭他。这是一位很忠诚的老同志,在县上干了许多好事,全县的老百姓都保他。在这时我们一些农村来的学生由于受自己的农民家长的影响,也开始非常同情县委书记。于是我们就和县上一些当时被称为"老保"①的干部联合在一起(我曾是学生红卫兵组织的头头之一),在1967年公开表态保县委书记(他现任延安市第一书记,党的十一大全国代表)。这样反而加快了那些坏人想消灭他的步伐。我们这些保他的人为了他的生命,也为了让农民站到我们这一派来,就把县委书记偷运出县城交给了农民。农民们便这个村转到那个村把他藏了起来。当时县委书记为了不让两派因为他而发生武斗,哭着哀求让保他的人让他继续留在城里接受造反派的批斗,哪怕斗死他,他也愿意。他说他不能背离毛主席发动的"文化大革命",因为他跟了一辈子毛主席。后来我们就用绑架的形式,强硬地把他弄到了农村。他还几次试图从农村回城里去接受造反派的批斗,但都被另一派和农民"关"了起来。这样县上两派就开始武斗,陕北上至军分区,下至各公社的枪支弹药全被抢光了,并且军队也分成两派,整整打了一年。后中央发了7·24布告才平息下来,是全国武斗最持久的地区。在1966—1967年"文化大革命"

最暴烈的时候，包括我们县委书记在内的许许多多陕北老干部，为了群众的利益，表现了可歌可泣的献身精神（这是老区干部最辉煌的品质），许多人为了党和人民的利益，献出了自己的生命。这些人都是带着迷惑不解的心情死在最初的风暴之中。当然，也有投靠一派、指挥武斗、出卖灵魂等等这样的干部。我自己的组织里也充斥着坏人，一切都颠倒、混乱！尤其是文化落后山区简直全部变成了"武化革命"。

……由于打倒了"四人帮"，许多政治问题都逐渐明朗，"文化革命"初的那段疯狂生活又出现在我眼前，关于过去的种种思考使我内心充满了想要把它表现出来的焦躁，于是就写了那个中篇小说。由于一切都是经历过的、熟悉的，写得很快，往往白天黑夜激动得浑身发抖，有时都忍不住趴在桌子上哭出声来。

我在这篇小说中主要的着眼点是想塑造一个非正常时期具有崇高献身精神（点号为笔者注）的人。我觉得，不管写什么样的生活，人的高尚的道德、美好的情操以及为各种事业献身的精神，永远应该是作家关注的主要问题。即使是完全写阴暗的东西，也应该看得见作家美好心灵之光的投射（比如鲁迅）。不管各个历史阶段的社会现象多么曲折和复杂，以上人类所具有的精神和品质总是占主导地位的。否则，人类也不可能发展到今天。更何况，我国人民在历史上形成的厚朴品质加上过去几十年党的正确领导和教育，使得生活中马延雄（县委书记）和具有马延雄式精神的人大量产生和存在，他们就是天塌地陷，也仍然保持着革命的赤子之心。当然，他们不是大政治家，更不是宗教意义上的先知圣人，他们只是一般的党的基层干部，既有党性觉悟，也有农民的朴素哲学。我在写他时（包括写其他类型的角色），想尽量反映那个时代的真实（点号为笔者注）。就是十年"文化大革命"，不同的人在这十年不同的岁月里，认识、思想都有差别。我尽量让他们的思想和行为符合那个特定时间（在武斗夺权之时），和特定的地点（在陕北山区）。文章是粗线条的，主要考虑当时的生活气氛和节奏，用这种手法比较协调。

这篇作品目前这个样子并不理想，缺陷和不足都很明显。今后如有机会和条件，我想用较大一点的作品来反映这一段生活，这是现在我的想法。

这篇作品最好以中篇小说发表为好。因为这不是写一个具体的真事，我是把我了解的许多作品构思的要求虚构的；这不像约翰·里德《震撼世界的十天》那样的长篇报告。基本按历史事件和真实写成，并不虚构。另外，因写的是一个特定地区的生活，如按报告文学发，多事的人必然会从作品里寻找生活中的真实的原型，这样怕惹麻烦。请你们再考虑一下，我的意见最好能按中篇小说发……

尊敬的刘茵同志，我各方面的修养和准备都很差，极希望您和编辑部同志经常给我帮助和指导。我在内心十分感激《当代》编辑部，因为我们这些年轻人发作品是很困难的。遇不到热心的编辑，往往看也不看就退回来了。这篇作品写成后，曾给几家大刊物寄过，但都被退回来。当××杂志也是这个态度以后，我就让那位不太熟悉的同志转给你们。我曾想过，这篇稿件到你们那里，将是进我国最高的"文学裁判所"（先前我不敢设想给你们投稿）。如这里也维持"死刑原判"，我就准备把稿子一把火烧掉。我永远感激您和编辑部的同志，尊敬的前辈秦兆阳同志对我的关怀，这使我第一次真正树立起信心。

我已对若冰和鸿钧转达您对他们的问候，他们让我回信时转达他们对您的问候。

深致敬意！

（如有什么事，请再联系）

路 遥

一九八〇年五月一日[⑧]

就在5月1日，路遥还情不自禁地给朋友谷溪写信，表达了他当时的激动心情："我最近有些转折性的事件。我的那个写'文化革命'的中篇小说《当代》已决定用，五月初发稿，在《当代》第三期上。这部中篇《当代》编辑部给予很高评价，秦兆阳同志（《当代》主编）给予了热情肯定……中篇小说将发在我国最高文学出版单位的刊物上（人民文学出版社）这是一个莫大的荣誉。另外，非常有影响的作家前辈秦兆阳同志给予这样热情的肯定，对于我的文学道路无疑是一个最重大的转折……"

5月初，路遥应邀到《当代》编辑部修改小说。他在责任编辑刘茵的带领下，去北京市北池子秦兆阳简陋的临时住所见到了这位德高望重的《当代》主编。刘茵后来回忆：路遥见到秦兆阳后非常局促，双手放在膝盖上端坐着，一副诚惶诚恐的样子。[⑨]秦兆阳是延安鲁迅艺术文学院学生，他的青春年华是在战争中度过的；全国解放后，他担任过《人民文学》副主编、《文艺报》执行编委。1956年发表的《现实主义——广阔的道路》引起很大反响，他后来被打成右派下放。1980年，他出任《当代》文学双月刊主编。也就是说，《惊心动魄的一幕》是他上任不久后就看到的稿件，路遥的确是幸运的。

在赴京改稿期间，路遥5月11日给《延河》编辑部的同事写了一封信，说明改稿情况与自己的感受：

晓雷、闻频、天芳、小巴：

你们好。我到北京后，立即就投入紧张的改稿中去了，因此没顾上给你们写信，请原谅。我到的第二天，秦兆阳同志给出版社打了两次电话找我，但我出去玩去了，未能见上。第三天，责任编辑带我去他家。这是一个很质朴的人，敏锐，又随便，和我谈了几个钟点，他把我的稿子看得极细，连标点和错字都给我改过来了。从我的稿子写成到现在，我觉得他是唯一透彻了解这篇作品意图的人。作了充分的肯定后，提出了一些不难改的细部让我再琢磨一下；我自己提出要加两章，结果我们连同责任编辑讨论了半天，认为有一章必须加，另一章不能加。稿件谈完后，他还给了我另外一些鼓励。我在谈话中提到过小巴也在写一个中篇。他知道小巴，因写过关于他的文章。紧接着便开始改稿子，晚上改，白天睡觉，工作环境不太好。今天大部分主要的东西已改完，准备交上去让他们再看，如需要改，再改。六月初发稿，催得很紧，还要插图。原来五万三千字，现是六万二千字，加了约一万字。

  我到北京最大的感受是我们的创作速度、数量、创作精神都是非常落后的，和我一块改稿的许多人，大部分四十来岁，都写过几部长篇、中篇，动不动就几十万字。不管能不能发，创作量都是十分惊人的，大部分人都是白天晚上都在拼命，他们说他们平时的创作也是这个样子。这样看来，我们太舒服了，取不得成绩，主要还是吃苦不够，这个印象是我来北京得到的最大收获。我们原来以为我们都很是苦，比起人家来，咱们都是些"二流子"。

  我因改稿，闭门不出，熟人也没顾上看，其他情况更不知道，先写这些，等这几天我插空出去玩玩，有什么情况再告诉你们。估计丕祥（王丕祥，时任《延河》主编——编者注）已回去，情况他大概都了解。

  我的信，请晓雷寄北京西城中毛家湾47号陶正转我。

  另外，我一时还决定不了什么时候返回，如稿子堆的太多，请天芳和兆清帮助给看一下。

有什么事要办,请来信。祝好!

路遥 11/5 ⑩

晓蕾,即晓雷,本名雷前进,《延河》诗歌编辑;闻频,即焦文平,《延河》诗歌编辑;天芳,即李天芳,晓雷夫人,《延河》散文编辑;小巴,即李小巴,《延河》小说编辑。

路遥在秦兆阳的指导下,在人民文学出版社修改了二十来天,小说比原稿增加了一万多字。当然,责任编辑刘茵与二审的副主编孟伟哉也为这部小说的修改提出了宝贵意见。路遥当时无限感慨地说:"改稿比写稿还难。"

5月24日,路遥给谷溪的信中谈到这个情况:"我于5月初来北京,在人民文学出版社改那个中篇小说已二十来天了,工作基本告一段落,比原稿增加了一万多字,现在六万多,估计在《当代》第三期发(9月出刊)。此稿秦兆阳同志很重视,用稿通知是他亲自给我写的,来北京的第二天他就在家里约见了我,给了许多鼓励……" ⑪

5月30日,路遥改稿后离京时,给《当代》副主编孟伟哉写了一封信,专门谈小说的修改情况。

您和刘茵同志谈过意见后,我又把稿件整理了一遍。我想了一下,觉得农民场面结束后,是应该很快跳到礼堂门口的。您的意见是对的。因此我把以后的那两节(现已合成一节)调整到农民场面的前面去了;农民场面一节重写了一遍。现在已经从农民场面的结束直接过渡到了礼堂门口上。至于您提出删去的那些内容,我用这种办法保留了下来。主要考虑到:一、如果没这个内容,马延雄回城的理由、必要性以及他对这个行动的思想动机将给读者交代不清楚,会留下一些漏洞(主要通过马延雄和柳秉奎的谈话说清楚这些)。二、这些都是马延雄和柳秉奎两个重要人物的细节描写,尤其是马延雄雨中挣扎一节。整个文章密度大一些,好不容易有这么个空子抒情性的描写了一下。

现在这样处理,您提出的意见解决了,也保留了那一节。这只是我个人的感觉,可能不对,请您再看,如不行,我再改。

您和刘茵同志提出的其他意见,我都尽力按你们说的解决了。我自己文字功力很差,有些疏漏和错字请编辑部的同志给予纠正……⑫

《惊心动魄的一幕》在《当代》杂志1980年第3期上头条刊发,秦兆阳专门题写标题。在秦兆阳的推荐下,《惊心动魄的一幕》还一连获了两个荣誉极高的奖项:第一届全国优秀中篇小说奖;1979—1981年度《当代》文学荣誉奖。尤其是全国优秀中篇小说奖,这是新时期陕西作家的第一次获奖。1982年3月25日,秦兆阳在《中国青年报》上撰文《要有一颗火热的心:致路遥同志》,高度评价这部中篇,并认为"它甚至于跟许多人所经历、所熟悉的'文化大革命'的生活,以及对'文化大革命'的反感之情和对'四人帮'的愤慨之情,联系不起来。因此,这篇作品发表以后,很长时间并未引起读者和评论界足够的注意,是可以理解的。"

独具慧眼的秦兆阳赏识了这部小说,并成就了路遥。命运的转机就在坚持之间,对于路遥来说就是这样!这样,鲤鱼跳过龙门,路遥一跃进入全国知名作家的序列。十多年后的1991年,路遥在创作随笔《早晨从中午开始》中直言不讳地称秦兆阳是"中国当代的涅克拉索夫",他写道:"坦率地说,在中国当代老一辈作家中,我最敬爱的是两位。一位是柳青,一位是健在的秦兆阳。我曾在一篇文章中称他们为我的文学'教父'。……秦兆阳等于直接甚至是手把手地教导和帮助我走入文学的队列。"

当然，并不是说《惊心动魄的一幕》就是一篇十分成功的作品。1985年元月，路遥在接受采访中坦诚地讲到这部中篇的局限："这个作品比较粗糙，是我的第一个中篇，艺术准备不充分，很大程度上是靠对生活的熟悉和激情来完成的，因此，许多地方留有斧凿的痕迹。但有一点追求很明显，就是要在同类题材的作品中提供一个和别人不同的作品。当时描写'文化大革命'的作品，许多都是表现个人恩恩怨怨的东西。我在《惊心动魄的一幕》中并不想局限在这一点上，而是力图从历史和时代的角度来看待作品所表现的那一段生活。所以，在五万字的篇幅中，我想尽可能概括更多的东西。尽管由于艺术准备不足以及创作环境等方面的原因，作品并没有达到我设想的目标，但我是做了努力的，这种努力，读者在作品中是可以看到的。'文化大革命'的灾难不仅仅是个人的，而是整个时代的悲剧，我的主人公也是受害者，但他对那场'革命'也看不清楚。自己受害，同时又害别人，这不是教训么？"[15]

谁识我忧

任何人都不可能在真空中生活，路遥更是如此。路遥是从中国底层一步一步成长起来的"草根"奋斗者，他在进行文学创作的同时，更需要花费很大的精力来处理他无法逃避的事情。路遥既有那个时代年轻人所面对的共性困难，更有他这个从农村走出的奋斗者的更为特殊的困难。

路遥1978年1月25日结婚后，他和妻子林达的爱情结晶于1979年11月降临人世。这个孩子是个女孩，取名为"路远"，即取"路遥"与"程远"（林达笔名）各一字，合为"路远"。这里既有纪念二人爱情结晶的意思，又寄托对女儿人生期待的含义。这个孩子也是路遥的唯一孩子。很多年后，长大成人的路远改名为"路茗茗"，她接受记者采访时这样说："我出生于紧挨着作协大院的古旧的楼里。一两岁时开始在作协大院里生活。在作协附近的兴中小学读书，在26中上了半学期后，爸爸就去世了。妈妈是北京知青，随妈妈到了北京。妈妈下乡插队认识了父亲。"⑭

女儿的出生，给路遥带来了欢欣。然而，妻子林达有了身孕时，他的帮助却是微不足道的。那时，林达的工作还没有调到西安，路遥和林达两地分居。路遥当时住在一个不足十平方米的斗室，只能借个条件相对不错的房子"坐月子"，路遥借到省作协一栋旧楼的四五十平方米的两居室。孩子要降生了，林达的母亲远在北京，他只能让清涧县王家堡的生母下西安来"收月子"。孩子生下后，妻子奶水不足，又要找关系订牛奶。甚至孩子吃的鸡蛋，也是他所操心的事情。这一切像乱麻一样，长时间没有头绪理顺。这倒还好说，这是一个男人成为父亲过程中所必须经历的。当时的困难是所有年轻人遇到的困难，别人能克服的困难，路遥自然也能克服。

更为要命的是路遥是家中长子，他虽然过继给延川的伯父为子，但延川和清涧两方面的事情都要顾及。他是这个家族站在省城重要"公家"门上的唯一一人，农村里的亲戚总有诸多让他办不了和办不完的事情。

先说延川养父母这边，二老虽没有什么事情，但他的弟弟"四锤"(即王天云)，1972年时也来到大伯的门上生活。在路遥的帮助下，他成为延川县农机局施工队的一名合同制推土机手。这份合同制的工作，还是路遥花费好多周折才办到的。他以后还不断地帮助"四锤"解决问题。这里有一封路遥1979年12月4日给海波的书信，可见他当时"一地鸡毛"的心情。

海波同志：

    你好。

    接你信后，碰巧尔雄开会来西安，走了一趟我这里，我当即就把你的问题提了出来。据他说，这次实在无法，因你不在"杠杠"里边。不过他答应在今后为你的事努力，请你以后多与他联系，我只要有机会，一定全力以赴帮助你，这点请你放心。

    今有两事需要告诉你。第一件：我那不成器的弟弟四锤，经过一番相当艰苦的努力，终于在县农机局施工队上班了（新成立的，当然是交钱挣工分，现在永坪公社），他开推土机。据说农机局局长就是冯致胜，请你通过艳阳给她爸做点工作，请多关照他，不要中途打发了。（可对艳阳说，再让艳阳对她爸说：我认为她爸是个出色的政治家；我本人很佩服他；或者我对他希望他具有政治家风度，不必为过去的派性而影响——这点不一定明说。我出去一直说冯致胜的好话。）具体怎样做，视情况而定，你认为在需要的时候，怎样做为好，由你看，相信你会在这个问题上（如出了麻烦）会起一点作用的。你是精人。

    这一切太庸俗了，可为了生存，现实社会往往把人逼得在某些事上无耻起来。这是社会的悲剧，你自己也许体会更深。

    第二件：我们这里鸡蛋已到一元钱五个的光景。想延川总会便宜一些，这是我的孩子的每天必需品，如你能设法再买一点捎来（当然越快越好），十分感谢。如有困难，也就算了。

    刊物我每期都寄上，有时我不在，误了一期，也请你原谅。

    请你给我回信。

    （明年学习班我会给你争取的）

路　遥
1979年12月4日

再说清涧县亲生父母那边，还有六个孩子——三男三女。当时，农村还没有实行联产承包责任制，亲生父母那里孩子多，家里穷得叮咣响。路遥的大妹妹王荷因挖野菜在山崖下摔伤，1975年离开人世。路遥的大弟王卫军参军后转业留在西安的省结核病医院工作，总算脱离苦海。而三弟王天乐勉强读完高中后，在农村教了一年书，他无法面对一贫如洗的家庭，跑到外面闯荡。他出走到延安城，干起背石头揽工的营生，一干就是两年。另外，路遥还有两个妹妹与一个弟弟，分别叫"新芳"（即王萍）、"新利"（即王英）与"九娃"（即王天笑），当时年龄尚小，在乡村学校上学。在清涧老家中，最让路遥放不下心的就是王天乐，他高中毕业，本应成为家中的顶梁柱，但现在连一份正当的职业也没有。他和这个兄弟只见过两三次面，甚至没说过几句话，但看到王天乐写给自己的信后流泪了，认为王天乐是几位弟妹中最有思想的人。他决心不惜一切代价，帮助这位在老家弟妹们中学历最高、最有前途的弟弟。也就是说，在1979年到1980年之间，路遥除了要搞好编辑工作，并以饱满的激情进行创作之外，还要抽出很大一部分精力来处理老家的事情。此时的路遥虽是"城籍"，是公家人，但他却是"农裔"，他的根尚在农村，他无论如何必须正视。

在如何煞费苦心帮助王天乐改变命运方面，路遥用心最多，他可以说是绞尽脑汁，用尽心计。那个年代打长途电话是一件很奢侈的事情，人们的通讯方式主要靠书信，路遥坐镇西安，通过书信"遥控"曹谷溪等人具体打通关节。曹谷溪在中共延安地委通讯组工作，负责延安地区新闻报道工作，仍坚持诗歌创作。1979年末，他才调入延安地区文艺创作室。

在当时的情况下，高考制度已经恢复，农村人要跳出"农门"，唯一的途径是参加高考。而王天乐显然不具备高考的实力，他跑到延安城揽工背石头，说明他心里已经彻底放弃高考的理想了。再一种情况是招工当煤炭工人。当煤炭工人尽管又苦又累,但毕竟能跳出"农门",成为国家的正式职工。成为吃"公家粮"的人后,讨个媳妇也容易。然而,当时大型煤矿在农村招工已经少之又少,没有特别硬的关系绝对办不到。具体到王天乐,他的户口在榆林地区的清涧县农村,要在延安招工,就只能先安户口,再想方设法招工,这个工作更难!只能借助地方上大权在握的实力派人物。这样,路遥就把目标盯到时任延安县县委书记的张史杰身上。张史杰在"文革"前曾任延川县委书记,"文革"武斗受到冲击时,以路遥为代表的"保皇派"——延川"红四野"保护了他,使他免遭大的冲击。可以说,他和路遥有特殊的情感。路遥在1978年写成的中篇小说《惊心动魄的一幕》中的县委书记,就是以张史杰为原型创作的。这样,路遥和谷溪经过反复协商,决定把宝压到张史杰身上,由路遥遥控谷溪具体实施这项计划。

路遥在给弟弟跑招工的过程中,因弟弟的命运而触动,由此而深入思考中国广大农民的出路问题。他在1980年2月22日写给谷溪的信中,谈到中国城乡二元社会结构状况下农村年轻人的出路问题:

上次写给你的信,想必年前已经收读了。你也不回信,不知道近况如何。关于明年招工一事,看来大概只招收吃国库粮的,农村户口是否没有指标?详细情况我不太了解,国家现在对农民的政策显有严重的两重性,在经济上扶助,在文化上抑制(广义的文化——即精神文明)。最起码可以说顾不得关切农村户口对于目前更高文明的追求。这造成了千百万苦恼的年轻人,从长远的观点看,这构成了国家潜在的危险。这些苦恼的人,同时也是愤愤不平的人。大量有文化的人将限制在土地上,这是不平衡中的最大不平衡。如果说调整经济的目的不是最后达到逐渐消除这种不平衡，情况将会无比严重，这个状况也许在不久的将来就会显示出……

路遥后来创作的中篇小说《人生》和长篇小说《平凡的世界》均把主人公置于"城乡交叉地带"，而着力表现他们作为奋斗者的命运，其现实的逻辑起点应该源于他帮弟弟改变命运的过程。

5月1日，路遥写给曹谷溪的书信，再次表达对弟弟前途的担忧："天乐来了一信，谈了一下他的情况，看来是很苦的，我很难受，把一个二十来岁的人抛在一个自谋自食境地里，实在不是滋味。我是希望你想些办法的。你也不给我写信，告诉这倒究应该怎么办，你自己又办了些什么，前途怎样等等。我不了解具体的情况，怎样都无法改变这个人的处境，你能不能再活动一下，行吗？……"

5月24日，路遥在北京改稿期间给谷溪写信时仍念念不忘弟弟的事情："天乐的事不知近期有无变化，我心里一直很着急，不知事情将来会不会办得合适一些。我已给张弢写过信，让他协助你努力一下，我可能7月份来延安，到时咱们一块再想想办法……"

他一方面下决心帮助弟弟跳出"农门"，另一方面已经从王天乐这样有志有为的农村青年的苦闷与奋斗的无望中获得创作灵感，以此来思考一个更深刻的人生话题，这就是他的代表作《人生》。

5月底，路遥在北京改完《惊心动魄的一幕》后，直接回到延安，处理王天乐的事情。路遥住在延安城南关街的地区招待所——延安饭店后，他开始四处寻找这位仅见过三次面、没说过几句话的三弟。后来，终于在一处工地上找到了这位蓬头垢面、衣衫褴褛的亲兄弟，并把他带回旅馆。

据王天乐回忆："见面后，我们长时间没有说话，吃过晚饭后，他才对我说，你可以谈一谈你个人经历，尽可能全面一点，如果谈过恋爱也可以说。于是，就在这个房间里，我们展开了长时间对话，一开始就三天三夜没睡觉。总共在这里住了十五天。他原打算刚写完《惊心动魄的一幕》再写一个短篇小说叫《刷牙》。但就在这个房间里，路遥完成了中篇小说《人生》的全部构思。当时，这个小说叫《沉浮》，后来是中国青年出版社王维玲同志修改成《人生》。通过这次对话，我们超越了兄弟之情，完全是知己和朋友。他彻底了解我，我也完全地知道了他的创业历程，包括隐私。"[15]

王天乐所说的路遥在这次"激动人心"的兄弟晤面时，完成了中篇小说《人生》的全部构思不是事实。现有的资料证明，路遥早在1979年就开始创作这部中篇小说，不过写得很不顺，一直写写停停，但王天乐的人生际遇给路遥创作《人生》提供了灵感。路遥由己度人，由自己亲兄弟的人生际遇而生发到对整个中国农村有志有为青年人命运的关注，由此下决心创作这种题材的小说，才是问题的关键。

王天乐的命运在张史杰等人的帮助下，终于得到改变。1980年秋天，他以延安县冯庄公社李庄大队的农村户口，被招到铜川矿务局鸭口煤矿采煤四区当采煤工人。此后，路遥又不断地用其全力帮助与呵护自家兄弟，后又把他调到《延安报》社当记者，给他提供飞翔的空间。后来，王天乐再调到《陕西日报》当记者。王天乐命运的改变是路遥不懈努力的结果，王天乐在改变命运后，又不断在生活上与精神上全力帮助路遥创作。1991年，路遥撰写六万字的创作随笔《早晨从中午开始》，其前言是："献给我的弟弟王天乐"。另外，《平凡的世界》中孙少平就是以王天乐为原型创作的，细心的读者会看到这点。

我们再回到1980年。路遥在文学突围过程中最重要的作品——中篇小说《惊心动魄的一幕》，在《当代》第3期头条发表；他最看重的弟弟王天乐也在众人的帮助下顺利招到铜川当煤矿工人。他还没有来得及品味这两件大事带来的兴奋，却又一次陷入人生的苦恼——随着"文化大革命"的彻底否定,林彪、"四人帮"反党集团被审判,组织上又一次审查路遥的"文革"历史。对于路遥而言,这是他的"原罪",一有风吹草动,他的小辫就被人牢牢揪住。

据作家张虹回忆,1980年3月初的《延河》编辑部召开的创作、评论工作会上,路遥意气风发、指点江山,情绪非常亢奋。而到当年的10月,她在中国作协西安分会举办的第三期读书会上见到的路遥,却阴沉着脸,一副难受的样子。路遥对她说:"我是从比这儿(破民居——笔者注)还底层的地方出来的,起点太低。我要改变命运,要成就大事,就得付出比常人多数倍的努力甚至牺牲。这牺牲包括常人的欢乐和友谊。干大事就顾不得小节。谁做我的朋友,谁就得原谅我,接受我……"⑯后来,张虹从读书班的同期同学中了解到,路遥正在经受"文革"问题的焦虑。

注释:

① 京夫:《路遥,安息吧!》,见晓雷、李星编《星的陨落——关于路遥的回忆》,陕西人民出版社1993年版。

② 袁银波:《相识在〈延河〉编辑部》,见马一夫、厚夫、宋学成主编《路遥纪念集》,人民文学出版社2007年版。

③ 申晓:《兄弟情深》,见申晓编《守望路遥》,太白文艺出版社2007年版。

④ 《致海波》两信见《路遥全集·早晨从中午开始》卷,北京十月文艺出版社2013年版。

⑤ 晓雷:《故人长绝——路遥离去的时刻》,见李建军编《路遥十五年祭》,新世界出版社2007年版。

⑥ 董墨:《灿烂而短促的闪耀——痛悼路遥》,见马一夫、厚夫、宋学成主编《路遥纪念集》,人民文学出版社2007年版。

⑦ 即"老牌保皇派"。

⑧ 路遥:《致刘茵》,《路遥全集·早晨从中午开始》卷,北京十月文艺出版社2013年版。

⑨ 刘茵2013年9月在延川乾坤湾接受笔者采访时所谈。

⑩ 晓雷《路遥别传》，陕西人民出版社，2022年版。

⑪ 梁向阳：《新近发现的路遥1980年前后致谷溪的六封信》，《新文学史料》2013年第3期。

⑫ 此信复印件由延安大学路遥文学馆保存。

⑬ 老戈：《路遥谈创作》，山东省文联《文学评论家》1985年第2期。

⑭ 心梦岭：《寻找路遥女儿》，见李建军编《路遥十五年祭》，新世界出版社2007年版。

⑮ 王天乐：《苦难是他永恒的伴侣》，见马一夫、厚夫、宋学成主编《路遥纪念集》，人民文学出版社2007年版。

⑯ 张虹:《微笑的遗失》，见申晓主编《守望路遥》，太白文艺出版社2007年版。

第7章 翻越《人生》这座山

狠加一把油

1982 年

生活在广场中

1982年，路遥与谷溪、晓雷在一起

1982年，路遥与刘艺、刘阳河、高建群、曹谷溪在延安

狠加一把油

翻过好坏参半的1980年后，各种好消息源源不断地奔向路遥。

首先，《延河》杂志1981年第1期的"陕西青年作家专刊"，共刊有九位陕西实力派青年作家的作品，路遥的短篇小说《姐姐》名列其中，并且排在靠前位置。这个专刊是《延河》在新时期第一次以集体亮相的方式，整体向外介绍陕西青年作家，中国作协西安分会党组书记胡采与评论家肖云儒均撰文予以推荐。路遥的小说虽有进入此序列的实力，但被遴选进这个"专号"，则表明中国作协西安分会对他的高度重视。但该小说前面的"作者简介"部分中，有两处明显的错误：一是"七岁时因家境极度贫困，过继给远路无子嗣的叔父"；二是"1971年入党，以后在大学学习中国语言文学"。第一，路遥七岁时过继给延川的亲大伯（即父亲的亲哥哥），而非"叔父"；第二，他的档案明确写"1969年11月由郭庭俊、马文瑞在延川县城关公社刘家圪崂大队介绍入党。"这个不足三百字的简介有两处明显的错误，是有意为之，还是无意为之？是路遥亲自撰写，还是他人代劳？这一切均不得而知。

《姐姐》以清新自然的风格赢得读者的好评，并于当年12月荣获《延河》杂志举办的"优秀短篇小说奖"。与此同时，路遥1980

年前后创作的短篇小说《月下》发表于《上海文学》1981年第6期；短篇小说《风雪腊梅》发表于辽宁《鸭绿江》1981年第9期，并获1981年《鸭绿江》作品奖。

源源不断地发表高质量的作品，是路遥最快乐的事情。正如他在1980年5月初给曹谷溪的信中所说的那样："我要用我的劳动成果来回答我的朋友和敌人们。"对于路遥来说，作品是最好的战斗武器。

其次，领导和朋友的鼓励使路遥把心放下来，以一种坦然的心态面对组织调查和新的历史考验。作家白描在纪念李若冰的文章中，记述过李若冰对路遥的精心呵护："路遥在成长道路上遇到过更大的危机，在路遥寝食不安的日子里，若冰给了他最宝贵的支持，帮他度过了山重水险的人生关口和阴霾密布的精神危机。那一段时间，若冰成了路遥的精神支柱。三天两头，路遥有事没事都要去若冰家。若冰身担要职，在繁忙的公务之余，要读书，要写作，时间是很紧的，但一旦路遥登门造访便将一切事情搁在一边，听路遥的倾诉，陪他聊天说话，安慰，开导他。若冰知道，这个从陕北山沟沟里一路打拼出来跻身著名作家行列的青年，如果不给予呵护，那精神系统里自尊和自卑复杂交织、雄心和疑惑相互纠缠、强悍和脆弱一并兼有的基本平衡，即刻就会倾斜颠覆，整个人也就毁了。事后路遥曾不止一次地对身边好友讲：若冰在他心里，就是他的精神支柱，是他的精神教父。"[1]

白描当时已从陕西师范大学中文系调入《延河》编辑工作，应该说他对路遥当时的情况有发言权。白描的回忆虽然语焉不详，但我们还是能够看出当时的危急情况。

再次，中篇小说《惊心动魄的一幕》获全国首届优秀中篇小说奖，极大地提升了路遥的创作自信心。1981年5月17日，路遥给延川的好友海波的信中透露他获奖的情况："我的中篇《惊心动魄的一幕》

今天收到通知,已获全国优秀中篇小说奖。我23号动身去北京领奖(25日开大会)。这是一件对我绝对重要的收获。"他还在信中这样写道:"我最近又完成了一部中篇小说,叫《1961:在困苦中》,《当代》秦兆阳主编来信,觉得还不错,初步决定要在《当代》发表,可能到年底了。"②路遥在信中提及的中篇后来发表于《当代》杂志1982年第5期,发表时已改名为《在困难的日子里——1961年纪事》。

时任《延河》诗歌编辑的诗人闻频,见证了路遥得知获奖消息的情景:"记得有一个礼拜天,一大早我在办公室写东西,他从前院急促促进来,手里拿着一封电报,一进门便高兴地喊:'我获奖了!'说着扑过来,把我紧紧拥抱了一下。路遥这种由衷的喜悦和兴奋,我只见过这一次。这是他《惊心动魄的一幕》在全国获奖,也是他第一次获奖。后来的几次获奖,包括茅盾文学奖,他再没激动过。"③

路遥在北京领奖后不久,6月25日,中国作家协会西安分会举行"祝贺我省文学作品获奖者茶话会",祝贺陕西省三十多位作家的三十六篇(部)文学作品获奖。参加会议的有新时期以来获全国优秀短篇小说奖、中篇小说奖和新诗奖的中青年作家,获得各省市、有关系统文学创作奖的作家等。此次会议共安排三名获奖代表发言,路遥也在其中,他作了《谦虚谨慎 戒骄戒躁》的发言。这次发言是路遥在陕西全省的重要文学会议上第一次公开发言,他发言的基调是谦虚的,谨慎的,他着力谈作家:"只有把自己的劳动和全体劳动人民的事业联系在一起,我们的劳动才能变得更有价值""我们接受了各种荣誉的同志,首先要考虑的是不丧失普通劳动者的感觉""作品当然首先要接受现实的检验,但更重要的是,要经得起历史的检验。"这些观点成为路遥以后在多种文学场合表述的核心观点。

此次会议之后,路遥告别妻女,远赴延安地区的甘泉县,准备一鼓作气,创作反复酝酿、几易其稿的中篇小说《人生》。

路遥选甘泉县招待所实施创作计划,其核心原因是好友张弢任甘泉县文化局局长，他找到甘泉县主要领导，安顿好路遥的住宿与吃饭问题。这样，路遥在1981年7月到甘泉县招待所开始中篇小说《人生》创作的最后冲刺阶段。

路遥后来在《答中央广播电视大学问》中披露过他创作《人生》的情形："我写《人生》反复折腾了三年——这作品是1981年写成的，但我1979年就动笔了。我紧张地进入了创作过程，但写成后，我把它撕了，因为，我很不满意，尽管当时也可能发表。我甚至把它从我的记忆中抹掉，再也不愿想它。1980年我试着又写了一次，但觉得还不行，好多人物关系没有交织起来。"④

陕西师范大学文学院教授刘路，1980年在师大中文系上学时担任《延河》的业余编辑，与路遥交往过密。他回忆："这一时期，正是路遥构思《人生》最艰苦的阶段。一连十多天，中午下班了，我们俩拉上一张藤席，在小说组的木地板上铺开，躺在上面，只穿一条裤衩，不断地抽着烟。谈到会心处，两人又同时坐起来，蹭到一处。这部后来反响极大的中篇，起初的名字叫《高加林的故事》。路遥说，他一定要把这个高加林写得不同凡响，他说现代流行的小说写的人都不是人，他要按生活的蓝本来写，如果发出去要他改，他将坚决不改，哪怕不发也不改。"⑤

这样几次不成熟的创作，说明《人生》这部小说的"瓜"还没有成熟。

此次在甘泉县招待所集中时间创作《人生》的直接动机，就是完成5月在北京颁奖会上中国青年出版社副总编王维玲的约稿。5月，路遥在北京的颁奖会上，认识了担任首届优秀中篇小说奖评委的中国青年出版社资深编辑王维玲。王维玲是山东蓬莱人，中国青年出版社《小说季刊》主编，柳青《创业史》责任编辑，因长期分工负责联系陕西作家，对陕西作家有种天然好感。他在评审过程中认真阅读过《惊心动魄的一幕》，认为虽有稚嫩之处，但却是一部有特色、有水平的作品,对路遥有一定印象。颁奖会上的路遥因获奖排名靠后,自然不是大会的主角与记者们追逐的文学明星。他在会上一言不发,只是专注地听每一位获奖者的发言。路遥专注的神情,引起王维玲的注意。王维玲把路遥约到休息厅,进行了长时间推心置腹的谈话。这次谈话中,路遥谈到自己对"城乡交叉地带"的思考,以及准备花大力气创作的中篇小说。王维玲这才真正认识了这位个头不高、敦敦实实的小伙子,凭着职业敏感,觉得思考很不一般,热情鼓励排除一切杂念,下功夫去写,以实际行动来证明自己的实力。王维玲对路遥说,对于一个献身文学事业的人来说,如同参加一场马拉松竞赛,不是看谁起跑得快,而是看后劲。王维玲代表中国青年出版社向路遥约稿,口气坚决,态度也坚决。面对名编辑的约稿,路遥深受感动,一口应允。⑥

路遥在创作随笔《早晨从中午开始》中,这样讲述创作《人生》的情景:"细细想想,迄今为止,我一生中度过的最美好的日子是写《人生》初稿二十多天。在此之前,我二十八岁的中篇处女作已获得了全国第一届中篇小说奖,正是因为不满足,我才投入到《人生》的写作中。为此,我准备了近两年,思想和艺术考虑备受折磨;而终于穿过障碍进入实际表现的时候,精神真正达到了忘乎所以。记得近一个月里,每天工作十八个小时,分不清白天和夜晚,浑身如同燃起大火,五官溃烂,大小便不畅通,深更半夜在陕北甘泉县招待所转圈圈行走,以致招待所白所长犯了疑心,给县委打电话,说这个青年人可能神经错乱,怕寻'无常'。县委指示,那人在写书,别惊动他(后来听说的)……人,不仅要战胜失败,而且还要超越胜利。"⑦

白描的回忆文章,可以与路遥的自述形成印证。他回忆道:"1981年夏,你在甘泉招待所写作《人生》时,我在延安大学妻子那里度假。一天专程去看望你,只见小屋子里烟雾弥漫,房门后铁簸箕里盛满了烟头,桌子上扔着硬馒头,还有几根麻花,几块酥饼。你头发蓬乱,眼角黏红，夜以继日的写作已使你手臂痛得难以抬起。你说你是憋着劲儿来写这部作品的，说话时牙关咬紧像要和自己，也像要和别人来拼命。十三万字的《人生》，你二十多天就完稿。"⑧

十月怀胎，一朝分娩。在长期积累与酝酿后，路遥在陕北的甘泉终于迎来了痛苦的分娩时刻，他文思如泉涌，笔下生风，进入了忘情忘我、如癫如痴的工作状态。后来，在桌子上伏的时间长了，胳膊被磨得红肿，他便找了块石板，捧在怀里写作……

高加林来了，刘巧珍来了，德顺老汉来了，黄亚萍来了，小说中的人物一个一个前来报到，集合在路遥笔下，并按照自身的性格逻辑来爱与恨……

在细节处理上，路遥特别认真。他写到巧珍要出嫁那章时，专门找了几位甘泉县城里的老人采访，这章前前后后反复了好几回。

陕西师范大学教授刘路回忆，"高加林"进城卖馍和后来进城给生产队拉大粪的细节，是路遥根据他所讲述的故事改造的。1984年5月，路遥应邀到陕西师范大学做报告，讲到《人生》创作经过时对学生们说："在《人生》的创作过程中，我得到了你们刘路老师的极为宝贵的支持，他把自己很多非常好的素材借给了我，可以说，高加林的形象，是我和他共同创作的。我借他的这笔债，怕永远也还不了啦！"⑨

作家高建群撰写回忆文章中称："《人生》发表在杂志上后，路遥将杂志拿给我，他有些不自然地说，里面用了你的诗，你不会介意吧！我说，我不会介意的，我感到荣幸。'不过，'路遥接着机智地说，'是书中一个叫黄亚萍的人物，偶尔读到你的诗，抄到笔记本上，送给高加林的，你去追究她吧！'说完，我们都哈哈大笑起来。"⑩

经过二十来天的忘我工作，路遥抱着一大摞草稿来到延安，他要处理一项非常棘手的事情。原来，路遥生父砍了村子公路边的树，被清涧县公安局抓到拘留所了。其实，王家堡村在"包产到户"之初,一村子人都砍树了,路遥生父既不是带头的,也不是砍得最多的。关键是"公家人"欺负他家在"门外"不站人,没有扛硬关系。自己生父被抓,牵扯到颜面问题,路遥自然全力以赴地解救。他通过朋友找到陕西人民广播电台驻延安记者贾炳申,并让派朋友陪同贾炳申赶到清涧县处理此事。贾炳申到清涧后,直接找到当时的清涧县委书记反映情况。在县委书记的干预下,路遥生父王玉宽才得以释放。此事是路遥创作《人生》时期的一个插曲。"城籍农裔"的路遥,在其不断的奋斗过程中,经常有许多令人意想不到的事情等着他。好在,路遥是从苦难中崛起的,他有足够的智慧与能力来应对各种复杂问题。

路遥在甘泉县潜心创作的稿件,并不是最终的定稿。《人生》距发表,还有个精打细磨的修改过程。

路遥写成初稿后,还专门到陕北佳县著名的道教圣地白云山道观中抽了一签,叫"鹤鸣九霄",是出大名之意。路遥需要这样的精神暗示,他认为自己是在做一件大事情。他甚至还抱着小说稿去铜川煤矿找弟弟,专门给弟弟王天乐念了一遍。他在热泪盈眶中告诉弟弟:"弟弟,你想作品首先能如此感动我,我相信他一定能感动上帝。"

1991年9月26日,已获茅盾文学奖的路遥在延川县各界座谈会上,回忆当年的情形:"二十一天把初稿写完,我自己也不知道这到底是什么东西,就背上这个稿子到陕北转了一圈,认真地把这篇稿子重新审视了一遍。回到西安后,又待了半个月,又赶到咸阳,用了十几天时间,把这个稿子又搞了一稿。这就是第二稿,定稿。"①

然而,路遥对作品的分量还是拿捏不准,不敢轻易拿出手。就在这期间,王维玲一直不断写信给路遥,鼓励他的创作,这又鼓起路遥的勇气。他专门给王维玲写了一封回信,谈自己的创作情况:

非常感谢您对我的信任和关怀，我甚至有点不安，觉得愧对您一片好心。以前的短篇，我自己都不很满意，因此不敢给您寄来，不过，在所有的约稿中，我对您的约稿看得最重，已经使我有点恐惧，我生怕不能使您满意，因此，每写出一篇，犹豫半天，还是不敢寄来。

我现在给您谈我的中篇，这个中篇是您在北京给我谈后，促我写的，初稿已完，约十三万字，主题、人物都很复杂，我搞得很苦，很吃力，大概还得一个月才能脱稿，我想写完后，直接寄您给我看看，这并不是要您给我发表，只是想让您给我启示和判断，当然，这样的作品若能和读者见面，我是非常高兴的，因为我们探讨的东西并不一定会使一些同志接受。我写的是青年题材，我先给您打个招呼，等稿完后，我就直接寄给您。⑫

文学作品发表的裁判是具体的文学编辑。不管怎样，"丑媳妇终究要见公婆"。路遥怀着"要么，巨大的成功；要么，彻底失败"的心情，给王维玲寄去小说初稿。

小说初稿名字不叫《人生》，而叫《生活的乐章》。王维玲收到书稿后，很快以极大的热情阅读了小说初稿，并请编辑室的许岱与南云瑞也进行阅读。随后，他们坐在一起，对书稿进行了一次讨论。大家一致认为小说已十分成熟，只是个别地方还需要调整一下，结尾较弱，如能对全稿再做一次充实调整、修饰润色，把结尾推上去，则又会是一部喜人之作。为了让路遥领会编辑审读意见，王维玲在11月11日亲自执笔给路遥写了一封回信。有意思的是，王维玲给路遥写的许多信都没有留底稿，但唯独这封信留下了底稿。这封底稿，也成为研究《人生》创作的重要史料。

路遥同志：

近来好！

我和编辑室的同志怀着极大兴趣，一口气把你的中篇读完了。你文字好，十分流畅，有强烈的生活气息和时代特色，让我们一读起来就放不下。虽然我生活在城市，对今天的农村生活变化不很了解，但读你的作品时，没有一点陌生的感觉，就像全都是发生在我身边的事一样，让我关心事件的发展，关心人物的命运，为你笔下人物的遭遇和命运，一时兴奋，一时赞叹，一时惋惜，一时愤懑，我的心，我的情，完全被你左右了。读完你的作品，让我对你的创作更加注目和关心，对你的文学才能更加充满信心。我相信，你今后一定还能写出更为喜人的，同时也是惊人的作品，我期望着，等待着！

《生活的乐章》（即《人生》——笔者注）出版以后，会在文学界和青年读者中引起重视和反响。就我们看到的近似你这样题材的作品，还没有一部能到这样的艺术水准。为使你的作品更加完美，我们讨论了一下，有几点想法提供给你参考。

1. 小说现在的结尾，不理想，应回到作品的主题上去。加林、巧珍、巧玲等不同的人物都应对自己的经历与遭遇，行动与结果，挫折与命运，追求与现实作一次理智的回顾与反省，从各自不同的角度总结过去，总结自己，总结旁人走过的道路，给人以较深刻的启示和感受，让人读后思之不尽，联想翩翩。

现在的结尾较肤浅，加林一进村，巧玲就把民办教师的职位让给他，并且对他表现出不一般的感情，给人的感觉，好像这一切都是巧珍的安排，让自己的妹妹填补感情上的遗憾。巧珍会这么做吗？！读过后感到很不自然。加林最后的反省和悔恨都还应再往上推一推。现实生活给予他这么重的惩罚，他应有所觉醒，有所认识，现在稿子发掘还不深，弱而无力。而缠绵的感情又显得多余，读者读到最后，想到的是加林和巧珍如何对自己、对生活作出评价，而不是其他！

2. 关于巧珍。这是一个非常可爱的人物，应该贯彻始终。桥头断交，她显得比加林更感人，描写人物就是要在这些地方下功夫，显示人物的高尚和光彩。在她回村后，可以写她感情上的痛苦，但不应过多、过重，现在把她写得不能自拔，过了。她是个感情无比丰富的女性，同时又是一个理智的女性，两个方面都应显示出这个人物的光彩，现在对他的理智的一面展示不够，发掘不深，人物的血肉就显得不够丰满。她决定嫁给马栓，从不爱到爱，是她从理性的思索到感性的变化结果，要准确表现出人物的感情转变。巧珍和加林不同之处，她是一个爱情专一的青年，但同时她也是一个自尊自爱，又实际，又理智的青年，要在最后的篇幅里，将这两方面充实丰满起来。

3. 关于马栓。对他的性格描写还不够统一，他出场时，给人的印象是一个善于迎奉拍马，很会投机钻营，滑头滑脑的人，但在结尾和巧珍成亲时，又是一个朴朴实实，讲究实际，心地善良的青年农民形象。前后要统一，还是把他写得朴实可爱一点好。

4. 关于加林，总的说来，写得很好，但有几个关键转折之处，还显得有些表面，发掘不深。他对巧珍是有感情的，为了与亚萍好，扔掉巧珍，他事前用尽心思，做了各种准备，没想到在大桥，仅三言两语，巧珍就明白了，那么轻易解决，这时他应感到意外，感到震惊，事后他应感到痛苦，感到不安！而且这种内疚的心情，应该越来越强烈，直到从省城回来，知道将要把他遣返回乡的冷酷现实不可改变，知道巧珍嫁给马栓，想到他与亚萍的关系不可能继续，他的失望悔恨、愧惜痛苦的心情应更强烈，他去找亚萍，告诉亚萍他心里真正爱的还是巧珍,这应是他不断反省,发自内心的话!这才符合人物当时处境,才能造成悲剧气氛。现在的稿子无论气氛,还是环境,无论加林,还是他周围的人物,写得都不够充分,不够强烈。

小说中,围绕加林和巧珍,加林和亚萍的爱情描写上,有重复的地方,也有刺眼的东西。还是含蓄一些更好,可适当作些修改。

5.德顺爷爷写得实在可爱,但他与加林的父亲到县里找加林说理,为巧珍抱不平等描写过于简单,分量不够,应再深一点、重一点才好。

以上意见提供给你参考,想好后,修改起来也很便利。总的来说,不伤筋、不动骨,也没大工程,只是加强加深,加浓加细,弥补一些漏洞,使人物的发展更加顺理成章,合理可信。

关于下一步有两种考虑:一是你到我社来改,有一个星期时间足够了。二是先把稿子给刊物上发表,广泛听听意见之后再动手修改,之后再出书。我个人倾向第一种方案。现在情况你也知道,常常围绕作品中个别人物,个别情节,争论不休,使整个作品在社会上的影响受到伤害。我想,发表的作品和出书的作品都应该尽可能地避免这种情况发生才好。不知我的这些想法,你以为如何?

祝好!

王维玲

一九八一年十一月十一日

王维玲在路遥焦急与不安的等待中寄来这封热情洋溢的回信,对小说提出了许多中肯的修改意见,这让路遥颇为感动。他很快再给王维玲写去回信:

非常高兴地收读了您的信，感谢您认真看了我的稿子，并提出了许多宝贵意见。我同意您的安排。我想来出版社，在你们的具体指导下改这部稿子，因为我刚从这部作品中出来，大有"身在庐山"之感。我现在就开始思考你们的意见。您接我的信后，可尽快给丕祥和鸿钧写信。估计他们会让我来的。[13]

丕祥是指王丕祥，《延河》主编；鸿钧是指贺鸿钧，《延河》副主编。他们二人是路遥的直接上级，经常热情扶持青年作家创作。这样，王维玲给他们写了一封信，请路遥赴京改稿。

王维玲的信发出不久，路遥就在12月来到北京改稿了。路遥到京后的第二天，就去找王维玲谈自己的修改思考。二十多年后，王维玲后来回忆当时的情景，仍赞不绝口："事实上这个上午他谈的这些构想，几乎没有一条是原封不动地采纳我们的建议，但他谈的这些，又与我们的建议和想法那么吻合。听他讲时，我连连叫好；听完之后，我击掌叫绝。路遥的悟性极高，不但善解人意，而且能从别人的意见、建议之中抓住要点和本质，融会贯通，化为自己的血肉，融化到小说中去，他是一个富有创造性的人，一个艺术细胞十分活跃，天赋条件再好不过的人。我从事文学编辑几十年，最喜欢与路遥这样的作者合作，这种合作，随时能让我看到从作家身上爆发出来的创作性的火花；这样的创作性，让我激动，让我兴奋，让我痴迷，让我看到信心，看到希望，看到成功，对一个编辑来说，再没有比这高兴的事，这是一种难得的美的享受。"[14]

这次谈话后，中国青年出版社把路遥安排在出版社大院内一间高大明亮的客房改稿。这间客房本来是专门接待老作家的，配有写字台、沙发、席梦思床和木地板，是当时最好的条件。路遥在这里住了十天左右，全身心地投入作品的修改工作。期间有一个星期的时间，他竟没有离开过书桌，累了，伏案而息；困了，伏案而眠，直到把作品改完抄好。中国青年出版社熟悉他的朋友，都非常感动与敬佩。

作品修改得很理想，中国青年出版社很快发排。路遥是《延河》小说散文组副组长，有编务在身，没在北京多留便返回西安。当时，《人生》的名字还叫《生活的乐章》。路遥和王维玲都觉得名字不理想，但一时又想不出一个更好的名字，约定信件联系。

12月14日，也就是赴京改稿期间，路遥给《当代》主编秦兆阳写了封求序信。路遥因少年记事时才由清涧老家过继给延川的伯父为子，特殊的家庭环境与求学经历，使他形成了过于自尊而敏感的性格。他笔下的人物如高加林等人身上均有他的性格影子。依路遥敏感而自尊的个性，在《当代》刊发的中篇小说《惊心动魄的一幕》荣获全国首届优秀中篇小说奖之后，他向《当代》主编秦兆阳写信求序才有可能。

致秦兆阳[15]

尊敬的老秦同志：

您好。我来中青社改一部作品，现基本已完成工作。我很想来看看您，但又怕打扰您。另外，我老是这样，对于自己最尊重的人，往往又怕又躲避，望您能原谅。

我想请求您一件事：上海《萌芽》丛书初步决定出我一本集子，包括十二个短篇和两部中篇，约二十来万字。他们这种书都要求有个老作家在前面写个序，并且让作者自己找人。我自己很想让您给我写几句话，不知您能不能同意。如您觉不方便，我就不麻烦您了。两部中篇都是您看过的，其它的短篇只有十来万字。如您能同意，上海方面也最后审定出版，我就将另外的十来万字短东西寄您看一看。当然，书现在还未最后定下出版，这封信有点早。主要是这次来京，想知道您的意见，到时我就不再写信打扰您了。您如果忙，就不要给我写信了。可将您的意见托刘茵同志写信转告我。

我在这里改完一部十三万字的小说，中青社已决定出版，我深知道，我在学习文学创作的过程中，您起了关键的帮助作用，我自己在取得任何一点微小的进步时，都怀着一种深深的感激而想起您。

您身体怎样？万望保重！您给子龙的信及他的小说在社会引起重大反响和关注。尤其是您的文章，文学界反映很强烈，是这一段我们那里谈论的主要话题。

祝您健康并且愉快。

（我20号左右就回了西安）

路遥 14/12

在这封信里，路遥措辞十分谨慎，姿态十分谦卑。他这样写道："我深知道，我在学习文学创作的过程中，您起了关键的帮助作用，我自己在取得任何一点微小的进步时，都怀着一种深深的感激而想起您。"

1981年的岁末，路遥除了没有给即将出版的中篇小说起好书名外，再没有不开心的事了。他在1982年1月11日给好友海波的信中，暗含自己一年的成绩与不动声色的得意："我去年在甘泉那部中篇，中青社评价很高，已决定出版，并先在刊物发表。另外，二十一万字的中短篇集上海已初步决定出版。如上帝保佑，不出什么差错，我今年将有两本书共三十五万字问世。但我根本不满意这种结果，按我的情况，成绩应该更大些。没办法，只能长期努力，自己知道自己能吃几碗干饭……"

1982 年

1982年的新年钟声敲响后,路遥仍在构思他小说的题目,甚至想到给小说起个《你得到了什么?》。为此,他专门给中国青年出版社文艺编辑室的陕西籍编辑南云瑞写去一信,谈小说的题目问题。1982年1月6日,南云瑞把这封信转给王维玲,此信后由王维玲保存。

> 我突然想起一个题目,看能不能安在那部作品上,《你得到了什么?》或者不要问号。有点像柯切托夫的《你到底要什么?》,格式有点相似,但内涵不一样。这个题目一方面从内容上说,对书中的每个人都适用,因为大家都失去了一些东西,但都得到了一些东西,有些人得到了切身的利益,有些人得到的是精神上的收获;有些人得到的是教训,有些人得到的是惩罚。另外,也是向看完此书的读者提问。我觉得这题目也还别致。请您很快和老王商量一下,看能不能用,也许我考虑不周,这方面实在低能。⑩

路遥给南云瑞写信谈小说题目时,也征求过作家李小巴的意见。李小巴是路遥尊敬的文学前辈,曾与路遥合作过长篇访问记《吴堡行》,路遥和爱人林达一起拜访他,想听听他的意见。李小巴用两天时间阅读,专门与路遥交换了一次意见。一是题目叫《你得到了什么?》,不好,指要与涵盖性都不符。二是小说中的"乡村"生活写得好,主人公进了县城后的生活,相对而言逊色得多。李认为应加强主人公传统的农村生活方式与现代观念间的心理冲突,不要过分地缠绕在爱情这一情节中。李还举例分析了《哈萨克镇》《告别马焦拉村》等作品。⑰

在路遥向秦兆阳写出第一封信的半个多月之后，也就是1982年1月7日或者之前，他意外地收到秦兆阳的来信。路遥的第一封信是由《当代》编辑刘茵转交给秦兆阳先生的，在1980年代初我国邮递条件并不发达的情况下，秦兆阳能迅速给路遥回信，充分说明对于路遥的高度重视。秦兆阳写《要有一颗火热的心——致路遥同志》的回信，是他长期深思熟虑的结果。他不仅对《惊心动魄的一幕》作出高度评价，更在于他要澄清与回答文学界的一些问题，旗帜鲜明地给路遥撑腰鼓劲。

第二封信，是路遥于1982年1月7日再度写给秦兆阳先生的，严格意义上是一封回信。全文如下：

尊敬的老秦同志：

您好。非常意外地收到您这么长一封信。上次在京期间托刘茵同志转您信后，我已经后悔不已。您现在用这么认真的态度和一个小孩子交谈，我除过深深的敬意，更多的是因为打扰了您而感到内疚。老秦同志，您在一切方面对年轻的同志具有一种吸引力，我们大家都愿仔细倾听您的声音。您使我想起伟大的涅克拉索夫和《现代人》杂志周围那些巨大的人们。我国现代文学发展的状况不能令人满意，除过其它复杂的原因，很重要的一点是缺乏一种真正美好的文学风尚。用一种简单的、类似旧社会戏园子里捧"名伶"的态度，根本无益于文学的真正发展，只能带来一些虚假的繁荣。科学和神圣的东西让一些嬉皮笑脸的人操持怎么能让人不寒心呢？在这样一种情况中，一个严肃的、热情的、不看门第而竭尽全力真正关怀文学事业发展的人，他所发出的声音——站在山巅上发出的独特的、深沉的、哲人和诗人的声音，对文学公众的吸引力是无可比拟的，因为这一切在我们的环境中是宝贵的。

您的信在这里已经引起热烈反应。陕西地区正在努力的青年作家很多。你的信——正确地说,是您的风度给了我们一个极强烈的印象。《延河》的几位负责同志都传看了信,很快决定在刊物上发表,谅您会同意的。当然,我很不安,也感到惶恐。我自己的水平和这件事很不相称。我虽然很高兴,但也很痛苦,您会相信这是我的真实心情。我想把此信作为我那本集子的代序,因为您的信实际上涉及了许多广阔的问题。这件事我要和出版社商量,争取他们的同意。

信已经很长了,又耽搁了您的时间。我现仍在编辑部上班,下半年可能让择专业,我准备认真扎实地在生活和创作中摸索,以不负您的厚望。

致敬意!

路遥 7/元[18]

应该说,秦兆阳的书信体评论完全是路遥一份意外的惊喜。1981年12月14日,路遥在给秦兆阳先生写求序信件时,他并没有整理好自己的书稿,也没有提供中短篇小说集中的任何内容,完全是"信口一说"。秦兆阳先生能在极短的时间内就写好这篇近三千字的书信体评论,说明他已经酝酿很久,或者说早已写就,尽管这封信的署名时间是1981年12月30日。

路遥在1982年1月7日写给秦兆阳先生的第二封书信中,按捺不住激动的心情,情不自禁地把秦兆阳比作俄罗斯的"涅克拉索夫"。他还透露了两个重要信息:一是这封信在陕西文学界引发极大反响,《延河》杂志决定刊发。二是路遥想把这封信作为那个准备出版的中短篇小说集的"代序",争取获得出版社的同意。这也进一步印证笔者的判断:这封信是秦兆阳先生对路遥创作长期认真思考的书信体文论，它绝不是一蹴而就的应景性书信。

在路遥给秦兆阳先生回信的两个月后，也就是1982年3月25日，《中国青年报》第四版"新老作家之间"栏目刊发了秦兆阳《要有一颗火热的心——致路遥同志》书信体评论。

1983年3月，由秦兆阳先生这封信"代序"的路遥中短篇小说集《当代纪事》由重庆出版社出版。不过，这部《当代纪事》只精心挑选了6个短篇小说、2个中篇小说，而非路遥当初给秦兆阳写求序信时所称的"包括十二个短篇和两部中篇"，这从另一个侧面反映了路遥做事的严谨性。

与此同时，北京方面的王维玲和南云瑞也对这个小说题目不满意，都认为路遥起的书名虽然切题，但套用《你到底要什么？》太明显了。王维玲注意到小说的引言是柳青《创业史》的一段话，这段话可以作为这篇小说的一个注解。尤其是开头的两个字"人生"，既切题、明快，又好记，小说可以直接叫《人生》，免得绕来绕去说不清楚。他的提议得到编辑们的一致认可。于是，王维玲写信征求路遥意见。当时，王维玲还一直鼓励路遥写《人生》下部，并且要路遥尽快上马，趁热打铁，一鼓作气再创作这部小说的下部。王维玲把这些考虑全写进信里。

到1月31日，路遥的回信就寄到王维玲那里。路遥在信中这样写道："您的信已收读，想到自己进步微小，愧对您的关怀，深感内疚，这是一种真实的心情，一切都有待今后的努力，争取使自己的创作水平再能提高一点。

"关于我的那部稿子的安排，我完全同意您的意见，一切就按您的意见安排好了。你们对这部作品的重视，使我很高兴。作品的题目叫《人生》很好，感谢您想了好书名，这个名字有气魄，正合我意。至于下部作品，我争取能早一点进入，当然一切都会很艰难的，列夫·托尔斯泰说过，'艺术的打击力量应该放在作品的最后'（大意），因此这部作品的下部如果写不好,将是很严重的,我一定慎重考虑,认真对待。一旦进入创作过程,我会随时和您通气,并取得您的指导。上半年看来不行,因为我要带班。

"这几天我的小孩得肺炎住院,大年三十到现在感情非常痛苦,就先写这些,有什么事情您随时写信给我。"⑲

这样,中篇小说的题目,由最初《加林的故事》,到《生活的乐章》,再到《你得到了什么?》的几次反复后,最后落到《人生》,这才算一锤定音!

中国青年出版社为了扩大《人生》的社会影响,想在出书之前先在一家有影响的刊物上作为重点稿件推出。王维玲想到上海的大型文学刊物《收获》,写信征求路遥意见,并再次催促他尽快着手创作《人生》下部。

4月2日,路遥给王维玲写了回信:

> 非常高兴地收读了您的信……我感到极大的愉快,也使我对所要进行的工作更具有信心,同时也增加了责任感;仅仅为了您的关怀和好意,我也应该把一切做得更好一些。对于我来说,各方面的素养很不够,面临许多困难需要克服,精神紧张,但又不敢操之过急。不断提高只能在不断的创作实践过程中才能实现,您的支持是一个很大的动力。
>
> 关于《人生》的处理我很满意,您总是考虑得很周到,唯一不安的是我的作品不值得您这样操心,这绝不是自谦。为此,我很感激您。
>
> 我上半年因一直忙于发稿,一切写作方面的计划,只能在下半年开始,如果搞专业,条件将会好一些,可以更深入地研究生活,研究艺术,光处于盲目的写作状态是不行的,面对一个题材要反复地思考,这是我的习惯。我今后的工作进展,随

时都会告诉您的。但我不愿意无谓地打扰您。"[20]

王维玲征得路遥同意后,便给《收获》编辑郭卓写信,向她推荐《人生》。郭卓是王维玲的朋友,看过《人生》清样后,拍手叫好。《人生》很快在《收获》杂志 1982 年第 3 期头条位置刊发。这部小说的《后记》写有:"1981 年夏天初稿于陕北甘泉,同年秋天改于西安、咸阳,冬天再改于北京。"路遥终于成功地翻越了《人生》创作的这座山峰。

5 月,路遥在发表中篇小说《人生》时,已是《延河》编辑部小说组长,编辑是正式工作,文学创作仍是他的"业余劳动"。自从 1976 年 9 月分配到当时的《陕西文艺》以来,路遥就是一个好编辑。他从选稿编辑、小说组副组长,一直干到小说组组长的位置。对于他的工作业绩,同事们有目共睹,董墨回忆:"路遥在许多方面都显得十分执着。干什么都想干得好一些,标准高一些。他在编辑部熬夜写小说的那一段日子,除了早晨起得迟一些,上班迟到一忽儿,本职工作未受到什么影响。他不像某些人,一门心思谋划自己的事,把编辑工作当副业干。后来他担任小说组副组长,轮他主持组里的集稿发稿工作,我这个终审忽然感到轻松了许多,他选送的稿子大都可以采用,对有些需要编辑稍作改动的稿子,我们三言两语就把问题说清了,不需要说很多的话,对有的稿子,他说由他来动。每期发些什么稿子,他根据这一段的要求,从可用的积稿中不断搭配组合,直到编辑会发排为止。后来我逐渐发现,路遥对那些处境困难的作者的稿子,给予更多的关注,想各种办法,使其稿件达到发表的水平。这可能与他自己曾经经历过艰难的处境的体验有关吧。他深知人在困难中多么需要得到别人真诚的帮助啊!苦难谁也不愿意去接受,但是经受过苦难的人,身上往往会有许多美好的东西。比如意志坚强,容易理解人,同情人,肯帮人等等。"[21]

这里有一封路遥 3 月 6 日给好友海波的信,他在如此忙碌的情况下,对海波的关爱之心可见一斑:"你的稿件已经定在《延河》六月号'处女地'栏发表,并同期配发一篇一千字的短评(由编辑部评论组的一位同志写),特此通知。对于初学者来说,这一步是相当要紧的。为此,我已经尽了自己的力量。愿你认真努力,争取再大一点的成功……"

海波在路遥的鼓励与帮扶下,不断努力,终于在《延河》杂志1982年6月发表短篇小说《啊,妈妈》。1984年,海波在路遥的帮助下调入青海省文化厅《现代人》编辑部当编辑;1985年,调入西安电影制片厂工作。海波发表中篇代表作《农民的儿子》,以及后来进入鲁迅文学院和西北大学作家班学习,均得到路遥的不断关注。

事实上,路遥担任《延河》编辑期间,不遗余力地帮助过多位文学青年。全国著名作家叶广芩,当年第一篇小说的责任编辑就是路遥。那时,还是医院护士的叶广芩给《延河》编辑部寄了第一篇小说,路遥看到这篇作品后,很郑重地给叶广芩写了一封信。后来,连面也没见过的路遥,推荐叶广芩参加中国作协西安分会举办的读书班,脱产学习三个月。叶广芩后来回忆:"细想我能走上文学道路,从一个普通的护士到一个专业作家,跟路遥大有关联,不是他的认可,我发不出第一篇小说,不是他的推荐,我进不了'读书会',他是我进入文学之门的领路人,是我应该永远记住,永远感谢的朋友。"[22]

路遥是位懂得历史,并善于尊重历史之人。5月23日,也就是纪念《讲话》诞生40周年时,陕西省文艺界在延安召开纪念《讲话》发表40周年大会,路遥在会上作了《严肃地继承这份宝贵的遗产》的大会发言,明确提出:"对于年轻一代的作家和艺术家来说,我们必须用严肃的态度认真学习和继承这份宝贵的遗产,学习和继承老一辈文学艺术工作者的优良革命传统,只有这样我们才可能有新的创造,新的发展;才可能有出息,才可能用我们的工作对未来的社会和时代负起责任来,否则,我们是不会有希望的。"这篇对历史充满敬意的发言赢得了胡采、王汶石、杜鹏程、李若冰等老一代作家的赏识。

也就是在这时,路遥十三万字的中篇小说《人生》在《收获》杂志第3期头条位置发表。他已不像《惊心动魄的一幕》获奖时表现出的万分激动,而是异常冷静。他给供职于《文艺报》的著名文艺评论家阎纲写了一封简信,请他看看这部小说,并提点意见。

6月上旬,路遥在炎炎酷暑里搬家了。路遥结婚后一直蜗居在作协的小平房里,直到1982年。作协因他的创作成绩,给分配一个五六十平方米的两室一厅单元房。这样,经过简单的收拾后,路遥叫几个朋友帮助搬了家。两室一厅的新居最大的好处,是路遥终于有一间属于自己创作的书房。他在书房里支了张单人床,晚上看书或创作晚了,就在书房休息。搬进新屋,也意味着他基本上开始了"早晨从中午开始"的工作方式……

就在路遥忙于搬家时,阎纲的回信来了。他在8月17日,给路遥写了一封长信,谈自己对《人生》的认识,这也是文艺界最先对《人生》的反馈声音:"近期以来,很少有小说像《人生》这样扣人心弦,启人心智。你很年轻,涉世还浅;没想到你对于现今复杂的人生观察得如此深刻。在创作道路上,你也很年轻,经验不足,没想到纵身一跃,把获奖的中篇《惊心动魄的一幕》远远抛在后边。作为一个文坛的进取者,你的形象,就是陕西年轻作家的形象……高加林到底是什么样的人物呢?他就是复杂到相当真实的一个初出茅庐的年轻人。他的崇拜者、城市姑娘黄亚萍觉得,这个年轻人既像保尔·柯察金,又像于连·索黑尔,是具有自觉和盲动、英雄和懦夫、强者和弱者的两重性的人物形象。性格的复杂性、两重性,是人生社会复杂性、流动性的生动反映和深刻展现。从《人生》立体结构的揣测观察,高加林无疑地正在探索社会主义新人的道路,看得出来,你把这种人生新人的探求放置在相当艰苦的磨炼之中……归根结底,

《人生》是一部在建设四化的新时期,在农村和城市交叉地带,为年轻人探讨'人生'道路的作品……我成了义务推销员,最近以来凡有机会,都要宣传《人生》;宣传《人生》多么好,多么适合改编电视剧和电影;宣传现实主义的不过时;宣传现实主义并非劳而无用。"㉓

路遥收到阎纲信后,很快写了封回信,重在阐述他的小说要反映农村和城市"交叉地带"的社会生活:"相比而言,我最熟悉的却是农村和城市的'交叉地带',因为我曾长时间生活在这个天地里,现在也经常'往返'于其间。我曾经说过,我较熟悉身上既带着'农村味'又带着'城市味'的人,以及在有些方面和这样的人有联系的城市人和乡里人。这是我本身的生活经历和现实状况所决定的。我本人就属于这样的人。因此,选择《人生》这样的题材对我来说是很自然的……归根结底,作家不能深刻理解生活,就不能深刻地表现生活。对作家来说,有生活这还不够;必须是深刻理解了这些生活才行。只有这样,才可能在大量多重的交错复杂的人物关系中伸缩自如;才可能对作品所要求的主题有着深邃的认识和理解;然后才可能进行艺术概括……关于《人生》,我实在不想多说什么,我从读者写给我的信中强烈地意识到,当代读者的智慧水平和他们理解与欣赏作品的水平,已经向作家提出了很高的要求;我们必须写出更成熟的作品来,才能与我们的时代和人民事业相适应。"㉔

路遥和阎纲之间的通信于1983年初在《作品与争鸣》第2期"中篇小说《人生》及其争鸣(下)"专辑中转载。这两封通信公开发表后,"城乡交叉地带"就深入人心,成为研究路遥创作的一个关键词。

8月23日,路遥也给一直无私帮扶自己的王维玲写了一封长信,表达自己欣喜而理智的心情。"《人生》得以顺利和叫人满意的方式发表,全靠您的真诚和费心费力的工作造成的。现在这部小说得到注意和一些好评,我是首先要感谢您的。实际上,这部小说我终于能写完,最先正是您促进的。因为写作的人,尤其是大量耗费精力的作品，作者在动笔时不可避免地要考虑自己劳动的结果的出路。因为我深感您是可靠的、信任我的，我才能既有信心，又心平气和地写完了初稿。现在的结果和我当时的一些想法完全一样。您总是那么真诚和热忱，对别人的劳动格外地关怀，尤其是对我，这些都成了一种压力，我意识到我只能更严肃地工作，往日时不时出现的随便态度现在不敢轻易出现了。

"南云瑞不断地向我转达了您的一些意见，尤其关于《人生》下部的意见。这是一个很重要的问题，需要我反复思考和有一定的时间给予各方面的东西的判断。我感到，下部书，其他的人我仍然有把握发展他（她）们，并分别能给予一定的总结。唯独我的主人公高加林，他的发展趋向以及中间一些波折的分寸，我现在还没有考虑清楚，既不是情节，也不是细节，也不是作品总的主题，而是高加林这个人物的思想发展需要斟酌处，任何俗套都可能整个地毁了这部作品，前功尽弃。

"鉴于这种情况，我需要认真思考，这当然需要时间，请您准许我有这个考虑的时间，我想您会谅解我的。我自己在一切方面都应保持一种严肃的态度，这肯定是您希望我的。本来，如果去年完成上部后，立即上马搞下部，我敢说我能够完成它，并且现在大概就会拿出初稿来了。但当时我要专心搞好本职工作。八月一日已正式宣布让我搞专业，这部作品一下子中间隔了一年，各方面的衔接怎能一下子完成呢？但所有这一切苦处只能向您诉诉。我为失去这段黄金般的工作时间（最佳状态）常忍不住眼睛发潮！因为要造成一种极佳的精神状态和工作状态多么的难啊！

"我现在打算冬天去陕北,去搞什么？是《人生》下部还是其他？我现在还不清楚，要到那里后根据情况再说。

"另外，我还有这样的想法：既然下部难度很大，已经完成的作品也可以说是完整的，那么究竟有无必要搞下部？这都应该是考虑的重要问题。当然,这方案,我愿意听从您的意见。

"我也有另外的长篇构思,这当然需要做许多准备才可开工。

"《人生》书稿听南云瑞来信说征订数为十二万册,叫我大吃一惊,我原来根本不敢想上十万册。不知最后确定的印数为多少?您估计什么时间能出书?请您告诉我一下。另外,您对我还有些什么要求,也请告诉我。

"又及:《人生》目前的情况是:我个人收到五六十封读者来信了,还继续有;几乎有七八个电视台和我联系要改电视剧,许多读者寄来了他们改编的影、视本。我不'触电'。评论方面:除《中国青年报》外,《文汇报》已有作品介绍;陕报准备发两千字(算是破格)的文章;《文论报》创刊号将发阎纲和我的通信;《文艺报》听说已发了文章。另外,曾镇南、白烨等同志都表示想写文章。西安多数同志对这作品有较高评价。还有个有趣现象:一般说,似乎这部作品文学界不同观点的两方面都能接受——这是未料到的。"㉕

路遥这封信,既表达对王维玲的真诚感激,也阐明已不准备创作《人生》下部的理由,还透露出构思长篇小说的信息。王维玲因爱才再三催促路遥完成《人生》下部。当然,我们还可以得出这样一个判断:即王维玲因爱才而对路遥的不断催促,才促成《平凡的世界》的最终降生!从这个角度上讲,一位独具慧眼的好编辑对作家创作的影响是巨大的!路遥遇到王维玲,是他的幸运与福分。

身在尘俗中,岂能躲清静?更何况路遥仍需要社会的认可。9月上旬,路遥参加了中国作协在西安召开的西北、华北部分青年作家座谈会。这是一个高规格的小型座谈会,陕西除路遥外,还有莫伸、陈忠实、贾平凹、京夫、李凤杰、邹志安、王蓬、赵熙、梅绍静等十人。能受邀出席此次座谈会,意味着中国作协对会议代表创作成绩的高度认可。会后作协领导及各省青年作家前往延安参观访问,路遥也一同前往。

陪同全国著名作家游览延安后,路遥又邀请西安市《长安》月刊编辑贾平凹、和谷与《延安报》编辑高建群等人到延川，参加延川县委、县政府举办的"纪念《山花》创刊十周年座谈会"。

这个座谈会是《山花》创办10年以来的第一次隆重的纪念活动，遍请当年创办《山花》的骨干、陕西乃至全国文学界名流。《山花》的"老人手"北京歌舞团编剧陶正、宁夏回族自治区文联荆竹、《延河》诗歌编辑闻频、延安地区文艺创作室曹谷溪、延安地区行署办公室白军民全部赶回。这次在座谈会上，路遥作了精彩的感恩式发言。

其实早在5月，路遥就撰写《十年》的纪念文章，深情地回忆《山花》："近几年，故乡的朋友们经常寄来新出版的《山花》。尽管我现在每月都有别人送来的读不完的刊物，但我常会立即放下其它报刊和手中的工作，马上认真地读这张小报。这如同是在读一封家书，每一个字都是亲切的，让我感之不尽，思之不尽。是的，《山花》仍然是那样一张八开的小报，在当今报刊林立的世界里不是为世人所挂齿。但我对它永远怀有一种深深的尊敬。正如一个人不管怎样壮大起来，也会对自己衰老的母亲永远怀有爱戴和敬意一样。"[26]

在延川期间，路遥还兴致勃勃地领着贾平凹与和谷参观了母校延川中学，贾平凹回忆："想起来在延川的一个山头上，他指着山下的县城说：当年我穿件破棉袄，但我在这里翻江倒海过，你信不？我当然信的，听说过他还是青年时的一些事。他把一块石头使劲向沟里扔去，沟畔里一群乌鸦便轰然而起……"[27]贾平凹与和谷的此次延川之行均有收获。贾平凹写作的千字散文《延川城记》，如今已成为延川的"文化广告"，和谷也写作过关于延川的游记散文。

路遥此次回到延川，还有个小小的意外故事。就在座谈会报到的前一天夜里，路遥和海波的一位共同朋友突然找到刚刚进入县剧团工作的海波，很神秘地说："你最好通知路遥，让他不要回来了。"海波大惑不解，这位朋友解释说，现在正清理"三种人"，县上和路遥对立派中有人已经被清理，他们认为事情做得不合适，想怂恿人借这次会议向路遥发难。他因为身份原因,不能直接告诉路遥,只能向海波传话。海波听到这个严重的消息后自然不敢怠慢,决定立即赶到邮局给西安打长途电话,劝阻路遥回延川。当时已是深夜,编辑部与办公室无人接,只好向门房打。好不容易打通了,门房又不肯叫,要留话转告,但这种话怎敢让外人转告?海波思来想去,如此"重要的情报"送不出去,万一出了大事,如何向路遥交代?他又给路遥拍了一封加急电报,内容是:"暂不回延,详情另告。"发完电报,已是鸡叫时分。第二天,海波奉命去延安接会议代表,他下午回到县招待所时,吃惊地发现路遥已在那里吃饭。他非常吃惊,赶忙凑过去低声问路遥怎回来了?路遥把海波领进房间后大发其火:"你为什么给我拍电报?你什么意思?"海波赶忙解释原因。谁知路遥听后更加生气,手拍着桌子低声吼:"那是针对'三种人'的,你认为我是'三种人'吗?你拍这样一封没头没脑的电报,会在作协造成什么影响?你是想存心害我吗?"好心的海波受了委屈,也拍着桌子,低声与路遥吼开了。两个人谁也不听对方说什么,只管拍着桌子压低声音吼。正当吵得不可开交时,县上领导来看望路遥,其中的一位笑着问:"你们这里干什么呢,在投骰子哩?"机智的路遥说:"你说对了一半,我们不是投骰子,是击鼓传花吃馍馍呢。"他指着桌上的馍馍,惹得众人都笑,只有海波气得直打嗝儿,那天晚上的吵架也就此结束。后两天海波一直忙于会务,直到第三天晚上才有机会找路遥。等到了路遥房间,门关着,灯也不开。服务员告知,路遥病了,早睡了,不让敲门。海波正准备离开时,门开了,路遥探出头说:"进来。"海波说服务员告知你已经睡了。路遥生气地说:"服务员说我死了,你也相信?你不会想一想吗?为什么事事总要听别人说呢?"接着两人在没开灯的房间又压低声音吼开了,整整吵了一夜。㉘

这天晚上,海波才知道所谓的"三种人"和路遥完全无关。中央的政策是"初中生既往不咎,高中生记入档案",路遥尽管在县里当过造反派头头，但他是初中生犯的错误，国家在政策上原谅他了。海波至今仍说不清楚，那位朋友为什么要假传军情。争吵归争吵，好友的友情还在。如果说此事是错事，也只能是海波好心办的错事。对此路遥有清晰的认识，继续与海波交往，并不断在关键时候帮助海波进步。当然，年轻时候的急进与冒失，成为路遥一生永远无法摆脱的"原罪"。这也使路遥在性格中既有张扬的一面，更有异常谨慎的一面。

1982年秋，《人生》的魅力效应开始彰显出来。福建的《中篇小说选刊》第5期全文刊选，并配发路遥《面对新的生活》创作谈及"作者简介"；《新华文摘》第9期也全文刊载。与此同时，评论界的声音也出现了。著名诗人刘湛秋在1982年第9期《文艺报》上发表《在追求的道路上：读路遥中篇小说〈人生〉》；凌筠在《解放日报》8月29日发表《一幅深蕴哲理的人生图画：读中篇小说〈人生〉》。

就在《人生》开始走红的时候，路遥的第三部中篇小说《在困难的日子里》在《当代》1982年第5期发表。这部小说是"1980年到1981年冬天写于西安"的，以第一人称的方式，主人公马建强具有路遥的自传体特点。

金秋十月，《人生》的能量不断地释放出来，评论界对《人生》投以极大热情。上海的《文汇报》在10月7日，刊登了一组集束式评论：包括曹锦清《一个孤独的奋斗者形象——谈〈人生〉中的高加林》、梁永安《可喜的农村新人形象——也谈高加林》、邱明正《赞巧珍》。

随后，转入专业作家序列的路遥，又一头扎到《人生》创作的福地陕北甘泉县，去创作他的第四部中篇小说《黄叶在秋风中飘落》去了。路遥成为专业作家后，他有更多的创作时间，全身心地投入到激情燃烧的事业当中去。

随着《收获》杂志上的《人生》的广泛阅读，中国青年出版社在11月推出《人生》单行本。这个单行本首次印刷十三万册，上市不久就脱销。第二版印了十二万五千册，一年后又印了七千二百册，总印数为二十五万七千二百册。单行本《人生》给不断升温的《人生》热增添了一把旺火。

《人生》单行本出版后,王维玲把《人生》出版后北京文学界、新闻界的评价,以及青年读者对这本书的反应,写信告诉路遥,并向路遥约稿,建议他正在创作的中篇小说能在《青年文学》上发表。此时,王维玲已担任《青年文学》主编。《青年文学》是由《文学季刊》改名而成的,专门刊发青年作家新作。这本刊物在1982年元月一问世,就吸引了文学界的关注。许多知名的青年作家作品纷纷在刊物上亮相,赢得了巨大的社会反响,刊物发行量一度接近四十万册。王维玲的信发出后不久,路遥就回信了,这样写道:

很高兴读了您的信。你告诉了我有关《人生》的一些反映,这使我心里踏实了不少。当然这部作品我自己心中也是有数的。使我愉快的是,它首先拥有了广泛的读者。这和各方面的支持是分不开的。《收获》发表后,《中篇小说选刊》和《新华文摘》都转载了。这是几家发行量很大的刊物。另外,《文摘报》《文艺报》和上海的几家报纸的评论和介绍,都起了很大作用。评论家的意见当然应该重视,但对作家来说,主要是写给广大读者看的,只有大家看,这就是一种最大的安慰。今天接到北京广播电台的来信,说他们要从十一月二十一日开始播出这篇小说,可惜陕西听不到,就我知道,还会有些评论出来。

我新写的中篇小说还是个很不像样的初稿,这部小说我极不满意,我羞于拿给《青年文学》,是否有勇气给您看看,等我改完再说吧(我不久就着手搞这个令人头痛的东西)。

我明年计划较广泛地到生活中去,一方面写中篇,一方面准备长篇小说的素材。创作走到这一步,需要更大的力量和耐心走下一步。我自己已到了"紧要的几步"了。使我踏实和有信心的是背后站着一两位年长的朋友为我鼓劲。我也希望您在我失败的时候能宽恕我。[29]

接到路遥的信后,王维玲立即给路遥回信,还是希望考虑《人生》下部的创作。柳青是路遥的人生教父,王维玲既是《创业史》的责任编辑,更是与柳青交往很深的朋友。他再一次以柳青创作《创业史》为例,说柳青在《创业史》第一部出版之后,进入第二部创作时,就曾产生了一些新的想法和变动。若进入《人生》下部的写作,极有可能在下部的构思和创作上,对生活的开掘和延伸上,艺术描写和艺术处理上,都可能出新,再一次让人们惊讶和赞叹。王维玲还告诉路遥,《青年文学》组织了一组《人生》评论,首篇是唐达成的。王维玲再次提到路遥新写的中篇小说,说《人生》出版后,读者更关心和重视他的新作,希望寄给他看看,争取在《青年文学》上发表。

12月15日,路遥给王维玲写回信:"感谢您在百忙中给我写信,首先给您解释一下,我新写的这篇作品,我自己很不满意,加之快七万字了,我不好意思寄给您,您将来会知道我说的实话。《青年文学》我一定要写稿的,否则我对不起这个刊物对我的关心。从主观上说,我想写一篇问心无愧的稿子给这个刊物,但总力不从心,请相信我下一步如果写出较满意的稿子,我一定会寄上。《青年文学》信誉很高,作品是有质量的,这是一种普遍的看法,我自己也很为此高兴,因为我对你们有一种特殊的感情。"[30]

生活在广场中

1983年,在路遥成为中国作协陕西分会[31]驻会专业作家的第一年,

《人生》热继续发酵,并形成新一轮高潮。

首先,文学评论界继续以集束性的评论关注《人生》。《青年文学》第1期刊发一组评论:包括唐挚《漫谈〈人生〉中的高加林》、蒋萌安《高加林悲剧的启示》、小间《人生的一面镜子》。《作品与争鸣》第1期、第2期刊发"中篇小说《人生》及其争鸣"(上、下):包括席扬《门外谈〈人生〉》、谢安《评〈人生〉中的高加林》、陈骏涛《谈高加林形象的现实主义深度——读〈人生〉札记》、王信《〈人生〉中的爱情悲剧》、阎纲《关于中篇小说〈人生〉的通信》。

其次,无数普通读者被《人生》打动了,出现人人争说"高加林"、人人争说"刘巧珍"的热潮。无数信件从全国各地寄到路遥那里,来信的内容五花八门,除了谈论阅读小说的感想和种种生活问题、文学问题,许多人还把路遥当成了掌握人生奥秘的"导师",纷纷向他求教"人应该怎样生活"。更有一些遭受挫折的失意青年,规定路遥必须赶几月几日前写信开导他们,否则就要死给路遥看。与此同时,陌生的登门拜访者接踵而来,要和路遥讨论或"切磋"各种问题。他们的许多问题让路遥哭笑不得,无法回答。2月18日,王维玲接到路遥的来信。路遥在信中透露他的烦恼:

> 自《人生》发表后,我的日子很不安宁,不能深入地研究生活和艺术中的一些难题。尽管主观上力避,但有些事还是回避不了,我希望过一段能好一点。
>
> 关于写作,目前的状况给我提出了高要求,但我不可能从一个山头跳到另一个山头,需要认真的准备和摸索,而最根本的是要保持心理上的一种宁静感,不能把《人生》当作包袱。
>
> 这部作品光今年元月份就发表了十来篇评论,看来还可能要讨论下去,就目前来看,评论界基本是公正的。作品已经引起广泛关注,再说,作品最后要经受的是历史的考验……㉓

为了回应文学界和广大读者对《人生》的强烈反响,中国作协陕西分会在3月10日和11日两天,召开了《人生》讨论会。参加会议的有陕西省从事农村题材创作的作家、评论家、大学教师和文学编辑等20多人,座谈会也邀请了路遥出席,共同进行讨论。在这次讨论会上,路遥面对着多位著名作家、评论家,像个学生一样坐在那里,关注地聆听着大家的讨论,一丝不苟地做着笔记。在此次讨论会上,与会者对《人生》给予了一致的好评和热情的赞扬,并对《人生》的思想倾向、人物造型、艺术方法展开了广泛深入的讨论,提出了不少中肯的看法,同时对路遥的创作经验和创作道路做了探讨。此次讨论会后,中国作协陕西分会创研部主任汪炎整理了一份座谈会纪要《议论纷纷谈〈人生〉》,刊于中国作协陕西分会编印的《文学简讯》上。

接着,3月又有好消息飞到路遥那里。3月中旬,《人生》荣获中国作家协会颁发的"1981—1982年全国优秀中篇小说奖"。1981年,路遥的中篇小说《惊心动魄的一幕》已获过全国第一届优秀中篇小说奖。这次,路遥的《人生》以绝对的实力排在第二届优秀中篇小说奖的第四位。主持评审的中国作协书记处书记冯牧在评委会上说:"现在青年作者,学柳青的不少,但真正学到一些东西的,还是路遥。"[33]这次获奖,进一步确立了路遥在新时期中国文坛的地位。

这时的路遥仍没钱去北京领奖,他打电话到铜川矿务局的鸭口煤矿,让当采煤工人的弟弟王天乐帮助借点钱。王天乐迅速从工友们手中借了五百元现金,专程赶到西安火车站,送给焦急的路遥。

在京领奖期间,路遥给王天乐写了一封长信,表述了他在北京的复杂心情。路遥从巴尔扎克一直谈到柳青、杜鹏程、王汶石等,谈到作家要经受的各种苦难。王天乐回忆说:"《创业史》最后部分在《延河》杂志发表时,他曾当过柳青的责任编辑,和柳青有过非常亲切的谈话。他对柳青说,你是一个陕北人,为什么把创作放在了关中平原？柳青说,这个原因非常复杂,这辈子也许写不成陕北了,这个担子你应挑起来。对陕北要写几部大书,是前人没有写过的书。柳青说,从黄陵到延安,再到李自成故里和成吉思汗墓,需要一天的时间就够了,这么伟大的一块土地没有陕北人自己人写出两三部陕北题材的伟大作品,是不好给历史交代的。"㉝路遥在信里说,他一直为这段论述而激动。

小说《人生》获奖后,路遥彻底成为在广场上生活的"公众人物"。刊物约稿,许多剧团、电视台、电影制片厂要改编作品的情况很多。一些熟人也免不了前来祝贺,在乱中添忙。当时,家用电话对于中国普通人是奢侈品,中国作协陕西分会只有为数不多的几部公用电话。外面的电话经常打到门房,害得他经常忙不迭地接电话。路遥1982年8月已搬到作协的家属楼上,家属楼距单位门房有一百多米远。要接一次电话极不方便,害得他经常跑前跑后,往往刚回到家里,气都没来得及喘一下,下一个电话又打来了。电话电报接连不断,甚至是在半夜三更把路遥从被窝中惊醒……

《人生》产生的轰动效应是持续的。1983年,由上海青年话剧团改编成的同名话剧正式公演。全场景话剧《人生》由程浦林、余伟芳编剧,程浦林导演,上海青年话剧团体改组试验演出。该剧演出期间,路遥专程到上海,于4月8日晚在上海贵州剧场观看,并接受记者采访。

与此同时,中央人民广播电台在1984年改编成由著名电影表演艺术家孙道临主持的7集同名广播剧播出；由路遥亲自执笔改编、吴天明导演、西安电影制片厂拍摄的故事片《人生》于1984年秋在全国公开放映,并引起极大轰动。由此引起的关于电影《人生》的评论,掀起了热议《人生》的第二轮高潮。当时,电影《人生》已经家喻户晓,"高加林"成为中国青年人谈论最多的人。

电影《人生》1985年获第5届中国电影金鸡奖最佳作品奖；同年，获第8届《大众电影》百花奖最佳故事片奖、最佳女主角奖；1987年获中国电影评论学会和《文汇报》联合举办的新时期10年电影最佳故事片奖，吴天明获导演荣誉奖。

国际传播学研究学者卢克汉姆曾言："媒介就是权力。"在中国1980年初期，电视仍是普通民众的奢望，而广播和电影却是大众日常文化消费的基本方式。路遥的小说《人生》乘着广播的翅膀，借着电影的形式，又一次全方位地深入人心。

这持续不断的《人生》热，也彻底地把路遥推到"名人"的位置。在《人生》走火后，路遥便策划如何把三弟王天乐从煤矿井下"暗无天日"的工作环境中拯救出来。他一方面不断鼓励弟弟进行文学创作，另一方面不惜动用全部关系为这位"喜爱写作"的文学青年调动工作。当然，在当时的现实环境下，要把一个煤矿的井下工人调到地上，调至相对满意的工作环境，其难度可想而知。但那时路遥在矿务局系统有能力运作此事。他原准备把王天乐调到延安地区文艺创作室，后因一些原因未能如愿。1984年，他再给时任《延安报》总编的老朋友、作家银笙写信，把王天乐调到《延安报》社。王天乐调到《延安报》担任记者，有了施展人生才华的平台。

路遥说："我几十年在饥饿、失落、挫折和自我折磨的漫长历程中，苦苦追寻一种目标，任何有限度的成功对我都至关重要。我为自己牛马般的劳动中得到某种回报而感到人生的温馨。我不拒绝鲜花和红地毯。"㉟事实上，《人生》这种持续不断的轰动效应，是路遥所想得到的。作家只有依靠厚重而坚实的作品出了名，才能真正站稳脚跟。

然而，"人往高处走"，却"高处不胜寒"。成为"名人"后，路遥的生活节奏与生活规律被彻底打破。他一次回到延安，生父领着好几个亲戚从清涧赶来叫他办事。父亲对他说，在困难时期，某某给了咱家五升高粱,是咱家的救命恩人;现在他儿子有个什么事,你得给办了;某某是咱的什么亲戚,亲情关系可重哩,他家有什么问题,也要解决……有要求调动工作的,有要求解决户口的,还有打官司的,人们对于路遥有着这样或者那样的许多要求。路遥对这一切突然"遭遇",束手无策,独自躲到好友曹谷溪在市场沟的窑洞里,漫无目的地发一通牢骚。路遥回忆过他当时的尴尬样:"亲戚朋友纷纷上门,不是要钱,就是让我说情安排他们子女的工作,似乎我不仅腰缠万贯,而且有权有势,无所不能,更有甚者,一些当时分文不带而周游列国的文学浪人,衣衫褴褛却带着一脸破败的傲气庄严地上门来让我为他们开路费,以资助他们神圣的嗜好。这无异于趁火打劫……"㊱

古人云:"木秀于林,风必摧之。"对于路遥而言,他成名后的烦恼还有"树大招风"而惹起当年政敌的攻击。王天乐在《苦难是他永恒的伴侣》中语焉不详地提及此事:"就在这个时候(《人生》获全国优秀中篇小说奖之时——笔者注),路遥生活中发生了一件重大事件。这个事件差点要了他的命,一直到他生命终点时,这件事还使他揪心万分。请读者原谅,这篇文章里关于路遥很多重大的灾难我暂时还不能写,因为当事人都活着,我不想让这些残酷的经历再折磨活着的人。"㊲

11月30日,路遥给担任延安大学党委宣传部部长的老师申沛昌写了一封亲笔信,提及:"我目前得应付诸种复杂局面。"但"诸种复杂局面"是什么?他并没有点明。

2007年11月17日,路遥逝世15周年纪念日,申沛昌公开了此信:

沛昌老师:

您好。

来信收读,一片深情,使人热泪盈眶。世界广大但知音不多,学校几年，我们虽然是师生关系，但精神上一直是朋友，您是我生活中少数几个深刻在心的人，我永远不会忘记您。您的智慧和理解力我是深知的。我们常常不是用语言，而是用心来对话和谈论的，相隔两地，接触不多，但我相信我们在精神和感情上的交流一直是稠密的。我知道您一直密切地关注着我的一切，我自己也是一直关注着您的，并且将我的工作成果献给您和其它一些令人温暖的朋友的。

　　您目前的处境我理解，请您开阔一些，人间之事，天轮地转，正如李太白诗曰：长风破浪会有时……

　　我目前得应付诸种复杂局面就不写长信了。感谢您为我做的一切！

　　致崇高的敬意

路遥
1983年11月30日

　　《人生》火了，路遥红了，当年延川"武斗"时的对立派们见查"三种人"，仍没有扳倒路遥，便给中国作协陕西分会甚至是中共陕西省委宣传部写匿名信或公开告状信告发路遥。其罪名大都是路遥在"武斗"期间打过人，路遥在"武斗"期间有"人命案"等等。每次告发后，中国作协陕西分会就派调查组调查问题。其中告得最激烈的是原延川的一位老领导，他在"文革"武斗期间挨过延川"红四野"的批斗甚至殴打，公开控告路遥的"罪行"。直到1984年冬，由谷溪领着路遥亲自给他道歉，方才罢休。他明确告诉前去道歉的路遥，"你小子给我道了歉，我也就原谅了！……"他的原谅，也标志着告路遥状的结束。这样，路遥才在1985年元月顺利当选为中国作协陕西分会党组成员。

注释：

① 白描：《在故乡种棵树——对一位长者的追思》，《延河》2006 第 10 期。

② 路遥：《致海波》，《路遥全集·早晨从中午开始》卷，北京十月文艺出版社 2010 年版。

③ 闻频：《雨雪纷飞话路遥》，见刘仲平编《路遥纪念集》（内部刊印）。

④ 路遥：《答中央广播电视大学问》，《路遥文集》第 2 卷，陕西人民出版社 1993 年版。

⑤⑨ 刘路：《坦诚的朋友》，见马一夫、厚夫、宋学成主编《路遥纪念集》，人民文学出版社 2007 年版。

⑥⑬⑭⑯⑲⑳㉕㉙㉜㉝ 王维玲：《岁月传真——我和当代作家》，首都师范大学出版社 2009 年版。

⑦㉟㊱ 路遥：《早晨从中午开始》，《路遥文集》第 2 卷，陕西人民出版社 1993 年版。

⑧ 白描：《写给远去的路遥》，见马一夫、厚夫、宋学成主编《路遥纪念集》，人民文学出版社 2007 年版。

⑩ 高建群：《扶路遥上山》，见申晓编《守望路遥》，太白文艺出版社 2007 年版。

⑪ 路遥：《在延川各界座谈会上的讲话》，《路遥全集·早晨从中午开始》卷，北京十月文艺出版社 2013 年版。

⑫ 王维玲：《岁月传真——我和当代作家》，首都师范大学出版社 2009 年版。王维玲回忆，这封信是他在 1981 年 9 月 21 日接到的。王维玲称，他保存路遥给他的十多封书信。笔者多次与王老联系，想得到这些书信的复印件以作研究之用，但老人说因几次搬家，不知放到哪里去了，真是遗憾。好在他公开出版的回忆文章《路遥：一颗不该早陨的星》中对这些书信有所披露。这些书信应当视为研究《人生》创作中作家与编辑互动的重要史料。

⑮⑱ 此信原件由秦兆阳子女捐赠给中国现代文学馆珍藏。

⑰ 李小巴：《留在我记忆中的》，见晓雷、李星编《星的陨落》，陕西人民出版社 1993 年版。

㉑ 董墨：《灿烂而短促的闪耀——痛悼路遥》，见马一夫、厚夫、宋学成主编《路遥纪念集》，人民文学出版社 2007 年版。

㉒ 叶广芩：《清涧路上》，见申晓编《守望路遥》，太白文艺出版社 2007 年版。

㉓ 阎纲：《致路遥》，《路遥文集》第 2 卷，陕西人民出版社 1993 年版。

㉔ 路遥：《关于〈人生〉和阎纲的通信》，《路遥文集》第 2 卷，陕西人民出版社 1993 年版。

㉖　路遥:《十年——写给〈山花〉》,延川县《山花》小报,1982年6月号。
㉗　贾平凹:《怀念路遥》,申晓编《守望路遥》,太白文艺出版社2007年版。
㉘　海波:《我所认识的路遥》,《十月·长篇小说》,2012年第4期。
㉛　中国作协陕西分会,即原来的"中国作协西安分会",1983年正式更名为"中国作协陕西分会"。1994年,中国作协陕西分会更名为"陕西省作家协会"。
㉞㉟　王天乐:《苦难是他永恒的伴侣》,见马一夫、厚夫、宋学成《路遥纪念集》,人民文学出版社2007年版。

第8章 抒写诗与史（上）

沙漠誓师

三年的读书与体验

长安只在马蹄下

人逢喜事精神爽

进山创作

发表一波三折

路遥和贾平凹、陈忠实等在一起

1986年路遥与贾平凹、白描、和谷在一起

沙漠誓师

《人生》走红后，社会上有一种论断，认为它是路遥不能再逾越的一个高度。路遥也非常清楚，《人生》是自己创造的难以跨越的横杆。但《人生》走红时的路遥才三十出头，正处于精力旺盛的文学创造期，他怎能躺在功劳簿中享受余生？答案显然是否定的。路遥是位心性要强且格外理性的作家，他在无数焦虑而失眠的夜晚警告自己，必须摆脱热闹的"广场式生活"，进行新的文学创造，一定要跨越《人生》这个横杆。

路遥在创作随笔《早晨从中午开始》中记录当时的心绪："在无数个焦虑而失眠的夜晚，我为此而痛苦不已。在一种是纯粹的渺茫之中，我倏忽间想起已被时间的尘土埋盖得很深很远的一个过往年月的梦，也许是二十岁左右，记不得在什么情况下，很可能在故乡寂静的山间小路上行走的时候，或在小县城河边面对悠悠流水静思默想的时候，我曾经有过一个念头：这一生如果要写一本自己感到规模最大的书，或者干一生中最重要的一件事，那一定是在四十岁之前。"[1]

1991年9月26日，路遥在延川各界座谈会上的讲话中也有大体相同的表述："实际上，在我很小的时候，朦胧中产生过一个想法，诺贝尔文学奖的获奖作家，大部分的代表作，都是四五十岁完成的，诗人更早，一般都是二三十岁就把一生中最重要的作品完成。我如果要接这一行的话，我就要再提前，在四十岁以前，最少要完成我一生中最长的作品,至于说是不是最好的一部作品,那难说,最起码敢于在四十岁以前写一生中最长的作品。"②

路遥在创作随笔《早晨从中午开始》中真切地描述其当时的心情:

> 我的心情不由为此而战栗。这也许是命运之神的暗示。真是不可思议,我已经埋葬了多少"维特时期"的梦想,为什么唯有这个诺言此刻却如此鲜活地来到心间?
>
> 几乎在一刹那间,我便以极其严肃的态度面对这件事了。是的,任何一个人,尤其是一个有某种抱负的人,在自己的青少年时期会有过许多理想、幻想、梦想,甚至妄想。这些玫瑰色的光环大都会随着时间的流逝和环境的变迁而消散得无踪无影。但是,当一个人在某些方面一旦具备了某种实现雄心抱负的条件,早年间的梦幻就会被认真地提升到现实中并考察其真正的复活的可能性。
>
> 经过初步激烈的思考和论证,一种颇为大胆的想法逐渐在心中形成。我为自己的想法感到吃惊。一切似乎是不可能的。
>
> 但是,为什么不可能呢!③

现代心理学认为,性格稳定意志坚定的人下决心要郑重其事,内心矛盾与斗争复杂;但一旦确定目标,就会义无反顾地实现目标。路遥就是这样的作家,他决定要写"一部规模很大的书","在我的想象中,未来的这部书如果不是此生我最满意的作品,也起码应该是规模最大的作品。"这个决断下得艰难而郑重,这在当代作家中也是少见的现象。

事实上,路遥不是没有担心。他最长的作品就是十三万字的《人生》,这充其量是部篇幅较大的中篇小说,他缺乏长篇小说创作经验。而长篇小说尤其是多卷小说的创作,既需要文学才情,更需要不懈的坚持；既需要合适的创作技巧，也需要合理的体裁，它应该是一位作家才胆力识与意志力的综合体现。对此，路遥十分清楚。他不愿躺在成绩簿上生活，他认识到，"如果不能重新投入严峻的牛马般的劳动，无论作为作家还是作为一个人，你的生命也就将终结"。

他决定到陕北毛乌素大沙漠那里去走一遭，在那里进行自己新创作的"誓师"。毛乌素大沙漠在陕北的北部，与蒙古高原相连接，天然地制造了中国农耕文化与游牧文化的分界线。其向北就是内蒙古大草原，其向南就是北控关陇的门户——塞上古城榆林城。路遥自从在年轻时期到过毛乌素沙漠后，他就迷恋上这里的一切，他在年轻时还创作过一首《今日毛乌素》的诗歌。从那时起，路遥就对毛乌素沙漠有一种特殊的感情。

1991年，路遥在创作随笔《早晨从中午开始》中真实地记录了他对毛乌素沙漠的理解：

> 无边的苍茫，无边的寂寥，如同踏上另外一个星球。嘈杂和纷乱的世俗生活消失了，冥冥之中似闻天籁之声。此间，你会真正用大宇宙的角度来观照生命，观照人类的历史和现实。在这个孤寂而无声的世界里，你期望生活的场景会无比开阔。你体会生命的意义也更会深刻。你感到人是这样渺小，又感到人的不可思议的巨大。你可能在这里迷路，但你也会廓清许多人生的迷津。在这开阔的天地间，思维常常像洪水一样泛滥。而最终又可能在这泛滥的思潮中流变出某种生活或事业的蓝图，甚至能用明了这些蓝图实施中的难点易点以及它们的总体进程。这时候，你该自动走出沙漠的圣殿而回到纷扰的人间。你将会变成为另外一个人，无所顾忌地开拓生活的新疆界……

是的，作为对象化的客体在作家的审美中已经投注了作家的主体情感，赋予了作家的情感与思考，而不再单纯是一个具体的无生命的存在物。路遥眼中的毛乌素沙漠，是其观照自己生命质量的一面镜子，是其顿悟人生的一个道场，是一块进行人生禅悟的净土！正是有这样的深刻认识，每当面临命运的重大抉择，尤其是面临生活和精神的严重危机时，路遥都会不由自主地走向毛乌素沙漠，在那里补充生命能量。

这不，路遥在人生做出重大决定的时候，他再次背上行囊从省城出发，北上陕北榆林，直扑毛乌素沙漠。多年后，他真切地回忆到当年的心情："现在，再一次身临其境，我的心情仍像过去一样激动。赤脚行走在空寂逶迤的沙漠之中，或者四肢大展仰卧于沙丘之上眼望高深莫测的天穹，对这神圣的大自然充满虔诚的感恩之情。尽管我多少次来过这里接受精神的沐浴，但此行意义非同往常。虽然一切想法已在心中确定无疑，可是这个'朝拜'仍然是神圣而必须进行的。"

路遥明白，这次来到毛乌素沙漠不仅仅是朝拜，更是要在这里郑重宣誓，告别过去，开启未来。"那么，就让人们忘掉你吧，让人们说你已经才思枯竭。你要像消失在沙漠里一样从文学界消失，重返人民大众的生活，成为他们间最普通的一员。要忘掉你写过《人生》，忘掉你得过奖，忘掉荣誉，忘掉鲜花和红地毯。从今往后你仍然一无所有，就像七岁时赤手空拳离开父母离开故乡去寻找生存的道理……"

路遥在这个空旷的大沙漠里想到了很多很多，他想到准备创作的这部长篇小说可能将耗费数年，但他必须甘于寂寞，甘于在文坛上"消失"；他甚至还想到可能要承受青春乃至整个生命的失败……种种心绪浮出脑际，种种问题又被他一一排除。在这次孤独的沙漠宣誓仪式中，路遥下定决心，决心排除万难，用尽自己的全部心血创作一部属于自己最高水平的长篇小说。他认为，"只有初恋般的热情和宗教般的意志，人才有可能成就某种事业"。他这个人就是神圣文学的信徒，他要在一无所有的毛乌素沙漠中郑重出发，一步一个脚印地向目的地迈进……

1991年，已经享受创作收获的路遥回想在毛乌素沙漠宣誓的情景，写下了这样的文字：

> 沙漠之行斩断了我的过去，引导我重新走向明天。当我告别沙漠的时候，精神获得了大解脱，大宁静，如同修行的教徒绝断红尘告别温暖的家园，开始餐风饮露一步一磕向心目中的圣地走去。
>
> 沙漠中最后的"誓师"保障了今后六个年头无论多么艰难困苦，我都能矢志不移地坚持工作下去。④

这次沙漠誓师，是1983年的事。这一时期，路遥还领着西安电影制片厂的吴天明导演为《人生》选取外景。之后，便义无反顾地投入到其心目中最高文学创作境界的长篇小说准备工作中去了。

三年的读书与体验

其时，意气风发的路遥已进入"著名作家"行列。中篇小说《人生》所产生的强烈而持久的轰动效应，在1983年才刚刚开始。当年夏，西安电影制片厂决定拍摄路遥担任电影剧本编剧的同名故事片《人生》。这样，路遥一边领西安电影制片厂的电影主创人员到陕北的延川、清涧、绥德、米脂等地勘察外景，一边进一步完善剧本。就在既风风光光、又忙忙碌碌的1983年春夏之间，路遥下定决心向长篇小说进军。

路遥的创作与一般作者相比，有许多质的不同。一般作者的创作，是先萌发灵感，再像滚雪球一样生发主题与故事框架。而路遥的创作是典型的意在笔先，先有明确的主题，后广泛搜罗材料，形成框架，捕获串联线索，激发创作灵感。这种倒置的创作方式，注定了他所赋予的使命感更为突出与沉重。

路遥是位气吞万里、胸襟博大之人，他不准备小打小闹，而一上手就像"历史书记官"那样，创作一部全景式反映从 1975 年之后中国城乡社会近十年间变迁的史诗性小说。他初步确定的小说框架是三部、六卷、一百万字，甚至在酝酿时，就分别给这三部小说取名《黄土》《黑金》《大城市》，并雄心勃勃地给这部长篇题以《走向大世界》的总名。这是一个庞大的文化创造工程，也是作家心智才情与体力、毅力的较量，怪不得他郑重其事地跑到毛乌素沙漠进行"沙漠宣誓"去呢！

路遥为何要把这部长篇小说设计在"1975 年到 1980 年代十年间中国城乡广泛的社会生活"中呢？他在《早晨从中午开始》中做了回答："这十年是中国社会的大转型时期，期间充满了密集的重大的历史事件；而这些事件又环环相扣，互为因果，这部企图用某种程度的编年史方式结构的作品不可能回避它们。我的基本想法是，要用历史和艺术的眼光观察在这种社会大背景（或者说条件）下人的生存与生活状态。作品中将要表露的对某种特定历史背景下政治事件的态度，看似作者的态度，其实基本应该是那个历史条件下人物的态度，作者应该站在历史的高度上，真正体现巴尔扎克所说的'书记官'的职能。"⑤

除此理由之外，更为深层的原因是路遥就是在这个"大转型期"由中国最底层农村一步步奋斗到城市的作家，他在不断奋斗的过程中充分领略了这"大转型期"的主题与诗意，深刻感受到它所赋予的史诗性的品格。也就是说，路遥熟悉这个时代的品性与气质，他有信心驾驭这个题材，用手中的笔绘制理想的史诗性画卷。

至于说是哪一次冲动和灵感让路遥准备创作如此宏大的长篇巨制？这已经不得而知。但是，我们仍可以通过路遥的言论进行大胆猜测。《早晨从中午开始》中有这样一段话："我得要专门谈谈我的弟弟王天乐。在很大程度上，如果没有他，我就很难顺利完成《平凡的世界》……另外，他一直在农村生活到近二十岁，经历了那个天地的无比丰富的生活，因此能够给我提供许多十分重大的情节线索；所有我来不及或不能完满解决的问题，他都帮助我解决了。在集中梳理全书情节的过程中，我们曾共同度过许多紧张而激奋的日子；常常几天几夜不睡觉，沉浸在工作之中，即使他生病发烧也没有中断。尤其是他当五年煤矿工人，对这个我最薄弱的生活环境提供了特别具体的素材。实际上，《平凡的世界》中的孙少平等于是直接取材于他本人的经历。"⑥

王天乐是路遥的三弟，他高中毕业后在清涧老家农村教过一年农村小学。他是一位心气很高的农村青年，既不愿意面对兄弟姐妹众多却一贫如洗的家庭，也不愿意就在山村里熬一辈子。这样，他选择了出走，辞掉民办教师工作，跑到延安城揽工，而且一揽就是两年。不知是他不甘于命运的精神感动了路遥，还是作为大哥心中的那份责任，路遥在1980年秋帮助王天乐跳出农门，到铜川矿务局鸭口煤矿采煤四区当采煤工人。路遥最初谋思这部长篇小说时，王天乐正在铜川矿务局当采煤工人。到他真正动笔创作此小说之前，他已经动用关系把王天乐调入《延安报》当记者，给王天乐提供一个更大的飞翔平台。事实上，王天乐后来在新闻记者的岗位上做出了不俗的成绩。因此，我们可以猜度王天乐不甘于命运的性格以及"出走"行为深深地刺激着路遥，促使他开始就准备以"黄土""黑金""大城市"三部曲的方式，创作一部结构宏大的长篇巨制《走向大世界》。不管怎样，王天乐是路遥创作长篇小说《平凡的世界》的直接原型，这点毋庸置疑。

一般作者创作长篇，大体想明白故事框架后，就可能鸣锣开张了。但是路遥却非常谨慎，如履薄冰，他严肃认真而扎实地开始了后来花费近三年的准备工作，因为他将小说定位于像"历史书记官"那样，创作一部全景式反映中国当代城乡变迁的史诗性巨制。要真正实现心中的宏愿，必须做扎实而认真的准备工作。

路遥首先从阅读中外长篇小说开始，学习和借鉴前人长篇小说创作经验。他给自己列了一个外国作品占绝大部分的近百部的长篇小说阅读书目，并认真读完其中的十之八九。在阅读过程中，他进行了认真的分析与研究，分析小说的主题，研究小说的结构。像长篇小说《红楼梦》他是第三次阅读，《创业史》他是第七次研读，他尽管对这两部小说烂熟于心，但还是一丝不苟地重点研读。他还反复阅读了哥伦比亚作家加西亚·马尔克斯的《百年孤独》与《霍乱时期的爱情》，并认真比较了这两部小说的创作风格。

研读长篇小说既是路遥不断充实自己小说创作知识的过程，也是不断刺激自己构思的过程。这些工作虽未有立竿见影之效，但对路遥小说创作帮助很大。他完全明白："从某种意义上，现实主义长篇小说就是结构的艺术，它要求作家的魄力、想象力和洞察力；要求作家既敢恣意汪洋又能绵针密线，以使作品最终借助一砖一瓦而造成磅礴之势"；"真正有功力的长篇小说不依赖情节取胜。惊心动魄的情节未必能写成惊心动魄的小说。作家最大的才智应是能够在日常细碎的生活中演绎出让人心灵震颤的巨大内容"；"长篇小说情节的择取应该是十分挑剔的。只有具备下面的条件才可以考虑，即：是否能起到攀墙藤一样提起一根带起一片的作用。一个重大的情节（事件）就应该给作者造成一种契机，使其能够在其间对生活作广阔的描绘和深入的揭示，最后使读者对情节（故事）本身的兴趣远远没有对揭示的生活内容更具吸引力，这时候，情节（故事）才是真正重要的事了……"

其次，路遥还阅读大量杂书，为他的这次创作腾飞做坚实的工作准备。路遥在《早晨从中午开始》中披露，他当时阅读面很广："理论、政治、哲学、经济、历史和宗教著作等等。另外，还找一些专门著作，农业、商业、工业、科技以及大量搜罗知识型小册子，诸如养鱼、养蜂、施肥、税务、财务、气象、历法、造林、土壤改造、风俗、民俗、UFO（不明飞行物）等等。那时间，房子里到处都搁着书和资料；桌上、床头、茶几、窗台，甚至厕所，以便在任何时候、任何地方随手都可以拿到读物。"⑦

在高强度的读书活动进行到一定程度后，路遥又按既定计划转入到作品背景材料的准备工作。为了彻底弄清楚这十年间的社会历史背景，以便在小说创作中准确地描绘出这些背景下人们的生活形态和精神形态，路遥决定用最原始的方法——逐年逐月逐日地查阅这十年间的《人民日报》《光明日报》《参考消息》《陕西日报》和《延安报》合订本。在他看来，报纸不仅记载了国内外每一天发生的重大事件，而且还有当时人们生活的一般性反映。他想方设法找到这些报纸合订本，逐页翻阅之。

我没明没黑地开始了这件枯燥而必须的工作。一页一页翻看，并随手在笔记本上记下某年某月的大事和一些认为"有用"的东西。工作量太巨大，中间几乎成了一种奴隶般的机械性劳动。眼角糊着眼屎，手指头被纸张磨得露出了毛细血管，搁在纸上，如同搁在刀刃上，只好用手的后掌（那里肉厚一些）继续翻阅。

用了几个月时间，才把这件恼人的工作做完。以后证明，这件事十分重要，它给我的写作带来了极大的方便——任何时候，我都能很快查找到某日某月世界、中国、一个省、一个地区（地区又直接反映了当时基层各方面的情况）发生了什么。⑧

在查阅报纸的过程中，路遥甚至还想借阅当时的文件和其他一些重要材料。他在小说的最初设计中，曾有过将一两个国家中枢领导人作为作品重要人物的雄心，但由于无法查阅国家一级甚至省一级的档案材料，只好放弃这个打算，但他还是利用陕北地区和县一级的熟人关系抄录了一些有用的东西。仅这些创作前的阅读与查阅报纸资料的工作，就持续了一年之久。

室内工作告一段落之后，路遥就急切地重返陕北故乡，进行生活的"重新到位"，加深对农村、城镇变革的感性体验。他在《早晨从中午开始》中回忆了当时的情景：

我提着一个装满书籍资料的大箱子开始在生活中奔波。一切方面的生活都感兴趣。乡村城镇、工矿企业、学校机关、集贸市场；国营、集体、个体；上至省委书记，下至普通百姓；只要能触及的，就竭力去触及。有些生活是过去熟悉的，但为了更确切体察，再一次深入进去——我将此总结为"重新到位"。有些生活是过去不熟悉的，就加倍努力，争取短时间内熟悉。对于生活中现成的故事倒不十分感兴趣，因为故事我自己可以编——作家重要的才能之一就是编故事。而对一切常识性的、技术性的东西且不敢有丝毫马虎，一枝一叶都要考察清楚，脑子没有把握记住的，就详细笔记下来。比如详细记录作品涉及到的特定地域环境中的所有农作物和野生植物；从播种出土到结籽收获的全过程；当什么植物开花的时候，另外的植物又处于什么状态；这种作物播种的时候，另一种植物已经长成什么样子；全境内所有家养和野生的飞禽走兽；民风民俗、婚嫁丧子；等等。在占有具体生活方面，我是十分贪婪的。我知道占有的生活越宽泛，表现生活就越自信，自由度也就会越大。作为一幕大剧的导演，不仅要在舞台上调度众多演员，而且要看清全局中每一个末端小节,甚至背景上的一棵小草一朵小花也应力求完美准确地统一在整体之中。

春夏秋冬,时序变换,积累在增加,手中的一个箱子变成了两个箱子。

奔波到精疲力竭时,回到某个招待所或宾馆休整几天,恢复了体力,再出去奔波。走出这辆车,又上另一辆车;这一天在农村的饲养室,另一天在渡口的茅草棚;这一夜无铺无盖和衣躺着睡,另一夜缎被毛毯还有热水澡。无论条件艰苦还是舒适,反正都一样,因为愉快和烦恼全在于实际工作收获大小。⑨

路遥在闭门读书深入生活期间,有意识地"中止"了对文坛的关注,既"两耳不闻窗外事,一心只读圣贤书",又脚踩大地,接触泥土,汲取丰厚的创作营养。在这期间,全国各地文学杂志的笔会以及其他方面的社会活动,他也婉言谢绝。1984年12月28日,中国作家协会第四次全国代表大会在京召开,路遥是选举出来的陕西代表。这样规模盛大的全国性作家大会,是许多作家一辈子所梦寐以求的政治荣誉,也是作家们亮相的好平台。然而,路遥却因忙于准备长篇小说的创作而毅然决定放弃这次重要机会,这在许多作家看来是不可思议的。

长安只在马蹄下

唐代边塞诗人岑参在《忆长安曲二章寄庞漼》中有这样的诗句:"长安何处在,只在马蹄下。"长篇小说就是路遥心中的"长安城",他以"十年磨一剑"的恒心与快马加鞭的姿态,有条不紊地进行着严肃而认真的准备工作。

当然,文学创作不是简单的一读书和深入生活就能文思如泉、妙笔生花的,它在作家脑际的酝酿过程是复杂的,人类最优秀的心理学家至今仍无法破解其中的奥秘。事实上,路遥的这部拟名为《走向大世界》的长篇小说的故事与框架构思过程可能是在路遥决定创作此书后展开,也可能是在路遥在不断阅读与深入生活的过程中展开与逐步完善的,至于说具体能确定到某年某月某日则是不现实的。但是,文学创作的过程又仿佛生命的孕育过程。在受孕过程中,路遥的小说构思思绪是不断地冲撞、交叉、排列、组合,以及不断地否定、刷新与演变的过程。就在这受孕与怀胎的过程中,他的小说故事框架逐渐清晰起来。

作品的源头是陕北高原一个叫双水村的小山庄。

作品的近景是双水村里的孙少安、孙少平两兄弟,他要在"文革"晚期的1975年到中国改革开放之初十年间的城乡舞台上展现各自的角色——孙少安扎根泥土,依靠勤劳的双手改变命运;孙少平要"出走",雄心勃勃地离开家乡,融入城市,实现自己的人生价值。

作品的远景是以一位叫田福军的政府官员的人生轨迹,来观照中国社会的变迁……

人与人,家庭与家庭,群体与群体的纵横交叉,织成了一张人物的大网。

近景上的河流与远景上的河流,既在各自的河床中流淌,又分别混合在一起流动。它们像三个咬合在一起的齿轮,驱动其中的一个,另外两个就会跟着转动。

在近景与远景中,将串联一百多个人物。而这一百多个呼之欲出的人物急切地等待安排场次以便登台表演……

路遥就像一位运筹帷幄的大将军,他在精心地排兵布阵,设计着各种最优方案。他构思作品有个特别的习惯——常常是先以终点开始,而不管起点。他认为,"终点绝不仅仅是情节和人物意义上的,更重要的是它也是全书的题旨所在。在这个'终点'上,人物、情节、题旨是统一在一起的";"找到了'终点'以后,那么,无论从逆时针方向还是顺时针方向,就都有可能对各个纵横交错的渠渠道道进行梳理;因为这时候,你已经大约知道这张大网上的所有曲里拐弯的线索分别最终会挽结在什么地方……"

路遥是一位思维清晰的小说文体学家,他甚至想到如何设置"沟壑渠道"与"曲里拐弯"处,如何机智地处理好作品的断章断卷。

在创作随笔《早晨从中午开始》里,路遥记录了他苦心构思小说的过程:"为了寻找总的'终点'和各种不同的'终点',为了设置各种渠渠道道沟沟坎坎,为了整体的衔接,为了更好地衔接而不断'断开'……脑子常常是一团乱麻纠缠在一起。走路、吃饭、大小便,甚至在梦中,你都会迷失在某种纷乱的思绪中。有时候,某处'渠道'被你导向了死角,怎么也寻不到出路,简直让人死去活来。某个时候,突然出现了转机,你额头撞在路边的电线杆上也不觉得疼,你生活的现实世界变为虚幻,而那个虚幻的世界却成了真实的。一大群人从思维的地平线渐渐走近了你,成为活生生的存在。从此以后,你将生活在你所组建的这个世界里,和他们一起哭,一起笑。你是他们的主宰,也将是他们的奴隶。"[⑩]

1984年冬天,路遥小说全书的整体框架构思好了以后,从什么地方开头,从哪里切入,这个问题让路遥整整苦恼了一个冬天。

文章的开头,是交响乐的第一组音符,决定整个旋律的展开。古今中外的优秀作家,无不重视文章的开头。在路遥看来,长篇作品的开头,主要是解决人物的出场"问题"。路遥通过阅读众多长篇小说发现,所有"高明"的出场都应该在情节运动之中读者一开始就进入"剧情",人物的"亮相"和人物关系的交织应该是自然的,似乎不是专意安排的,读者在欣赏的过程中不知不觉就接受了这一切。作者一开始就应该躲在人物背后，躲在舞台的背后，让人物一无遮拦地直接走向读者，和他们融为一体。

路遥还认识到，在长卷作品中，所有的人物应该尽可能早地出场，以便有足够的长度完成他们。尤其是一些次要人物，如果早一点出现，你随时可以东鳞西爪地表现他们，尽管在每个布局仅仅可能只闪现一次，到全书结束，他们能早点出现，就可能多一些点点滴滴；多一些点点滴滴，就可能多一些丰满……

认识是一回事，但实际操作又是一回事。如何把这种理解有效地融会贯通到实际操作中？如何在尽可能少的篇幅中使尽可能多的人物出场呢？这个难题让路遥在1984年整整苦恼了一个冬天，他一直设想一种最优的开头方案。

"踏破铁鞋无觅处，得来全不费功夫。"灵感这个神奇的缪斯女神终于亲吻路遥的额头。一天半夜，路遥脑际突然冒出"老鼠药"三个字，他激动得浑身直打哆嗦，他知道这是小说开头的灵感来了！他要用小说主人公孙少安、孙少平的姐夫王满银贩老鼠药被公社当作"投机倒把分子"批斗一事展开故事情节，在运动中使小说的全部主要人物和全书近百个人物中的七十多个人物都立体地呈现在读者面前……路遥越想越兴奋，他拧开台灯，在纸上郑重其事地写下了"老鼠药"三个字。

灵感是作家创作中一种具有突发性、突变性与独创性的思维活动。它是长期积累而偶然得之的产物，可遇而不可求，甚至转瞬即逝，杳然无踪。然而，就在1984年的冬夜，路遥紧紧抓住了这个突然光顾他梦境的神奇灵感，完成了这部多卷体长篇开头的初步设计。苦吟是妙思的前提；倘若没有长期的苦吟，路遥不会有这样神奇的妙思。事实上，在日后的创作过程中，路遥把"王满银贩老鼠药事件"向前向后分别延伸了一点，大体使用了七万字的篇幅，就在运动中使全书的几十号人物合理地出场，并初步交叉起人物与人物的冲突关系,从而使小说平顺与自由地交织矛盾,进入表现阶段。

路遥绞尽脑汁构思长篇小说的情况,在其三弟王天乐的回忆中也得到证实。他曾撰写过一篇《〈平凡的世界〉诞生记》进行过详细回忆。

1984年,在铜川矿务局鸭口煤矿当采煤工人的王天乐,在路遥帮助下命运已发生变化。其时,路遥借着电影《人生》全国首映形成的冲击波,开始运作三弟王天乐工作调动的事情。当时的王天乐,已是有几年工龄的井下熟练工人。煤矿井下工的工资很高,王天乐用几年的积累,专门给清涧王家堡村的父母箍了一院三孔新石窑,帮助父母改善条件。路遥在异常繁忙的小说创作中,仍想如何进一步帮助这位喜欢文学、头脑睿智的兄弟。

路遥原想把王天乐调到延安地区文艺创作室。延安地区文艺创作室领导是路遥亦师亦友的杨明春,但因一些原因未能如愿。9月10日,路遥给杨明春的信件可证明这点:"天乐之事,内情尽知,现在已落脚,这就好了。您已经尽力相帮,非常感谢。"⑪

在9月,王天乐的工作调动已有着落。路遥找到《延安报》总编辑、作家银笙,敲定王天乐于1984年秋调入《延安报》社。也就是说,路遥全力构思长篇小说时,王天乐已经正在办理工作调动关系,游离于"暗无天日"的煤矿井下工作环境,自由穿行于铜川鸭口煤矿、省作协与延安地区之间,有机会见证路遥的创作构思情况。

1984年12月,路遥收到《当代》主编秦兆阳的一封书信。这封信应是对路遥10月27日信件的回复,因为路遥在信中谈到"我对自己的政策是不慌不忙不躁不赶时髦"。

路遥同志:

接来信已数日,因忙迟复,迄谅。

自《大地》出版后,数月来我心里一直若有所失。这说来话长,总之是没有达到我所预期的结果。而且，读者和评论界并非所有人都能谅解（我只好用"谅解"二字）。它——对此我倒可以不管。有两句借用并改造了的唐诗可以说明我的心情："出师未捷身先老，常使骙牛泪满襟！"我知道，你的信意在给我以鼓励。至于我的作品在评论界的反响，很怪，近年来人们倒多半认为我是搞理论的！所以如果你在我的某些作品里看到了什么"内涵""外涵"，我倒很想听听你的意见，用写信的方式也可以，用文章的形式也可以，必会给我以启发。当然，这会耽误你的时间，因此不必着急。

　　你的"不急不躁"的态度我一百个同意。中国需要"博大精深，光彩艳异"的作品之林和作家之群啊！这只有会使自己既谦虚又深沉，既执着又放达，才有可能达到。

　　敬礼

秦兆阳
11.28[12]

　　1984年隆冬的一个普普通通的雪天早晨，西安城被包裹在银装素裹中。路遥和三弟王天乐天南海北地拉了一晚上闲话。兄弟俩在一起的时候，路遥总是很兴奋，有说不完的话。本来他们准备入睡，当路遥发现雪仍然纷纷扬扬地下个不停，他更是来了精神。爱雪是路遥年轻时养成的习惯，他领着天乐到街道上看雪景。当时，是早晨6点左右的样子，路遥和王天乐走到附近的大差市十字路口。大差市十字路口是西安城内一个交通繁忙的地段，因是雪天早晨，车辆还不甚多，交通警察还没有来上班。路遥跑到十字路口的交警台上有模有样地打起手势，指挥起交通。看见平日里不苟言笑的兄长那种可爱的样子，王天乐彻底地笑翻了，躺倒在雪地里打起滚来。过了一会儿，路遥立正站住了，面向陕北方向，足足站了半个小时。突然，路遥把雪地上打滚的王天乐叫起来，要回去收拾东西，马上离开西安。

到哪里去？不知道。怎么个走法？也不知道。没有目的地，也没有明确的线路，到火车站再说。王天乐不知所云，他只能跟上这位有些神经兮兮的兄长回去简单收拾行李，赶到火车站。买了两张站台票，他俩临时决定登上去兰州的列车，到兰州去！

登上西去兰州的列车后，兄弟俩找不到容身的座位。路遥去找到车长，递上"中国作家协会会员证"，说自己是《人生》作者路遥，要去兰州体验生活，请求购买两张硬卧票。列车长见是《人生》的作者，非常激动，说已经没有硬卧了，只有软卧；你二人就到软卧吧，只收硬卧的钱，但下车时必须为我们签名。路遥立即答应。进了卧铺包间后，路遥倒头就睡，呼噜声打得震天动地，一直睡到了列车的终点站——兰州站。这一切把王天乐看得目瞪口呆。

到了兰州，仍是大雪纷飞。兄弟俩在宾馆简单地洗漱后，路遥冲了一杯咖啡，才对三弟王天乐说这一切是因为灵感——他昨天早上突然来了一个大灵感。这个灵感等待了好长时间，但一直抓不住；昨天早上终于抓住了……

接着，路遥情不自禁地讲述自己的设想：我要写一部大书，就像柳青说的那一种大书，向陕北的历史作交代。我要从老家的村子写起，写到延安，写到铜川，一直写到西安。这部书就是要沿你走过的曲折道路，一直走向读者。我要通过你的生活经历，带出上百个人物，横穿中国1975年以来十年间的巨大变革时期。作品要在一百万字以上，这是我四十岁前献给故土的礼物！……

王天乐当时听呆了，感觉路遥完全是位将军，率领着一群生龙活虎的人物，向中国文坛走来。他也非常感动，兄长是位干大事业的人，他决定全力以赴地帮助兄长成就这项神圣事业。

因为有思维上的默契，兄弟俩很快就进入了核心构思阶段。第一天晚上，路遥和王天乐绘制了小说的地貌草图——从他们的老家一直绘制到西安钟楼。他们把这一线的山川河流、机场、公路等重要建筑全部描绘出来。因为美术水平有限，画下的图只能他们二人看懂。路遥告诉王天乐，这一步工作很重要，因为所有的人物都要反复在这一地带走动。如果作家不熟悉地形，小说中的人物一旦走动起来，写作时再对环境进行描写就十分困难。

第二天晚上，路遥列出人物表和地名表。虽说起名不易，但毕竟在脑际构思了很长时间，路遥给这群平凡而普通的人物起了一个个稳妥的名字：孙少平、孙少安、孙玉厚、孙玉宽、田福堂、田福军、田润叶、田晓霞、田润生、孙兰花、孙兰香、王满银、郝红梅、金波、金光亮、金俊武……此外，双水村、石圪节公社、原西县、黄原地区、铜城等人物活动的场域也一一跃入纸上。

接下来的时间，讨论主人公在事件中怎样行进的问题。路遥先把每一年的重大历史事件梳理一遍，念给王天乐听，再由王天乐补充完善。兄弟俩每天只上街买一次吃喝的东西，再不出门了。宾馆服务员觉得这二人形迹可疑，专门带了几个人查了一次房，只发现两个书呆子在一大摞稿纸上胡乱地写画了好多东西，才放心出去，再也没有打扰过兄弟俩。

路遥兄弟俩在兰州宾馆住了十五天，完成了日后创作的总名为《走向大世界》的《黄土》《黑金》《大城市》三部曲的核心框架，绘制了这部巨制的最初草图。

在兰州期间，路遥告诉王天乐不辞劳苦来兰州构思小说的荒唐理由。他说，来兰州兴许是上帝的安排。远方堂叔家的女儿竹子，是咱们家族中的三姐，就嫁在离兰州不远的地方。三姐是远近有名的俊女子，在老家时，不嫌咱家穷，对咱家最好。等咱家一切都好起来后，咱们一定要在兰州找到三姐。他还告诉王天乐说，自己小说中漂亮的女孩子，大都使用三姐的外形。⑬

当然，并不是说路遥远奔兰州之行绘制了小说草图就万事大吉了，事情远远不是这样简单。路遥领着兄弟王天乐返回西安后，仍有半年左右的反复推敲与精心补充材料的过程。

1985年4月上旬，著名作家丁玲访问延安，延安地委在宾馆设宴款待。丁玲听说路遥躲在延安写长篇，一定要见见他，但谁也找不到他，路遥在延安的住处一直保密。陪同丁玲的文艺评论家肖云儒托人从《延安报》记者王天乐那里获取了接头地点和"密电码"，才把路遥挖出来。路遥蓬头垢面地出现在宴会上，丁玲要他坐在自己旁边"密谈"文学。席间，路遥几乎未动筷子。饭后，丁玲望着路遥背影赞赏有加，认为这么朴实的青年人，像个搞创作的。当晚11点后，路遥突然闯进肖云儒房间，对肖云儒说："你跑了一天，很累，不管怎么累，你要认真听完我今晚这个长故事，感觉一下，判断一下，你是文艺评论家，文学直觉很好，你一定要帮这次忙！"肖云儒在路遥脸上读到一种进入创作境界以后的痴迷、亢奋与热切的神情，决定听路遥倾吐下去。路遥讲一群从黄土地深处走出来的青年人，讲他们青春的悲欢、步履的艰难，讲他们中间有的从农村中学生成为煤矿工人，有的后来成为航天专家……

这个春夜里，路遥的话多且长，一直讲到凌晨两点多。肖云儒在后来的回忆中称："那时，才开始动笔，种子在春气中萌动，顶得他的心田不能安宁，整个精神处在临产前的骚动中。"⑭

人逢喜事精神爽

就在路遥忙于长篇小说《走向大世界》前期准备工作时，好消息接二连三地来到他那里。

1985年1月15日，中共陕西省委宣传部发出通知，任命路遥为中国作协陕西分会党组成员。这次任命对于路遥来说意义非同寻常，一是意味着组织上对长期困扰他的梦魇般的"文革"造反派历史终于有了一个公正的结论——没有结论，组织上是断不会轻易任命他的。二是意味着路遥的为人与创作得到组织的高度认可，使他有可能进入中国作协陕西分会的组织机构担任职务。当年6月，中国作协陕西分会专门给路遥做了一份《关于路遥同志考察材料》，称："'文化大革命'初期，路遥尚未成年，以群众组织领导成员身份参加过一些活动，犯有错误，1984年省级机关第一批整党时，进行了认真调查落实，经宣传口整党指导小组批准，结论为'一般错误，不做处理'。"⑮这份珍贵的档案材料，足以说明问题。

3月5日，中共陕西省委、省人民政府在西安召开隆重的优秀文艺创作表彰大会，在文学创作方面表彰了路遥、贾平凹、李凤杰，并分别晋升两级工资。

4月21—24日，中国作协陕西分会在咸阳召开三届二次理事会（扩大），会议选举了路遥、贾平凹、陈忠实、杨韦昕为副主席。

路遥在三十六岁就担任中国作协陕西分会副主席，并分管长篇小说创作。他如沐春风，彻底摆脱了高悬在头顶的那块"原罪"般的"大石头"。

5月18日，路遥给王维玲的信中谈到当时的心情以及创作长篇的准备情况。这样写道：

很长时间未和您联系了。这两年诸事纷纭，一言难尽，有机会见面再说吧。目前，我自己的情况还可以。省委已任命我为作协陕西分会党组成员，前不久的理事会上，又以最高票数当选为副主席。说起来很悲哀，作为一个从事文学事业的人来说，我不应该给您说这些，但对我这两年的情况而言，最起码可以起到一点以正视听的作用,所以我觉得有必要将这些情况给您谈一下,因为您一直是我最有力的帮助者。

《人生》这部作品,提高了我的知名度。这两年我一直为一部规模较大的作品做准备,我痛苦的是:我按我的想法写呢?还是按一种"要求"写呢?或者二者兼之呢?后两种状态不可能使我具备创作所需要的激情,前一种状况显然还要遭受无穷的麻烦,对一个作家来说,真正的文学追求极其艰难。当然,一切还取决于我自己,我一直在寻找勇气。年龄稍大一点,顾虑就会多一些,我想我还是可能战胜自己的。

我不久又去陕北补充素材,如果没有意外,我下半年可以动笔,估计写起来很艰难,在时间上也会拖得很长,有一点长处是,我还能沉住气。

我几年中大部分时间躲在家读长篇,(计划读一百五十部),很少外出,如来北京,再去看您。祝您愉快。⑯

路遥正在构思的这部长篇,某种意义上也是王维玲长期催促他创作《人生》续集的反馈。路遥给王维玲写信也有汇报创作情况的意思。

1985年夏天的路遥,迸发出无穷的青春能量,决心大展宏图,为推动陕西文学创作事业做出自己的贡献。这样,他着手策划了"陕西省长篇小说创作促进座谈会"。

召开这样一个促进陕西长篇小说创作繁荣的盛会的想法很简单,连续两届"茅盾文学奖"评奖时,陕西省竟推荐不出一部长篇小说参评。不是挑选过于严厉,而是截止到1985年夏天,新时期文学以来陕西的新老作家尚无一部长篇小说创作出版。路遥想借此会促进一下陕西长篇小说的创作。经中国作协陕西分会党组研究同意后,路遥决定把会议地点选在延安和榆林两地,一来他是陕北人,在延安和榆林两地有着广泛的人脉资源，便于会议的运作和成功举办；二来会议地点放在陕北地区，也能名正言顺地吸纳陕北地区的小说作者参会。作为陕北成长起来的作家，他有这份理由充沛的"私心"。事实上，当时陕北地区活跃的小说作者高建群、刘劲挺、陈泽顺、师银笙、牧笛，诗人曹谷溪，以及从事文学评论的包永新、马泽、高其国等人均悉数参加此会。

要举行一个成功的会议，办会人员必须付出更多的辛苦。为了高质量地开好此次陕西代表性小说作家大聚会的务虚会，路遥带作协同志多次赴延安和榆林两地区找领导，接洽与协商会议细节，包括用什么车，住什么地方，吃什么饭，组织怎样的出行活动，地方政府如何配合，经费如何筹借与支出等等，尽在他的通盘考虑范围。就这样，先后多次地忙上忙下，路遥为会议的成功召开做了精心准备。

在此期间，有一件事情让路遥感动不已。早在1984年秋天，青海人民出版社就准备选编《路遥小说选》，但在全国只有一千五百册的征订数，还有三千册没有着落，这样迟迟不能开印。在路遥眼里，谷溪是"伟大的社会活动家"，没有他办不成的事情。他在1984年底给谷溪开了口，想让在延安地区找些订户，谷溪也痛快地答应了此事。这次回到延安，他才发现这些书中的绝大部分整整齐齐地放在谷溪的办公室里。他再三追问，才终于揭开谜底：原来是谷溪为了让书能顺利出版，亲自与延安地区新华书店签下购书合同，自己垫钱征订这三千册图书。尤其是听到谷溪开小书店的外甥杨岸讲述的一些事情后，他更是感慨不已。延安地区新华书店一催再催书款，可谷溪一下子拿不出这么多钱。外甥抱怨舅舅："舅舅，你实在不该把路遥的书买下这么多，今天书店又来催要书款了……"外甥还没有把话说完，舅舅便发火了："吃后悔药了，哪像个男子汉？这点困难算个屁，赔了，市场沟还有五个窑洞！"路遥听到这些后，再也控制不住自己的情绪，紧握住谷溪的手不放。是啊，谷溪的经济并不富裕，他这样实心地帮扶自己，就是因为看到自己还能往前闯啊！事实上，这种来自朋友的温暖，更让路遥坚定了前行的勇气。

7月30日，路遥给《当代》主编秦兆阳写了一封信。

兆阳老师：

您好。

我刚从煤矿回来，编辑部的同志即将您的信转给了我，我在前两年就离开编辑部，开始从事专业创作，这两年一直东跑西跑，经常不在机关，因此未能及时给您回信。

那篇写您的稿子，我看过，水平不是太高，我理解您的心情，不好拒绝别人的热心。

很高兴您和阿姨九月份来西安一游。我们会完全按您的意愿安排的，请您放心。我因不在机关，到时您提前打电报给《延河》主编白描同志（我已安咐好了），我赶回来接待您。您的长篇《大地》我已经读完，有些地方很精彩，总的气势是恢弘的，平易近人的叙述使人不得不置身于其中，当然也有些地方应该更好一些。本来想写一篇文章，题目都有了：《秦兆阳的大地》，想从此书涉及您全部的创作，但几次想写，又没勇气动笔，因为学生评价老师，实在有点心怯，但这篇文章我一定会做的，等我终于鼓起勇气的时候。

我目前仍在一边生活，一边完成构思和整理素材，估计下半年可开始写点什么。前不久，省委任命我参加作协党组工作，又被选为副主席，少不了一些麻烦，好在有了书记处，我基本上不管什么事。我不爱当官，只想能潜心于艺术。一个人能否搞出点名堂是另一回事，但应该全身心地进入工作境界，这样纵是一事无成，也不至于太后悔。这方面，你始终是我的导师和榜样。

先写这些，等着九月和您见面。

致崇高的敬意！

路遥 31/7⑫

这也是我们目前看到的路遥致秦兆阳的最后一封书信，信中透露出许多可以解读的重要信息：一是路遥准备给秦兆阳写篇《秦兆阳的大地》评论文章；二是秦兆阳在九月份要偕夫人到西安一游，路遥已经做好了接待工作。

"陕西省长篇小说创作促进座谈会"的会期确定了，参会人员也邀请好了，万事俱备，只欠开会。事实上，这次会议也是陕西小说创作者们所最渴望的会议。新时期以来，中国作协陕西分会曾在太白山召开过创作座谈会，还先后举办过多届青年作家创作"读书会"，收效均很明显。而专题关于长篇小说的座谈会还是头一次，陕西的小说作家们纷纷摩拳擦掌、翘首以盼。

8月20日晨，参加"陕西长篇小说创作促进座谈会"的三十多位作家，在中国作协陕西分会的大门口统一集中，乘坐包租的豪华大巴前往会议的第一站延安。

1985年时，西安到延安的交通条件很差，仅有一条路况极差的210国道相连。从西安到延安乘长途客车大体要耗费十多个小时。像这种专门包租的客车，也需要八九个小时。旅途虽然辛苦，但作家们神情亢奋，精神焕发，一路上说笑高歌，如同一群刚出笼的鸟儿，好不热闹。作为会议的主要运作者，路遥也格外兴奋。大家起哄，让路遥和省作协创联部的李秀娥同唱陕北"信天游"。这样路遥和李秀娥唱了一首电影《人生》的主题曲《叫一声哥哥你快回来》。这首歌曲，一下子把大家的情绪推向高潮……

就这样，作家们在愉快的氛围中到达延安，当晚下榻于延安条件最好的延安宾馆。作家子页回忆："到了延安，住进刚建好的延安宾馆里,这种荒唐还在延续。有人出了几道题:如果你当了国家之首,怎样对待你的朋友?怎样对待你的敌人?每个人必须说真心话。路遥说,他当了元首,朋友想做什么就做什么!大家让他具体一点,他说安排白描做他的国防部长,安排我做他的外交部长……他对敌人的办法是托尔斯泰的办法,打左脸给右脸。大家说,这绝不是路遥,在人们心目中,路遥的政治抱负大于文学抱负,命运却偏偏把他挤在了文学的圈子。这种游戏着实是一次无边无际的荒唐,可就是这次荒唐造就了陕西长篇小说的繁荣。"[18]

晚饭后,作家们都处于情绪亢奋状态,在延安宾馆组织了一场小规模的舞会。路遥虽不太会跳,但兴致很高,让李秀娥教他。一连跳了几个小时,累得李秀娥满头大汗,他还是不放手。李秀娥累得实在招架不住,趁机拉女作家杨晓敏当替身,她方才休息下来。[19]

随后代表们继续北上,入住新建成的榆林宾馆,正式开始陕西新时期小说创作具有里程碑意义的"陕西长篇小说创作促进座谈会"。会议主要是讨论国内长篇小说的发展概况,分析陕西长篇小说创作落后的原因,制订三五年内的陕西长篇小说创作发展规划。

这次务虚会一连开了十天,是陕西新时期文学中一次具有里程碑式的会议。此次会议后,陕西作家向长篇小说发起全方位的冲击。著名作家陈忠实后来回忆:"我参加了这次会议,有几位朋友当场就表态要写长篇小说了。确定无疑的是,路遥在这次会议结束之后没有回西安,留在延安坐下来起草《平凡的世界》第一部。实际上路遥早在此前一年就默默地做着这部长篇小说的写作准备了。"[20]

1991年底,路遥在《早晨从中午开始》中轻描淡写地写到当年组织会议的情形:"接下来,怀着告别的心情,专意参加了两次较欢愉的社会活动,尤其是组织了一次所谓长篇小说促进会,几十号人马周游了陕北,玩得十分痛快。可是,期间一想到不久就要面临工作,不免又心事重重,有一种急不可待投入灾难的冲动。"[21]路遥是行重于言的人，默默扶犁是他的责任与义务。

　　请记住参加此次会议的代表名字，他们是：李小巴、王绳武、董得理、任士增、路遥、陈忠实、贾平凹、白描、京夫、王宝成、孙见喜、蒋金彦、徐子心、沙石、子页、张晓光、李康美、文兰、袁林、韩起、赵宇共、朱玉保、曹谷溪、牧笛、李秀娥、杨晓敏、封筱梅，以及中国社会科学院文学研究所的文学评论家曾镇南、中国青年出版社的编辑韩亚君等人，他们为推动陕西新时期长篇小说创作做出了自己的贡献。

　　就在此次会议后不久，在充满收获的金秋季节，路遥一头扎进铜川矿务局陈家山煤矿创作他的长篇小说《走向大世界》第一部去了。路遥要向文坛证明他是可以超越《人生》这座高峰的！

进山创作

　　1985年金秋，即"陕西长篇小说创作促进座谈会"后不久，路遥便常带着两大箱资料和书籍，以及十几条香烟和两罐"雀巢"咖啡，从西安北上铜川，一头扎到铜川矿务局所辖的陈家山煤矿矿医院，正式进行酝酿三年之久的长篇小说《走向大世界》第一部的创作攻坚阶段。

　　选择铜川矿务局创作长篇第一部的初稿，是路遥深思熟虑的结果：一是他的这部系列长篇的第三部要涉及煤矿生活，他在创作第一部时进入矿区，置身于即将在第三部出现的生活场景，随时可以直接感受那里的气息，在将来动笔创作时能更好地进入状态；二是他已身兼铜川矿务局党委宣传部副部长，可以名正言顺地获得一些起码的方便条件，便于自己创作。至于到铜川矿务局下属的陈家山煤矿进行创作,则是在铜川矿务局当过四年工人、现已调到《延安报》当记者的三弟王天乐的一手安排。陈家山煤矿虽距铜川市区较远,但它是矿务局中现代程度较高的煤矿之一,各种设施相对全面;另外,王天乐的两个妻哥在此矿工作,他们会对路遥有所照应。路遥去陈家山煤矿之前,矿上已经在矿医院为他找好了相对安静的创作环境——二楼上一间用会议室改成的工作间,一张桌子,一张床,一个小柜,还有几个人造革沙发;也为他安排好用餐的地方——矿医院职工食堂。应该说,这个创作条件在当时已经相当不错了。

来到陈家山煤矿,简单熟悉了一下环境,路遥就伏在办公桌上,开始走上与自己搏击的拳击台。他绝没有想到小说的开头就整整花去三天时间。

有文学创作经验的人都知道,作品的第一句话就是整个作品的调子。调子起高了,唱不上去;调子起低了,唱不出水平。路遥自然清楚其中的道理。为了给全书定一个合适的叙述基调,路遥可谓苦心孤诣,绞尽脑汁。但是,三天之后,除了纸篓里一堆废纸外,他竟没有在稿纸上留下片语。这三天中,他晚上睡觉时始终是迷迷糊糊,白天进入阵地时,像磨道里烦躁不安的驴。他甚至怀疑起自己的创作能力,究竟能否堪当如此重任?后来,他强迫自己冷静下来后,才发现自己心思过于急切,用力过紧,方出现如此问题。他想到俄罗斯伟大作家列夫·托尔斯泰的话:艺术的打击力量应该放在后面。他决定开始平静地进入,而不是在开头堆砌华丽;三部书逐渐起伏,应一浪高过一浪地前进。

情绪逐渐稳定后,小说的开头也在黑暗的缝隙中迸发出思维的光芒:

> 一九七五年二三月间,一个平平常常的日子,细蒙蒙的雨丝夹杂着一星半点的雪花,正纷纷淋淋地向大地飘洒着。时令

已快到惊蛰,雪当然再不会存留,往往还没等落地,就已经消失得无踪无影了。黄土高原严寒而漫长的冬天看来就要过去,但那真正温暖的春天还远远没有到来……

这个既平稳又有诗意的象征性开头,是路遥用了三天才写就的。很多年后,王天乐从另一个侧面讲述了路遥当年痛苦酝酿的情形:"我已奔赴延安黄河边采访……有一天晚上,路遥把电话打到延川县招待所找到了我(我现在都佩服路遥找我的功夫,无论我在哪里,他一下就把我抓住了)。他告诉我,三天了,小说开不了头,急得他吃不下,睡不着。听得我出了一身冷汗。我想了一会儿,告诉他,你平静点,现在就好像你进了孕妇产房一样,生下生不下,谁都救不了你。路遥说知道了,我也不会让你来铜川,主要是想说一说话,心里能畅快一点。他告诉我,如果三天内不打电话,就是小说的头开了。这三天你不能离开县招待所。我在延川就像受惊的兔子一样待了三天,电话一响,我就万分紧张。规定的日期过去了,电话没来,我高兴地把我的另一个好朋友记者按倒在地,告诉他晚上我请客,我哥的小说开头了,说完我失声痛哭。我的那名同行摇了摇头说,你神经上是不是出了什么毛病。"②

王天乐的文风尽管有些夸张,但基本事实是清楚的,即路遥小说的开头开得很艰难。终于找到小说开头的感觉,路遥的思维一下子被激活了,他的创作列车终于启动,开始有节奏地向前行进。

路遥把带来的资料全部从箱子里拿出来,分类摆满桌面,只留够放下两只胳膊写东西的地方。一些次要的资料因桌面上摆不下,就放在窗台上,柜头上,甚至沙发上。事实上,正因为有着充分而扎实的资料准备工作,路遥在创作淤滞之时,能很快地随手找到它们,并迅速利用这些资料打开思路或补充背景材料。一般而言,作家在手写稿件的时代每天创作出五千字可用的成形作品,已经是相当不错的成绩。若能坚持每天按照五千字的速度匀速推进，这部初拟容量为三十万字的第一部小说大体需要整整两个月的时间才能完成，而且这中间不能有任何闪失。自进入陈家山煤矿创作后，路遥就抱定不完成初稿不出山的目的。五六天后，他已经初步建立起工作规律，掌握了每天大约的工作量和进度。路遥专门打了张表格，上面写清楚拟定创作的第一部53章从1到53的一组数字，并把它贴到房间的墙上。每写完一章，就划掉一个数字，以此来激励自己的漫长创作行程……

陈家山煤矿医院的创作环境不尽如人意，因为在搞基建，白天里各种机器声和人声嘈杂成一片。好在路遥进入工作状态后，完全处于超然物外的状态，也忘记了这些恼人的声音存在。在创作过程中，路遥最怕外人的干扰，怕打断创作思路，好在医院的人很懂规矩。但是有一天，路遥正在创作的黄金时间里精心建构自己的艺术世界，与人物倾心对话，一位手执某新闻单位临时记者证的人要采访他。路遥一再解释，但无济于事，此人摆出不达目的誓不罢休的样子。路遥失去了理智与耐心，站起来粗暴地抓住此人，强行送出房间。

创作生活是艰苦的，矿医院职工食堂的伙食单调而没有什么营养，仅仅是能吃饱而已。中午一般只有馒头米汤咸菜，下午一般是面条，或者重复中午的饭菜。路遥因早晨起床迟，从不吃早饭，中午和晚上随灶吃饭，灶上做什么，他就吃什么，在吃食上从不讲究。有时候创作紧张忘记吃饭，甚至一天只凑合一顿饭。他每天中午吃完两个馒头一碗稀饭，就匆匆赶回工作间。在准备当天工作的空当，烧开水冲一杯咖啡，就立刻坐下工作。晚上吃完饭，要带两个馒头回来，凌晨工作完毕上床前，再烧一杯咖啡，吃下去这两个冷馒头，权当是一天的加餐。

路遥把每天的任务都做了限制，完不成任务就不上床休息。工作间实际上成了牢房，而且制定了严厉的"狱规"，没有什么特殊情况绝不违反规定。

晚饭后到外面散步半小时,是路遥每天最大的"放风"活动。他从矿医院走出来,沿着小溪边的土路逆流而上,向一条山沟走去,走到一块巨石面前立刻掉过去,再顺原路返回去——这个散步的路线和时间都是路遥第一次散步时精心计算的,以后就固定下来,回到工作间正好是半小时左右。因为是深秋的傍晚,沿途基本上没有行人,路遥完全放松自己,一路手舞足蹈,高歌而行。有时,他随意编几句词,找个曲调,就反复吟唱;有时故意把某首著名歌曲变着调地唱;有时还吟唱毛泽东诗词《沁园春·雪》改编的歌曲。总之,路遥在这短暂的半小时散步活动中自己找乐子,自己给自己寻开心。

回到工作间后,路遥第一项工作是把多拿的一个馒头放在门后面喂老鼠。煤矿的老鼠多得惊人,据说是矿工们经常乱扔吃剩的馒头所致。路遥刚来到工作间后,两只老鼠也闻风跟进,恣意捣乱。尤其是晚上,路遥一拉灭灯,这两只老鼠就大吵大闹,甚至跳上路遥的床,与路遥做起游戏。路遥在创作间隙,叫来医院的几个职工,堵住门窗,消灭了一只。但另一只却精滑无比,路遥无可奈何,才灵机一动,想出用馒头贿赂老鼠的方法——每天晚上多拿一个馒头放在门后做老鼠的口粮,供其享用。这样,老鼠在晚上也不闹了,路遥才能安静地休息。后来,这只老鼠是路遥在孤独的创作世界里的唯一伙伴,它与路遥和平相处,直到路遥离开。

路遥在创作随笔《早晨从中午开始》中真实地记录了他当时的创作心情:

无比紧张的工作和思考一直要到深夜才能结束。

凌晨,万般寂静中,从桌前站起来,常常感到两眼金星飞溅,腿半天痉挛得挪不开脚步。

躺在床上,有一种生命即将终止的感觉,似乎从此倒下就再也爬不起来。想想前面那个遥远得看不见头的目标,不由心情沮丧。这时最大的安慰是列夫·托尔斯泰的通信录,五十多万字,厚厚一大卷,每晚读几页,和这位最敬仰的老人进行一次对话。不断在他伟大思想中印证和理解自己的许多迷惑和体验,在他那里寻找回答精神问题的答案,寻找鼓舞勇气的力量。想想伟大的前辈们所遇到的更加巨大的困难和精神危机,那么,就不必畏惧,就心平气和地入睡。

长卷作品的写作,是对人的精神意志和信念素养的最严酷的考验。这迫使人必须把能力发挥到极点,你要么超越这个极点,要么你将猝然倒下。

只要没有倒下,就该继续出发。㉓

是的,每天的太阳都是新的,每翻过一页日历,路遥都坚定地向小说的纵深高地进发。他开始制定的工作进展目标是突破十三万字,因为这是他创作中篇小说《人生》的字数。在十三万字突破后,他又制定了越过这部书二分之一的目标。在创作过程中,紧张的思维和欣喜使精神进入某种谵妄状态。路遥在创作紧张时,上厕所还一路小跑,到厕所后,发现自己一只手拿着笔记本,一只手拿着笔,又赶忙一路小跑回到工作间放下纸与笔,再一路小跑重返厕所……

在创作期间,处于渭北高原腹地的陈家山煤矿经常下雨,这是秋冬季节更替时的重要形式。这雨淅淅沥沥下个不停,到后来转换为雨夹雪,再到后来干脆直接以雪的形式广而告之。这连绵的秋雨虽造成晚饭后散步的不便,但却是路遥喜欢享受的天气。他的初恋就发生在雨雪交加的天气,他对雨雪的崇拜和眷恋似乎是与生俱来的心理情结,每到雨雪天气总有一种莫名的幸福感。这样的天气总让他的灵感、诗意和创造的活力尽情喷涌,他最喜欢在这样的日子里工作。由于心情格外好,路遥的创作渐入佳境,工作进展得很顺利。经常有诸多料想不到的突发奇思,使他在写作时有超水平的发挥。他每天的工作实际与原定计划相契合,非常准确地在一个脉搏上共鸣与跳动。一个生机蓬勃的文学世界,就这样在路遥笔下清晰地展现出来了……

路遥在陈家山煤矿紧张创作期间,他接到单位的电话通知,《当代》主编秦兆阳偕夫人访问西安,希望见他一面。其实,秦兆阳访问西安,本来在1984年就提出了,因各种情况一推再推。当年七月下旬,路遥与秦兆阳在通信中约定来西安的时间后,秦兆阳老人又晚了一个来月,此时路遥已经来这里开始《平凡的世界》第一部创作了。早在1980年,刚刚复出担任《当代》主编的著名文艺评论家秦兆阳亲自拍板,刊发了路遥四处碰壁的中篇小说《惊心动魄的一幕》。在他的力推下,此小说又荣获了全国第一届优秀中篇小说奖,这才使路遥为全国文坛所瞩目。路遥在心目中一直视秦兆阳为"文学教父",没有不见之理。但因连绵的阴雨阻断了矿区通往外界的道路,路遥好不容易才坐上一辆带有履带的拖拉机,准备通过另一条简易路出山,结果是在一座山上因路滑被拒七小时不能越过,他只好含泪返回。他只有望着窗外纷纷扬扬的雨雪,在心中祈求秦老的原谅。

这个"雨雪事件"所造成的直接结果是,《平凡的世界》第一部创作完成后,路遥一直没有好意思把书稿自荐给秦兆阳。路遥以后多次赴京,但都鼓不起勇气看望这位尊敬的老人。

内心世界丰富的路遥,是位懂得感恩之人,直到1991年撰写创作随笔《早晨从中午开始》时,仍念念不忘秦兆阳的恩情:"但我永远记着,如果没有他,我也绝不会在文学的道路上走到今天,在很大程度上,《人生》和《平凡的世界》这两部作品是给柳青和秦兆阳两位导师交出的一份答卷。"㉔

在陈家山煤矿创作期间,路遥还遭遇了两个"危机事件":一个是他的刮胡子刀片出了问题。路遥有一脸"匈奴式"胡子，每天都得刮脸，不然就难受。他原想在煤矿能买到刀片之类的生活日用品，只带了一个刀片，却没承想这里根本没有这东西。一个刀片勉强使用十几次后，实在凑合不下去。后来，只好每星期抽时间到剃头匠那里刮胡须。另一个是他所抽的香烟差点断顿。路遥烟瘾大，而且喜欢抽好烟，甚至每月工资的二分之一都贡献给烟草商了，说香烟是他的口粮也一点不假。他抽烟时还有个习惯，即一个时期只固定抽一个牌子的香烟——当时，他只抽云南玉溪卷烟厂的"恭贺新禧"。就在他快要"弹尽粮绝"之时，幸亏香烟及时捎来，以不至于让他陷入绝境。

在陈家山煤矿创作期间，路遥在不影响创作的前提下，尽可能地做一些公益性事情。铜川矿务局在此期间举办了一期创作培训班，《铜川矿工报》编辑黄卫平代表培训班全体学员邀请路遥做一场文学讲座，他欣然同意。路遥觉得自己是挂名的宣传部副部长，理应以合适的方式回报这份荣誉。他在讲座中回顾了自己的创作经历，勉励学员们在生活中像矿工一样挖掘宝藏，多练多写。他还幽默地回答了学员们关于生活与创作的问题，给学员们留下了深刻印象。

12月上旬，路遥终于完成第一部的初稿创作。因为中国作协陕西分会要在12月11日至17日在西安召开陕西省"首届青年文学创作会议"，单位来电话通知他务必于会议正式召开之前返回，参与组织会议。路遥是陕西省作协新当选的副主席，又是成绩突出的青年作家，焉有不参加之理？再说，几个月的孤独的创作生活，让他想家，想妻子，想女儿。他以最快的速度收拾好行囊，告别了陈家山煤矿，也告别了那只与他为伴的小老鼠。

《诗经》云："昔我往矣，杨柳依依；今我来思，雨雪霏霏。"是的，路遥在几个月前进山创作的时候，层林尽染，万山红遍；今日出山时，却是冰天雪地，一派荒凉，他不由得发出感慨。好在这几个月是充实的，他怀抱的三十来万字初稿，就是自己的劳动成果。对此，他又很满意，这是自己最长的一次远征。

回到西安后，在享受与家人团聚的天伦之乐时，路遥很快投入陕西省"首届青年文学创作会议"的准备与组织工作。吴祥锦回忆文章中透露过路遥组织会议的细节："当年12月，作协召开了青年文学创作者会议。在会议召开前最后一次的秘书、会务两班人马的碰头会上，路遥来了。他一改往日的随和言笑，十分认真地检查了多个环节的准备工作，叮咛了需要引起注意的地方，甚至连开幕式上省上各方领导的座次排列都叮咛了，望着他那严厉的模样，我心里既暗自好笑，又不禁肃然。这次青创会是陕西文学工作历史上的第一次，开得是成功的，出席会议的代表至今有不少仍活跃在文学战线上。通过这次会议，我看到了路遥的另一面：他不仅是个创作成绩卓著的作家，而且具有相当的行政才干。"[25]

发表一波三折

简单放松之后，路遥在1986年春节过后又收紧神经。年前在陈家山煤矿创作的小说，只是长篇三部曲中第一部的初稿，他马拉松式的长篇小说创作仅仅有个良好的开头，后面的路依然漫长。他决定在1986年的春天里完成这部小说的抄写与修订工作。

为了不受干扰，路遥在省作协院子里借用创联部的陕北老乡李秀娥的小平房。李秀娥因在丈夫那里居住，作协给她分了一间十多平方米的小平房做午休之用。这间房子原是高桂滋公馆用人居住的老式平房，有七八十年的历史，里面呈长方形，冬无暖气夏不透风，采光也很不好，白天也得开两个灯。但好的一点是此房在大院一角，既安静又方便。路遥简单收拾后，就在这间小屋开始了第一部的抄写工作。

抄写第二稿虽不像创作时要付出那么大的脑力劳动，但这也并不是简单抄写的过程，而是修订与完善的过程。为此，路遥同样严肃而认真。一是，重新遣词造句，每一段落，每一句话，每一个词，每一个字，他都要反复推敲，必须能找到最恰当最出色最具创造力的表现；二是在书写形式上力求规范，写好每一个字。路遥是个完美主义者，也是位敬畏文字的虔诚之人。他写稿时只用圆珠笔，以确保笔墨的流畅。他誊写稿件时有个习惯，无论房间怎样乱，但写字台必须一尘不染，否则就写不下去。他珍爱稿件上每一个文字，绝不胡乱涂抹。即使需要勾掉个别字句，也在涂抹的地方涂抹成统一的几何图形，让自己看起来顺眼。他后来在回忆中写道："一切方面对自己斤斤计较，吹毛求疵。典型的形式主义。但这里面包含着一种特殊要求。一座建筑物的成功，不仅在总体上在大的方面应有创造性和想象力，其间的一砖一瓦都应一丝不苟，在任何一个微小的地方都力尽所能，而绝不能自欺欺人。偷过懒的地方，任你怎么掩饰，相信读者最终都会识别出来。"[20]

在抄写第二稿期间，路遥每天中午一吃完饭就伏案抄写。抄写到手僵硬的时候，才停下来烧一杯咖啡，稍微放松一下。当时，《延河》美术编辑郑文华也住在作协大院，在路遥暂借的工作室旁边。他儿子明柳三四岁，正到淘气的时候，爱闯进路遥工作室"捣乱"。路遥倘若忙，就送两块方糖哄出去；若刚巧写完一个段落，他便跟小明柳"大闹"一番，张扬童趣，放松心情。每天晚饭后也是同样如此，一直坚持抄写到凌晨。在黎明到来、城市快要醒来的时候，路遥才拖着弯腰弓背的身体，穿过作协大院，回家属楼去休息。他有时候感到自己的体力明显地透支——因为深夜上楼时，手扶着栏杆，还要在每一拐角处歇一歇,才能走回家……

　　这样,高强度的稿件抄写工作持续了两三个月才结束,路遥倾注满腔心血的长篇小说第一部终于定稿。工作室桌面上摞着的二十本稿纸,便是他几年来的全部劳动成果。他简单收拾了一下房间,静静地抽了一下午烟,又喝了许多杯咖啡,然后一个人在苍茫的暮色中去了趟环城公园。望着万家灯火,他想了许多事,也郑重其事地对自己过去的辛勤劳动进行了告别,开始新的生活。

　　小说是定稿了,但路遥对小说的名字不是很满意。他在初拟小说时准备以《走向大世界》为题创作《黄土》《黑金》《大城市》三部曲。第一部定稿后,他又把题目调整为《普通人的道路》。他甚至还为小说起了几十个备选名字,感到每个都总有些欠缺。为此,他苦恼不已。自己生了一个孩子,但名字不响亮,总是让人闹心的事。他打电话叫西安市文联《长安》文学月刊主编、诗人子页商量。子页看了几十个名字后,根据路遥的创作特点,脱口说出诗人的直觉:"叫《平凡的世界》怎么样?"路遥看着子页,眼睛放出光来,也脱口说:"好!"周围的朋友们也说这个名字既朴素又大气,内敛,不张扬,符合路遥小说的特点。这样,路遥的这部长篇小说才有《平凡的世界》这个既具有高度概括力又大气平稳的名字[27]。

　　路遥兄弟王天乐曾旁证了这个说法:"《平凡的世界》开始叫《黄土》《黑金》《大城市》。后来的书名是作家和谷还是诗人子页给改的我已记不清了,但肯定是他俩其中的一个给改的。"[28]

　　路遥的朋友和谷后来也回忆说:"写到《平凡的世界》的书名,可能也征求过别的朋友的意见,但我明白,有一次去路遥家,一起说到他的新作《普通人的道路》的书名,拿不定主意。当时我手头正在读秘鲁作家西罗阿莱格里的《广漠的世界》,建议他改为《平凡的世界》,他说好。"[29]

　　作家海波也曾透露过路遥当年为小说的起名过程。被路遥推荐到青海省《现代人》杂志担任编辑的海波，1985年在《黄河》文学双月刊第4期上发表中篇小说《农民儿子》后，准备把这部中篇扩充成一部长篇小说，写一个农民子弟的成长经历。计划分为四部分，依次是：狂妄少年、家族领袖、农民儿子、祖国公民，总题目是《走向大世界》。海波把构思讲给路遥听，路遥说你不要用这个题目，海波疑惑不解。路遥说你的小说构思不成熟，成功的可能性不大，你把这个题目让我用了，因为这题目正切合我这部长篇小说的主旨。海波同意了。再过一段时间，路遥告诉海波说，小说不叫《走向大世界》，改叫《平凡的世界》了。并解释："'走向大世界'几个字太张扬，不如'平凡的世界'平稳、大气。"③

1986年初夏，《当代》杂志分管西北五省稿件的青年编辑周昌义来到陕西组稿，在陕西省作协一位"外国文学方面修养很高，温文尔雅的"副主席处了解到路遥刚刚创作完成了一部长篇。这位副主席说，路遥的新作是写底层社会的，很多人不一定理解，但路遥相信你能够理解；这部长篇小说之所以没给《十月》《收获》，没给《当代》的领导，就是为了寻找知音，路遥把你视为作品的知音。这位副主席还有一席话，说路遥还有一些希望，"如果《当代》要用，希望满足三个条件：第一，全文一期发表；第二，头条；第三，大号字体。"

路遥是很期待能在《当代》上发表长篇小说的。早在1980年，他的成名作《惊心动魄的一幕》就是在《当代》上发表后，并荣获全国首届优秀中篇小说奖。1982年，他的力作《在困难的日子里》也是在《当代》上发表并引起广泛反响的。说《当代》是路遥的福地一点不为过。再说，1986年的《当代》，每期能发行到五六十万册，能在《当代》上发表自己精心打造的长篇，这也是蛰伏几年后最好的公开亮相。至于说他通过中国作协陕西分会某位副主席提出三个条件，似与路遥为人处世的方式不符，兴许是杜撰。路遥早已长眠地下，已无法对证了。很多年后，周昌义回忆了当年的读稿情形:"和副主席谈过之后,当天下午,在陕西省作协的办公室里,和路遥见了一面,寒暄了几句,拿着路遥的手稿回到招待所,趴在床上,兴致勃勃地拜读。读着读着,兴致没了。没错,就是《平凡的世界》。第一,三十多万字,还没来得及感动,就读不下去了。不奇怪,我感觉就是慢,就是啰唆,那故事一点悬念也没有,一点意外也没有,全都在自己的意料之中,实在很难往下看……所以,我只能对副主席说,《当代》积稿太多,很难满足路遥的三点要求。"[31]

接下来的事情不用叙述也很清楚。周昌义后来在回忆中解释:"这么说吧,当时的中国人,饥饿了多少年,眼睛都是绿的。读小说,都是如饥似渴,不仅要读情感,还要读新思想、新观念、新形式、新手法。那些所谓意识流的中篇,连标点符号都懒得打,存心不给人喘息的时间。可我们那时候读者就很来劲,那就是那个时代的阅读节奏,排山倒海,铺天盖地。喘口气都觉得浪费时间。"周昌义回忆,"那位副主席希望我千万要保密,对文坛保密,对陕北作家尤其要保密。""回到《当代》后,主持工作的副主编朱盛昌只是轻描淡写地说:'你应该把稿子带回来,让我们退稿。'别的老同志,像刘茵、老何(何启治)、老章(章仲谔)他们,知道这事儿以后,也都提醒我,应该把稿件带回来,让领导退稿。在《当代》,提醒几乎就是最高级别的批评了。"[32]

呈稿时,路遥自信满满,觉得高举现实主义大旗、曾多次护佑自己的《当代》一定能赏识这部作品的,没想到编辑却找了一个冠冕堂皇的理由退稿了。他那时还在想,也许是编辑的眼光问题,自己给自己宽心。

那么,路遥又为何不直接把这部小说自荐给《当代》主编秦兆阳呢?这是个历史之谜。路遥与秦兆阳在1985年7月之前一直保持畅通的书信往来,而且秦兆阳非常认可路遥的创作态度。当然,还有一种可能性是路遥未能兑现自己撰写《秦兆阳的大地》文章,他自己不好意思再麻烦秦兆阳老人，路遥是位心灵极其敏感的人。

《当代》编辑周昌义前脚走了，作家出版社的一位编辑后脚就来了。他看了三分之一后就干脆直接退给路遥，说这本书不行，不适应时代潮流，属于老一套"恋土派"。这盆扑面浇来的凉水浇得路遥透心凉的同时，也使他警觉起来，是要很认真地判断一下文学形势，到底是自己的创作出了问题，还是文坛风向出了问题。路遥这几年一门心思用在创作《平凡的世界》上，几乎不读当下任何所谓的流行小说和文学评论文章，信息不灵，这倒也是事实。

事实上，路遥在构思与创作《平凡的世界》第一部时，现代主义的文学思潮已经铺天盖地，滚滚而来。各种外来的文学思潮和表现方法如同"走马灯"一样令人眼花缭乱、目不暇接。"现实主义创作方法过时论"的言论更是甚嚣尘上，作家们唯恐自己不新锐、唯恐自己不赶时髦。文学界由"写什么"到"怎么写"的风潮转向中，许多作家纷纷开始向"魔幻现实主义""意识流""象征主义""黑色幽默"等方向突围。许多作家强调创作的潜意识性、非理性、强调表现人的情欲——性欲，表现人的非理性状态，表现人的原始性。甚至到了小说里不写人的原始性欲，就不是小说，不在形式上玩所谓的"花样"就不是好小说的地步。这样，路遥自信满满的现实主义创作方法，至少在当年已被众多编辑与文学评论家视为"过于陈旧"的方法，他的小说不被认可也在情理之中。

一位满腹文学理论新名词的陕北老乡，给路遥讲"意识流"和"魔幻现实主义"两种写作方法，咬一口陕北普通话。他走后，路遥给弟弟王天乐说："看来这种写法比较厉害，能把人的口音都变了。"他接着说："屎！难道托尔斯泰、曹雪芹、柳青等等一夜之间就变成这些小子的学生了吗？"当他读到苏联当代作家瓦·拉斯普京的理论文章，是讲"珍惜的告别，还是无情的斩断"主题，激动地对王天乐说："我真想拥抱这位天才作家，他完全是咱的亲兄弟。"㉝

然而，激愤归激愤，路遥对中国文坛现实看得很清楚，他意识到这部书的发表和出版是很成问题的。这部书基本用所谓的"传统"的手法表现，和当时的文学潮流背逆；一般的刊物和出版社都对新潮流作品趋之若鹜，不会对这类作品感兴趣。另外，全书共三部，这次是第一部，编辑无法预知后两部会是什么样子，自然不敢贸然决定。再说，全书将有一百万字，这么庞大的数字对任何一家出版单位都是个沉重的负担。他甚至悲壮地告诉曾经扶持过自己的老编辑董墨："生活和题材决定了我应采用的表现手法。我不能拿这样规模的作品和作品所表现的生活去做某种新潮文学和手法的实验，那是不负责任的冒险。也许在以后的另外一部作品中再去试验。再则，我这部作品不是写给一些专家看的，而是写给广大的普通的读者看的。作品发表后可能受到冷遇，但没有关系。红火一时的不一定能耐久，我希望它能经得起历史的审视。"他还说，"我不是想去抗阻什么，或者反驳什么，我没有那么大的力量，也没有必要，我只是按照自己对生活的理解和自己的实际出发的。"㉞

面对现代主义横行、现实主义自卑的文坛环境，路遥的话语虽是悲壮的，但目光却是深邃的，神情却是坚定的。好在这个世界上终于有识"货"之人。诗人子页得知这部小说还没找到婆家时，主动给花城出版社总编辑、诗人李士非打电话推荐。与此同时，旅京的陕籍评论家李炳银也向《花城》推荐了此稿。李士非获知讯息后，第二天就派《花城》杂志副主编谢望新乘飞机来西安看稿。谢望新与路遥也认识，早在1983年就开始书信往来。有前两次退稿的经历，路遥虽说竭力保持镇定，但还是有些紧张，甚至有些神经衰弱了。省作协著名文学评论家王愚是谢望新的老朋友，路遥一再要王愚询问谢望新的意见。经过几天阅读，谢望新认为这部作品是近年来长篇小说的优秀之作，不仅准备刊用，而且想在作品发表后由《花城》和《小说评论》联合在京召开作品研讨会，向社会推荐这部作品。路遥紧张而脆弱的神经才放下来，长长地舒了一口气，说这几年的工夫总算没有白费。谢望新返回广州后，把书稿交给编辑刘剑星，让他担任此稿的责任编辑。

与此同时，正在西安组稿的中国文联出版公司青年编辑李金玉，注意到路遥《平凡的世界》第一部。1986年春天，毕业分配到出版社才两年多的李金玉，被出版社派到西安组贾平凹长篇小说《浮躁》。然而，《浮躁》手稿被作家出版社抢走了。她听说路遥也有一部长篇杀青，就去拜访路遥。她读完作品后，被作品的恢宏气魄和深刻内涵深深震撼了，感觉到这是一部不可多得的"大手笔"，并郑重向路遥约稿。但路遥未明确表态，为了组到这部长篇，她在5月又一次来到西安，特意在陕西作协停留了一个多月的时间，与陕西作协的作家朋友聚会、交流，与路遥交朋友，相互沟通，倾听路遥讲自己的故事和创作情况。通过一个多月的交流与观察，她了解了路遥为创作而进行的扎实准备工作，以及路遥对全书结构的构思，更坚定了组稿信心。她的真诚感动了路遥，路遥决定把《平凡的世界》交给中国文联出版公司出版。但是，当李金玉兴致勃勃地带着这部三十多万字的书稿回到出版公司后，一些领导却认为她"捡了芝麻，丢了西瓜"。领导得知《当代》和作家出版社曾经退稿的情况后，也在一个时期缺乏信心。但李金玉坚持自己对书稿价值的判断，说："这是一部不可多得的好作品，书中表现的经历苦难的人们不向苦难低头、积极向上的精神和美好的道德情感深深地感动着我。"

在李金玉的不懈坚持与艰难斡旋下，公司领导才下决心出版此小说。直到8月，路遥才与中国文联出版公司正式签订出版合同。这样，《平凡的世界》第一部终于在1986年11月由《花城》第6期全文刊发的同时，也在12月由中国文联出版公司出版了第一版的精装与平装两种版本。

虽一波三折，但《平凡的世界》第一部终于面世了，也有了让读者和历史审视其存在价值的机会。对此，路遥又感到些许欣慰。

注释：

①③④⑤⑥⑦⑧⑨⑩㉑㉓㉔㉖　路遥：《早晨从中午开始》，《路遥文集》第2卷，陕西人民出版社1993年版。

②　路遥：《在延川各界座谈会上的讲话》，《路遥全集·早晨从中午开始》卷，北京十月文艺出版社2013年版。

⑪　路遥：《致杨明春》，《路遥全集》"早晨从中午开始"卷，北京十月文艺出版社2013年版。

⑫　此信复印件藏于清涧县路遥纪念馆，秦兆阳之子秦万里确认是父亲的手迹。

⑬㉒㉓　王天乐：《〈平凡的世界〉诞生记》，见榆林路遥文学联谊会编《不平凡的人生》（内部刊印）。

⑭　肖云儒：《文始文终忆路遥》，见晓雷、李星编《星的陨落——关于路遥的回忆》，陕西人民出版社1993年版。

⑮　见"路遥档案"，陕西省作家协会存。

⑯　王维玲：《岁月传真——我和当代作家》，首都师范大学出版社2009年版。

⑰　该信件原件在中国现代文学馆珍藏。

⑱㉗　子页：《十五年后说路遥》，见申晓主编《守望路遥》，太白文艺出版社2007年版。

⑲　李秀娥：《和路遥在一起的日子》，晓雷、李星编《星的陨落——关于路遥的回忆》，陕西人民出版社1993年版。

⑳　陈忠实：《寻找属于自己的句子——〈白鹿原〉创作手记》，上海文艺出版社2009年版。

㉕　吴祥锦：《那空荡荡的椅子——悼路遥》，见马一夫、厚夫、宋学成主编《路遥纪念集》，人民文学出版社2007年版。

㉘　王天乐：《苦难是他永恒的伴侣》，见马一夫、厚夫、宋学成主编《路遥纪念集》，人民文学出版社2007年版。

㉙　和谷：《读厚夫〈路遥传〉》，陕西作家网，2016年12月9日。

㉚　海波：《我所认识的路遥》，见《十月·长篇小说》2012年第4期。

㉛㉜　周昌义：《记得当年毁路遥》，《文艺理论与批评》2007年第6期。

㉞　董墨：《灿烂而短促的闪耀》，见马一夫、厚夫、宋学成主编《路遥纪念集》，人民文学出版社2007年版。

第9章 抒写诗与史（中）

我心依然

迎风而立

去西德

身体累垮了

在柳青墓前

1987年夏路遥、李凤杰等人在宝鸡市文联

我心依然

1986年夏,在《平凡的世界》第一部发表大体有眉目后,路遥决定去广州逛几天。一来,自己这几年埋头创作,对中国社会的变化不是很敏感,亲自到改革开放最前沿的广东走走,现场感受那里的变化,寻求心灵体验,对接下来的创作有好处;二来,即将开工的第二部是写改革开放大潮下我国北方城乡底层人物的梦想与追求,不了解中国改革开放最前沿地区社会生活的变化,又如何把握?

5月31日至6月29日,第13届世界杯足球赛在北美洲的墨西哥举行。路遥是个狂热的足球迷,1982年在西班牙举行的第12届世界杯足球赛,他几乎是场场不落地看下来。那场世界杯预赛中,中国队被新西兰队在附加赛中淘汰出局,无缘世界杯。但路遥绝对喜欢外号叫"坦克"的中国队球员左树声"宁可被踢死,也不能被吓死"的名言,他觉得球可输,但骨气不能输。他尤其喜欢德国足球所表现出的战术纪律、坚韧性和不断坚持的精神,能产生强烈的精神共鸣。今年,他却不能尽情地享受这长达一个月的世界级足球盛宴,只能选择几场观看。在他的生命里,创作是其生命的全部,一切都必须无条件给创作让路。

这样当许多人为足球而彻夜狂欢之时,路遥毅然放弃了自己的爱好,和弟弟王天乐悄然南下广州城体验生活去了。他小说中有在农业社时期游离土地的"二流子""逛鬼"王满银,他因受不了生产队的苦,搞些贩老鼠药之类的"投机倒把"勾当,光景过烂包还不算,经常让大队和公社批斗。到即将出场的第二部中,"王满银"要跑到上海去卖木耳、到广州倒贩廉价的电子表……而现在,路遥和王天乐就像"王满银"一样,漫无目的地在广州城的大街小巷中游荡,吃了就逛,逛了就吃。路遥对王天乐说,还是"王满银"这小子聪明,这种活法比我写小说美多了。每天晚上回到旅馆,路遥就把自己的见闻与观感写到笔记本上。笔记本写满了,他对王天乐说:回吧,犁地的绳子等着我哩……于是,他们又回到西安。

回到西安后,路遥又对第二部中即将写到的一些内容进行必要的素材补充和尽可能的现场体验:一是,他在一群男女大学生的帮助下,到以培养我国航空航天人才为主的西北工业大学采访了几天。他在较短的时间里熟悉了这所学校教学、生活起居、课程安排、建筑布局等基本情况。然后,跟踪了解学生二十四小时活动的全过程,并与同学们座谈,交流思想、学习、生活、恋爱等方方面面的问题。他甚至专门收集了学校的课程表和材料表,做到多多益善,有备无患;二是,在一位朋友的帮助下,他专门趁省委书记一家外出、只留保姆时,假装找省委书记而进行了一次短暂而惊险的深入生活活动,了解到这个省内"第一家庭"日常生活的许多细节。

路遥就是这样一位严肃的现实主义作家,他是在深入生活体验与感受的基础上进行合理的文学想象,而不是不负责任地随意胡编乱造。这样严肃认真的创作态度,也使他的工作量很大,但他仍一丝不苟,毫不偷工减料。

该想到的都想到了,该做的准备工作也告一段落了。路遥又决定去一趟长安县柳青墓,看看长眠在那里的柳青老人。路遥对柳青的情感不是文学晚辈对前辈的简单敬意,而是发自骨子里的爱戴。

从文学起步的那天起,路遥就受到柳青各方面的影响,包括精神姿态,包括创作风格。路遥也一直把柳青视为自己的精神导师与"文学教父"。1980年和1983年,路遥专门撰写《病危中的柳青》和《柳青的遗产》,表达对柳青老人的由衷敬意。这次,在《平凡的世界》三部曲的第二部即将开始创作之时,路遥去柳青墓显然是有目的的,而不是平平常常的祭扫。

这次去柳青墓仍是领着弟弟王天乐,很多年后王天乐这样回忆道:"回到西安后,路遥忽然要领我去一趟长安县的柳青墓。路遥好像对柳青墓地特别熟悉,哪里又多长了几根草都能说清楚。他在柳青墓前转了很长时间,猛地跪倒在碑前,放声大哭。然后他让我离开,到公路上等他。一个小时后,路遥红着眼,来到公路上。我至今都不明白我离开的这一个小时路遥在那里干了些什么,想了很多结果,但都不能成立,这是路遥一生中唯一没有向我说的'隐私',只有上帝知道。"①

路遥在柳青墓前为什么放声大哭?到底想了些什么,说了什么?这些已经永远是历史之谜了。不过,按照路遥的性格来推断,他一定向柳青老人汇报自己的创作情况以及今后的创作决心。路遥经常给朋友们说,作家要突破的永远是自己;作家在拳击台的对手就是自己,要不停地战胜自我。柳青生前也经常告诫作家:文学是愚人的事业,文学以六十年为一个单元。如今,在长篇小说创作进入"前不着村,后不着店"的沼泽之时,路遥虽是位精神硬汉,但也更需要柳青赐予特定的精神力量!

决心已定,我心依然。路遥背起行囊,到陕北延安地区吴起县(时称"吴旗县",后改名为"吴起县")武装部小院创作《平凡的世界》第二部去了。吴起县是中央红军到达陕北的落脚地,在延安地区的西北角,交通不便,偏僻落后。如同选择陈家山煤矿医院作为创作第一部的地点,路遥选择吴起县武装部作为自己第二部的创作地，是有特定考虑的。一则时任吴起县县委副书记的张益民，是路遥在延川中学上学时的高年级同学，又同属延川县"红四野"造反派，二人在年轻时代就关系甚密，到吴起县武装部是张亲自选的点，这也是张的"势力范围"；二则1986年的吴起县是当时延安地区最穷的县之一。在这样一个交通不便、偏僻落后的小县城搞创作，外界人为的干扰小。再说，到《延安报》任记者的弟弟王天乐经过两年的历练，已在记者岗位上如鱼得水，在延安地区建立了广泛的人脉资源。这样，王天乐也可以随时帮助自己完成创作。

7月，路遥在吴起县武装部院的窑洞里，又一次跳上文学战车，"全副武装"地披甲上阵，启动了《平凡的世界》第二部初稿的创作工程。

路遥的工作室在吴起县武装部院子一孔很小的土窑洞。吴起县本身在黄土高原腹地，这里昼夜温差大；再者，陕北的土窑洞具有冬暖夏凉的特点。具体到这孔窑洞更是出奇地阴凉，达到了沁人肌肤的程度。虽说当时是三伏天，是太阳炙烤大地的时候，但为了驱走寒气，确保创作的顺利进行，路遥不得不在三伏天里，每天生一小时火炉。好在他这位从小在陕北农村长大的作家，这点苦根本不算啥。

在路遥看来，第二部对全书来说是至关重要的。从大战略上讲，任何作战过程的中间部分是最困难也是最重要的，它是胜败的关键。他最喜欢的足球赛，最艰难的争杀在中场。如果中场部分是弱的，那么前锋即使有表演天才也常常抓不住制胜机会。而他阅读过的一些长篇小说尽管有特别辉煌的开卷和壮丽的结束，但中间部分却没有达到同样的成绩，未免给读者带来难言的遗憾。即使苏联天才作家肖洛霍夫的四卷本长篇小说《静静的顿河》这样气势宏大的史诗性巨著，也有中间部分不足的遗憾。而自己创作的三卷本长篇，第一部因是有节制的创作，不可能展开巨大的高潮。而第二部应该是桥梁，应该在正面展开可能宽阔的冲突，甚至在这部中应该基本完成某些人物的"造像"，也就是说，第二部创作是一场决定胜负的攻坚战，无论如何必须啃下这块硬骨头！

路遥在窑洞墙壁上贴了三张自己炮制的"草图"，桌子四周摆满了随手都要用到的资料。因为有第一部创作的经验和深思熟虑的思考，路遥在第二部创作时思路更为顺畅。他严格按照创作第一部时建立起来的工作规律，完成额定创作任务，有时因创作忙误了县招待所的饭时，就简单用饼干或干馍充一下饥，凑合凑合。好在他体壮如牛，能吃能睡，精力旺盛打起呼噜来震天响，经常引得武装部人听稀奇。路遥也以此为身体好的充分证据。

说到路遥的呼噜声，有两个经典故事。第一个是有一年贾平凹和路遥在延安宾馆开会，他俩第一次同住一个房间，晚上说话到凌晨3点以后，路遥睡着了，也开始打起了震耳欲聋的呼噜。贾平凹把被子撕开，抽出里面的棉花，把耳朵塞住，仍抵挡不住路遥的呼噜声。直到凌晨5点左右，他只好坐在床上，欣赏路遥打呼噜的姿势。天亮后，贾平凹对路遥说，你是个当大官的材料，天生一个人睡一间房，这辈子咱俩不可能再睡一个房间了。路遥笑了笑说，那你就再也听不到这么雄伟的呼噜声了。还有一个故事，是路遥1983年带领电影《人生》主创人员在甘泉县招待所改剧本。一天早晨，住在隔壁的吴天明被路遥如雷贯耳的呼噜声吵醒。他睡眼惺忪地拉开房门，发现招待所五六个服务员猫在路遥的窗外听他打呼噜。只见窗纸被呼噜声震得发抖，一个姑娘的脸随着呼噜声的节奏痛苦地抽缩着。吴天明不由得哈哈大笑起来，服务员们一哄而散。吴天明再扒开窗缝朝窑里瞅，发现路遥四仰八叉地躺在床上，胸膛剧烈地起伏着，喉咙里发出轰隆的呼噜声……这两个故事经过朋友们演绎，成为路遥心宽体胖、能容天下之事的重要佐证材料。殊不知，呼噜声是身体出问题的信号。

中国作协陕西分会创联部主任李秀娥，在7月中下旬组织省作协在延安和榆林两地召开"黄土诗会"，途经吴起县去定边县时，专门去看路遥。后来，她回忆道："晚上，我跑到他的住地，那是一孔普通的窑洞，内放一张单人床，桌上堆放了一些书籍，放着几块掰碎的干馍，几包咖啡，半袋当地出品的粗糙饼干。我不觉心里有说不出的不知是惊讶还是难过，我问他，他说这些东西是为赶不上招待所的饭准备的。他每天都在下午三四点钟开始写东西，一直到第二天凌晨才睡下，赶中午一时以后起床，饭时早过了，我劝他想办法要吃上顿饭，他说这种反差习惯已经很难改过来了。"②

路遥多年来养成晚上熬夜、中午起床的习惯，是把别人的中午当作自己的早晨，早晨从中午开始。这种违背自然规律的作息方式，尽管对路遥的创作是高效的，但也是极其有害的。尤其在长期的阵地战后与消耗战中，这种工作方式对身体的损伤极为严重，无疑是"杀敌一千，自损八百"啊！可是，正在创作亢奋中的路遥是全然不顾及这些。加之饮食与营养的不规律，就是铁打的身体也扛不住这种消耗。

在吴起县创作期间，路遥开始锻炼身体，这是他身体"亮黄灯"后的无奈抉择。路遥发现自己饭量减少了不少，体力在迅速下降，有时候累得连头也抬不起来；由于抽烟太多，胸脯隐隐作痛，右边的眼睛发炎了，一直不见好转。他想到这是身体开始闹起情绪。但身体再怎样闹情绪，创作是不能停的。

为了锻炼身体，路遥开始每天下午晚饭后去爬吴起县城对面的那座最高的山——胜利山。这座山是因毛泽东1935年10月，在此指挥了中央红军进入陕北后的"切尾巴"战役而得名，在中共党史上有一席之地。路遥爬山的方式很特别，从不走正路，专寻羊肠小道，在人迹罕至的羊肠小道上攀爬，有时爬累了，就到半山腰的树丛中脱得只剩一条裤衩。爬上胜利山的最高处，在杜梨树下抽支烟，望一望县城街道上如蚁般的人群,做一套自编的"体操"。然后下山回工作间,用凉水冲洗完身子,再坐下来投入创作。这种极端锻炼身体的方式是受到少年时代毛泽东的启示,路遥在青年时代就尝试过在暴雨雷电中一人爬上高山让瓢泼大雨浇淋自己,以此来锻炼自己的身体和意志。但那是青年时代,身体中的各种机能运行正常。而现在体力严重透支的情况下,用这种极端自虐的方式锻炼,虽能起到一时效果,却在实际上加速了身体的崩溃。这个问题,路遥直到1991年撰写创作随笔《早晨从中午开始》时方才明白,那时他已经到病痾缠身的地步了。

路遥每天都沉浸在自己精心建构的虚拟文学世界中,与小说中的人物倾心对话,第二部是写改革开放以后中国北方城乡人物的奋斗与悲欢离合,该出场的人物都已悉数出场了,他们在路遥精心搭建的文学舞台上尽情地展现自己。故事在路遥的笔下不断延伸,人物在路遥笔下不断丰满,他的第二部不断接近目标。

在快要抵近目标时,路遥在王天乐的操持下南下延安,到条件较好的延安宾馆完成最后的结尾工程。郭沫若题写名字的延安宾馆,是延安地区条件最好的宾馆,也是延安地区唯一承担接待国家领导人功能的宾馆。这里每天二十四小时都有热水,路遥可以在这里泡个热水澡,再进行最后的扫尾工程。作家杨葆铭回忆路遥在延安宾馆的情形:"有一天,我和朋友去看望路遥,走到房间,只见门虚掩着,进门一看,我的天呀!只见写字台上横七竖八放着十几支圆珠笔,一只大号烟灰缸已满得冒了尖;两百八十个格的稿纸歪歪扭扭摞了有二尺高。路遥正窝在一只大沙发上'梦周公',口角上流下的涎水将沙发的扶手浸湿了一大片,尤其是过一会儿才整出来长短不一的高分贝的鼾声,有铜钟花脸或秦腔的韵味。看到这一幕,我心里十分酸楚。人都说劳力者苦,殊不知劳心者更苦。爬格子码字这格子营生把人累成这个样子,看来,天底下哪一碗饭都不好吃。"③

在第二部初稿的最后创作过程中，路遥明显地感到自己身体变化呈加速度状态——苍老许多不用说，走路的速度力不从心，眼睛仍在发炎，难受得令人发狂。他感到这来自身体内部的变化正在让所谓的"青年时代"在瞬间就此永远结束。他还吟起俄罗斯诗人叶赛宁的诗句："不惋惜，不呼唤，我也不啼哭；金黄色的落叶堆满了我心间，我已经再不是青春少年……"

不多时间，两家六口人就在摆满酒席的圆桌前坐下来了。少安捏着玻璃杯，手微微地有些抖，说："太高兴了……真不知该说些什么，几年前，咱们做梦也想不到有这一天……"他的眼睛里闪着泪花，困难地咽了一口唾沫，"是因为世界变了，咱们才有这样的好前程。如今，少平和金波都当了工人，兰香和金秀又考上了大学。真是双喜临门呀！来，为了庆贺这喜事，咱们干一杯吧！"

六个人站起来，一齐举起了酒杯。

写到最后，路遥大声给三弟王天乐朗读起来。他的眼里闪着泪花，王天乐的眼里也闪着泪花。因为路遥笔下倾注了无限情感的中国农民，已经开始新的生活了……

迎风而立

1986年11月，广州《花城》文学双月刊在第6期发表了《平凡的世界》第一部；在稍后的12月，中国文联出版公司出版发行了《平凡的世界》第一部。这样，《花城》杂志在约稿时与《小说评论》杂志商量的在京召开作品研讨会的时机已经成熟。

选择在京召开作品研讨会,是《花城》杂志和路遥的共同心愿。一则北京是全中国政治、经济、文化中心,也拥有中国最密集的信息资源与发布渠道,在京召开作品研讨会,能最快捷也最有效地传播信息;二则北京也是中国文化的高地,这里有大量国家级的文化机构,拥有各种名头的权威、大腕,也牢牢掌控着各种话语权,也就是说北京的码头很大、水也很深,一部文学作品要得到全国的承认,首先要得到北京城掌握话语权的权威与大腕的认可。这点,不仅《花城》领导和路遥心知肚明,就是一般的文学爱好者也深谙其中的道理。

举办作品研讨会,最难的是邀请出席会议的评论家,邀请谁以及如何邀请,均是学问。好在会议的主办方《花城》杂志和《小说评论》名头不错,路遥更是优秀的青年作家,一般评论家还是愿意前去捧场。这样,确定会议时间与地点,邀请评论家等程序性工作紧锣密鼓地进行着。

经过紧张准备后,1986年12月28日,由《花城》和《小说评论》编辑部共同主办的路遥长篇小说《平凡的世界》第一部座谈会,在北京的广西大厦会议室召开。出席座谈会的评论家由中国作家协会、中国社会科学院文学研究所、北京高校以及陕西专程赴京的评论家等多方面组成,有评论家鲍昌、谢永旺、朱寨、陈丹晨、缪俊杰、何西来、顾骧、刘锡诚、冯立三、何镇邦、张韧、雷达、蔡葵、曾镇南、李炳银、晓蓉、白烨、朱晖、王富仁、王愚、李星、陈学超、刘建军、蒙万夫、李健民、白描、李国平等人,几乎囊括了中国当时最权威与最优秀的文学评论家。会议由《花城》副主编谢望新、《小说评论》主编王愚和副主编李星主持。就出席座谈会的评论家身份而言,这个会议规格很高,也是多年来少有的齐整。

路遥虽说因小说发表的一波三折而有充分的心理准备,准备承受像1986年春被国内期刊编辑冷落的心理打击,但又对此次会议有所期待,因为与会的文学评论家们毕竟是全中国目前最权威也最优秀的评论家,他们拥有一流的专业水准和敬业精神。这样,他坐在会议室的角落里,像小学生一样毕恭毕敬地接受中国文学评论界考官严苛的审视。

然而,期待虽是美好的,可现实却是残酷的。周昌义回忆:"《平凡的世界》的研讨会,就在我们社会议室开的。很多《当代》编辑都去了。我没去,但不是没好意思,多半是因为没受到邀请。如果邀请到我们小编辑层次,会议室需要扩大两倍。我记得散会之后,老何(注:何启治)率先回到《当代》,见了我,第一句话是说,大家私下的评价不怎么高哇。"④

主持此次研讨会的《小说评论》主编王愚日后的回忆较为委婉:"1986年底,路遥同《小说评论》《延河》的几位同志,一起前往北京,十分认真地听取了北京评论界几位评论家的发言。并且在会上做了简短发言,认为评论家的评价是认真的。"⑤王愚先生在回忆文章中,回避了评论界对《平凡的世界》第一部的批评声音。

然而,当时也一同赴京参会的《延河》主编白描在路遥逝世二十周年座谈会上回忆:第一部研讨会在京召开,评论家却对其几乎全盘否定,正面肯定的只有朱寨和蔡葵等少数几位。他回忆,当时一些评论家甚至不敢相信《平凡的世界》第一部出自《人生》作者之手。面对许多人的尖刻批评和否定,路遥当时真有些"林教头风雪山神庙"的苍凉心情。会议结束后,陕西赴京参会人员先行撤离,他和路遥因事滞留两天。两天后,天降大雪,他和路遥乘车赶往首都机场。因雪天路滑,二人乘坐的车和对面来的车几乎相撞,司机猛打方向盘,面包车跌进一旁的渠里,他吓得大叫,而路遥却在车上昏昏欲睡,全然不顾外面的情形。⑥白描认为路遥是因被研讨会的批评所打蒙了,可笔者却认为这从另一个侧面反映出路遥当时拥有何等的意志品格和定力啊!

事实上,这次研讨会上的情况,也是路遥当时所预料到的。他在创作随笔《早晨从中午开始》中冷静地写道:"第一部发表和出版后的情况在我的意料之中。文学界和批评界不可能给予更多的关注,除过当时的文学形势,还有一个重要原因如前所述是因为这是全书的第一部,它不可能充分展开,更谈不到有巨大高潮的出现,评论界持保留态度是自然的。"应该说,路遥从内心世界虽然渴望评论家的正面赞誉,但他也是理性和冷静的,他知道第一部的不足,因而冷静地面对这次研讨会。

这次研讨会的"纪要"是《小说评论》编辑李国平以"一评"的笔名整理的,以《一部具有内在魅力的现实主义力作——路遥长篇小说〈平凡的世界〉(第一部)座谈会纪要》的标题分别刊于《小说评论》和《花城》杂志。相比研讨会的火药味,"纪要"却宽容许多,对路遥的创作态度与成绩持褒扬态度,这说明陕西评论界是竭力保护路遥的创作精神与创作方式的。

《小说评论》还在1987年第3期组了一组"《平凡的世界》评论"文章,包括曾镇南的《现实主义的新创获——论〈平凡的世界〉(第一部)》、丹晨《孙少安和孙少平》、李健民《从现实和历史的交融中展现人物心态和命运》。《花城》杂志也在1987年第3期刊发陕西评论家李星的评论《无法回避的选择——从〈人生〉到〈平凡的世界〉》;1987年4月18日,《文艺报》刊发陕西评论家王愚的《直接经历着历史的人民——评路遥的长篇新作〈平凡的世界〉第一部》;1987年6月11日,《文论报》刊发京籍评论家张梦阳的《现实主义的胜利——评路遥〈平凡的世界〉(第一部)》。可见,《平凡的世界》第一部发表后卖力评论的主要是陕西与北京两地的评论家。这些难能可贵的肯定声音,仿佛甘霖一样给在文学沙漠中跋涉的路遥以支持和鼓励。

在大雪纷飞中,路遥回到西安。他又一次走进借用的小屋,点起蜂窝煤炉子,在暖融融的小屋里誊写起《平凡的世界》第二部。一切都已过去,重要的是在新的起点上重新开始。

去西德

1987年年初,路遥开始《平凡的世界》第二部初稿的修改与誊写后,中国作协来电话征求意见:根据中国政府和德意志联邦共和国政府文化协定,中国作协决定组建一个五人的中国作家代表团访问联邦德国,希望路遥参加。联邦德国(即俗称的"西德"),它与民主德国(即俗称的"东德")原同属德国,第二次世界大战德国战败后因人为原因分裂为两个国家。战后,西德经济发达,一直处于世界经济领先地位。能到诞生了贝多芬、歌德、黑格尔、马克思等诸多世界文化名人的国度访问,亲眼看看西方资本主义国家的发达状况,这是路遥所求之不得的事,更何况西德还拥有他最热爱的足球。

路遥高兴地接受了这份"公差"。由于是第一次出国,他准备得格外认真。他专门委托《延河》编辑部美术编辑郑文华约请陕西画家王西京画幅仕女图作为礼品,又请陕西省音乐家协会主席贺艺的妻子李文爱专门打了件新杂色毛衣。由于要求出国人员必须打领带,路遥又专门向郑文华学习系领带方法,并借去郑的一条红底黄格领带。就这样,在朋友们的帮助下,路遥用"速成包装法"快速拼凑齐一套全新的出国行头。

路遥在规定集中时间提前到北京,住到北京朝阳区八里庄中国作协鲁迅文学院招待所内,他的好友海波正在那里学习,他为了方便与海波拉话。

在京期间,路遥与中央人民广播电台文艺部"长篇连续广播"

节目编辑叶咏梅在电车上邂逅。叶咏梅早年在陕北黄陵县插队,后参军,同时被吸收进《陕西文艺》实习,她与路遥在单纯的青春年华里结下深厚友谊。1983年,已是中央人民广播电台文艺编辑的她,就《人生》专门采访过路遥,并把《人生》改编为同名广播剧。几年后,她和路遥竟然在拥挤不堪的电车上邂逅。叶咏梅一眼就认出了正在沉思的路遥,并脱口叫出他的名字。路遥告诉她去鲁迅文学院。叶咏梅追问路遥写什么好作品时,路遥呵呵憨笑说,写一部《平凡的世界》。叶咏梅再次逼问,你以为《平凡的世界》写得怎样?路遥把正好刚由中国文联出版公司出版的《平凡的世界》第一部送她一本,请她评判。叶咏梅知道路遥的性格,他不会轻易吹嘘自己作品的。短暂的寒暄后,路遥就下车了,叶咏梅也拿着老朋友的新著回去。他们谁也没有想到,这样一次短暂的邂逅,竟促成《平凡的世界》1988年在中央人民广播电台"长篇连续广播"节目中成功播出。

3月2日,以著名作家王愿坚为团长的中国作家代表团正式踏上行程。代表团成员有中国作协陕西分会副主席路遥、中国作协福建分会副主席袁和平、中国作协西藏分会专业作家扎西达娃以及中国作协外联部翻译金弢。代表团一行乘机离京后,途经阿联酋和意大利的米兰,于3月5日到达访问的第一站——西德的法兰克福。法兰克福是西德的经济中心、证券中心、货币交易中心和四大贸易中心之一,当时人口只有六十一万,在西德排名第六。在法兰克福下飞机后,酷爱德国足球的路遥向德方陪同人员提出希望在访问期间看一场足球比赛的愿望,德方陪同人员愉快地答应了路遥的请求。

在法兰克福稍事休息后,代表团开始了马不停蹄的访问。他们首先赶到汉堡访问。汉堡港是西德著名的港口城市,当时全世界八十七个国家在此设立了领事馆。代表团参观了现代化的汉堡港,并到西德著名作家、《灯船》与《德语课》的作者里弗德·棱茨家中做客。他们与里弗德·棱茨就中德友好、文学艺术等问题进行了亲切的交谈,参观了他办的一家出版社。接着,代表团去吕贝克参观了著名作家托马斯·曼的故居和一家假肢工厂,并到位于北海边的吉尔市和户松,参观了著名作家史托姆的故居和欧洲翻译中心。随后,代表团去了西德首都波恩。波恩是欧洲文化名城,创办于18世纪末的波恩大学是欧洲著名的高等学府,马克思与诗人海涅曾是它的学生。波恩还是一座绿色城市,莱茵河从南到北穿过波恩市,把城市分为东西两部分。河东岸是一望无际的牧草地与连绵无垠的森林;河西岸是繁华的商业中心。这座城市的绿化居欧洲之冠,是一座宁静的绿色城市。在波恩,中国作家代表团受到联邦德国对外科技、文化交流中心负责人的接见和宴请,访问了报社,参观了贝多芬故居,并驱车到科利尔市瞻仰了中国人最崇敬的无产阶级导师马克思的故居。

代表团从波恩去了西德的著名大城市科隆,并参观了宏伟、壮观的科隆大教堂。就在大家漫步在科隆大教堂广场上闲聊时,有两个各抱婴儿、身着黑衣、头披黑纱、貌似吉普赛样的女人接近代表团。她二人同时举起手中的婴儿,顶到路遥的下巴,嘴里含混着祈求,让人下意识立马想到这是两个百分之百的女乞丐。这种强要饭的作态,连经常来西德的翻译金弢也没有见过。又一转眼间,两个女儿同时转过身去,双手托抱着孩子,瞬间消失了。此后还不到两分钟,路遥惊呼:"我的钱丢了!我的钱被偷了!"路遥草绿色的猎装,右上方的表袋口,扣子已被解开,口袋盖子的一半露在外面,一半塞进了口袋。翻译金弢快步向两个女贼方向追去,她们早已消失得无影无踪了。路遥这次被盗300美元,这在当时可不是一个小数!300美元,按照当时1:12的议价,要折算3600元人民币。这相当于路遥一下子丢失了整整三年的工资。后来,有长期出国经验的翻译金弢用一行李箱方便面,组织代表团用节省餐费的方式,巧妙弥补了路遥被盗资金问题。团长王愿坚让金弢守口如瓶,就到此为止,算是一次意外之财,回国不再提此话题。⑦路遥在科隆大教堂广场被盗一事,毕竟算是"家丑",路遥在回国后绝口未提,这从另一方面反映出路遥的性格特征。

代表团又从科隆赶到西柏林游览,眺望了著名的国会大厦。在西柏林,除了团长王愿坚外,代表团其他成员又以旅游者身份去东柏林一天,观赏了东柏林的街景与市容。东、西柏林之间著名的"柏林墙",是冷战时期的产物。亲自穿越冷战的最前沿"柏林墙",这让路遥百感交集。

返回西柏林后,代表团去了慕尼黑。慕尼黑是巴伐利亚州的首府,西德南部新兴的工业城市、西德的第二大城市。慕尼黑原意是"僧侣之地",这里有教堂、修道院,它生产的彩色玻璃非常有名气,是专供教堂装饰门窗用的。慕尼黑又是欧洲的著名古城和欧洲的文化艺术中心,有歌剧院、歌剧队、博物馆,有古典主义艺术的代表作——帝侯的"夏宫水仙宫"。慕尼黑又是欧洲著名的"啤酒之都",慕尼黑啤酒节的狂欢场面,更是闻名世界。代表团在慕尼黑参观了啤酒厂,并到以著名诗人歌德名字命名的歌德学院与学者座谈。在慕尼黑期间,热情的德方陪同人员满足了路遥看场足球赛的请求。就这样,路遥走进慕尼黑奥林匹克中心,观看了一场拜仁慕尼黑队与纽伦堡队的球赛,欣赏到著名球星鲁梅尼格的精彩表演,看到他如何给对方的球门踢进第一个进球。那天,路遥和全场八万名观众度过了一场如醉似狂的下午。

在各种体育运动中,路遥最喜欢看足球比赛。路遥喜欢足球是源于1982年在西班牙举行的第12届世界杯足球赛。那时,彩色电视刚刚在中国大陆兴起,作协陕西分会也只有一台属于单位的电视机。中央电视台也是第一次开始转播这样世界顶级的足球赛事。路遥是这次中央台现场直播西班牙世界杯足球赛的忠实观众,他和刚刚分配到省作协的李国平等人经常熬通宵看球赛。那时,他就绝对喜爱德国足球。德国足球表现出的战术纪律、坚韧性和无论顺境还是逆境中那种坚持到底、毫不妥协的精神，与路遥的精神气质有着强烈的契合。正如他在创作随笔《早晨从中午开始》中所言："在一切体育运动中，我只对高水平的足球比赛心醉神迷。它是人类力量和智慧的最美好的体现。它是诗，是哲学，是一种人生与命运的搏击。"以后，在1986年的墨西哥世界杯足球赛期间，路遥在条件允许的情况下，仍想方设法过看球赛的眼瘾。这不，能在最喜欢的德国足球的家乡现场观看一场高水平球赛，绝对是路遥西德访问的最大收获之一。此后，在1990年的意大利世界杯足球赛期间，路遥仍是统一后的德国队的铁杆球迷。

代表团从慕尼黑出发参观德国著名戏剧家席勒的故居后，再返回法兰克福乘机经由意大利首都回国。这次为期二十多天的出访西德，代表团几乎跑遍了西德所有重要的大城市和一些著名的小地方，并穿越冷战时期东西方的界标"柏林墙"到东柏林玩了一天，使路遥这样一位陕北黄土高原上出生、并着力在"城乡交叉地带"里创作的作家大开眼界，触动很大。他感觉自己似乎置身于另一个星球的生活，思维的许多疆界被打破了，他竭力寻找这个陌生的世界与国内的不同点与相同点。在这巨大的物质反差面前，路遥竟不由自主地回想到黄土高原，回想到高原上辛劳耕作的父老乡亲，有时竟情不自禁地潸然泪下。

"为什么我的眼里常含泪水？因为我对这土地爱得深沉……"这句路遥最喜爱的艾青的诗又涌上他的心头。他又急着想赶回去，继续投入到《平凡的世界》第二部第二稿的修改工作。3月23日，路遥在北京一下飞机，听见满街嘈杂的中国话，泪水登时从眼眶里涌出。他觉得走了一遭全世界最富足的地方，但却更热爱贫穷的中国。

回到北京后，路遥原打算从北京直接乘飞机回延安，而且想直接回到某个山村的土窑洞里，体验一下从物质"天堂"连降四级掉到物质"地狱"的心理落差,但因西安家中有事,这个"罗曼蒂克"的想法未能实现。

这次穿西服、系领带的出国访问,是路遥短暂人生的唯一一次,在他生命里留下深刻的印记。回到西安的一个月后,即4月28日,中国作协陕西分会召开座谈会,邀请路遥和也刚从西德访问归来的评论家王愚畅谈访德观感。这是一个由作协分会机关干部和西安地区部分文学编辑参加的座谈会,当时,出国访问对于许多作家来说是不敢奢望的事情。路遥和王愚认真介绍了这个国家的印象与访问感觉。路遥打一个形象的比喻,这次出访,好像是一个穷人到富人家里串了一趟门,让人眼花缭乱。路遥幽默的讲话,笑倒了好多人。他最后得出结论:"梁园"虽好,但那是人家的。我们不应该叹息,更不应该妄想去坐享其成,我们应该根据自己的特点,学习人家的长处,赶上去。而作为一名作家,如果离开了自己的祖国和人民,那他将一无所成,这在文学史上不是没有先例的。他在北京机场下飞机后,泪水一下子涌出眼眶,因为自己又踏上祖国的土地,又回到了自己的家……路遥动情的讲述打动了许多人。

1991年,中国作协派路遥当团长率中国作家代表团到泰国访问,他因正写作创作随笔《早晨从中午开始》,最后主动放弃了第二次出国访问的机会。

身体累垮了

在西德访问时,路遥就像正在哺乳期的妇女那样,无时无刻不牵挂着家中嗷嗷待哺的孩子。回到西安后,他便一头扎入小屋,抓紧《平凡的世界》第二部第二稿的修改工作,决计要在较快时间完成修改任务，交付杂志社。

正当路遥忘情忘我地投入小说的修改工作时，延川的兄弟四锤打来电话，大伯病故。大伯是路遥的养父，是他让路遥在延川有了生活的舞台，是他供路遥上小学、上初中。按理说，他无论如何应该回去行孝。但正处于创作高峰的路遥，却冷静地给弟弟王天乐打电话，委托王天乐代表他全权办理丧事。从尽孝的角度来讲，路遥的确不是一名合格的孝子，养父病危时，他没有端一碗开水给老人喝；养父病故后，他也没有到老人的坟头去，烧一张纸钱……

修改稿件是高强度的劳动。1987年春夏之交，路遥几乎是每天都在那间黑暗的"牢房"里奋战。他基本上放弃了常人的生活——没有星期天，没有节假日，不能陪女儿逛公园，连听一段音乐的时间都被剥夺了，更不要说上剧院或电影院了。星期天或节假日，省作协机关大院空无一人，路遥却仍然趴在桌前，完成每天的额定工作量。直到额定誊稿任务完成，他才步履蹒跚地回家中休息。

过度劳累是一方面，更主要的是营养严重缺乏。路遥的作息时间表是"早晨从中午开始"，即典型的昼伏夜作型——每天中午起床后，简单吃点所谓的"早餐"，便投入新一天的工作；晚饭是最重要的饭食，晚饭后接着抄写稿件，直到凌晨三四点才"下班"回家睡觉……这样长期往复违背自然规律的作息方式，以及高强度的劳动，对身体所造成的损害是不断潜藏与积累的。包括妻子林达在内的许多人都劝路遥纠正"不良"作息时间，但这种劝阻对心性要强的路遥是没有作用的，久而久之，只好无奈地放任他这个特殊的"作息方式"。

路遥创作《平凡的世界》时，妻子林达早已到西安电影制片厂《银海》编辑部工作，她每天不仅要上班，还要管上小学的女儿，其辛苦程度也非同寻常。由于与丈夫的作息时间严重错位，她在每天早晨上班前只能把温好的饭放在锅中，等丈夫中午起床后吃。当然，有时候来不及温饭,路遥只能在省作协门口的地摊上将就了。路遥中午吃毕"早饭"后,进入他的主战场——那间黑暗的"牢房",开始新一天的工作。他经常是在忘情的写作中忘记吃晚饭,常常是拖到晚上 10 点左右,才跑到离省作协不远处的大差市夜市上,找一家摊位狼吞虎咽地吃一碗面或者一碗羊肉泡馍什么的,然后再回到房间工作。他从抄写《平凡的世界》第一部到第二部,基本上是吃遍了大差市夜市上的小摊子。这种既不卫生、又无营养的夜市饭食,对路遥肠胃的伤害也是显而易见的,以至于他后来远远看见夜市,就不由得发呕。还有些时候,他因为太投入了,一看表已经是晚间 12 点多了,夜市早已关闭,又无处寻觅食物,他只好硬着头皮到没有入睡的同事家中讨两个冷馒头一根大葱,凑合着充饥,其狼狈样如同他书中的王满银。

一般人的身体倘若是长此以往的昼伏夜作与营养不良,也会垮掉,更何况是神经紧绷、进行高强度创作的路遥呢!原先强壮如牛的路遥在第二部抄写的最后阶段,身体开始"掉链子"生病了。他后来回忆:

> 第二部完全结束,我也完全倒下了。身体状况不是一般地失去弹性,而是弹簧整个地被扯断。
>
> 其实在最后阶段,我已经力不从心了,抄改稿子时,像个垂危病人半躺在桌面上,斜着身子勉强地用笔在写。几乎不是用体力工作,而纯粹靠一种精神力量在苟延残喘。
>
> 稿子完成的当天,我感到身上再也没有一点劲了,只有腿、膝盖还稍微有点力量,于是,就跪在地板上把散乱的稿页和材料收拾起来。
>
> 终于完全倒下了。
>
> 身体软弱得像一摊泥。最痛苦的是每吸进一口气都特别艰

难，要动员身体全部残存的力量。在任何地方，只要坐一下，就睡着了。有时去门房取报或在院子晒太阳就鼾声如雷地睡了过去。坐在沙发上一边喝水一边打盹，脸被水杯碰开一道血口子……

我不知自己患了什么病。其实，后来才知道，如果一个人三天不吃饭一直在火车站扛麻袋，谁都可能得这种病。这是无节制的拼命工作所导致的自然结果。⑧

王天乐也曾回忆过路遥当时生病的情况："路遥在写到第二部完稿时，忽然吐了一口血，血就流在桌子上。这张桌子就在省作家协会平房的临时办公室。路遥当时就把我从延安叫到他身边。我放下了《平凡的世界》第三部的外围准备工作，赶快跑到了西安。我们就在西安的护城河边漫谈了一个晚上，第二天，我们就去医院查出了他吐血的病因。结果是十分可怕的，路遥必须停止工作，才能延续生命。但路遥是不惜生命也要完成《平凡的世界》第三部。我能理解他的这一选择，因为他活得太累了，太累了。非人般的劳动得到的全是苦难。路遥让我永远也不能给任何人说他的病因，我痛苦得在他面前放声大哭，这是我一生为数不多的掉泪。"⑨

第二天的检查结果是什么，"吐血的病因"是什么？当事人路遥一直到病逝，都是遮遮掩掩地竭力回避这个问题，始终没有正面谈过此事，没有任何交代；而他的妻子林达也一直是缄默不语，没有回应众多路遥迷心中的疑惑。王天乐的回忆文章含糊其词地说明路遥当时病情的严重性，也没有点明病情。他说是路遥让"永远不能给任何人说他的病因"。

那么，路遥到底得了什么病？1992年11月17日晨，路遥因肝硬化腹水病逝。按照路遥日后所呈现出的病理学现象而言，他在1987年夏吐血的病因应该是"乙肝"引起的初期"肝硬化"。这个判断是基于这样几方面的原因：一是路遥生母马芝兰是乙肝病毒携带者，乙肝病毒有母婴传播的特性。陕北农村的医疗条件差，更不具备乙肝病毒的普查条件。这个病毒一直在路遥母亲与兄弟姊妹身体中长期"潜伏"，直到一个合适的时机才爆发出来。路遥病逝后，他的几个弟弟和妹妹都患上与他同样的肝硬化腹水，人们这才注意到路遥生母是乙肝病毒携带者的这一事实。二是路遥当时的病症就是肝硬化的病症。他长期胃口不佳、恶心、"看见夜市，不由地发呕"，说明已经有了肝硬化的症状，只不过他当时没有注意；他后来吐血，更是身体有肝硬化消化道出血的典型症状。

  本来，肝硬化是人的常见病。路遥在1987年夏天是因长期的身体透支，加之营养不良，才导致长期"潜伏"在身体的乙肝病毒发作，最终形成肝硬化的。肝硬化的患者在肝功能代偿期，首先是要减少体力活动，注意劳逸结合；在肝功能失代偿期，必须卧床休息，饮食以高热量、高蛋白、低脂肪、维生素丰富、易消化的食物为宜。可是，路遥却无法使自己的战车停歇下来。一方面，《平凡的世界》第三部已经构思好了，他必须抓紧时间创作，把"第三个"孩子生出来；另一方面，心性要强的路遥不想让外界知道他得了乙肝这种传染病。这样，才有王天乐回忆的路遥嘱咐"永远不能给任何人说他的病因"。

  路遥的病因查清楚后，治病是他的当务之急。而一旦长期住院治疗，外人就会知道"路遥病了"，这是路遥所根本不想让人看到的。唯一的选择就是藏着、掖着，通过关系找到可靠的民间中医大夫来把脉、来看病，通过吃中药的方式化解病情。陕北农村缺医少药，略懂中医的民间游医就是最好的大夫，他们随便抓点药，就能治好有抗劲的农村人的头痛脑热，路遥从小养成迷信中医的习惯。这样，才出现"病急乱投医"的情况。

  路遥后来在创作随笔《早晨从中午开始》中这样回忆：

开始求医看病。中医认为是"虚"。听起来很有道理。虚症要补。于是，人参、蛤蚧、黄芪等等名贵补药都用上了。

三伏天的西安，气温常常在三十五度以上，天热得像火炉一般，但我还要在工作间插起电炉子熬中药。身上的汗水像流水一样。

工作间立刻变成了病房。几天前，这里还是一片紧张的工作气氛，现在，一个人汗流浃背默守在电炉旁为自己熬中药。病，热，时不时有失去知觉的征候。

几十服药吃下去，非但不顶事，结果喉咙肿得连水也咽不下去。胸腔里憋了无数的痰却连一丝也吐不出来。一天二十四小时痛苦得无法入睡，既吸不进去气，又吐不出来痰，有时折磨得在地上滚来滚去而无一点办法。

内心产生了某种惊慌。根据过去的经验，我对极度的身体疲劳总是掉以轻心。以前也有过类似的情况，每写完一个较长的作品，就像害了一场大病；不过，彻底休息一段时间也就恢复了。原想这次也一样，一两个月以后，我就可以投入第三部的工作。

现在看来，情况相当不妙。

把全部的希望都寄托在医生的身上。过去很少去医院看病，即使重感冒也不常吃药，主要靠自身的力量抵抗。现在不敢再耍二杆子，全神贯注地熬药、吃药，就像全神贯注地写作一样。过去不重视医药，现在却对医药产生了一种迷信，不管顶事不顶事，喝下去一碗汤药，心里就得到一种安慰；然后闭目想象吃进去的药在体内怎样开始和疾病搏斗。

但是，药越吃病越重。

一个更大的疑惑占据了心间：是否得了不治之症？[10]

民间俗语云：心急吃不了热豆腐。身体长期过度劳累后跌下的亏空，岂能是吃几服中药就能解决的问题？心越急，病越治不好；病越治不好，心就越急。再说，病急乱投医后，只能产生南辕北辙的副作用，而收不到任何明显的效果，甚至到了急火攻心、咽喉疼痛难忍的地步。于是，路遥便有了胡思乱想的"过度反应"："一个更大的疑惑占据了心间：是否得了不治之症？""我第一次严肃地想到了死亡。我看见，死亡的阴影正从天边铺过来。我怀着无限惊讶凝视着这一片阴云。我从未意识到生命在这种时候就可能结束。"[1]

1987年夏，路遥第一次认真地想到"死亡"问题。他在这之前的人生之路中，曾有过几次死亡体验：第一次是小时候三岁左右，因发高烧昏迷，差点死亡；第二次是小时候五六岁上山砍柴时从高崖上跌进山水窟窿，但又奇迹般地活了；第三次是初恋失恋后准备跳进水潭自杀，但在月光下幡然悔悟，以偷吃老光棍的甜瓜结束这个青春期的"死亡游戏"。然而，这次却是实实在在地感受到"死亡"逼近，甚至联想到《红楼梦》作者曹雪芹和《创业史》作者柳青，在企图完成长卷作品时几乎都是悲剧性的结局，基本上书写不完人就累死了。难道要在自己身上重演别人的悲剧？想着这些，路遥又有不寒而栗的恐惧感。

事实上，路遥在当时如此严重的病情中，还一直做创作《平凡的世界》第三部的准备工作，并参加一些文学活动。

6月6日，他在西安撰写法文版《人生》序言。此书由旅法翻译家张荣富译为法文，并在法国出版。

6月23日，他带病北上陕北洛川，准备开始《平凡的世界》第三部的创作。

6月27日，他因病转赴延安。路遥大学同学、时在洛川县任职的王双全后来披露，他4月见到路遥时，路遥拟订在洛川县两周左右时间的《平凡的世界》第三部的写作计划。而"两个半月之后，六月二十三日，你果然来到洛川，我不怀疑你在洛川的写作计划会实现。谁知你竟是带病来的，患的像喉炎疼痛难忍，到医院看了两次，咽部注射药液，效果甚差。第四天，我失望地同意你转奔延安。你不是来看病的，你是来完成自己的写作的。你对疾病全然不顾，吃不下饭，吞咽困难，你还一再对我说思维活跃，晚上睡不着，总想早点下笔。你说历史上好些作家，写作夭折，遗恨终生。我劝你，现代人不同，现代人长寿，你是急性咽炎能治。我劝慰你，也为你担心，你这么健壮，一般不会害病，得了病怕人地严重。事后知道在延安你也未能动笔，北上榆林，在一名老中医的精心诊治下，服了近二百服中草药，治好病。"⑫王双全以为路遥去榆林治病，其实，路遥当时很快又折返回西安。

7月3日，应宝鸡文联主席、作家李凤杰的邀请，路遥又赶到宝鸡市，为宝鸡市的业余作者做了一场文学讲座。李凤杰后来撰文回忆："在那本《作家路遥》影集里，第二幅作品《路遥在宝鸡》，让我永远记忆。那是1987年夏天，我已经到宝鸡市文联工作，请路遥到宝鸡给业余作者做文学讲座。他来宝鸡，见我后的第一件事，是把已经出版的精装本《平凡的世界》第一部，龙飞凤舞地写上'凤杰……惠存'，和'1987.7.3'的日子，签名送给我留念！这幅照片就是那天晚上讲座后，回答读者提问时，一个小女孩向他送交提问纸条瞬间的定格。我至今记得他在说到文学创作艰苦时的一段话：'文学创作不仅是沉重的脑力劳动，也是沉重的体力劳动。每到去写字台前的时候，就像一头肥猪看见了要宰杀它的案子一样，心灵必然号叫起来！这时候，就必须自己安慰自己说：快去吧，那是个好地方……'讲座结束后，他回答了读者的提问。照片上的路遥，微笑着弯腰从小孩手中接过纸条，一副真诚亲切的样子。"⑬

从路遥在宝鸡市讲课的照片来看，路遥当时体壮如牛，面色红润，不像是身染沉疴而病急乱投医的病人。这也从另一方面说明路遥壮年时的体质一直不错,虽然有病,但整个底子还行。当然,李凤杰也绝想不到路遥当时是抱病去宝鸡讲课的。

回到西安后,路遥还在省作协参加与美国作家代表团的座谈等活动。

7月8日,路遥给《花城》副主编谢望新写了一封信,捎去《平凡的世界》第二部手稿,希望在《花城》杂志发表。这封信后来由谢望新捐赠给中国现代文学馆收藏,2013年12月16日,由中国现代文学馆长期研究作家史料的许建辉女士在《文艺报》第12版披露出来。

致谢望新[14]

望新兄:

您好。久别了,甚念!

现通过一位并不熟识的人,将《平凡的世界》二部手稿捎您,这样比邮寄要快和安全一些。稿件怎发,由您全权处理。因为第一部发在《花城》,我仍想在您那里发。二部几乎投进了我的全部精力和热情,我自觉出尽了力,稿件头天完,身体第二天就垮了,心力衰竭,气力下陷,整天服中药,也没气力和兴致和其他刊物交涉。问题是此稿我仍想由您手里发出,哪怕只发行一两份都可以——这些都是无所谓的。使我受感动的是,在我耗尽心力寂寞地投入这件漫长工作的时候,得到了您这样的朋友的理解和帮助。再一次感谢您。

您那里的情况和处境我不很了解,但能猜出几分。唉,没办法,不想干事的人总要让想干事的人什么也干不成!

相信山不转水转,会有好的转机的,如心烦,可出来走走?

我如身体复元,即启程去煤矿下井(二十天左右),然后分别去陕北农村和大学去补充一些技术性的生活,有什么事,信仍寄作协，会及时转我的。

深致敬意！

路　遥
8月7日

路遥希望继续在《花城》杂志刊登《平凡的世界》第二部，可是由于种种原因，这部作品在公开出版前一直没有在包括《花城》在内的任何文学刊物上发表。这对路遥无疑是个打击。

《花城》杂志社原主编范汉生后来的一篇回忆文章披露了此事：

> 1987年8月路遥托人将第二部稿子带来，由于编辑部人事变动，新组成的编辑部尚在磨合期，在发《平凡的世界》第二部时，内部意见分歧，发排受阻。此时我已离开编辑部，此情况完全不知，后来听说也只能叹气罢了。
>
> 《平凡的世界》后荣获茅盾文学奖。三部中《花城》只发一部，未能争取到出版权。这是花城出版社的一个损失，也是《花城》杂志创刊以来的一大失误与遗憾。[15]

当然，无须讳言的重要原因，就是当时的评论界对《平凡的世界》第一部评价不高，以至于影响到第二部的发表。

路遥在给李金玉的信中也说："我无力再做其他艰巨的思考，整天像白痴一样呆坐着，或幽灵一般在城墙下徘徊。"

路遥病了，这是个不争的事实。然而，路遥把1987年夏天生病的情况包得非常严实，一直没有公开透露过自己的病情。1991年9月26日，他在延川各界座谈会上回忆当时的情况："我平时不常看病，好多年连感冒都不感冒一次。到医院里，中医西医都看了，谁也查不清是什么病。就是没劲把气吸进去，每吸一口气，都要用很大的力量。实际上是一种疲劳过度，当时应该注射一种增强肌肉力量的注射液就好了。但是，当时没有人检查出这个病。"

并不是"当时没有人检查出这个病"，虽然没有医疗手段的小门诊认不准此病是可能的。事实上，西安的大医院当时认准了他的病情，但他却刻意隐瞒，以致许多人在1992年路遥彻底病倒后才知道路遥当年患有肝病。

曾任《延河》杂志主编的白描回忆："这次（指1992年——笔者注）你病倒后，我才听说你早已知道自己患有肝病。在我调到北京前，我们朝夕相处，记得1988年前后，你曾跑过几趟医院，吃过一段中药，对此你解释说想用药物调理一下，很快你便如同常人，不跑医院，也不服药了。不同的是自此戒了酒，过去的你是很能饮酒的。现在回想起来，怕是从那时起你便查出了肝上的毛病。但是你为什么要隐瞒呢？有病并不耻辱，你不愿向外人宣示，不光是外人，连及自己好像也不愿承认，大概是你要强的心性不容许自己给人以病恹恹虚弱的印象，这就导致你走入一个可怕的误区。强大与虚弱的分野并不在于体魄。要强的心性成全了你，也毁了你。"⑯

白描是路遥的好友，他都不知道路遥的病因，其他人更难知道路遥的具体病因了。正如白描所说的那样："要强的心性成全了你，也毁了你。"

注释：

① 王天乐：《〈平凡的世界〉诞生记》，见榆林路遥文学联谊会编《不平凡的人生》（内部刊印）。

② 木子：《和路遥在一起的日子》，见晓雷、李星编《星的陨落——关于路遥的回忆》，陕西人民出版社1993年版。

③ 杨葆铭：《殉道者的背影——为纪念路遥逝世二十周年而作》，《延安日报》2012年10月26日。

④ 周昌义：《记得当年毁路遥》，见《文艺理论与批评》2007年第6期。

⑤ 王愚：《"文章憎命达"——忆路遥二三事》，见马一夫、厚夫、宋学成主编《路

遥纪念集》，人民文学出版社 2007 版。

⑥　刘婷：《路遥曾因〈平凡的世界〉消沉，遭遇车祸时仍昏睡》，《北京晨报》2012 年 12 月 3 日。

⑦　金弢：《路遥的德国之行》，《北京青年报》2023 年 7 月 17 日。

⑧⑩⑪　路遥：《早晨从中午开始》，《路遥文集》第 2 卷，陕西人民出版社 1993 年版。

⑨　王天乐：《苦难是他永恒的伴侣》，见马一夫、厚夫、宋学成主编《路遥纪念集》，人民文学出版社 2007 年版。

⑫　王双全：《路遥的拼搏》，见陕西省作家协会《陕西文学界》1992 年 12 月增刊（内部刊印）。

⑬　李凤杰：《永存的回忆》，见申晓主编《守望路遥》，太白文艺出版社 2007 年版。

⑭　许建辉：《路遥致谢望新的一封信》，《文艺报》2013 年 12 月 16 日第 12 版。

⑮　范汉生：《风雨十年花城事·不懈的攀登》（三），见《花城》2009 年 6 月 23 日新浪博客。

⑯　白描：《写给远去的路遥》，见马一夫、厚夫、宋学成主编《路遥纪念集》，人民文学出版社 2007 年版。

第10章 抒写诗与史（下）

榆林求医

第三次攻坚战

心中的春天

最后的冲锋

路遥在铜川煤矿

1988年路遥与莫言于西安兴庆宫合影

榆林求医

路遥病了,真真切切地病了,原先健壮如牛的身体一下子垮了。他开始病急乱投医,整天吃中药。但他得了什么病,路遥病逝之前一直讳莫如深,深藏心间。因为某种忌讳,至少在他看来这个病是不能宣达给别人的。

然而,《平凡的世界》仅仅完成两部,他不能重蹈曹雪芹和柳青的覆辙,留下残缺的著作,他还想继续完成第三部创作啊!因此,1987年的夏天对于路遥来说,首要的是求医治病。

他想到故乡陕北榆林地区的中医,决定回榆林求医。1991年,路遥在创作随笔《早晨从中午开始》中写到当时的心态:"不能迷信大城市的医院。据说故乡榆林地区的中医很有名,为什么不去那里?这里三伏天热就能把人热死,到陕北最起码要凉爽一些。到那里病治好了,万幸;治不好,也可就地埋在故乡的黄土里——这是最好的归宿。"[①]

就这样,路遥带着悲壮甚至绝望的心情,第一次赤手空拳地离开西安,乘车北上去了榆林城。路遥当时像一个长期在外流浪的孤儿,心中有无限渴望。

黄沙包围的榆林城,在路遥病入沉疴的时候以宽厚的胸怀接纳了这位游子。得知路遥回榆林求医，中共榆林地委书记霍世仁和行署专员李焕政亲自出面为他做了周到的安排，并让他住进接待条件最好的榆林宾馆。榆林的文学朋友与同学也都围拢过来，为他的病而四处奔走。这样，路遥立刻被带到省政协委员、年逾七旬的著名老中医张鹏举先生面前。

张鹏举体高，面黑，行动缓慢，但思维敏捷。提起他，榆林城里无人不晓。他生于1916年，早年投师于其伯父、塞北名医张鸿儒，熟读岐黄，临证详诊细察，辨症精当，凡病主张辨症论治，溯本求源，疗效卓著，名扬陕北。更为重要的是，张鹏举先生的医德非常好，他家的小院经常是门庭若市，许多穷苦百姓常找他看病。

张鹏举先生为王震将军治病的故事，在陕北更是家喻户晓。1973年8月，王震将军去华北和西北部分省区视察工作，从北京动身到西安的途中，得了慢性腹泻，经随身保健医生和沿途省级医院大夫多次治疗无效。来到陕北榆林后，试由老中医张鹏举切脉诊治，只用了价值一角五分钱的小半夏茯苓汤两剂，便治好病。第二年，王震将军把张鹏举请到北京，除给他治病外，还给中央其他领导同志看病。

路遥在《早晨从中午开始》中详细回忆了张鹏举老先生看病的全部过程：

老人开始细心地询问我的感觉和先前的治疗情况，然后号脉、观舌。

他笑了笑，指着对面的镜子说："你去看看你的舌头。"我面对镜子张开嘴巴，不由得大惊失色，我看见自己的舌头像焦炭一般成了黑的。

"这是恶热所致。"张老说，"先解决这个问题，然后再调理整个身体。你身体体质很好，不宜大补，再说，天又这么热。不能迷信补药。俗话说，人参吃死人无罪，黄连治好病无功。"

学问精深，佩服至极。又一次体会，任何行业都有水平线以上的大师。眼前这位老人历经一生磨炼，在他的行道无疑已达到了出神入化的境界。

我从张老的神态上判断他有能力诊治我的病，于是，希望大增。

张老很自信地开了药方子。我拿过来一看，又是一惊。药方上只有两味药：生地五十克，硼砂零点五克，总共才两毛几分钱药费。但是，光这个不同凡响的药方就使我相信终于找到了高手。

果然，第一服药下肚，带绿的黑痰就一堆又一堆吐出来了。我兴奋得不知如何是好，甚至非常粗俗不堪地将一口痰吐在马路边一根水泥电线杆上，三天以后还专门去视察了那堆脏物，后来，我竟然把这个如此不雅观的细节用在了小说中原西县倒霉的县委书记张有智的身上，实在有点对不起他。

第一个问题解决后，张老开始调理我的整个身体。我像牲口吃草料一般吞咽了他的一百多服汤药和一百多服丸药，身体开始渐渐有所复元。《平凡的世界》完稿前后，我突然听说张鹏举先生去世了。我在工作室里停下笔久久为他默哀。我要用我的不懈的工作来感谢他在关键的时刻挽救了我。②

路遥朋友、作家朱合作当时在榆林地区艺术馆工作，单位距榆林宾馆很近。所以，路遥所吃的汤药，一开始都是在朱合作的办公室里用小电炉熬好，再端到宾馆。张鹏举果然很有本事，才几剂中药下去，路遥的病情就有了好转。路遥信心大增，对医生的嘱咐无不听从，心情也渐渐轻松起来了，私下还和朱合作开玩笑说："这张鹏举尽给名人看病哩，王震、陈永贵、路遥……嘿！"

路遥心情好起来以后，朱合作便常邀请他到野外走一走。他们两个越过田野，走到榆溪河边一条十分幽静的林荫小道。路遥说："这真是个谈恋爱的好地方。"走了一会儿，他们又来到了河边上护堤人住的一排房屋前。路遥开玩笑说："等咱们多会儿有钱了，就把这五间房买下一住，雇上个烧锅炉的，再闹上个小老婆。"朱合作说："对着哩。"他心里想，这路遥真会享福。

路遥的病情基本上好转了以后，朱合作鼓动路遥，让地区文联派车到离榆林不远的内蒙古成吉思汗陵去逛一趟。汽车走到被榆林人称之为北草地的小壕兔一带后，路遥被北草地风光迷住了，说："北草地……这是一部长篇小说的名字。"又说，"以后有条件了，在这里买上一片地，再买上个汽车，闹上个小老婆，往下一盛③。"朋友们都说好。一路上就这么开着玩笑，到了神木县的尔林兔乡。在尔林兔乡吃了个便饭，又顺便游历了红碱淖海子，接着就去了成吉思汗陵。那一夜，路遥一行住在成陵招待所。

大致一个多月以后，路遥的病情基本好转了，他要离开榆林回西安。头一天晚上，收拾行李时，硬把从西安带来的许多滋补药品送给朱合作。朱合作推辞不掉，只好把那些并不需要的补药带回家。

路遥说他冬天还要来，来写《平凡的世界》第三部。他说，他喜欢榆林的冬天，零下二十几度的严寒，叫人觉得很有劲儿。④

路遥在榆林看病期间，接到妻子林达的一封书信。虽是谈家庭琐事，但不乏殷殷关切：

遥：

昨天转去两封信，给天乐了。

我接到去京组稿的任务，准备三天内动身，把远远带去，八月十五左右返西安。

家里家具的玻璃等都已安好。家具木头还没有结账，听阎华说单位己催了，我手头没有款。这次去京带远远也要花费不少，不过能满足她的游心了。请你想办法借些钱，我回来后结账是要给公家还的，去时可以先用公款。

今上午定下我出差，托郑文华去买火车票。然后忙于做走的准备，先写这些。

你那里怎样？

达
7月29日⑤

此信虽然未表明年份，但按照信封"榆林地区文联转路遥"以及"托郑文华去买火车票"等情况判断，应该是路遥1987年夏天去榆林看病时所写的书信。理由如下：一是郑文华是1984年冬天调入《延河》编辑部当美编的；二是路遥1985年夏天在榆林办过几天"陕西长篇小说促进会"，按照当时西安到榆林至少需要三四天的传递书信的邮寄方式，林达犯不着写这封信；而路遥1987年在榆林养病期间具备书信来往的时间可能。再说林达在信尾问候："你那里怎样？"具有明确的期待指向性；三是1986年夏天，路遥一直在延安地区范围内创作。这封信也是我们目前唯一公开看到的路遥夫妻间的书信，自然弥足珍贵。

此次在榆林求医，给路遥留下深刻印象。在《平凡的世界》荣获第三届"茅盾文学奖"的1991年，路遥在多次文学演讲中提到过此事。1991年6月10日，路遥应邀到西安矿业学院做了《文学·人生·精神》的文学讲座，笑谈当年病情：

当时中西医都解决不了我的病，我自己特别悲观，觉得中国作家的命运就是这样，长卷作品作家都完成不了，半路地里都得个死。曹雪芹写《红楼梦》，写了一半死了；柳青写《创业史》，也是写了一半就死了。原来我还说我能写完，看来我也写不完了。所以，当时特别悲观、痛苦，没有办法，最后就一路走，走到榆林地区，那个地方中医还比较有效。最后找到一个七十多岁的老中医，他一看，觉得情况很严重。……见我的舌头都黑了，说是体弱阴虚，急火上攻，就给我开了一服药。一服药只要了两毛几分钱（笑），两味药，生地五十克，硼砂零点五克。结果一吃以后，痰就一堆一堆地吐出来。这样我就很信这个医生，让他给我治其他病。他就开始给我吃他配的一种补药，一共是一百付丸药，一百付汤药，我每天就像牲口吃料一样，嚼呀嚼，往下吃（大笑）。吃完以后，身体就基本恢复了。按正常情况，我应该休息两年再写作，但是，我觉得这是一种命运的安排，命运要求我必须把这部作品尽快完成。这样，我就必须把第三部写完，哪怕写完以后再死，即使死了也能死得心安理得（掌声）。于是，就开始了第三部的写作。⑥

路遥当时的演讲从下午2点10分开始，一直到5点多才结束。他在演讲中对于"榆林求医"的事情作了戏剧化的讲解。

1988年春，张鹏举先生病逝了。正在创作《平凡的世界》第三部的路遥听说消息后非常难过，在工作室里默默哀悼良久，愿老人的在天之灵安息。

1998年，张鹏举老先生给路遥治病的医案，由其后人收入陕西科学技术出版社出版的《张鹏举医文医案集》中。

第三次攻坚战

10月下旬，也就是陕北的深秋季节，路遥穿着一身当时人们都喜欢穿的水洗布外套，住进了榆林宾馆，开始创作《平凡的世界》第三部。

这次"二返榆林"，路遥的情绪不错，对朋友们开玩笑说他穿水洗布衣裳回清涧县王家堡老家时，村子里的人直夸他说："看人家那些娃娃，当了大干部还穿着一身旧衣服，可怜的。"逗得大家都很开心。

这次选择榆林宾馆作为第三次"阵地战"的主战场，还是颇费一番心思的。经过两个多月的治疗与调理，路遥的病情已经好转，但因长期严重透支，体质还是极度虚弱。在这种情况下，进行长篇小说创作的作家，一般都是继续静养身体，恢复体力后再行创作。

事实上，路遥内心在要不要继续一鼓作气写完第三部的问题上有过一番激烈的斗争。一方面，他已经完成三分之二的工作量，他这些年的所有付出，均是期盼自己用心血构造的"建筑物"的最后封顶。这种工作必须是一鼓作气，在情绪上不能有丝毫的割裂。倘若再休息一段时间，就很难调整到原来运好气创作的最佳情绪。而这种情绪上的大割裂，对于长卷作品来说可能是致命的。更为要紧的是，如果错失身体开始恢复、缓过一口气的好机遇，就有可能重蹈曹雪芹、柳青等人的覆辙，给世人留下一部残缺的长篇小说。这是路遥无论如何所不能接受的！路遥内心的两个相互矛盾的自我——两个"哈姆莱特"，在相互争吵中又相互说服，最终形成统一，就是接着干！

当然，在这种身体极度透支的情况下创作，路遥注定要进行一次"生命冒险"。1991年，路遥在创作随笔《早晨从中午开始》中这样回忆当时的决定：

> 只要上苍赐福于我，让我能最后冲过终点，那么永远倒下去不再起来，也可以安然闭目了……
>
> 这样决定之后，心情反而变得异常宁静。这也许是一种心

理上成熟的表现。对此感到满意。是的，这个举动其实又是很自然的，尽管这是一次近距离的生命冒险。

接下来便开始考虑有关第三部写作的种种细节问题，尤其是对工作方式和生活方式给予了认真的注意——第一次怀着十分温柔的心情想到要体贴自己。⑦

榆林宾馆是既能养病、又同时能继续创作的好环境与最佳选择。路遥的病是榆林名医张鹏举老先生看好的，在张鹏举老先生的眼皮底下继续调理与创作，他心里更踏实。再者，榆林宾馆刚刚建成，设施新、功能全、服务好，完全可以满足路遥创作期间的饮食与休息的需求。当然，新落成的榆林宾馆的房费、伙食费价格也不菲，这多少让路遥担心。为此，榆林地区文联主席霍如璧专门找到榆林地委书记霍世仁与行署专员李焕政，寻求解决之道。霍如璧在1965年就赴京参加全国青年文学创作积极分子代表大会，是陕北当时仅有的两名代表之一。此后，他一生钟情文学，善于扶持优秀文学青年，为陕北当代文学的推动做出了贡献。路遥是陕北继柳青之后又一位优秀作家，路遥的这个要求，他能不满足？

对于大作家的如此区区小事，两位领导哈哈一笑，大开方便之门，解决了路遥的后顾之忧。事实上，1987年11月，路遥就因文学创作成就突出被陕西省劳动竞赛委员会授予省级"劳动模范"的光荣称号。榆林宾馆把路遥安排在一号楼三层靠西边的屋子，就是为给路遥提供一个安静的创作环境。

对榆林宾馆的精心安排，路遥十分满意。他在创作随笔《早晨从中午开始》中做了详细回忆：

在榆林地方行政长官的关怀下，我开始在新落成不久的榆林宾馆写第三部的初稿。就当时的身体状况，没有这个条件，要顺利地完成最后一部初稿是不可能的。这里每天能洗个热水澡,吃的也不错。行署专员李焕政亲自到厨房去为我安排了伙食,后来结算房费时,他也让外事办给了很大的照顾。更重要的是,我在这里一边写作,一边还可以看病吃药。

我自己也开始增加了一点室内锻炼,让朋友找了一副哑铃,又买了一副扩胸器,在凌晨睡觉前,先做一套自编的哑铃操,再拉几十下扩胸器。这一切很快又成了一项雷打不动的机械性活动——在写作过程中,极容易建立起来一种日耳曼式的生活。

由于前两部的创作,写第三部时,已经感到有了某种"经验",而且到了全书的高潮部分,也到了接近最后目标的时刻,因此情绪格外高昂,进入似乎也很顺利。⑧

路遥是由弟弟王天乐陪同来榆林的。第三部起笔就要写孙少平去"铜城"的大牙湾煤矿当井下工人,路遥让这位曾在铜川矿务局当过井下工人的弟弟在他身边留了十天左右,帮助解决一些"技术"问题。于是,《平凡的世界》第三部就这样开了头:

傍晚,当暮色渐渐笼罩了北方连绵的群山和南方广阔的平原之后,在群山和平原接壤地带的一条狭长的山沟里,陡然间亮起一片繁星似的灯火。

这便是铜城……

小说从孙少平来到了铜城的大牙湾煤矿成为一名井下工人开始写起,徐徐推进与展开《平凡的世界》第三部的故事。

路遥在王天乐陪同期间,与弟弟有一次长时间的文学谈话。通过交流,王天乐才觉得《平凡的世界》实际上是给陕北人民和文学导师柳青的一份习作,大哥在今后要写出更大的作品,真正向诺贝尔文学奖进军。他们兄弟俩确实讨论过诺贝尔文学奖。路遥认为诺贝尔文学奖也许不公正，比如俄国的列夫·托尔斯泰就没有获过这个奖，这也是诺奖的一个耻辱。但我们中国作家就不能简单地小看这个奖，不能自己得不到就说它不好。他笑着对弟弟说，等我获了这个奖，我一定带你到瑞典领奖去。那时，咱俩就有钱了，我要给你很多很多的钱！

而已有三年多新闻从业经验、能言善辩的王天乐则说，还是你一个人去吧！诺贝尔文学奖在我眼里算个屁，我记得一位拒领诺奖的伟大作家说过，人生不能为"奖"活着，否则你会累死的。等你写完《平凡的世界》后，我再也不想文学这件事了，我要回家半年，帮助父亲种地去！那时，我什么也不听、不说、不看、不想。我认为最伟大的作品就是父亲种过的地——你假如站在我们村的一座大山上，一眼就能看出哪一块地是父亲种过的：一行庄稼，一行脚印，整整齐齐，清清楚楚；就连地的边畔也好像是精心打扮的少女，该砍的草一根也不留，该留的山花一朵也不少！父亲常说，山里不能没有花。父亲就那么一点个子，往地里一站，你就觉得他是一位真正伟大的艺术家，用他粗糙的双手，在土地上展示出他内心无边深刻的博大世界。大哥，你知道吗？这个世界上我可以小视许多伟大人物，但我不敢小视父亲。假如他是知识分子，他就一定会站在北京大学的讲坛上，点评古今、纵论全球。假如他是个作家，你路遥根本不是他的对手。可他是个农民，一个字也不识的农民，为了孩子们，受尽了人间的各种苦难，作为儿子，你不让父亲享几天大福，我觉得干出再大的事业也是虚伪的。我敢说，这个世界上我算是读懂了父亲的一个儿子。人各有志趣，形形色色。对于我这样的人来说，我清楚自己的职责。大哥，我认为文学是无比博大的，但是我恨它，我会恨它一辈子……

路遥流泪了，趴在宾馆的床头上哽咽着说：你可以走了，你的话我一定会在第三部中让"孙少平"说个痛快……

王天乐回延安去了，路遥的创作也进入按部就班的规律性工作。上午 10 点左右开始进入阵地，到下午四五点或者五六点休息，完成四五千字的写作任务。如果当天任务完不成，夜晚就要开夜车。路遥在这次"攻坚战"中尽量不熬夜，因为身体条件已经不允许他这样做了。除了创作之外，他还有一个恢复身体的任务。榆林宾馆的条件好，伙食也不错，路遥在这里天天都能洗上热水澡，能吃到较丰盛的饭菜，这一切有利于他身体的恢复。

晚饭后，路遥也经常一个人去城外的榆溪河边散步。初冬季节的傍晚，广阔的鄂尔多斯高原莽莽苍苍，残破的古长城蜿蜒伏卧在无边的黄沙之中，又红又大的太阳在远方的沙漠中下沉。大自然雄伟壮丽的景象，经常能激起路遥的某种胸臆，他会联想到正在奋力建构的小说帝国，以更广阔的视角来审阅自己所构建的艺术天地。有时，他在沿河边树林间的小道里慢慢行走，听到小鸟的鸣叫与淙淙的流水声音，心情特别平静而舒坦。他也会感慨岁月的流逝，眼眶里莫名其妙地充盈着泪水。当然，他更明白自己一人在塞上古城建构小说帝国，在很大意义上已经不是纯粹完成一部长篇小说，而是在完成自己的人生！

朱合作与榆林朋友们在路遥写《平凡的世界》第三部时，才真正看到了一个作家的工作量。路遥每次从宾馆出来，到朱合作家的时候，总是劳累得一口一口喘粗气，有时候竟给人一种换不过气来的感觉。那种劳累的程度，似乎比陕北农村人常说的背老石头还累，他在整整几十天的时间里，简直就没有一分钟时间是轻松的。朱合作由此想到：写长篇就像背老石头。而路遥背的这块沉重的老石头，是要在日日夜夜不喘气地一直背几十天才算完啊！

在榆林创作期间，朋友们也尽量在白天不打扰路遥的创作。只有过上两三天，到晚上时，霍如璧、朱合作等榆林的朋友们才会到他的房间小坐一会儿，陪他说说话，放松一下高度紧张的神经。当然，朋友们也会顺便毫不客气地在路遥的房间冲个热水澡，沾沾这个名人的光。当时，全榆林城也只有新建的榆林宾馆每天二十四小时供应热水。

路遥想吃家乡饭了，居住在榆林宾馆附近的朱合作和爱人忙着准备，等候大驾光临。朱合作也会抓住吃饭前后的空隙，见机行事地请路遥为榆林地区一些文学社团题词或题写刊名。在朱合作看来，路遥的毛笔字并不很高明，但他写字那认真的态度和满怀的信心却不能不使人感动。他给神木县《驼峰》文学小报写下"驼峰"二字。每写完一个题词，他都十分流利地写下"路遥"两个字。朱合作会发现，有时候一个题词写下来，路遥就累得要喘几口粗气。

朱合作家在路遥创作之余就搞个朋友聚会的"开心沙龙"。有一次，朋友和路遥开玩笑说："你这么丑，怎能问下个北京婆姨？"路遥说："我原来谈的对象，不是现在这个。那一个也是北京知青。谈了一阵以后，由于在'文化革命'中我是造反派头头、县革委会的副主任，人家要逮捕我。我那个对象的一个同学给我写信说，你现在处境不好，不要把她牵连了。我就给她的同学写信说，那就解除恋爱关系吧。而我如今这个婆姨就和我头一个对象在一块儿插队，她很同情我……后来，人家不逮捕我了，我又上了延大。我当时的想法是，谁供我上大学我就和谁结婚。"路遥还对朋友们说，他在经济上还沾过妻子的大光，"人家家里光景好。"

还有一次，朋友们聊起名人和情人的话题。朱合作问路遥："人家都有情人哩，你到底有没有哩？"路遥就边笑边说："我要有了情人，叫人家晓得了，不又是个全国新闻？"但是，路遥究竟有没有情人，他并没有回答。朋友们也晓得他不会回答这个问题，只不过和他开个玩笑。

由于创作过程顺当，路遥的情绪很好，小说中的人物命运得到进一步的展示。11月底，他就完成了《平凡的世界》第三部上半部的写作任务。为此，路遥给榆林地区文联主席霍如璧提出要求，想跑到沙漠里兜兜风，休息休息，放松一下神经。这自然也是像老大哥一样精心照顾路遥的霍如璧先生的心中所想。于是，霍如璧陪着路遥乘坐单位的吉普车，开进榆林城北的沙漠里开心地转悠了一天。

沙漠是路遥心灵火花的激发地，年轻时期他曾创作过诗歌《今日毛乌素》；1983年，他曾专程跑到毛乌素沙漠中，独自一人进行《平凡的世界》创作前的宣誓仪式；现在，他又来到沙漠中进一步强化创作情绪，力争完成好第三部下半部的创作任务，因为他知道硬仗还在后头！

从沙漠回来后，路遥甚至有了学习跳舞的冲动。有一天晚上，路遥在闲谈中说想找个人学跳舞。学跳舞好办，朱合作那层楼上就住着榆林城里最有名的舞星曜虹。朱合作很快请来曜虹给路遥辅导交谊舞，舞场就设在朱合作家，录音机播放的舞曲就是伴奏。路遥也鼓励朱合作学舞蹈，但朱合作实在不爱好，就坐在床上看他们跳。有一次，曜虹悄悄地问朱合作："你们晓得路遥的肚子为什么那么大？"朱合作借着和路遥出去解手的机会，笑问路遥："你晓得我们刚才笑甚的来了？人家曜虹问你的肚子为甚那么大？"路遥一听就笑，一直笑到朱合作家里，才解释说："有一回，我妈在家里大出血，好几天没人管。我从延川跑回老家，把家里人美美骂了一顿，站在公路上硬挡住了一辆大卡车，给人家说了一阵好话，才把妈妈接到清涧县城里，住进医院。我妈妈需要大量的输血，就抽了我的血。输完了要补体，我就把肚子吃大了。"朱合作听后对曜虹说："以后就甭嫌路副主席肚子大了。他的肚子大就是这么来的。"逗得大家又笑了一阵……

长篇小说创作是一种需要全身心情感投入的工作。作家在长时间建构小说帝国的过程中，往往会达到忘情忘我的地步，分不清楚何为真实、何为虚构。有一天，正在洛川县采访的王天乐突然接到《延安报》社转来的电话，说路遥打电话到报社，让王天乐速去榆林。接到转来的电话后，王天乐以为路遥的身体出了什么问题，决定以最快速度奔赴榆林。洛川县在延安地区南部，距榆林城大约有三百公里的路程。在1980年代后期的陕北，由于公路等级差，这段路至少需要一天时间才能赶到。

当王天乐心急火燎地赶到榆林宾馆时，路遥流着泪痛苦地对弟弟说："田晓霞死了！"王天乐愣了半天才反应过来，田晓霞是作品中的一个人物，她是孙少平的女朋友。王天乐既好气又好笑，劈头盖脸地收拾大哥一顿："你已经成了弱智，你想过没有，我好不容易争取的这么点时间，赶快采访一两篇稿子，你怎么就把这些不上串的事打电话叫我大老远跑来？别人知道后，肯定会认为咱弟兄俩是精神病！"⑨

路遥在惶惑之间清醒了，他赶忙给弟弟道歉，赔不是。田晓霞是路遥在作品中最着力塑造的人物之一，是倾注了他人生情感与理想追求的人物。他怎么能亲手设计一场抗洪抢险的情节，让她在滔天洪水中香消玉殒呢？故事推进到此，田晓霞不得不死。对此，路遥感到自己的无助与无能，感到自己的委屈。是的，这是因为路遥创作时陷得太深了，以至于把虚幻世界中的人物当作真实世界的存在。当然，这种情况不只在路遥身上发生过，古今中外许多著名作家身上均发生过这样神奇的故事！

还有一次，王天乐在黄河壶口采访，路遥的一个电话又撵了过来，让他再赴榆林。去了之后，王天乐才知道路遥的咖啡与烟用完了。更为要命的是，中国文联出版公司再也不能给他预支稿费了，手头一分钱也没有，也不好意思求人代买。路遥抽烟还有个习惯，一个时期只抽一个牌子的香烟，心理上对其他香烟有种排斥感。俗话说得好：兵马未动，粮草先行。如今路遥又"断炊"了，自然会想到"后勤保障部部长"王天乐。他的点子多，让他想办法解决燃眉之急天经地义。王天乐当然知道咖啡、香烟之于路遥创作的重要性。他只好硬着头皮找到担任榆林地区领导的一位朋友，讲明情况，请求帮助。

这位领导了解情况后非常善解人意,他马上叫来下属,让先拿十条"恭贺新禧"、五瓶咖啡送到宾馆路遥的房间;并指示下属今后每月按时送一次,这个经费由榆林出。他说,这是犯错误,但为家乡优秀作家的创作需要,咱就犯它一次吧!王天乐把这一切告诉路遥后,路遥说:"咱这人活成啥了!"

《平凡的世界》第三部创作到后期,作品中的每个人物都有顺乎自然的结局。但写到后面,路遥的体力和精力明显一天不如一天。榆林的朋友们晚上看他,发现他边说着话,边将双腿费力地抬到沙发上,两臂也十分无力地向两边摊放着,这可是体力不支的表现啊。朋友们劝他休息上一两天再写,可路遥回答得很坚决:不行!他知道越是在这个时候,越要把气运足、运圆,不然作品的质量会受到影响的。

1988年的元旦转眼间到了。元旦意味着一元复始、万象更新,新的一年又开始了。这个节日对于蛰居在榆林宾馆创作的路遥来说,和任何其他一天没有什么两样。但这毕竟是元旦,服务员们回家去过节,只在厨房和门厅留了几个值班人员。整个宾馆楼空寂如古刹,再没有任何一个客人了。

这时的路遥注意到这个重要节日的存在,一种无言的难受涌上心间。这不是为自己,而是为了亲爱的女儿。在这应该是亲人们团聚的日子里,作为父亲而不能在孩子的身边,路遥感到深深的内疚。他在一片寂静中,呆呆地望着桌面材料堆里立着的女儿的两张照片,泪水不由得在眼眶里旋转,嘴里喃喃地对她说着话,乞求她的谅解。

女儿是路遥的骨肉,是他生命的唯一传承者,路遥爱女儿远远胜过自己的生命,他在中国作协陕西分会是出了名的好爸爸。女儿小时候说"最喜欢音乐",路遥就毫不犹豫地拿出积攒的稿费给买了一架很贵的钢琴。后来,女儿走到爸爸面前说:"爸爸,我们的音乐老师说,我的手指太短不适合弹钢琴。"路遥捧着女儿胖嘟嘟的小手,看看自己的手指又看看女儿的手指,脸上露出凄楚的笑容:"都怪爸爸,都怪爸爸。"从此,钢琴就成了女儿屋里的摆设。

诗人子页回忆过路遥一则动人的爱女故事:有一次女儿过生日的时候,路遥和女儿约定第二天早上一起到西安城墙上看日出。吃毕晚饭,路遥开始创作。直到凌晨,他放下笔拉开窗帘,只见漫天的星斗。路遥在沙发假寐一会儿,就轻轻走进女儿的卧室。女儿睡得很香,可能是做梦,脸上挂着泪珠。路遥给女儿擦去脸上的泪水,但却动了感情,热泪顿时涌了出来。女儿醒了,问:"爸爸,你怎么哭了?"路遥转过身掩饰说:"远远,我们都比太阳起得早。"父女俩乘着晨曦出发了,到了西安城墙上,他们高兴地指着远方说:"我们比太阳起得早!我们比太阳起得早!"⑩

作家李天芳也亲眼见过路遥的"舐犊"之事,这也是他1988年元旦期间莫名伤感的最好旁证:

一日他从街上回来,背了一背包食品饮料走到编辑部,说他女儿远远要去春游。他给孩子买吃的东西,什么都好买,只有她要的三明治买不到,跑了好些路,总算回来时在凯悦宾馆找到了。他边说边从背包里拿出那块三明治,指着那精致的塑料盒问我们:"猜猜,这两块三明治花了我多少钱?六十块!"

我怎么也不相信我的耳朵,大宾馆的东西即便再贵,两块肥皂大小,夹着几片黄瓜、西红柿和薄薄的一层肉片的三明治就值那么多?它该不是金子做的吧?

"我也不信我的耳朵,"路遥解释说,"可我问了服务员两遍,没错,一块三十元,两块六十元。我愣住了,可是面对那么漂亮的服务员小姐,既已叫人家拿出来了,怎么好意思转身逃走,硬着头皮也得买下,妈的,算咱们倒霉!"

听他对自己心态和窘状真实毕露的叙说,我和晓雷再也忍俊不禁地失声大笑起来。他急忙朝我摆摆手:"不敢笑,千万别叫老刘听见了……"

老刘是编辑部的老编辑,就坐在一墙之隔的办公室。他一生克勤克俭,兢兢业业,用年轻人的话说,满脸的"旧社会",一身的"苦大仇深"。路遥的意思是要让老刘知他花六十元给孩子买三明治,一定气得不堪忍受,不批他个忘本才怪呢……⑪

1980年代中期,这六十元钱,意味着这是大学毕业后进入行政系统工作年轻人的一个月工资啊。难怪李天芳当时看着"三明治"时会发出"它该不是金子做的吧"的感慨!

后面的创作基本到了舍生忘死的程度。按照预先的计划,路遥无论如何要在春节前完成第三部的初稿。这样,才能以较完满的心情回去过春节。路遥知道,长篇小说创作越到最后越激烈,因为它的艺术打击力量都在最后哩。需要创作者的精力更旺盛,体力更充沛,精神状态更沸腾!因此,他的整个工作不仅不能有任何中断,而且必须完成每天确定的工作量。有时候,某一天会出现严重的不能解决的困难,只好拉长工作时间,睡眠就要少几个小时。睡眠一少,就意味着抽烟要增多,口腔胸腔难受异常。由于这是实质上的最后冲刺,精神高度紧张,完全处于燃烧状态,大有"毕其功于一役"之感。随着初稿的临近尾声,路遥内心不断祷告上苍不要让身体猝然间倒下;只要多写一章,就会少一分遗憾。

春节前一个星期,即1988年1月27日,路遥在身体几乎虚脱的状况下,终于完成了第三部的初稿。路遥统领着的小说中的一百来号人物,哭着、笑着、呐喊着,在农历戊辰年春节到来之际,一同走向了新生活与新未来。能在身体如此虚弱的情况下完成初稿的最后创作,路遥心里无比高兴。一是,人们所关心的书中每一个人物的命运,都用自己的理解做了回答。二是,即使现在倒下不再起来,这部"三部、六卷、百万字"的长篇小说也基本算全部有了眉目,作品从大的方面说已经是完整的。这意味着这部耗时几年的长卷体不存在"没有完成"一说……

1991年9月26日,路遥在延川各界座谈会上的讲话中提及当时创作的过程:

> 大家都知道,艺术作品,尤其是长篇的,到最后越激烈,因为你的艺术打击力量都在最后哩。需要你的精力更旺盛,体力更充沛,要你的整个艺术更沸腾,精神状态更沸腾。但是,那时候是你体力最不行的时候。这样一种法则,就要你挣着命,吐着血,往上拉车哩,只能是这样。就说你要付出加倍的力量来完成你的第三部作品。后来,评论界都认为我一部比一部写得好。后边那就基本上是舍生忘死了。如果不是这样的话,这部作品根本就完成不了……⑫

为庆祝第三部初稿的完成,当天下午,榆林地区行署专员李焕政与霍如璧、朱合作等几位朋友,专门为路遥举行了酒宴。

农历戊辰年春节马上要到了,爆竹声在榆林城里四处弥散开来,过年的气氛越来越浓烈了。路遥抱着《平凡的世界》第三部手稿,匆匆离开榆林城,他回西安和家人一起过年,吃团圆饭。回望榆林城,他充满无限感激的心情。今年,他两次来榆林治病与创作,收获均是巨大的。病好了,书也写成了,这种喜悦之情是无以言表的啊!

当然,回到西安的路遥也有新的困惑与烦恼。1月29日,他给《花城》杂志副主编谢望新写了一封无限伤感的信,表达了自己"真想痛哭一场"的心情。

望新兄:

您好!

我因在延安住了一大段时间,上榆林才见您信,因此迟复了。

十分高兴您的乐观情绪,不必计较一时的升降沉浮,人生就是这个样子,重要的是,我们热爱生活,永远不丧失饱满的激情,此处有所失,别处也会有所获。您是一个坚强的人,我也知道您经历过严峻生活的考验,因此我相信您会泰然处之。

我刚回西安,接李士非一封信,告我第二部春节后方可发,今又接《花城》一电报,要我一张照片,不知是否为发稿用?反正就这个样子了,能发出也就可以。我深知您在此间的难处。

我为这部作品整整耗费了六年时光,头发白了,身体垮了,但我觉得文学界对这部作品采取了不屑的态度。我寒心,但不会因此而改变我自己的态度。三部初稿总算完了,准备略休整一下,再进行二稿。估计最迟六月份肯定全部完了。我真想痛哭一场。这个作品的完成实际上是一次以生命为代价的赌博。它可能不好,但是完成了;只要能完成,它也就是好的!我其它什么也不愿想,只盯着最后的冲刺线。

三部的发表,看来在花城出版社是困难重重。我准备改换门庭。我再不愿给您增添麻烦,您为我已经做的够多了,我会永远不忘。我是一个珍重友情的人,永远记着自己生活道路上朋友给过的支持。

当然,我也很伤感。本来指望三部在一个地方发表,这样会给读者形成一个完整的印象。

我目前只有最后结局的两三章,想在十天内完成。

如有信,可寄单位。

致朋友的敬意!

路　遥

(1988) 29/元　西安[13]

心中的春天

  戊辰年的春节刚刚过后不久,浓浓的年味还包裹着古城西安。路遥又一次投入战斗,开始第二稿的修改与誊写工作。他的主战场又移到作协大院那间借来的房子,这间夏天的病房又恢复为他的工作间。

  这项工作是路遥年前回西安的路上决定的。他当时决定过完春节,稍加休整一下,趁身体还能撑架住某种重负,赶快趁热打铁,完成第二稿。因为这才是真正的最后的工作。只有第二稿完成后,他这项耗费几年时间构建艺术帝国的工作才宣告完成!

  路遥的工作还是那样有规律。中午起床吃饭后,到工作间的第一件事就是生上蜂窝煤炉子,在暖烘烘的环境中开始新的一天的工作。路遥的这次抄改工作更加认真,他甚至感觉不是在稿纸上写字,而是用刀子在木板上搞雕刻。当然,他每天也可以挤出半小时在外面晒晒太阳了,坐在门外面那根废弃的旧木料上,简直就像神仙一样地舒服。他也会静静地抽一支烟,想一想有关这本书的某些技术性问题,或者反复推敲书前面的那句献词……

  春节一过,春天就悄悄溜进路遥的视线。他发现作协大院的树木有了变化:腊梅树开始含苞待放,其他一些无名的树木也开始有了绿意,而墙角那边也开了几朵不知名的小花。是的,自然界的春天已经渐渐来临了!

  当然,路遥所期盼的心中的春天也开始来临。在接近六年的时光中,路遥一直处在漫长的苦役中。他就像一个判了徒刑的囚犯,激动地走向刑满释放的那一天……

  更重要的一个原因是,中央人民广播电台文艺部组织录制的《平凡的世界》第一部、第二部已完毕，拟于3月27日在中央台"长篇连播"节目中播出，这意味着《平凡的世界》将乘着广播的翅膀飞到千家万户。这是路遥所最高兴的，他几年努力的心血要通过听众的检验，而不是某几位专家的评判。这也是他所期待已久的心中的春天啊！

中央人民广播电台的"长篇连播"节目，是深受亿万听众喜爱的品牌栏目，也是展示古今中外优秀中长篇小说的重要窗口。早在新中国成立后到"文革"前，它就播出了众多优秀的文学作品，深得全国听众的喜爱。新时期以来，它进入繁荣期，播出过周克芹的《许茂和他的女儿们》、魏巍的《东方》、姚雪垠的《李自成》、莫应丰的《将军吟》、李准的《黄河东流去》、周而复的《上海的早晨》、苏叔阳的《故土》、柯云路的《新星》等优秀长篇小说。当然，由路遥中篇小说《人生》改编的同名广播剧也在1983年由此节目播出。

1987年春天，路遥去西德访问前夕，在北京电车上与老朋友、中央人民广播电台文艺部"长篇连播"节目编辑叶咏梅女士邂逅相遇。仓促之间，路遥送给叶咏梅刚刚在中国文联出版公司出版的《平凡的世界》第一部。当时的路遥也绝没有想到世界就是这么神奇，它在不经意间改变了《平凡的世界》的命运。

叶咏梅了解路遥的性格，她自己做事追求认真与完美，回去后仔细阅读这本路遥的新作，竟爱不释手了。因为书中叙述的"平凡的世界"中一群普通人，把她带回到自己曾经插过两年队、并深情眷恋着的黄土地。书中的一切对于她来说，是那么熟悉、亲切，她仿佛就生活在孙少平、孙少安、田润叶、田晓霞、田福堂等人当中，感受到他们的音容笑貌与喜怒哀乐。她感到这部作品是对普通劳动者的礼赞，是路遥的一部重要作品，这里有其重要思想追求和人生哲理的艺术表达。她暗暗下决心，决定把路遥的新作录制成广播节目，让它早日同生活在平凡的世界里的亿万听众见面！

1987年夏，叶咏梅下定决心后，在演播者人选问题上颇费踌躇，她想选一位对陕北生活熟悉而又有深情的演播者,她想到演播界的新星李野墨。1984年,李野墨在大学读书期间,经人推荐成为叶咏梅任编辑的柯云路长篇小说《新星》的演播者。《新星》播出后一夜走红,成为人们家喻户晓的"改革小说"。人们也记住了对演播有着独到见解的青年演播者。

当时,《平凡的世界》第二部已经拿到校样,路遥也开始了第三部创作,演播《平凡的世界》的条件基本成熟。叶咏梅给台里打报告,请求在"长篇连播"中播出《平凡的世界》。报告很快得到批准,演播者当然非李野墨莫属。

为了演播好这部长卷体长篇小说,叶咏梅做足了案头工作。李野墨也对作品的演播风格进行了总体设计与尝试:他把书中凡有"信天游"歌词的地方都单列出来,用几种方案演出给叶咏梅听。随着琴声和歌声,那粗犷、豪放、深沉的男中音便在厅内响起,久久萦绕在叶咏梅的心间……

要的就是这个味道,叶咏梅心满意足。她觉得这位在演播语言上不落俗套、给人以近距离的质朴、亲切又富有情感特点的年轻人,一定能播好这部小说。当然,叶咏梅与李野墨在北京再度合作时的用心方式,远在陕北榆林创作《平凡的世界》第三部的路遥是不清楚的。他也无须清楚,他的心与叶咏梅的心是相通的,而叶咏梅的心和李野墨的心也是相通的。有这么好的广播编辑与演播者,路遥怎能不放心?不过,这一切正在进行时,路遥对自己保密,对朋友们保密,他没有给外界透露过任何信息……

然而,1988年的春天里,路遥内心所期盼已久的心中的春天真正来到了!因为《平凡的世界》在中央人民广播电台"长篇连播"节目播出已进入倒计时了:3月27日,电台就要首播了!

万事俱备,只欠播出时需要插入一段路遥的声音。这样,作品录制好后,在节目开播前,叶咏梅赶到西安,在中国作协陕西分会大院里采访了路遥。

感谢叶咏梅的录音采访,使路遥的原声能够穿越时空留在岁月中。如今中央人民广播电台录制的路遥原声仍然回荡在无数听众的耳畔:

> 我个人认为这个世界是属于普通人的世界,普通人的世界当然是一个平凡的世界,但也永远是一个伟大的世界。我呢,作为这个世界里一名劳动者,将永远把普通人的世界当作我创作的一个神圣的上帝。听众朋友们,无论我们在生活上有多少困难、痛苦,甚至不幸,但我们仍然有理由为我们所生活的土地和岁月而感到自豪……

叶咏梅对路遥的这次录音采访是成功的,一是给路遥提供一个阐释自己文学创作理念与方法的机会,使他有机会通过广播媒介面对广大听众与读者表达自己的创作感言;二是极大地鼓舞了路遥的文学信心。《平凡的世界》第一部在新华书店的征订数刚够三千册,第二部也是编辑们硬着头皮决定发排的,而第三部到现在仍未完全脱稿。在市场这样低迷的情况下,能够在中央台品牌栏目"长篇连播"中不间断地播出,这种传播效应可想而知。

最后的冲锋

3月27日中午12点半,中央人民广播电台AM747频道"长篇连播"节目准时播出《平凡的世界》第一部。李野墨富有磁性的男中音,透着一些深沉、粗犷与豪放,随着电波传来了:

一九七五年二三月间,一个平平常常的日子,细蒙蒙的雨丝夹杂着一星半点的雪花,正纷纷淋淋地向大地飘洒着。时令已快到惊蛰,雪当然再不会存留,往往还没等落地,就已经消失的无踪无影了。黄土高原严寒而漫长的冬天看来就要过去,但那真正温暖的春天还远远没有到来……

　　路遥流泪了,幸福的泪水夺眶而出。是在享受收获后的喜悦,还是回味找到知音后的激动,这一切都无法说清楚了。事实上,在长达六年的长篇小说创作过程中,越是写到后面,路遥的情感越是敏感与脆弱,有时外面一些不经意的变化,往往能引起他胸中的波澜。而此时此地,他怎能不激动呢?

　　叶咏梅在3月采访中,给路遥下了第三部的最后交稿时间,即6月1日。这是最后的交稿期限!当然,叶咏梅并不知道路遥已是一位大病初愈的病人。

　　因此,从3月27日起,路遥每天有两个必备的任务:一是趴在工作间那张破旧的桌子上听李野墨播出半小时自己的作品。他有时也拿着收音机在作协的大院中一窝、一躺,美滋滋地听李野墨那富有磁性的男中音,觉得这是人生最大的享受。这也是他精神的重要支撑,支撑他完成后面的工作;二是抓紧一切时间修改并誊写第三部书稿,完成最后的冲刺。3月30日,路遥专门给在西安市临潼区兼职的好友、西安电影制片厂编剧王宝成回信,谢绝去临潼疗养,专心致志地誊改作品。

　　路遥是位非常富有心理暗示与仪式感的作家。当作品的抄改工作进入最后部分时,他突然想将这最后的工作放在陕北的甘泉县去完成。因为在那里,他曾写出过自己初期的重要作品《人生》,那是他的一块"风水宝地"。当然,选择在那里最后完稿,有纪念的意思,也有超越的意义。这种热望一旦在路遥心中产生,他在机关院子里一天也待不下去,似乎有一股神秘的力量召唤他远行。

路遥再次给自己的"后勤保障部长"王天乐打电话布置任务。4月20日,他一天之内就赶到了甘泉入住县招待所三楼。一进门,就在房间摆布好了工作所必需的一切,接着就投入工作。每天晚饭后,就像当年写《人生》时那样,抓紧时间到洛河边散一回步。那是城外的一块开阔的平川地,洛河顺着对面山根蜿蜒南去。他沿着河边地畔上的小路,像巡礼似的匆匆绕行而过。地里的玉米苗初来时还很小,路遥一天天在看着它们长大。从《人生》的创作到现在,路遥已经记不清有多少次走过了这条小路。这是一块永远不会忘记的土地,一条永远留在心间的小路。

当然,就在这样紧张的工作期间,路遥还要见缝插针地处理一些必需的事务。5月19日,他专门给西北大学中文系负责作家班招生工作的刘建勋教授写信,亲自推荐弟弟王天乐。

时间已进入读秒阶段,精神的高度紧张使得路遥的腿不断抽筋,晚上的几小时睡眠常常会被惊醒几次。因为准备发表第三部的大型杂志《黄河》也已推迟发稿时间,主编珊泉先生也给甘泉县接连发两封催稿电报。而且根据要求,路遥必须最晚在6月1日前将第三部完成稿送到中央人民广播电台,这样,他们才能来得及接上前面的部分而不至于中断。

通过六年不间断地奔跑,路遥已真切地看到了终点的那条横线。接下来虽然只有几步,但每一步都是生死攸关。

撞线的时刻终于来临了,这是1988年5月25日!

5月25日,已是初夏的陕北,空气中弥漫着青草与鲜花的气息。甘泉县的几位领导与延安的几位朋友,通过王天乐知道今天就是路遥最后的完稿日子,一大早就都赶到了甘泉县招待所,准备了酒宴,等待给路遥庆贺。

路遥的"早晨"照例是"从中午开始"。因为是最后的百米冲锋，必须尽可能地精神饱满。他起床后，一边喝咖啡、抽烟，一边坐在写字台旁静静地看着桌面上的最后十来页初稿。

路遥再一次想起父亲，想起了父亲和庄稼人的劳动。从早到晚，从春到冬，从生到死，每一次将种子播入土地，一直到把每一颗粮食收回，都是一丝不苟，无怨无悔，兢兢业业，全力以赴，直至完成——用充实的劳动完成自己的生命过程。他想到自己在稿纸上的劳动和父亲在土地上的劳动本质上是一致的。

尽管有充分的思想准备，但在最后的百米冲锋中，路遥仍无法控制住情绪。五味杂陈，百感交集，一开始写字手就抖得像筛糠一般。为了不让泪水打湿稿纸，他将脸转向桌面的空处。心脏在剧烈搏动，有一种随时昏过去的感觉。圆珠笔捏在手中像一根铁棍一般沉重，而身体却像要飘浮起来。时间在飞速地滑过，纸上的字却越写越慢，越写越吃力，这十多页稿纸简直成了他不可逾越的雄关险隘。

过分的激动终于使写字的右手整个痉挛了，五个手指头像鸡爪子一样张开而握不拢，笔掉在了稿纸上。路遥焦急万分，满头大汗。这是从未体验过的危机——由快乐而产生的危机。他的智力还没有全部丧失，他赶紧把暖水瓶的水倒进脸盆，随即从床上拉了两条枕巾放进去，然后用"鸡爪子"手抓住热毛巾在烫水里整整泡了一刻钟，这只握笔的手才渐渐恢复了常态。他立刻抓住笔，飞快地往下写……

第二天，孙少平提着自己的东西，在火车站发出了那两封信，就一个人悄悄地离开了省城。

中午时分，他回到久别的大牙湾煤矿。

他在矿部前下了车，抬头望了望高耸的选煤楼、雄伟的矸石山和黑油油的煤堆，眼里忍不住涌满泪水。温暖的季风吹过了绿黄相间的山野；蓝天上，是太阳永恒的微笑。

他依稀听见一支用口哨吹出的充满活力的歌在耳边回响。这是赞美青春和生命的歌。

他上了二级平台,沿着铁路线急速地向东走去。他远远地看见,头上包着红纱巾的惠英,胸前飘着红领巾的明明,以及脖项里响着铜铃铛的小狗,正向他飞奔而来……

就在接近通常吃晚饭的那个时分,路遥最后的百米冲锋战斗结束。几乎不是思想的支配,路遥从桌前站起来所做的第一件事,就是把手中的那支圆珠笔从窗户里扔了出去。他来到卫生间用热水洗了洗脸。几年来,他第一次认真地在镜子里看了看自己,这张陌生的头颅两鬓竟然有了那么多的白发,整个脸苍老得像个老人,皱纹横七竖八,憔悴不堪。

路遥看见自己泪流满面,索性用脚把卫生间的门踢住,出声地哭起来。他向另一个路遥表达无限的伤心、委屈和儿童一样的软弱。而那个父亲一样的路遥制止了哭泣的他,并引导他走出卫生间。

路遥细心彻底地收拾了桌面,一切都装进了远行的箱子里,唯独留下那十本抄写得工工整整的手稿放在桌面中央。他又坐下来点燃一支烟,沉默了片刻,以使自己的心情平静到能出席宴会的程度。他知道,朋友们此刻正围坐在酒桌前等待自己。

这就是永远铭刻在路遥记忆中的1988年5月25日!

在路遥短暂的一生中,包括自己的生日等需要记住的许多日子他都没能记住,但是这一天却像刀子一样牢牢地刻进自己的记忆中,他无法忘记。

1991年9月26日,他在延川各界座谈会上讲话时,又讲到最后的冲锋故事,只不过这次是笑谈人生:

"这就是最后一天——五月二十五号。一些人在下面还准备了一桌饭，等着我哩。按我平时的工作速度，赶下午六点钟，肯定完了。应该当天晚上赶到延安，第二天到绥德，过黄河赶到太原，从太原立刻赶到北京。我把时间算了一下，六月一号刚能赶到北京。结果，到下午，大概就是五点多钟，最后一页稿纸的时候，可以说百感交集。控制着说不要激动不要激动，就撂一页了，写上就完了。但是就是激动得不行，手搬得不行，最后成了个鸡爪子，笔掉在桌子上，手圈不回来，急得一满没办法，咋价也不行。最后，我想了个办法，倒了两暖壶开水在盆子里，挽了点凉水，把招待所那枕巾拉了两块往里一浸，手就在枕巾堆里擦了有十几分钟，才把手松弛下来，咋把最后这一页写完。写完以后，把窗子一开，就把那支笔，那支用了六年的笔，从窗子里扔了出去。哎呀！老子咋完了。

最后，就坐在桌子边发了半天呆。当时，我就想到德国大作家托马斯·曼，在纪念席勒100周年时写的《沉重的时刻》的一段话：'终于完成了，它可能不好，但是完成了。只要能完成，它也就是好的。'"⑭

5月25日晚，结束了简单的庆祝酒宴后，路遥就在王天乐的陪同下赶到延安，从吴堡过黄河，先赶赴太原将复印稿交《黄河》。山西的《黄河》杂志推迟二十多天发稿时间，就为等待他现在完稿的第三部。这样，《黄河》就赶在6月底刊出《平凡的世界》第三部了。

在山西期间，路遥兄弟俩由《远村》与《老井》的作者郑义接待。他们把复印件交给《黄河》后，再继续赴京去给中央人民广播电台交稿。郑义一直把他们兄弟俩送上火车。再有五分钟就要开车时，路遥突然记起钱包丢在宾馆一个很不起眼的方桌里。这样，只好临时决定路遥先去北京，王天乐找到钱包后赶下一趟火车到达。在这长达六年的创作过程中，王天乐一直默默担任路遥的全能"后勤部长",为兄长付出了很多。包括清理房间这样具体的琐事,只有当王天乐清理后路遥才放心。这次就是因王天乐的粗心导致的事件,路遥在具体问题上从不上心。找到钱包后的王天乐一路站着到北京站,他发现路遥在火车站的唯一出口处已经等了八个多小时。王天乐是第一次去北京,路遥怕他走丢了。兄弟俩入住中国文联出版公司的招待所,因为那个地方便宜。由于房间没有洗澡设备,兄弟俩只好在公厕里端水冲澡。

6月1日,路遥准时赶到中央人民广播电台送去第三部手稿。他去后才发现这里已经堆集了两千多封听众的热情来信,他尽管疲倦但却很欣慰,他感到先声夺人的广播,已把他的劳动成果及时地传播到人民大众之中了。拿到手稿后,叶咏梅也松了一口气。这是最后期限,她给自己和演播者李野墨只留下半个月的录制时间。在中央人民广播电台"长篇连播"节目中,用未刊的手稿直接演播这是唯一的一次。不管怎样,路遥是恪守信用的。路遥也在中央台见到那位在广播中声情并茂演播自己小说的青年演播家李野墨,这是一位非常富有艺术创造才情的年轻人,对小说理解得很深,演播出自己的情感来了。

当天中午,叶咏梅在自己狭小的家里招待了路遥和王天乐,她和李野墨发现路遥的神情有些疲惫,望着一桌饭菜没有食欲,只是慢慢地吃了几口豆腐青菜,慢慢地扒了一小碗龙须面便打住了……他们当时以为路遥是千里之外送稿,长途奔波劳累的结果,却万万没有想到路遥是在身体极其虚弱的情况下完成最后创作的。在某种意义上,这种拼命加速了身体的崩溃。

这个答案直到路遥病逝后,叶咏梅看到《声屏之友》杂志上路遥撰写的《我与广播电视》,她才了解了当时的真实情况。路遥的文章这样写道:

小说前两部在电台播出的时候,我还带病闷在暗无日光的斗室中日夜兼程赶写第三部。在那些无比艰难的日子里，每天欢欣的一瞬间就是在桌面那台破烂收音机上收听半小时自己的作品。对我来说，等于每天为自己注射一支强心剂。每当我稍有委顿，或者简直无法忍受体力和精神折磨的时候，那台破收音机便严厉地提醒和警告我：千百万听众正在等待着你如何做下面的文章呢！我不得不一次又一次面对那台收音机庄严地唤起自己的责任感，继续往前走。按照要求，我必须最迟在一九八八年六月一日将第三部完成稿交到中央人民广播电台。五月二十五日，我才在陕北甘泉县招待所用激动得像鸡爪子一样的手为六年的工作画了句号。然后当夜启程，截近路从山西过黄河赶到北京，六月一日准时赶到中央台。当我和责任编辑叶咏梅以及只闻其声而从未谋面的长书播音员李野墨一起坐在中央台静静的演播室的时候，真是百感交集。我没有想到，这里已经堆集了近两千封热情的听众来信。我非常感谢先声夺人的广播，它使我的劳动成果及时地走到了大众之中……⑮

读了这段文字后，叶咏梅很长时间感到追悔、内疚和悲痛，并自责。但她更觉得路遥是位有信用、有责任、有担当的人，他的生命虽然消逝了，但留下的精神财富却永远地珍藏在人间。当然，这是几年以后的事情了。

路遥回到西安后，还专门给叶咏梅写了一封信，感激老朋友的真诚帮助。

致叶咏梅

咏梅：

你好。

感谢在京期间你的热忱关照和亲切相待，在现今生活中，已经很少有这种感受了。同时,你对工作的认真负责态度,也使我十分感动。这一点,也还是我所最为看重的。在这一点上,我们完全是相同的。正因为如此,我觉得我们的合作特别愉快。

回来后,忙于各种事,才抽出点时间给你写信,主要的意思是,再次感谢你为我的这部书所作的令人永远难以忘怀的工作。

另外,请代问野墨同志好。他的质朴和才华,以及很有深度的艺术修养给我留下深刻的印象,他是一个视野很开阔的人,这在北京很不容易。恕我直言,许多北京人以为天安门广场就是世界上最大的地方。最大的地方其实是人的心灵。

先唠叨这几句,请问李伟及小女儿好,你们和谐的家庭真令人羡慕。祝你们愉快!如有什么事,请写信联系,我最近一直在机关。也可打电话:23683 传呼亦可。

什么时间还有可能来西安?我已向鸿钧和若冰转达了你的问候,并向他们介绍了你的出色的工作成绩,他们都为你高兴。

祝诸事顺利!

路遥

一九八八年六月二十五日　于西安[16]

2007年,延安大学路遥文学馆筹建时,叶咏梅把此信赠给路遥文学馆保存。

路遥在京期间,还给中国文联出版公司的李金玉编辑送去第三部手稿。这也是他人生的承诺。尽管《平凡的世界》第一、二部最初的征订数均不够好,勉勉强强达到起印的三千册,但是在责任编辑李金玉的不懈坚持与艰难斡旋下,才有了它们的公开出版。

当然,在京期间,路遥还与中央电视台有关人员进行接触,他们想把《平凡的世界》改编成电视连续剧。这也是路遥所乐意的,因为小说既可以乘着广播的翅膀飞翔，也可以通过电视剧这种方式传播到普通大众那里。

路遥和王天乐在北京逗留半个月，把各种事务处理稳妥后，才回到西安。

《平凡的世界》已经呱呱坠地了，它会获得怎样的读者认可度，拥有怎样的生命长度，一切还需要时间的检验。但不管怎样，正如德国作家托马斯·曼说的那句话："……终于完成了。它可能不好，但是完成了。只要能完成，它也就是好的……"

注释：

①②⑦⑧　路遥：《早晨从中午开始》，《路遥文集》第2卷，陕西人民出版社1993年版。

③　陕北方言，即"一住"。

④　朱合作：《本色路遥》，见申晓编《守望路遥》，太白文艺出版社2007版。

⑤　此信目前保存在清涧县路遥纪念馆。

⑥　路遥：《文学·人生·精神》，《路遥全集·早晨从中午开始》卷，北京十月文艺出版社2013年版。

⑨　王天乐：《〈平凡的世界〉诞生记》，见榆林路遥文学联谊会编《不平凡的人生》（内部刊印）。

⑩　子页：《在最后的日子里》，见晓雷、李星编《星的陨落——关于路遥的回忆》，陕西人民出版社1993年版。

⑪　李天芳：《财富》，见申晓主编《守望路遥》，太白文艺出版社2007年版。

⑫⑬⑭　路遥：《在延川各界座谈会上的讲话》，《路遥全集·早晨从中午开始》卷，北京十月文艺出版社2013年版。

⑬　此信原件由谢望新保存。

⑭　路遥：《我与广播电视》，《路遥全集·早晨从中午开始》卷，北京十月文艺出版社2013年版。

⑯　此信原件在延安大学路遥文学馆珍藏。

第11章 轻舟虽过万重山

乘着广播的翅膀

身体又亮红灯

为稻粱谋

欲说不能的婚姻问题

准备第三段创作

1990年夏,路遥与同学、作家海波在西乡县

1988年与柏杨欢聚

乘着广播的翅膀

从1988年3月27日起,中央人民广播电台"长篇连播"节目每天分两个时段向全国听众播送长达一百二十六集的长篇小说《平凡的世界》。播出一百二十六集,就意味着播送了一百二十六天,直到8月2日结束,历时四个月有余。这样,在广播是1980年代的重要传媒,以及传统的小说连播是中国民众文化消费的重要通道的情况下,《平凡的世界》的传播效应可想而知。

任何事物的成功,均是内外因相互作用的结果。具体到"长篇连播"中《平凡的世界》,责任编辑叶咏梅对小说精当的分集处理与适当的删节,对小说的播出成功起到重要作用。演播者李野墨,在二度创作、演播的时候,形成了贴近听众、侃侃而谈、绘声绘色、口语自然等一些明显的特点,以粗犷、憨厚、豪放、诚挚的声音魅力吸引了广大听众。这样,《平凡的世界》像沙漠中的一泓清泉,一下子就抓住了听众的心绪。

《平凡的世界》自开播到结束,在听众中引起强烈反响。数千封听众来信像雪片一样飞进中央人民广播电台,来信者中有学生、教师、工人、农民、军人、离休干部、待业青年等,他们共同表达这样的心情:听了《平凡的世界》,它教我们走路,教我们生活,教我们如何去实现自我人生价值。在这个天地里,我们领教了作家手中笔的厉害,体会到了作家撼人的魅力……

收听的故事五花八门,但均十分感人。一位学员来信告诉电台编辑,他们系有三个队二百七十人住在一幢四层楼房里,约有一百部收音机、录放机,在中午12点半都同时收听《平凡的世界》。新疆马兰基地的军人柴俊峰,在收听《平凡的世界》的时候如痴如醉,每天都用盒式带录下来,一百二十六天,一天不落。他平日里只要一有空,就反反复复地听,许多精彩片段他都背诵下来,并由此开始学习写作……

中央人民广播电台因播放《平凡的世界》而收到的听众来信,创1988年"长篇连播"节目听众来信量之最。在《平凡的世界》播出时,叶咏梅隐约地感到这部小说会有较大的社会反响,但是这种如同潮水般涌动的社会反响还是远远超乎她的想象。

在1980年代我国社会快速转型的大背景下,《平凡的世界》是沙漠中的甘霖,是美好的精神食粮,给无数普通人带去温暖、带去奋斗与前行的希望!

《平凡的世界》在电台播出的另外一个结果是,直接带动纸质图书的销量。《平凡的世界》第一部问世时只印了三千册,基本无人问津。可一经电台连续播出,叩动了千百万听众的心,竟使作品供不应求。出版社只好不断加印,以满足读者需求。中国文联出版公司副总编辑顾志成曾回忆过当时的情景:

我作为几十年来书报刊都编过的老编辑,每当看着读者排队购买浸透自己心血的报刊或书籍时,心里就像溢满了蜜一样甜,倍觉编辑这行,是世上最神圣的职业。可是,这几年情况大变,读者越来越少,就连后来获得第三届全国茅盾文学奖和全国首届图书大奖的《平凡的世界》,当初也很少有人问津,通过多方努力，新华书店征订数刚够三千册。读者这么少，哪会有社会效益？经济上要亏本数万元！怎么办？我为它失眠了……

不料，中央人民广播电台的编辑选择录用了这部一百万字的《平凡的世界》。电台以博大的胸怀接纳了它，用听觉艺术——《小说连播》的形式将它送给千千万万个听众。

原来是书少读者见不到，不买。而听了广播后，那些热情的听众拥向书店、出版社，来信更像雪片似的飞向中央人民广播电台。于是，广播的威力推动着印刷厂的轮转机，出版社一印再印，总也满足不了读者，直至它获得茅盾文学奖时已印了几十万册，出版社的经济效益也可想而知了……①

北宋时期，"凡有水井处，皆能歌柳词"。1988年，《平凡的世界》的播出，形成人人争着听收音机的情况。当时，从城市到乡村，从厂矿到学校，从机关到军营，每天中午12点半，人们都会自觉地围在收音机边，静静地收听李野墨演播的《平凡的世界》。

1991年，路遥在创作随笔《早晨从中午开始》中这样阐释当时的创作思想："在中国这种一贯的文学环境中，独立的文学品格自然要经受重大考验"，"在这种情况下，你之所以还能够坚持，是因为你的写作干脆不面对文学界，不面对批评界，而直接面对读者。只要读者不遗弃你，就证明你能够存在。其实，这才是问题的关键。读者永远是真正的上帝。"

是的，路遥的坚持是成功的。赏识路遥才华的叶咏梅女士，她用一片温柔的"叶子"（叶咏梅笔名）托起路遥作品，并通过广播来传播。《平凡的世界》赢得了中国的亿万普通听众，而亿万听众也在《平凡的世界》中获得巨大的精神能量。后来，又在新疆、内蒙古、陕西、云南等省台重播。据中央人民广播电台测算，《平凡的世界》当年的直接受众达三亿之多。《平凡的世界》乘着广播的翅膀，在中国的天空中飞翔起来了……

很多年后,《平凡的世界》演播者李野墨分析这部书产生巨大感染力的原因,这样讲道:"可以回顾一下,我们中国近代、现代、当代的文学史,其中刻画农民形象、农民生活的作品不在少数,偏偏《平凡的世界》如此经久不衰,对此答案我是感受出来的,此前的作品有同情农民苦难的,还有敬佩农民坚韧不拔精神的,但是就我所读到的作品来说,其作者不是高高在上地俯视农民,就是或多或少地审视农民,而真正地置身于农民当中,打心眼里觉得自己跟农民没有什么两样,以平凡的心感受,平凡的人的眼睛观察,来撰写《平凡的世界》的只有路遥。"②

身体又亮红灯

1988 年的夏天,路遥在抱着破旧的收音机收听自己作品的同时,他不得不再次面对自己的身体,他虚弱的身体又出问题了,亮起了"红灯"。

他只好再次北上陕北,在榆林与延安之间求医。西安工作的朋友、作家刘劲挺在榆林街头与路遥不期而遇,竟差点没有认出路遥来,原因是路遥"头发蓬乱,满脸的胡子有四五寸长,面皮黝黑,他艰难地对我说他病了,得了咽炎,来榆林看病"。③

"咽炎"一病,可能是个假象,可能是路遥对刘劲挺刻意隐瞒了病情。1987 年 6 月,他就给在洛川县任职的大学同学王双全说自己"像喉炎疼痛难忍"。自 1987 年得病吐血后,他已经清楚知道自己的病因与病情,经常是善意地"撒谎",掩盖病象,不想为外人知道。故他的榆林求医也可能只解决一些表象,而根本问题一直没有彻底解决。这样，直至《平凡的世界》第三部彻底脱稿并交给播出与出版单位后，病情又浮出水面，身体才又一次报警。退而言之，即使是"咽炎"，也是他长期劳累所致。因为这种病往往是人在疲劳、烟酒过度或者受凉受湿后，人体抵抗力减弱，病毒或细菌乘虚而入，侵及咽部所致，开始时病人感到咽部干燥、烧灼感，渐觉咽痛，吞咽时更痛，常伴有全身不适、头痛和轻度发热等症状。检查可见咽部充血肿胀、扁桃体和咽部的其他淋巴组织也可能红肿。

然而，北上榆林却找不到张鹏举老先生这样的好中医了，他也只能休养几天再去延安。

7月初，路遥因陪同中国电视剧制作中心导演潘欣欣来陕北体验生活，入住延安宾馆。在延安期间，路遥给母校延安大学题了词。路遥的老师、时任延安大学党委副书记的申沛昌回忆：

> 1988年7月，我正在忙着筹备延安大学成立五十周年校庆活动，路遥的三卷百万巨篇《平凡的世界》也全部完稿，正好来到延安。我们有机会在延安宾馆进行了一次亲切而坦率的交谈。俩人主要交谈了各自工作和事业方面的情况。路遥则主要讲他创作《平凡的世界》的艰难过程。交谈中我直率地问他："听到有些人说，你现在成名了，不愿承认自己是延大中文系的学生吗？我是不相信，但社会上一直在流传着，到底是怎么回事？"他听后很激动地对我说："申老师，你应该知道，我从上大学前开始直到现在，一直有人告状、诬陷，这十几年，我就是在一些奸佞小人的诽谤和攻击中走过来的，用这种卑鄙下流的手段毁人名誉实在是无耻之极，好在我已习惯。说我不认延大，这只是个小谣言而已，绝无此事。我们不是一直在来往联系吗？"……接着我就说："那好，现在学校马上要举行首届校庆，你给学校题个词，到时候回来参加校庆活动，并给中文系师生

作一场文学创作的专题报告。"他当即爽快地答应了,并且全部落到实处。他给延大的题词是:"延大啊,这个温暖的摇篮……"这个题词现在珍藏在延安大学档案馆。④

申沛昌和路遥的这次交谈留有照片,从照片上看路遥似有些虚胖,与正常体态有些差异。当时的情况下,路遥没有说自己有病,申沛昌也不知道路遥的病情。

既然《平凡的世界》也完成了,那么路遥为什么不痛下决心认真治病,调理自己的身体呢?

已故的陕西省作家协会专业作家京夫生前对路遥的病有些认识:"长篇小说《平凡的世界》杀青以后,路遥就有点体力不支,后来的漫长修改,更加摧残了他。一个异常强壮的陕北年轻汉子,看上去相貌比年龄大了许多,上楼走动都喘气。

"那时他笃信北郊一位医生,用一种粗不拉几的药汁将胸口和脖子涂得污脏。我问起他这是干什么时,他说内病外治。内病?我不知他所患何病,他说内火,火伤肝,用外敷药把内火往出赶。'赶'了一个夏天,似乎又一个秋天,这个意志坚强的人自我感觉比以前好了,实际上这时已经为后来的病大发作埋下了伏笔,如果当时他住进医院,全面检查,不把肝病当'肝火',也许愈后会好得多。强悍的性格也有其弱点,有时会把一种暂时还不明显的现象掩盖了,路遥对自身的病的轻慢,也许是由于自身的性格造成的。

"记得我曾经不止一次对他说,路遥,你两只手掌有朱砂痣,你应当查一查,这是肝有毛病的表象。他则每次一笑说:'是吗?'似乎根本就不相信他会有肝病,他太相信自己年轻的生命了。"⑤

应该说,不是路遥不相信自己有肝病,而是他刻意隐瞒自己的病情,这才是事实。1988年左右,陕西作家贾平凹也得了肝病,他选择写文章向全社会宣布病情,把某种压力给了读者,自己则轻松了许多。路遥却遮着、捂着,在所有人面前完全伪装成健康人,即使有病后也是轻描淡写,这不是性格决定命运又是什么?

作家京夫生前专门撰写过《斯人已去谜未解》的文章,对路遥隐瞒自己病情的心理,做了一些猜测:"我想,一种可能是存在的,那就是他在事业上有更大的设想,更高的追求,而且已成雏形,跃跃欲试,需要身体和精神全方位地调动起来,合力支撑,毕其功于一役。身体不达,精力不济,更需要顽强的精神支撑,他要给自己造成一种身体健康的假象,建立一种巨大的不可动摇的自信……"⑥

正因为如此,本来有机会认真治病、调理身体的路遥,却采取了一种对自己和社会极不负责任的"鸵鸟态度"。

路遥是中国作协陕西分会党组成员与副主席,他在1988年秋天以后忙碌于一些社会活动:

9月22日,作为知名校友的他回到母校延安大学,参加建校五十周年校庆活动,并作文学讲座。

24日下午,路遥与中文系师生进行文学对话。

"首先,路遥谈了他对陕北和母校的看法。他说:我认为真正的思想出于僻静之处,在太嘈杂的社会环境里,人不得不用极大的精力去应付来自各个方面的干扰;而延大地处陕北,既距生活近,又不嘈杂,是治疗青年狂妄症的好地方。在母校学习的三年,是我生活的转折点,我感谢延大!他告诫同学们:有抱负的人,应该先看看别人的成果,这样就会少走弯路;基础知识很重要,应该扎扎实实学好吃透;在经历了枯燥之后才会进入诗的意境,不要异想天开,想入非非……"

"不知不觉中,时间已经到了。但大家都觉得还有很多话要谈。走出会场,路遥又和一些同学合影留念,依依话别。他告诉大家:'这次能回母校参加校庆,我非常高兴。'"

这两段文字是出自1988年10月8日第7版《延安大学报》上《我

感谢延大!"——路遥与母校同学对话》的新闻特写。这篇新闻特写生动地还原了优秀校友路遥与母校同学对话的场景。

11月3日,就其中篇小说《人生》译成俄文、并在苏联青年近卫军出版社出版一事,致信苏联青年近卫军出版社表示感谢。

11月,台湾作家柏杨、张香华夫妇在中国作协创联部主任周明陪同下访陕,路遥代表陕西分会在兴庆宫宴请,并赠景泰蓝瓶一只。

12月,大西北文学研讨会在西安举行,军旅作家李存葆、莫言等出席,陕西作家路遥、王愚、李小巴、白描、晓雷等出席,会后合影。

就在这次会议上,路遥与文坛新星莫言第一次见面。早在1982年,中篇小说《人生》走红时,正在部队服役的莫言给路遥写去长达三千字的长信,探讨人生问题。而在1988年初冬之际,因发表《红高粱》开始走红的莫言,借出席大西北文学研讨会之际,在西安见到路遥,他们也有一张合影。不过,当时的莫言套两件旧毛衣,显得十分青涩。就是这位当年与路遥见面时有些拘束的年轻人,2012年冬在瑞士的斯德哥尔摩荣获诺贝尔文学奖,他也成为第一位获此殊荣的中国籍作家。

为稻粱谋

路遥的工资不高,稿费也少得可怜。《惊心动魄的一幕》五百元,《人生》一千三百元,而长达百万字的巨著《平凡的世界》也不过三万元(每千字三十元)。即使1989年的电视剧《平凡的世界》著作权报酬,也只有区区六百八十元。而路遥抽烟凶,又喜欢喝咖啡,这两样的开支不在小数。当然,他还既必须承担抚养女儿的家庭责任,也必须承担资助清涧与延川两处老人的基本义务。因此，他基本每月都是囊中羞涩。当《平凡的世界》交稿后，路遥想赚钱的思维又开始活跃起来了。

"金钱不是万能的，没有钱是万万不能的"，路遥不止一次地说起这句当时的流行语。一个时期，关于如何赚钱以适应社会的变化，路遥像构思小说一样又有一串又一串的想法。

路遥的第一个举动是想卖牛仔裤。1988年秋，路遥打电话给正在西北大学作家班上学的作家海波，让他去商量要事。海波去后才知道路遥是想一块合作做生意。路遥说自己有一个飞行员朋友，能从广东、福建那边往西安捎牛仔裤，要海波出面在西安登记一家店铺，与他合伙做生意。并说："进货的本钱和运输全不要你管，你只管去卖；有风险我们承担，有利润咱们均分。"当时一门心思想当作家的海波断然不接受，反而认为路遥小看自己，反问路遥："你把我看成做生意的人了吗？"路遥无奈地看着海波，好半天不说话，只是深深地叹气。这样，路遥想让海波出面卖牛仔裤的计划就黄了。

路遥还设想开家大餐馆，想搞个运输队，想在陕北办个牧场等等，但仅仅是"务虚笔谈"，以至于作家朋友李天芳调侃他："也不记得是中国还是外国，反正某位大人物说过，你若想干成什么来，假如在七十二小时之内不见行动的话，那注定不会成功。"路遥嘿嘿一笑，叹口气说："看来，咱们还得吃写作这碗饭！"

生意没有做成，但是写"有偿报告文学"的事情路遥却参加过。他也是尘俗中的人，也要穿衣、吃饭，也要养家糊口啊，因为"没有钱是万万不能的"。

1988年12月，路遥应《中外纪实文学》主编徐岳邀请，与莫伸去汉中撰写报告文学多日。徐岳是路遥老朋友，主办的《中外纪实文学》面临生存危机。徐岳想借路遥的大名为刊物打开一条生路，路遥慨然应诺。这样，他和徐岳、莫伸三人有了一次汉中之行。他们到汉中后，始住汉中制药厂专家楼，并与制药厂领导搞了座谈会。

住到第五天，路遥一行去汉中的消息传出，汉中文友与地区领导拜访，这样他们再搬到地区招待所住。汉中文坛领袖王蓬还专门在剧院组织了一场针对文学青年和爱好者的文学讲座，路遥讲了一个多小时。

在汉中期间，他们还参观了武侯墓，路遥特意用身体贴着墓碑拍了一张照片。汉中回来后，路遥专门躲在西安电影制片厂大酒店，很认真地完成了"作业"《汉中盆地行》。这篇文章不是媚态文章，而是一篇文笔与思考俱佳的随笔，看不出应景作文的痕迹。

路遥的这次有偿写作，最终赚了多少钱呢？我们已经不得而知了。但是有一点却是确凿无疑的，即路遥1992年病逝后，路遥妻子林达要给徐岳还欠编辑部的一千元钱，而徐岳说他"早还了"。换言之，路遥的汉中之行抵销了一千元欠账！这就是路遥最初有偿写作的收入！

还有一次是想写"有偿文章"挣钱但又后悔的事情。1990年初，路遥对在西安电影制片厂短片部工作的海波说："实在穷得没办法了，能不能找个挣钱的事做，写报告文学也行。"当时，海波正筹划一部电视剧，出资方是汉中市西乡县人民政府。这个县副县长与海波关系很好，海波就把此事告诉这位副县长。副县长说西乡县有位在全国奥林匹克物理竞赛中获得第一名的高中生，如果路遥能写写这个学生，对县里教育事业肯定有促进作用，当然也能给些报酬。路遥答应了，但要求海波与他同去。海波那时很忙，专门抽出时间买好火车票准备出发时，路遥却后悔了，说他不愿意去，"觉得别扭"。海波只好连劝带逼把路遥领到西乡县。西乡县对大作家的到来自然十分重视，县长天天陪着吃饭，副县长几乎全程陪同采访。采访很顺利，谁知路遥回去后又后悔了，坚决表示不写，要海波撰写。可人家是冲着路遥的名气来的，海波只好向副县长道出实情，这件事才算不了了之。作为好友的海波当时得出的结论是：路遥非常需要钱，但更爱面子，真正是"死要面子活受罪"啊！[7]

也就是在1989年前后，海波发现路遥在饮食上有些怪异。一次是1989年深秋,海波在延安遇到路遥。路遥当时参加省里的一个会议,会议组织来延安参观。路遥听说海波也要回西安后,主动要海波乘他们的便车,以便一同拉话。车到黄陵县后,当地政府设宴招待。许多人邀请路遥同桌吃饭,但路遥谢绝了。他找了个服务员说:"我俩是回民,要吃清真食品。"不料服务员说:"正好,那边已有清真席,你们过去一块吃。"路遥不肯,服务员很不高兴,把他们安排在一个小角落里,很简单地放了两个菜和几个馒头,很明显是在整人。路遥却对服务员说:"现在好了,你别管我们了。"服务员一离开,路遥就要海波和他一起把桌子抬到墙角处,两个人向着墙角吃。海波以为路遥是和那位服务员赌气,就劝路遥说:"和一个小孩子赌什么气,闹不好让人笑话。"路遥说:"不是赌气。我现在一看见猪肉就想吐,我害怕自己忍不住失态,所以才这样折腾。"

第二次就是陪同路遥去西乡的火车上。他俩坐火车软卧,包厢里只有他们二人。过了一会儿,路遥从旅行包里取出水杯、一瓶奶粉状的东西和一个小勺子,用开水和了那粉再用小勺子轻轻搅动,并问海波:"你喝一点不?"海波说:"不,我喝不惯那些洋玩意。"路遥说:"你这个人,最大的毛病是排斥自己不熟悉的东西,看上去是自信,骨子里是自卑。"海波一听来气了,说:"好心给你节省东西,落不下好,还嘲笑我。好,我也来点——"说着,抓过路遥的杯子要喝。路遥一把夺回杯子,厉声说:"别用我的杯子!你怎么这样不文明?"路遥与海波从小一起上学,二人彼此知根知底,是"发小"关系,情同手足。路遥这样过激的反应,让海波无所适从。出门从来不带喝水杯的海波用自己的刷牙杯子倒了点奶粉,又加了些开水,摇了半天,怎么也摇不匀,就伸手拿路遥的小勺子。不料,路遥夺回小勺子,涨红着脸说:"刚才不是和你说了吗,你怎么这样?"这回海波可真有点生气了,想不喝,又怕不好收场,只好用牙刷胡乱地搅了几下,很勉强地喝了一口。一喝,竟觉得味道好极了,一仰脖子喝个精光。路遥见海波这个样子，龇着牙笑："怎么样？这'洋玩意'不难喝？"海波连声说："好东西，好东西。再来一杯。"海波又一口气喝了一杯。连喝两杯还不过瘾："有富余吗？我还想喝。"路遥没说话，把那粉瓶推过去，眼睛定定地看着海波，显出很惊讶的神情来。海波正喝第三杯时，路遥突然把自己的小勺子伸进海波的杯子，使劲搅了一下，又像被蜂蜇了一般迅速抽回去。海波说："你捣乱什么？你不是不让我用你的勺子吗，怎么又伸进来搅呢？"路遥没有说话，向后靠在被子上，好半天才说了句："从认识那天起，你就瘦弱瘦弱的，可就是没病。"接着，又叹息了好一阵子。

　　这件事海波当时没有在意，后来知道路遥患肝病后才分析：路遥当时应该知道自己已经病了，所以才出现如此复杂和矛盾的心情。

欲说不能的婚姻问题

　　路遥因积劳成疾，酿成大病，某种原因是由于家庭出了问题。俄罗斯大文豪列夫·托尔斯泰说："幸福的家庭是相似的，不幸的家庭各有各的不幸。"路遥与林达的婚姻，注定就是一场悲剧。

　　路遥与林达的婚姻，可谓北京知青上山下乡运动的副产品，没有知青的上山下乡运动，就没有这样的婚姻形式。北京知青与陕北青年的婚姻有两种形式：一种是陕北后生娶北京女知青；另一种就是北京知青娶陕北姑娘。在北京知青的上山下乡运动潮流中，这两种婚姻较为普遍，大多经受住了时间的考验。如我国当代著名文学评论家白烨、著名作家白描等人的夫人均是北京知青；知青运动中的插队模范、后成为实业家的北京知青丁爱笛娶的老婆就是陕北农村姑娘张海娥。

问题不是路遥不能找北京女知青,关键是如何找,找什么样的人,要运作成什么样的婚姻。年轻时期的路遥很有文才,心志很高,非北京知青不娶。因为北京女知青身上散发出的是都市文明的气质,他找女朋友就是想找自己能征服与驾驭的北京知青。他的恋爱开始就是在征服与被征服、驾驭与被驾驭之间的"搏斗"。他的第一个女朋友是林达同村插队的好朋友,这个女知青漂亮、多情,也颇有心计。她和路遥在县毛泽东文艺思想宣传队认识,一下子勾住路遥的魂。路遥甚至把很快能跳出"农门"、改变自己命运的招工指标,执意让给这位女知青。当时,县里好多人给路遥提醒,你在做"鸡飞蛋打"的傻事啊!但路遥却固执己见,结果可想而知。路遥与林达来往后,许多人再次提醒他,但他"明知山有虎,偏向虎山行"。

　　如果说路遥的第一场恋爱是浪漫型的话,那么他与林达的恋爱与结婚则透露出更多的现实功利性特点。路遥有文才,是当时全延川县一颗冉冉升起的文学新星,这一点不假。但他却是农村一个赤贫如洗的家庭的养子,除了勇气与胆略、才能与知识之外,没有任何与林达相抗衡的地方。而林达尽管不是"仙女型"美女,但具有北京大都市知识女性的一切特点。她在插队之时文采也不逊于路遥,1972年发表在延川《山花》小报上的散文《在灿烂的阳光下》就是明证。更为关键的是,她是南方人,归国华侨子弟,拥有高干家庭身份。这样,两位心志均很高、同样有文才的青年人注定能够在恋爱中交集,也注定能碰撞出耀眼的火花,但却不是最合适的夫妻。

　　性格决定路遥善于挑战。早在恋爱阶段,有人反复提醒路遥:"找一个本地人比较稳妥,知根知底,有挑有拣。"但路遥听不进去,反问:"哪一个本地女子有能力供我上大学?不上大学怎么出去?就这样一辈子在农村沤着吗?"事实上,林达成为路遥的未婚妻后,每月的工资主要是供路遥上大学。1978年元月,路遥与林达马拉松式的恋爱终于有了结果,二人终于组成新的家庭。从婚姻形式上看,陕北后生娶了一位北京来的大公主，这种婚姻是"白雪公主下嫁穷小子"的翻版，很浪漫也很有故事。事实上，维持这样爱情与婚姻的成本很高，往往得不偿失。"白马王子娶灰姑娘""白雪公主下嫁穷小子"这些爱情与婚姻故事，只能是人们的美好憧憬。

爱情是激情与浪漫的同义词，而婚姻则具有现实性与功利性。从现实的角度来观察，婚姻意味着柴米油盐酱醋茶，意味着锅碗瓢盆交响曲，意味着打呼噜放屁与臭味相投，意味着相互坦诚地一生厮守、共同担当，意味着必须一生付出与共同经营。路遥与林达的家庭从起航开始，他们的共同经营与维护均远远不够。

首先，路遥的生活习惯与正常家庭的生活格格不入。长期的伏案创作，致使路遥形成"早晨从中午开始"的习惯，他的早晨是中午，他的工作时间是下午到凌晨三四点。这样昼夜颠倒的作息方式，随之而来的是一系列具体问题——如吃饭问题、穿衣问题、送孩子上学问题，甚至是夫妻生活问题等等。林达是杂志社编辑，她必须按时上下班，也要承担接送孩子上学甚至管理孩子吃饭的具体任务，而路遥基本上是"甩手掌柜"，因为他中看不中用。路遥每天起床了，见不到老婆孩子，自然也吃不到一口热饭，只能是随便凑合一下。难怪省作协的同事们经常看见路遥是两根发蔫的油条、一根黄瓜、一颗西红柿，或者一个大蒸馍就一缸浓茶。晚上在工作间创作饿了，要么到门前小摊上随便吃顿什么便宜饭，要么敲开同事家的门，要个馒头什么的，情况好时还能吃顿热汤面。长期这样生活，路遥的家庭自然会产生诸多不和谐因素。当然，要解决这个问题只能双方妥协。路遥是把创作看成比生命还重要的人，他经常说："一个作家不出作品，尿都不是。"话虽粗俗，但道出真理。要路遥纠正自己为创作而形成的创作习惯，比登天还难。那么，林达能否进行妥协呢？这也不可能。林达是都市知识女性，工作是她身份的确认，她也不会放弃工作成为专职相夫教子的家庭妇女。她的工作时效性强，必须守时守点。再说她能一心一意照料孩子已经非常难能可贵了。我们没有必要强求她!

再说具体点,就饮食习惯上来看,路遥与林达的差异性都很大。路遥出生于陕北的穷苦农家,从小饥一顿、饱一顿,对饮食完全没有讲究,直至结婚后他仍喜欢吃揪面片、洋芋叉叉、熬洋芋、炖羊肉等陕北家常菜。而林达尽管在延川插过队,但她是南方人,饭食上以米饭为主。在结婚后的最初几年里,路遥为了满足她吃大米的要求,不惜动员朋友经常从汉中买米。而路遥的味觉却始终停留在对陕北饮食习惯的记忆上。

路遥虽然长着陕北人的胃,不讲究吃,但是却喜欢在创作时抽高档烟、喝洋咖啡。海波回忆说:"路遥在生活上非常简朴,可以说不讲究吃,不讲究穿。但也不是什么也不讲究,比如说抽烟,他就很讲究。打从进西安之后,路遥抽烟的'档次'就提高了,甚至提高到和他收入不相称的地步。从上世纪八十年代初,他就开始抽三四块钱一包的香烟,每天最少两包,一月光烟钱就得花掉两百块,而他每月的工资仅为一百多块,还不够抽烟。就此,我多次建议他把烟的'档次'降下来,至少做到量入为出。他不同意,说,这不是生理上的需要,而是心理上的需要;不是打肿脸充胖子,而是为营造一种相对庄严的心情;而保持庄严的心情,为的是进行庄严的工作。"[8]

路遥朋友、作家黄河浪生前也回忆:"饭毕,我们在街上走走,他爱往书店和烟酒店去,购买心爱的书买好抽的烟。他烟瘾很重,烟的档次也很高,且都出自云南产地,大都是'红塔山',一买就是好几条,别的烟几乎不闻不问。为此我开玩笑道:'你老兄除属于陕北外,还应该有第二故乡,干脆到云南去工作。'他说:'你也这么讲哩,我早盘算过了。'我问他一天能抽几盒烟,他说没两三盒打发不了。我为他算了一笔账,当时'云烟'还没有今天昂贵,但一个月也得几百元钱,那几十张'黑老板'就在烟雾缭绕中飘去了。我略带惋惜地说:'你把这些钱买成牛奶、鸡蛋等营养品多好,既省钱又于身体有利。'他埋怨似的说:'话怎能那么讲哩,人活一世各有习性,你一辈子别吃别喝钱都攒下了,谁也难以剥夺我与烟的友情。'是的,我想那袅袅烟体即是路遥的思维,即是他的文章,他的作品都是在烟雾中诞生的。"⑨

按照心理学解释,人的某种习性往往是与他维持自身的某种强大有关。路遥嗜烟如命,似乎也与其自尊有关?1980年代的中国,虽无禁烟一说,但这种凶猛的抽烟方式,毕竟是要靠人民币来维持的呀。这样下来,路遥的工资基本贡献给了中国的烟草事业。没有工资、没有收入,维持一家人的开支只能靠林达了。长此以往,林达能没有意见么?

其次,"农裔城籍"的路遥负担很重。他有延川与清涧两家老人,兄弟姊妹众多,穷亲戚多,这些势必要让他不断分心。路遥是念家之人,早在1980年初,陕北农村吃不上白面、大米,他总想办法从西安长途给延川与清涧的老人们捎米、捎面,尽一份孝心。在农村的兄弟姊妹找他这个大哥,他能不给钱吗?这种所有的爱心是建立在真金白银的基础上啊!

再说,路遥是大男子主义者,具有陕北男人的许多优点与缺点,而不像上海男人会体贴爱人,会精致地生活,等等。

凡此种种,不一而足。长此以往,这个家庭有矛盾与裂痕是迟早的事情。路遥长期在外搞创作,林达默默地支撑着这个家庭,心有怨言也属正常。倘若路遥能够及时解决问题,化解矛盾,就不会出现后面的问题。可是,早在创作完《平凡的世界》第二部、身体出了问题之后,家庭就亮起"红灯",林达提出离婚,但路遥坚决不同意。弟弟王天乐鼓动路遥,要他不要再维持那个有名无实的家庭了,找一个陕北女孩,不识字最好,专门做饭,照顾他的生活。但是路遥却因女儿的问题,放弃了这次机会……

再到后来,路遥家庭出现长期冷战,夫妻之间形同陌路。为此,朋友们看在眼里、急在心里。有一次,路遥朋友、西安电影制片厂副厂长张子良给林达同事、路遥朋友孔保尔下达一个说和任务,要求劝他们两口子握手言和、重归于好。孔保尔见到林达,切入正题,可没有想到林达却泪如雨下,哭着说你们都说我不好,你们谁知道我这些年是怎样过来的,谁替我想过等等,弄得孔保尔左右不是。他下午见到路遥后,又想从路遥的角度劝说,可是路遥却说不可能和林达重归于好了。孔保尔问,林达要和你离婚,你为什么不愿意离?路遥说他的一举一动都会引起全国性的关注,离婚会给女儿带来很大的伤害,因为他非常爱他的女儿,他不能给女儿带来伤害,他也不想给自己造成负面影响,他只有忍着。孔保尔感到:路遥和林达作为文化人,都太有性格了,这也成为路遥沉重心情和生活的一部分。[⑩]

事实上,林达也是一位非常优秀的女性。许多人回忆,林达是位性格开朗的知识女性,她的文采也不错。路遥在多部小说创作中,都听取了林达的意见。林达甚至还给路遥誊抄过稿件,帮助联系过作品的发表,等等。当然,林达的身影也渗透在路遥小说所精心刻画的众多气质高贵的城市女性形象中,读者只要仔细研读,不难发现路遥的这种情感指向。

作为与路遥、林达一起在延川这块土地上生活过多年的两人的共同朋友海波,对他们从恋爱到步入婚姻殿堂,再到后来的出现裂痕,有个明确的认识,他回忆说:

我认为路遥和林达的不愉快,主要责任在路遥,而不在林达。当年作为未婚妻时,林达为路遥付出了能够付出的一切:在路遥最困难的时候和他订婚,为了供路遥上大学,使出了所有的力气;婚后甘当陪衬,勤勉地维持着这个小家庭;路遥去世后,面对许许多多的不理解,始终保持着高贵的沉默。毫不夸张地说,如果没有林达的支持,路遥不会有如此成就;如果有,也会付出更多艰辛。

我同时认为,在总体上讲,路遥也没有辜负林达对他的爱,他用惊人的毅力、忘我的劳动和世人瞩目的成就实现了给林达的承诺(如果有承诺的话),用事实证明了林达是一个有眼光的女人。他是一个和平年代的传奇英雄,一个值得男人学习、女人爱的英雄。和他的巨大人格魅力和非凡的创造能力相比,他的缺点是那样次要和微不足道。像一座雄伟的大山一样,在阳光下他雄劲壮丽,高大巍峨,但也难免有阴影。令人感叹的是,他把最好、最大、最本质的一面献给了社会、献给了读者,而把阴影留给了他的亲人,特别是他的爱人林达。⑪

路遥病逝后,林达和女儿在挽带上写出"路遥:你若灵魂有知,请听一听我们的哀诉……"的字样。作为路遥合法妻子的林达是在借此表达一种怎样复杂的心绪呢?我们不得而知。

海波回忆说,路遥病逝后不久,林达给他说过一些"摸不着头脑"的话后,才引起他对路遥家庭裂痕的注意。"那天我进城去,在大街上遇上了林达,她开口的第一句话就是:'听说你也在背后说我的不是,别人不知道路遥,你也不知道吗?'问得我'丈二的和尚,摸不着头脑'。我问她听说了什么,她没回答,只说:'我也想你不能说不负责任的话。'说完就走了。这之后,我才听到有关他们之间不睦的传言,这令我非常难受……"⑫

俗话说得好,家家都有一本难念的经;清官难断家务事。是的,婚姻是现实文化的产物,仅凭初始的"共同语言"远远不够,还需要努力经营与不断维护。路遥家庭这本"难念的经",像"双刃剑"一样,成就了路遥,也毁了路遥。

路遥的家庭究竟在哪个环节出了问题,以致到了无法维护的地步,这仍像谜团一样困惑着众多的路遥迷。路遥病逝后,林达多年来一直缄默不语,保持着高贵的沉默。

笔者想倘若路遥再有来世,在选择"刘巧珍"与"黄亚萍"的问题上,还是会依然选择城市姑娘"黄亚萍"。这就是路遥的宿命。

准备第三段创作

长篇小说《平凡的世界》面世后,虽然赢得了无数读者与广播听众,但是文学界的反响是冷淡的。《文学评论》常务副主编蔡葵先生,在《光明日报》1988年12月16日发表《〈平凡的世界〉的造型艺术》公开支持路遥。这令路遥非常激动,他在12月31日给蔡葵回了一封长信,较为系统地阐述自己的文学观念与人生追求:

蔡葵同志:

您好!

我刚从外地回来,见您信,十分高兴,同时也拜读了《光明日报》您评拙作的文章。非常感谢。这部小说至今除镇南写过一篇有分量的文章外,您这篇是最重要的一篇。我反复读了好几遍,现在也还在手头带着。虽然我也看出来您的文章是被"剪裁"了的,但文章的论述使我很激动。您公正地用了一些大胆的褒词肯定了我的努力。您应该看得出来,我国文学界对这部书是冷淡的。许多评论家不惜互相重复而歌颂一些轻浮之作,但对认真努力的作家常常不屑一顾。他们一听"现实主义"几个字就连读一读小说的兴趣都没有了。好在我没有因此而放弃我的努力。六年来，我只和这部作品对话，我哭，我笑，旁若无人。当别人用西式餐具吃中国这盘菜的时候，我并不为自己仍然拿筷子吃饭而害臊。

您对小说提出的意见是有道理的。其实，这部作品还存在着许多不足。您知道尽管我们群起而反对"现实主义"，但我国当代文学究竟有过多少真正的现实主义？我们过去的所谓现实主义，大都是虚假的现实主义。应该说，我们和缺乏现代主义一样缺乏（真正的）现实主义。我是在这种文学历史的背景下努力的，因此仍然带有摸索前行的性质。不过，我的确是放开了胸魄，一丝不苟完成这部作品的；它的不足既是我的不足，也是中国现实主义的不足。对我个人来说，最重要的是它总算完成了。我记起托马斯·曼的一篇特写（也可看作小说）《沉重的时刻》，是为纪念席勒逝世一百周年写的，文中写席勒创作那部史诗《华伦斯坦》时的心理状态，其中有这样的话：终于完成了……它可能不好，但是完成了；只要能完成，它也就是好的。这也正是我目前的心境。当然，我也期待着我国评论家来实事求是地认识这部作品（包括它的不足）。至于我本人，我将尽量默不作声。我国文学界真正意义的自由争论还未形成，我认为这一原因主要是我国文学界自身造成的。比如，一张全国性的文艺报纸，仅仅发表几个编辑所持观点的文章，怎么可能真正形成百花齐放的局面呢？鉴于我国文学界的状况，你只能用作品来"反潮流"，不可能去用其他文章去论争，他们可以发表你的文章，但会安排在被审判的位置上，把你弄成浑身武力而未用尽的那些人的"靶子"。何必呢，老蔡！人一生有多少精力去扯这种闲淡！我已经孤独惯了，宁愿一个人躲在那些荒山野舍里；

这样的时候,我才感到能更好地回到深远的历史和博杂的现实生活中去,也才可能使自己的心绪漫游在深广的宇宙中和人生意义的无尽的思虑之中。地球会爆炸,会消失,伟大与平凡将一起泯灭;生命是如此短暂,应该真正做点自己愿意做、也力所能及的事。一切不必要的喧嚣和一时的人生风光都没有什么意义。

扯得很远了。我十分愿意再能看见您对拙作的意见,我将能在其间看见您和我的一种心灵的交流,仅这一点就令我激动不已。

致

深切的敬意!

(您很忙,不必回信)

路 遥

一九八八年的最后一天[13]

"当别人用西式餐具吃中国这盘菜的时候,我并不为自己仍然拿筷子吃饭而害臊。"这句话的潜台词,就是一位作家的艺术个性应该与民族文化的土壤相契合。某种意义上,这就是路遥的核心"艺术思想"。

路遥是位在人生旅途中不断跋涉,并不断超越的作家。他1989年1月5日,认真总结自己的创作得失,并着手规划未来的"第三段创作"。他在给上级部门的汇报材料中,这样进行"个人小结":

个人小结(草稿)[14]

我的创作历程是艰苦地摸索前行的历程。几乎每走一步都要付出身心方面的巨大代价。我认识到,文学创作从幼稚趋向于成熟,没有什么便利的捷径可走。因此我首先看重的不是艺术本身那些所谓技巧，而是用自我教育的方式强调自身对这种劳动持正确的态度。这不是"闹着玩"，而应该抱有庄严献身精神，下苦功夫。

我也极注重自己的创作个性，不愿意盲目地趋赶潮流（不管这种潮流多大），好多情况下，我正是因为对某种潮流感到不满足，才唤起了一种带有"挑战"意识的创作激情。我在学习研究各种流行的艺术流派的时候，力求不尾随，不被淹没，而使这些营养溶化在自己创作个性的血液之中。

我认为，作家如果没有深厚的生活基础，或者有了生活，而又不能用深邃的目光洞察它，作品就都将会是无根的草或不结果的花朵。我要求自己，在任何时候都不丧失一个普通劳动者的感觉，要永远沉浸在生活的激流之中。

所有这些我都仍将坚持到底。

路 遥
一九八九年元月五日

1月5日，路遥在《业务自传》中这样谈到自己今后新的创作设想："今后准备继续深入到生活之中，同时集中一段时间，更深入地研究中国历史和世界历史，广泛地研究西方现代派艺术的源流，在此基础上确立自己的'第三段创作'。"[15]

同日，路遥还在《本人对目前专业设想建议》中写道："就个人来说，要更深入地投入社会急骤变革的大潮中，同时力争将这一历史进程放在人类历史的大背景上思考、体察和理解，以求写出更有深度和广度的作品。"[16]

1月8日，路遥将《个人小结》（草稿）中的第一段："我认识到，文学创作从幼稚趋向于成熟，没有什么便利的捷径可走。因此我首先看重的不是艺术本身那些所谓技巧，而是用自我教育的方式强调自身对这种劳动持正确的态度……"改为:"我认识到,文学创作从幼稚趋向于成熟,没有什么便利的那些所谓技巧,而是用自我教育的方式强调自身对这种劳动持正确的态度……"

这些《个人小结》《业务自传》《本人对目前专业设想建议》,构成路遥这一阶段文学思考的基本内容。为此,路遥又开始了他"第三段创作"的准备工作。

晓雷回忆,路遥曾有创作《生命树》《崩溃》《十年》等的设想:"他为我描述他的那因穷困和疾病而受尽磨难从而早夭的妹妹的故事,他描述他家乡那黄土沟壑中一棵老槐树,他把妹妹的故事和老树的故事编织在一起说要写一部二十万字的长篇小说,题目就叫作《生命树》,在这树下发生的几对青年男女的膨胀着幸福和浓缩着苦难的经历,那是关于黄土高坡上亚当和夏娃的历史,凝聚着数千年的中国文化沉淀和亿万斯年的黄土堆积……东欧和苏联社会主义雪崩似的解体,使他难以成寐,彻夜与我长谈,他由此而联想到他所熟悉的陕北某城几个老干部家庭的崩溃,他在发幽探微,由几个家庭探寻大千世界的奥秘,探寻其中的规律,计划写部较大规模的长篇,题目叫作《崩溃》……我说,在我看来,《平凡的世界》并未动用你最为深刻的生活体验,'文化大革命'才是用生命和鲜血作代价体验过的生活,那是刻骨铭心的生活,正像《平凡的世界》你动用了你三十岁以后年龄段的十年获得成功一样,写'文化大革命'十年,你花去四十岁以后年龄段的十年,一定会写出一部远比《平凡的世界》更为深刻的著作。他又兴奋而激动地说,好,用十年时间写'文化大革命'十年,书名就叫《十年》,写他一百万字,把上至中央的斗争与下至基层群众的斗争,把城市的斗争和农村的斗争,穿插起来,写出属于自己对'文化大革命'的独特判断和剖析……我能感觉得到,此刻的路遥,已不是写《平凡的世界》的路遥,他对社会和世界的思索,他对艺术本体的探求,已经远为深邃和宏阔了。他已不满足于对客观世界的呆板摹写,也不满足对人的社会活动的繁冗描述,他要把生命本源和社会底蕴中的秘密揭示出来。他那永不满足的灵魂已经漂洋过海,神往北欧的皇家科学院一项最具权威性的奖项了……"[17]

这样,路遥在1989年开始,主要进入读书与思考的阶段。当然,他也不介意参加一些社会活动。

3月上旬的一个上午,路遥去陕西省图书馆进行文学讲座。笔者与同在西安学习的延川籍同学远村、泰气一起相约赶到省图书馆听讲座。讲座毕,我们自我介绍并请路遥签字。路遥给笔者的签字是"永远年轻",给远村的签字是"生活之树长青"。这是我们第一次见到路遥。路遥说,谷溪介绍过你们几个小老乡。当时,笔者是狂热的文学青年。

5月18日,路遥"去医院照看孩子,回机关路过作协游行队伍时,跟着前往新城广场游行队伍游行一次,沿途没有呼什么口号。对此清查清理中,曾多次作过检查,认识较好"。[18]

6月,随笔《出自内心的真诚》与《个人小传》收入洁泯主编的《当代文学百人传》(此书由求是出版社1989年6月出版)。前者不足三百字,却高度浓缩地表达了路遥的艺术思想:

出自内心的真诚[19]

我们常常谈论所谓艺术的魅力,也就是说,我们的作品凭什么来打动别人的心灵?

在我看来,要达到这样的目的,最重要的是作家对生活、对艺术、对读者要抱有真诚的态度。否则,任何花言巧语和花样翻新都是枉费心机。请相信,作品中任何虚假的声音,读者的耳朵都能听得见。无病的呻吟骗不来眼泪,只能换取讽刺的微笑;而用塑料花朵装扮贫乏的园地以显示自己的繁荣,这比一无所有更为糟糕。是的,艺术劳动,这项从事虚构的工作,其实最容不得虚情假意。我们赞美,我们诅咒,全然应出自我们内心的真诚。真诚!这就是说,我们永远不丧失一个普通人的感觉,这样我们所说出的一切,才能引起无数心灵的共鸣。

"出自内心的真诚"与"永远不丧失一个普通人的感觉",这是路遥毕生的追求。正因为这样,他才会在《个人小传》中对新生活展开畅想:"面对澎湃的新生活的激流,我常常像一个无知而好奇的孩子。我曾怀着胆怯的心情,在它回旋的浅水湾里拍溅起几朵水花,而还未敢涉足于它那奔腾的波山浪谷之中……什么时候我才能真正到中水线上去搏击一番呢?"[30]

路遥经常会做出激情与浪漫的举动。1989年7月11日,路遥随团去黄河壶口瀑布游览,遏制不住情感,旁若无人地唱起陕北民歌。路遥的嗓子很好,也有音乐天赋,但他一般不唱。有时在特殊媒介的刺激下也会一展歌喉,一鸣惊人。

路遥还愿意腾出一部分精力来帮助别人。1989年11月27日下午,担任陕西教育学院《九月枫》文学社社长的笔者,请路遥到学院作了一次文学讲座。笔者当年在《当代》第6期上发表了短篇小说《土地纪事》,开始敢去建国路的省作协见路遥了。现在回头想起来,当时真是胆大不识羞。路遥当年能到陕西教育学院作讲座,不是因为笔者的魅力,而应是基于两方面的考虑:一是笔者是路遥的延川小老乡,外公与路遥是忘年之交;二是路遥的延大老师宋靖宗教授已调到陕西教育学院担任主持工作的副院长。笔者在此之前请他时,他没有丝毫推辞:你们学校请了我十来年了,这次要去!

为了组织这次文学讲座,笔者提前给学校汇报后,学校当天下午派唯一的"蓝鸟"牌小轿车随笔者接路遥,陪同路遥的有《延河》的两位年轻编辑。原定在一个能容纳三四百人的阶梯大教室举行的讲座,因听众太多只好临时改到学校大礼堂。当天下午,至少有一千人以上的师生现场听了路遥讲座,现场气氛非常热烈,可惜因准备不充分未能录音。讲座前,路遥在学院小会议室休息,宋靖宗院长专门看望了路遥。应笔者请求,路遥给"九月枫"文学社题词:"有耕种,就有收获;即使没有收获,也不为此而悔。"

报告结束后,学校本来安排宴请,但路遥坚决不肯,笔者只好再送他回省作协。说来真是惭愧,笔者当时向学校打报告要了六十元钱,买茶叶、香烟等接待费花去三十元,剩下的三十元就是讲座费。路遥却坚持再三,学生社团穷,不能要。笔者知道他回去还要在地摊上买饭吃,硬给他塞了三十元……

1990年初春,陕西电视台开始播放根据路遥长篇小说《平凡的世界》改编的同名电视连续剧。此时,作家王安忆要去陕北旅行,路遥给她精心策划了访问路线。路遥写好了一封封信,说你们乘班车到黄陵,找到县委书记,然后他会送你们去延安;再到延安大学找到校长,他将安排你们去安塞、绥德、米脂,再北上榆林。王安忆手里捏着一大摞路遥的"路条"就北上陕北,后来的行程证明果真如此,王安忆还给延安大学师生作了场文学讲座。

王安忆听说陕北当时仍处于贫困闭塞之时,向路遥提出一个大胆的建议:为什么不把人们从黄土高坡上迁徙出去?路遥说:"这怎么可以?我们对这土地是很有感情的啊!初春的时候,走在山里,满目黄土,忽然峰回路转,崖上立了一枝粉红色的桃花,这时候,眼泪就流了下来。"[21]

大约是1990年6月,笔者的短篇小说《窑变》在《延河》上刊出了,也有了一些文学创作的信心。路遥朋友、作家刘劲挺的爱人在学院办公室任副主任,她是北京知青,为人很是热心。她对笔者说，你想不想留校，若想留校，让路遥给宋靖宗院长写封推荐信，我们再给你协调。笔者是刘劲挺的"忘年交"。留校工作自然是笔者求之不得的事情，这样笔者就跑到省作协去找路遥，说想留校工作，想请他写封推荐信。他说，我的信能起作用？我说，你是名作家，又是宋老师的学生，肯定能！路遥说，让我再想想，不行的话，我给你找省教育委员会的副主任去，我跟他很熟！返校以后，过了十多天，刘劲挺爱人把笔者找到办公室，兴奋地说："路遥给宋院长写信了，宋院长把这封信放在我这里，你也看看！"说着，她取出信件，给笔者逐字逐句地念了一遍，大意是他与笔者的外公是"忘年之交"，小伙子很上进，也有些"文学潜质"，希望能考察云云⋯⋯

很多年后，笔者一直在想就是这封信改变了我的命运。没有这封信，宋院长不会认真考察；没有这封信，宋院长也不会很郑重地给他的学生、时任延安大学书记的申沛昌教授以及中文系主任陈明旭、总支副书记宋学成分别写信推荐⋯⋯

1990年7月，路遥的职称评为"创作一级"，即正高职称。根据陕西省职改办1989年一号文件精神，他的工资标准为艺术一级十档，从一百七十六元调整为一百九十七元。这个月工资，在陕西当时是较高的工资标准了。

从1990年起，路遥把阅读的兴趣转向中国历史和世界历史。晓雷回忆："前年开始，他把阅读的兴趣转向历史，他读《新唐书》《旧唐书》，读《资治通鉴》，他专门买了豪华型版本的《二十四史》，要随时查阅。谈到兴奋激动的时候，就要向我推荐，他说《万历十五年》这本书对中国官场的摹写和对政治改革的剖析达到了难以企及的程度，他惊异一个美国人何以把中国的历史研究得如此精到和透辟。他说柏杨的《中国人史纲》是一部非常独到的历史著作，他说柏杨的杂文并没有引起他多大兴趣，而读了他的这部史书，才深知他是一位大家……他如此如饥似渴地贪婪地穷经探史,是想建立他自身的思想深度和广度,进而构筑他的未来作品的深度和广度……"㉒

是的,吃着黄瓜就馒头的路遥,又在为他的"下一部"做着精心的准备工作,他要进行一次新的更为辉煌的文学进军了……

注释:

① 顾志成:《广播的威力》,见《"上帝"青睐的节目》,中国文联出版公司1995年版。

② 李野墨:《永远的〈平凡的世界〉》,见叶咏梅编著《中国长篇连播历史档案》(中卷),中国广播出版社2010年版。

③ 刘劲挺:《断章》,见马一夫、厚夫、宋学成主编《路遥纪念集》,人民文学出版社2007年版。

④ 申沛昌:《十五年后忆路遥》,见延安大学《路遥研究》2008年第3期(内部刊印)。

⑤ 京夫:《路遥,安息吧!》,见晓雷、李星编《星的陨落——关于路遥的回忆》,陕西人民出版社1993年版。

⑥ 京夫:《斯人已去谜未解》,见马一夫、厚夫、宋学成主编《路遥纪念集》,人民文学出版社2007年版。

⑦⑧⑪⑫ 海波:《我所认识的路遥》,《十月·长篇小说》,2012年第4期。

⑨ 黄河浪:《路遥,你真的走了》,见晓雷、李星编《星的陨落——关于路遥的回忆》,陕西人民出版社1993年版。

⑩ 孔保尔:《和路遥交往的日子》,《延河》2007年第9期。

⑬ 路遥:《致蔡葵》,《路遥全集·早晨从中午开始》卷,北京十月文艺出版社2013年版。

⑭⑮⑯ 此原件由冯建斌先生收藏。见莫伸2012年冬提供的复印件,延安大学路遥文学馆存。

⑰㉑ 晓雷:《雪霏霏兮天垂——路遥离去的时刻》,见马一夫、厚夫、宋学成主编《路遥纪念集》,人民文学出版社2007年版。

⑱ 见"路遥档案"中《路遥同志考察材料》,陕西省作家协会存。

⑲ 路遥:《出自内心的真诚》,《路遥全集·早晨从中午开始》卷,北京十月文

艺出版社 2013 年版。

⑳ 路遥:《路遥自传》,《路遥全集·早晨从中午开始》卷,北京十月文艺出版社 2013 年版。

㉑ 王安忆:《黄土的儿子》,见马一夫、厚夫、宋学成主编《路遥纪念集》,人民文学出版社 2007 年版。

第12章 《平凡的世界》新里程

登上中国文学的最高领奖台

掌声过后

路遥在家乡延川县的文学讲座现场

1991年路遥在省委省政府表彰会上发言

登上中国文学的最高领奖台

1991年元月，我国作家所期待已久的第三届"茅盾文学奖"到了终评阶段。

第三届"茅盾文学奖"的评选范围是1985—1988年间发表的长篇小说。按照"茅盾文学奖"的评奖条例，每四年评一次。早在1988年12月，中国作协党组就决定筹备评选第三届"茅盾文学奖"。因故推迟两年的第三届终评，距1985年第二届有六年的跨度，自然更是众多作家所高度关注的。"茅盾文学奖"是我国最高的文学奖，能获此殊荣，意味着能获得国家文学体制的表彰。

中国作家大都有"茅奖"情结，路遥也不例外。路遥不是"姑射山"上餐冰食露的神人，而是生活在尘世间的人。他有"茅盾文学奖"的追求，也渴望文学界的一次热烈的掌声，这一点也不奇怪。按照评奖条例，他耗费六年时间精心创作的全景式反映我国当代社会生活的长篇小说《平凡的世界》，由出版单位中国文联出版公司报送至中国作家协会的评奖办公室。

此时的路遥，心情很是压抑。这从他1月24日写给《当代》杂志何启治的信中可以看出。

启治兄：

您好。

先后接到您的两封信，我因身体不太好，且有许多难缠的家务事，未能及时复信给您，十分抱歉，并希望能得到您的谅解。

我对《当代》，尤其是我最尊敬的老师秦兆阳同志有极其不一般的感情，没有秦兆阳同志和《当代》，也许我现在仍然成不了任何较为重要的事。我天性内向，常常不知怎样感激别人才好。这多年很少去北京，去北京又没勇气去打扰我尊敬的人。前多年，我完全沉浸在长篇中，近乎与世隔绝。现在长篇虽完，身体却垮了，并且像从监狱出来一样，不会"生活"了。

至于您提到的《平凡的世界》发表一事，我根本没往心里放。当时这么大的作品，开头的部分肯定不能给人带来什么大兴趣。不用是正常的。发表过程因长三部一百万字，确实很困难，我曾经感到过绝望，因为当时没有人相信和信任我的努力，我是完全按自己的想法搞的，不愿受一种流行文学的影响。好在这一切都算过去了。我近一年什么也没写，没情绪写。等以后情绪、身体稳定了，再试着写一点，当然，我肯定会给《当代》投稿的。

很长时间没有见《当代》的同志们了，但大家亲切的面容常在眼前一一浮现，老朱、您、刘茵等等。

我目前一切还算好。如有机会去北京，一定去拜访您。

请代我向老秦致意，并祝他健康！

路遥（1991）24/元[①]

路遥病逝后，有人说他"拖着病体在北京活动过"。后来《当代》编辑周昌义这样说："我知道有一种传说，说路遥得到的奖金远不够到北京的活动支出。注意这个传说背后，其实是路遥的悲凉。要知道，路遥在世的时候，所得稿费可以忽略不计，他是生活在贫困之中，根本不可能拿出什么活动经费。就算他真的拖着病体在北京活动过，也不是他的耻辱。要知道，别的作家活动茅盾文学奖，都不用自己掏钱，都由地方政府买单，一次活动经费要花好几十万。即使谣传中，路遥的所谓活动，也是微不足道，只能衬托出路遥的悲凉。"②

说路遥花钱活动，这纯粹是无稽之谈，但路遥倒是给时任中国社会科学出版社总编辑助理的文学评论家白烨写过一封信。白烨是陕西黄陵人，路遥的陕北老乡，他也是路遥的好朋友与路遥作品的重要诠释者。

致白烨③

白烨兄：

您好。

大札早已收读，本想及早复信，结果病了一场，加之有许多紧急家务事，拖至今日，十分抱歉。

感谢您为我的事做了许多工作，您是一个实在人，相处一起很愉快。上次因急着去咸阳，吃饭未陪完您，很感内疚，有机会回西安，咱们再好好聊聊。

评奖一事，我尽量不使自己抱太大希望，今日中国之事，随处都是翻云覆雨，加之我这人不好交往人，只能靠作品本身去争取。朱寨、蔡葵、老顾等人虽交往不多，但我相信和信任他们，他们是凭学识和水平发言的，我内心对他们都很尊重。至于其他人，我大部分都不熟悉。在北京方面，我主要靠雷达和您"活动"了。另外，望兄考虑一下，见了阎纲和周明以及炳银、抒雁等老陕，也请他们也能帮做点工作。这就靠你跟他们说说，我虽然和他们关系都要好，但不好直接说，相信他们在评委中各有一些熟人，评委原十六人，现看报道，康濯已死了。尽管中国是这个样子，但这个奖对我还是重要的。另外，也想给西北和老陕争点光,迄今为止,西北还未能拿这个奖。这一届作品中,凭良心说,我的作品还是具备竞争力的。

您什么时间还回陕西?请能及时告知,这里或陕北老家有什么事需要帮助,尽管说,当会全力以赴的。希望您能看开的,不必为处分之类的事多虑,都是过来人了,这些并不能限制人,反而会促使人换个角度去生活和奋斗,说不定有种豆得瓜之欢愉呢!

致敬意!

路 遥

一九九一年一月二十三日

对于第三届"茅盾文学奖"的评选,白烨后来专门撰文回忆。他这样写道:

那一届茅盾文学奖的评选,因为文学的和非文学的种种原因,竞争十分激烈。《平凡的世界》能不能最终获奖,朋友们都在心里捏一把汗。我记得在评委们刚投完票,有个结果之后,先是蔡葵从评奖会场出来给我打了一个电话,轻声告我刚刚投完票,《平凡的世界》评上了。稍后,朱寨又出来给我打电话,说《平凡的世界》得票第二高,获奖没问题了。我说,不会有什么变化吧,他说还要报中宣部审批,一般不会有问题。我说那我就告诉路遥了,他说当然可以,并代我们致贺。于是,我即刻从单位骑车赶到附近的地安门邮局,兴冲冲地去给路遥打电报。记得电文是这样写的:"大作获奖,已成定局,朱蔡雷白同贺。"这里的"朱"是朱寨,"蔡"是蔡葵,"雷"是雷达,"白"是本人。这个电报当天就到了陕西作协,据路遥事后说,那天下午,他在家里坐卧不安,总觉得有什么事,便到作协院子溜达,走到门房,看见门口的信插里有一封电报,觉得可能跟自己有关,拿到手上一看,正是我打给他的报喜电报。他兴奋地要跳了起来,想找人分享这份喜悦,可那时的作协大院一片寂静,连个过路的人都没有。他只好把这份喜悦收在心底,独自品味。④

就在路遥收到电报后的不几天,即1991年3月10日,《人民日报》发表一则第三届"茅盾文学奖"获奖作品的揭晓消息:

茅盾文学奖评选揭晓

被誉为当今全国最高文学大奖的第三届茅盾文学奖评奖今天在北京揭晓。6位作家的5部作品获奖:路遥的《平凡的世界》,凌力的《少年天子》,孙力、余小惠的《都市风流》,刘白羽的《第二个太阳》,霍达的《穆斯林的葬礼》。另有老将军萧克的《浴血罗霄》和已去世的徐兴业教授的《金瓯缺》获荣誉奖。

由中国作家协会主办的茅盾文学奖是根据茅盾先生生前遗愿于1981年设立的,意在推出和褒奖长篇小说作家和作品。本届评选范围为1985—1988年间发表的长篇小说,1988年12月,中国作协党组决定筹备评选第三届茅盾文学奖。历时两年多,经过挑选推荐,初评审读,以陈荒煤、冯牧、马烽等专家组成的评委会对遴选的17部作品进行了评议研究,正式评定了当选作品。

在今天的新闻发布会上,负责评选工作的中国作协党组副书记玛拉沁夫介绍说,本届获奖作品从总体水平看,较以前有较大的突破。

这是官方正式消息,《平凡的世界》不仅获奖,而且排名第一。消息传开,朋友们纷纷表示祝贺。

3月10日，也就是官方消息公布的第二天，路遥给"茅盾文学奖"终评委、《文学评论》常务副主编蔡葵先生写信，表示"深深的感谢"，同时汇报自己今后的打算。蔡葵是路遥的坚定支持者，早在1988年12月16日，蔡葵就在《光明日报》刊发评论《〈平凡的世界〉的造型艺术》，力挺《平凡的世界》。1991年4月，蔡葵主持的《文学评论》第4期刊出李星的《在现实主义道路上——路遥论》。

　　其中，与此同时，中国作家协会机关报《文艺报》在3月16日也刊发综合消息《茅盾文学奖评选揭晓〈平凡的世界〉等5部作品获奖　2部作品获荣誉奖》。《文艺报》同期还配发茅盾文学奖终评委蔡葵等七人的署名文章《主体重大　题材广泛　风格多样——众评委高兴地评说第三届茅盾文学奖》，进一步解读此届茅盾文学奖获奖作品。

　　评委蔡葵这样解读《平凡的世界》："像《平凡的世界》在中央人民广播电台播出，深受广大听众欢迎，听众来信达两千余封，创中央台'小说连播'节目听众来信量历史之最。此后，许多省又重播了这部作品，都收到了轰动效应。"评委朱寨认为："从艺术角度看，我很欣赏《平凡的世界》，这么长的三部头，作者一气呵成，毫无虎头蛇尾之感，这在近年的长篇创作中并不多见。"

　　颁奖大会定在3月30日在京举行。路遥的《平凡的世界》排名第一，他既要代表获奖者致辞，也要接受新闻媒体的专题采访。为此，他忙得不亦乐乎。

　　路遥非常看重这个致辞，认为它既不能过于张扬，又必须准确地表达自己的文学主张。为了写好它，他设计了多种思路，但都一一否定，最后用三天时间才撰写成名为《生活的大树万古长青》的一千四百字的发言稿，着重强调自己"把笔磨秃了写"的理念，在其中用平实但又耐人琢磨的语言传达自己的文学思考。发言稿写成后，路遥专门邀请《延河》编辑部的几位年轻编辑到家中，把稿件念给大家听，并让大家提出意见。路遥谦虚地说：这并不意味着我的作品从此就是文坛的最高水平,也并不意味着没有获奖的作品就不够获奖的资格。他长时间沉默后说:我的创作这一页已经翻过去了,我要很好地总结一下,然后进入创作积累阶段。

赴京领奖前,路遥还在柳青深入生活的长安县皇甫村接受陕西电视台专访。中央电视台新闻中心委托陕西电视台新闻部,采制一条反映路遥深入生活的三分钟新闻片,供《新闻联播》播出。在央视《新闻联播》可谓寸秒寸金,只有在一年一度的全国人大和政协会时才会有长时段新闻,而给路遥辟出三分钟新闻,足见央视的高度重视。陕西电视台与路遥联系后,路遥决定把拍摄现场放在长安县皇甫村。

第二天一早,路遥和电视台工作人员前往皇甫村。快到皇甫村时,路遥让先把车开到皇甫塬上的柳青墓旁。工作人员发现路遥下车后,十分虔诚地摆正柳青墓前已有的香火纸,恭恭敬敬地三鞠躬,然后绕墓走了一圈。他仰望蓝天,环顾四周,嘴里像是念叨着什么,好一阵子后才离去。车到路遥在皇甫村选定的一个山坡上,这里山坡的形状简直和陕北的黄土高坡没有什么两样,路遥在此很认真地接受采访与拍摄近三个小时。

事后陕西电视台记者问路遥,你怎知道这里有一处类似陕北的地方?路遥告诉记者,柳青是自己最敬爱的几位导师之一,柳青生前不仅给了他许多直接教诲,而且通过他的作品和为人,帮助他提升了作为一个作家必备的精神素质。因此,在某种意义上说,他的《人生》和《平凡的世界》是对柳青等导师的一份恩报,一份答卷。为了做好这份答卷,他在写作中遇到难题时,便会情不自禁来到皇甫村,寻找感觉,汲取力量,对这里的一切都已很熟悉了。

是的,路遥多年的坚持终于有了结果,《平凡的世界》获奖了,理应给自己的导师柳青认真汇报,记者这才明白路遥在柳青墓前念叨了些什么⑤……

要赴京领奖了，还要准备盘缠，这自然又要"后勤部长"王天乐准备。获得《平凡的世界》获奖消息后，路遥在第一时间电话找到正在外县采访的王天乐，告诉他获奖并排名第一的消息，结果是二人在电话中长时间没有说话，因为心情太复杂了。路遥在电话中告诉王天乐，领奖去没有钱，路费是借到了，但到北京得请客，还要买一百套《平凡的世界》送人，要天乐想办法。神通广大的王天乐拿到借来的五千元赶到西安火车站，直接送到路遥手里，并央求哥哥：今后再不要获什么奖了，如果拿了诺贝尔文学奖，我可给你找不来外汇。路遥只说了一句：日他妈的文学！⑥

3月25日，路遥乘火车赴京去领奖。这天刚下过一场大雪，车过三门峡时，整个中原大地白茫茫的一片。路遥一下子就想到了老家陕北，想起了绵延起伏的黄土地，想起了他小时候在风雪之中缩着头、弓着腰走在上学的山路上……他不由得泪流满面，打开车窗，伸出头让冷风尽情地抽打着他的脸庞。要不是在车上，他真想放声大哭。

3月30日，颁奖大会在北京国际大饭店举行。全国人大常委会副委员长赛福鼎·艾则孜、全国政协副主席杨静仁出席了颁奖大会，出席大会的还有艾青、冯牧、林默涵、陈荒煤、李瑛、陈涌、袁鹰、葛洛等人。路遥坐在领奖台上，他看到一百多名记者，手里掂着像炮筒一样、长短不一的照相机对着他，镁光灯闪个不停，看到许多德高望重、当年曾叱咤风云的老将军如王震、杨成武、萧克等，还有老作家刘白羽、魏巍等坐在下面看着他，路遥又一次控制不住自己的情绪。他又想到了饥饿的童年，想到自己被过继给伯父为子的情景，想到艰难求学的历程，想到苦读《创业史》的情景……

会议的主持人在前面讲了些什么，思绪万千的路遥几乎都没有听进去，只有在宣布获奖名单的时候，他才回过神来。

在颁奖大会上，路遥代表获奖者致辞。但是，他没有念事先精

心准备的《生活的大树万古长青》,而是换了一篇不足五百字的"致辞":

> 非常感谢评委们将本届茅盾文学奖授予我们几个人。本来,还应该有许多朋友当之无愧地领受这一荣誉。获奖并不意味着作品的完全成功。对于作家来说,他们的劳动成果不仅要接受当代眼光的评估,还要经受历史眼光的审视。
>
> 以伟大先驱茅盾先生的名字命名的这个文学奖,它给作家带来的不仅是荣誉,更重要的是责任。我们的责任不是为自己或少数人写作,而是应该全心全意全力满足广大人民大众的精神需要。我国各民族劳动人民创造了辉煌的历史、壮丽的生活,也用她的乳汁养育了作家艺术家。人民是我们的母亲,生活是艺术的源泉。人民生活的大树万古长青,我们栖息于它的枝头就会情不自禁地为此而歌唱。只有不丧失普通劳动者的感觉,我们才有可能把握社会历史进程的主流,才有可能创造出真正有价值的艺术品。因此,全身心地投入到生活之中,在无数胼手胝足创造伟大历史、伟大现实、伟大未来的劳动人民身上领悟人生的大境界、艺术的大境界应该是我们毕生的追求;因此,对我们来说,今天的这个地方就不应该是终点,而应该是一个新的起点。
>
> 谢谢。[7]

在京领奖期间,路遥还宴请了长期关心他的文学界朋友。白烨回忆:"他来北京领奖,到北京的傍晚就给我打来电话,我约了雷达赶到他下榻的华都饭店,三人不坐沙发,不坐床榻,就在地毯上席地而坐,促膝畅谈,那种率性、土气又亲切的场面,我至今记忆犹新。那个时候的茅盾文学奖,奖金只有五千元。领完奖,路遥约了在北京文学界的陕西乡党在台基厂附近一家饭店聚餐庆贺，因不断有人加入，一桌变成两桌，两桌又变成三桌，结果一顿饭把五千元奖金吃完了。"⑧

中国作协副主席、著名文艺评论家冯牧认为："如果全国进行文学比赛的话，陕西是当之无愧的冠军。从杜鹏程的《保卫延安》、柳青的《创业史》到路遥的《平凡的世界》，都在中国当代文学史上占有灿烂的一页。"路遥是西北作家中荣获"茅盾文学奖"的第一人，陕西省自然高度重视。他返回西安那天，中共陕西省委副书记牟玲生、副省长孙达人等亲自到火车站迎接。当然，路遥女儿和陕西省作协的同事们也赶到火车站欢迎他载誉归来。

4月11日，中共陕西省委宣传部、省作协、省文联联合发出《关于表彰〈平凡的世界〉作者路遥同志的决定》。决定说："在全国第三届茅盾文学奖评奖活动中，《平凡的世界》名列榜首。这是路遥同志的荣誉，也是我省文艺界的荣誉。为了鼓励路遥同志文学创作中继续做出新贡献，激发广大文艺工作者深入生活的热情，促使更多的作品问世，发展繁荣社会主义文学创作，决定对路遥同志予以表彰，并发给奖金5000元。"

4月15日，中共陕西省委宣传部、省作协、省文联召开"路遥长篇小说《平凡的世界》获茅盾文学奖表彰大会"。中共陕西省委副书记牟玲生、副省长孙达人，陕西省宣传、文学、文化、新闻部门负责人王巨才、鱼讯、胡采、王汶石、邰尚贤、李若冰等老中青作家和各界人士300余人出席此会。会上，中共陕西省委宣传部副部长邰尚贤宣读了"陕西省关于表彰《平凡的世界》作者路遥的决定"；表彰大会颁发表彰证书、景泰蓝纪念花瓶和奖金。颁奖后，中国作协陕西分会主席、文学界前辈胡采致贺词。表彰会上，宣读了老作家杜鹏程的贺信。书法家薛铸先生在颁奖会上，亲自赠送书法贺词一幅，上题："平凡的世界，不平凡的人生。"这句话，也是对路遥人生的准确概括。

参加会议的路遥,身体已经消瘦,戴一副变色眼镜,脸上泛着无神的青菜色,一般人以为他是因创作劳累而消瘦的。他虽然抱病参会,但精神状态很好。他致答谢词,感谢省委省政府各位领导和全体与会者的鼓励与支持。他说,我省文艺界有光荣的过去,有辉煌的历史,我是在文艺前辈的关怀下成长起来的,我个人是微不足道的,荣誉属于陕西文艺界。我作为陕西文艺界这个整体的一员,今后更要发扬陕西文艺界的优良传统,谨慎、努力,写出更好的作品来。

全国和陕西省的颁奖会、表彰会结束后,路遥认真地干了一件事,就是把北京和省里给他的奖金,以孩子的名义存进银行。两笔奖金不多不少,恰是一万元整。这一万元,也成了他身后留下的唯一一张存单。

从京城载誉归来后,朋友和读者纷纷向路遥道贺,答谢宴请自然是少不了的。路遥的第一顿饭,是请陕西作协的年轻人到"太阳神"酒家喝酒。参与者邢小利回忆:"那一天下着雨,百叶窗外雨中的街景有一种凄迷的美。柔曼沉郁的音乐声中,一群青年朋友喝得淋漓酣畅,笑语喧哗,路遥则坐在一旁,微笑着默默无语。大家向他敬酒表示祝贺时,他对弟兄们只说了一句话:'以后要靠自己。'"⑨

掌声过后

应该说,路遥长篇小说《平凡的世界》荣获第三届"茅盾文学奖",是对路遥坚持以史诗般品格反映中国社会变迁的现实主义文学创作手法的肯定。

1991年,"掌声"过后的大半年时间里,路遥基本上生活在"茅盾文学奖"的影子中。一是他应邀高密度地参加多种文学讲座和庆功活动;二是给人作序、写推荐意见等等;三是开始撰写创作随笔《早晨从中午开始》。"鲜花和红地毯",给路遥提供了"意气风发"的空间;"红火热闹的广场式生活",也给路遥提供了享受短暂掌声的机会。这样,外表的路遥看起来很风光。

可是,尽管有这次隆重的掌声鼓励,路遥在1991年的心情仍处在时好时坏的状态中。导致他心情起伏的主要原因至少有三:一是他的身体越来越坏,二是家庭问题越来越严重,三是中国作协陕西分会的换届问题久拖不决。这里有路遥的几封书信可以做证。

第一封是10月22日致蔡葵的书信。路遥在此信中披露:"我家里出了一些事,心绪极不好,无心顾及其他,加之身体不好,又要四处奔波一些烦乱事。"给《文学评论》撰写文章的事情,深感集中不起精力,希望在时间上宽限。路遥在信末还透露:"现在的问题是体力不支,一旦激动就透不过气来。"因为是给年长者写信,路遥的话相对含蓄。

第二封是同日致白烨的信:

致白烨[⑩]

白烨兄:

近好!

7月及不久前的信均收读,本来早应复信,但身体近段极差,加之内外有许多难言之苦,心绪不佳,杂事繁乱,几个月不能坐在桌前写一字,今天急忙回复,已太晚,只能请你谅解,好在朋友之间,想必能理解,有机会见面再详述原因。

两篇大作均细细阅读,十分赞赏,看来你是真正理解了我,也理解了我的创作。尤其是最近这一篇好到令我拍案而起!分析准确,行文相当漂亮(简练而讲究,又有深度),论断自信,是《平》书评论中最好也是最重要的一篇,这篇文章完全穿透了作品内核,猜到了我当时的心理机制。由此我看到了你评论的广阔前景。某个时候应该是白烨的时候!

雷达兄的文章也写得很不错,具有大家的功夫,只是我还不满足,本应更放开一点,又想到这是《求是》,因此也就不能苛求了。

换届一事仍拖着,已有一年,都已麻木,当今世事,就是如此,不必认真。重要的是我们不仅能庄严地生活,也能玩世不恭,因此不会有什么大影响……

最近心很烦乱,放任自流。十二月四日去泰国,还是个团长,估计十一月底去京,到时再和你联系。

问老蔡、老朱好。

雷达处请向他问好!

路 遥
一九九一年十月二十二日

白烨1991年在《文艺争鸣》第4期发表《力度与深度:评〈平凡的世界〉》论文,在《文艺学习》第5期发表《路遥和他的〈平凡的世界〉》的解读文章。路遥是给白烨复信,他透露拟于12月4日出访泰国并任团长之事,以及中国作协陕西分会的换届之事。当然,也透露自己的心情,是"身体近段极差,加之内外有许多难言之苦,心绪不佳,杂事繁乱"。

第三封是12月5日给陕北小老乡、文学青年高玉涛的复信。他在信中鼓励年轻人积极进取。路遥还谈到,"因个人私生活的原因,心情不是很好,只能是走到哪里再说哪里的话。身体状况也不好,时有悲观悲伤悲痛之情默然而生。自己祝福自己吧。"路遥当时的心情之差，可见一斑。

路遥给高玉涛写复信有个故事。1990年初夏，陕北青年高玉涛经人介绍找到路遥。他当时在北京和西安城办起北斗饮料厂，产品畅销，生意红火。1991年春天，这位年轻人又在省城办起西安汉城饮料厂。后来，这位年轻人以更大的气魄创建普惠集团，并请求路遥作《普惠之歌》厂歌。12月3日上午，路遥应邀请为汉城饮料厂五百多名职工做了文学讲座。12月5日，也就是路遥在文学讲座后的第二天，给高玉涛写信鼓励创业。12月7日，路遥写好厂歌。路遥当时的心情并不好，但给普惠集团所撰写的厂歌却激情满怀，讴歌美好的未来。

路遥为什么在病中还不厌其烦地帮助这些年轻人？笔者的理解是，这位年轻人的奋斗精神触发了路遥心中最温柔、最脆弱的那一部分神经，感动了作为"草根奋斗者"的路遥。路遥在给高玉涛的信中，透露出自己在这时好时坏的心情中，"埋头写那个随笔，也相间应付一点杂事"。

"那个随笔"，就是创作随笔《早晨从中午开始》，路遥在结尾部分，说明撰写此文的原因：

从最早萌发写《平凡的世界》到现在已经快接近十年。而写完这部书到现在已快接近四年了。现在重新回到那些岁月，仍然使人感到一种心灵的震颤。正是怀着一种对往事祭奠的心情，我才写了上面的一些文字。

无疑，这里所记录的一切和《平凡的世界》一样，对我来说，都已经成了历史。一切都是当时的经历和认识。随着时间的流逝和社会生活以及艺术的变化发展，我的认识也在变化和发展。许多过去我所倚重的东西现在也许已不在我思考的主流之中；而一些我曾轻视或者未触及的问题却上升到重要的位置。

>一个人要是停留在自己的历史中而不再前行,那是极为可悲的。
>
>但是,自己的历史同样应该总结——只有严肃地总结过去,才有可能更好地走向未来。
>
>正因为如此,我才觉得有必要把这一段经历大约地记录下来。
>
>促使我写这篇文章的另一个原因是,许多报刊根据道听途说的材料为我的这段经历编排了一些不真实的"故事",我不得不亲自出面说一说自己。
>
>可以说,这些文字肯定未能全部记录我在写作这部书时的生活经历、思想经历和感情经历,和书中内容平行漫流的曾是无数的洪流。我不可能把所有的那一切都储蓄在记忆里;尤其是一些稍纵即逝的思想火花和许多无名的感情溪流更是无法留存——而那些东西才可能是真正有光彩的。不过,我总算把这段经历的一个大的流程用这散漫的笔调写在了这里。我不企望别人对这些文字产生兴趣,只是完成了我的一个小小的心愿而已……⑪

当然,促成撰写此文最直接的原因是:1991年秋天,陕西师范大学中文系教授、著名文艺评论家畅广元先生,准备主编一本题为《神秘黑箱的窥视》的陕西当代著名作家创作心理研究的评论集,选取了五位在全国享有盛名的一级作家,路遥名列其中。这本书的最大特色是,采取青年评论家、作家和著名评论家三极对话、相互呈现的评论方式,不光评论家写文章,作家也要回答问题。

畅广元教授是陕西省有代表性的文艺评论家,早在1980年代初,就撰写过《表现新时代的美——论路遥作品的美学特色》等评论,路遥自然认真支持他的工作。事前开座谈会,路遥到会出席,并在最后发言：“讲实话，不是一件容易的事，特别是对有了影响的作家。我担心这次搞三极对话，弄不好会成为相互唱和，结果反倒是好话连篇。希望这次能说到做到，面对作品，不讲情面，讲点实在的东西。”⑫

这次座谈会，确定与路遥对谈的青年评论家是陕西师范大学中文系副教授李继凯，著名文艺评论家是陕西省文联的肖云儒先生。不久后，李继凯很快写出研究路遥创作心理的长篇论文《矛盾交叉：路遥文化心理的复杂构成》。

路遥阅读后对畅广元说：“文章写得很认真，有不少话说到点子上了。当然，我也有我的想法，我一定要认真写一篇文章作答。”

畅广元自然很是高兴：“好极了，我就希望这样。看来这本书会撰写出水平来的。”

“畅老师，你主编这本书，我鼎力支持。这次我下决心回答评论界朋友提出的一些问题。”路遥说着，便到写字台的抽屉里拿出一个本子，翻开一页对畅广元说，“提纲我已经拟好，写四个问题：一、关于创作中作家的情感；二、作家的态度和人物性格；三、评论家的视野与作家的艺术感受；四、关于黄土地。你觉得这样写行不？”

路遥仔细讲解写作内容后，畅广元情不自禁地说：“太好了，就这样写，这才是路遥……”

为了促成此事，畅广元先后两次到路遥家催稿。路遥反复说：“我一定写好，一定完成任务。”这样，路遥又开始启动《早晨从中午开始》的写作航程，并为了写稿，主动放弃率中国作家代表团赴泰国访问的机会。路遥当时是有病之人，畅广元索要文债，才促成这篇创作随笔的完成。某种意义上，畅广元教授的无意之举，却使路遥在生命的后期留下一部真实反映《平凡的世界》创作心态、过程乃至文学理解的重要创作随笔。

路遥这篇创作随笔的副题，是专门为多年来照顾自己创作的弟弟王天乐而写的：“献给我的弟弟王天乐"。他甚至在这篇随笔中，专门用一节来谈王天乐在自己生活与创作中的作用。

> 在以后漫长的写作过程中,我由于陷入很深,对于处理写作以外的事已经失去智慧,都由他帮我料理。直至全书完结,我的精神疲惫不堪,以致达到失常的程度,智力似乎像几岁的孩子,走过马路都得思考半天才能决定怎样过。全凭天乐帮助我度过了这些严重的阶段。的确,书完后很长一段时间,我离开他几乎不能独立生活,经常像个白痴或没经世面的小孩一样紧跟在他后边。我看见,这个世界上所有的人都比我聪敏。我常暗自噙着泪水,一再问自己:你为什么要这样?你怎么搞成了这个样子?
>
> 有关我和弟弟天乐的故事,那是需要一本专门的书才能写完的。[13]

当然,这篇创作随笔的潜台词就是路遥家庭角色的错位,妻子林达没有承担所应有的责任与义务,暗指自己的家庭已经破裂。

1991年冬天,路遥在通过了《再次出国人员审查表》的所有手续、以中国作家代表团团长身份赴泰访问的起程之际,毅然决然地放弃了这次令众多作家所梦寐以求的机会。

路遥为何主动放弃出国机会,这是个未解之谜。但是有一点不容研究者忽视,就是路遥"兔死狐悲,物伤其类"的心态在起作用。10月31日,当代著名作家杜鹏程因病逝世,享年七十岁,路遥专门撰写《杜鹏程:燃烧的烈火》悼念文章,哀悼这位老作家。那时,中国作协陕西分会专业作家邹志安也正在与晚期肺癌搏斗,生命消亡是迟早的事情。自然界的阳光朗照,陕西作协大院却"阴霾"重重。在这样的环境中,路遥的心态可想而知,更何况他已经是一位肝硬化病人。

《早晨从中午开始》，是路遥在人生最后时刻迸发出的生命强光，也是揭开路遥创作之谜的一把钥匙。好在，他抢时间、赶速度，在可能预感到生命行将结束时，把这把钥匙完完整整地交给读者。

12月31日，路遥获陕西省人民政府颁发的"陕西省有突出贡献专家"荣誉证书；同时获得国务院颁发的"国家有突出贡献专家"荣誉证书，并开始享受政府特殊津贴。

注释：

① 路遥：《致何启治》，《路遥全集》"剧本·诗歌·书信"卷，北京十月文艺出版社2019年版。

② 周昌义：《记得当年毁路遥》，《文艺理论与批评》2007年第6期。

③ 此信由延安大学路遥文学馆收藏。

④⑧ 白烨：《是纪念，也是回报（序二）》，见马一夫、厚夫、宋学成主编《路遥纪念集》，人民文学出版社2007版。

⑤ 梁萌：《路遥与柳青》，《西安晚报》2006年5月15日。

⑥ 王天乐：《苦难是他永恒的伴侣》，榆林路遥文学联谊会编《不平凡的人生》（内部刊印）。

⑦ 路遥：《路遥全集·早晨从中午开始》卷，北京十月文艺出版社2013年版。

⑨ 邢小利：《路遥侧记》，见马一夫、厚夫、宋学成主编《路遥纪念集》，人民文学出版社2007版。

⑩ 此信由白烨2007年捐赠给延安大学路遥文学馆收藏，未刊。

⑪⑬ 路遥：《早晨从中午开始》，《路遥文集》第2卷，陕西人民出版社1993年版。

⑫ 畅广元：《我所认识的路遥》，晓雷、李星编《星的殒落——关于路遥的回忆》，陕西人民出版社1993年版。

第13章 生命的最后时光

1992 年的早春

没有火气的夏天

病在延安

时间定格

与作家金峥和弟弟王天笑

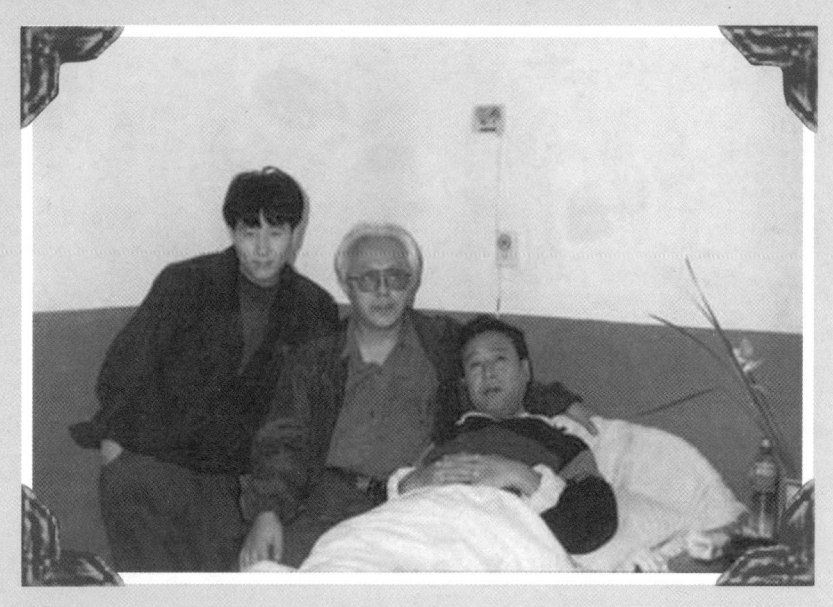

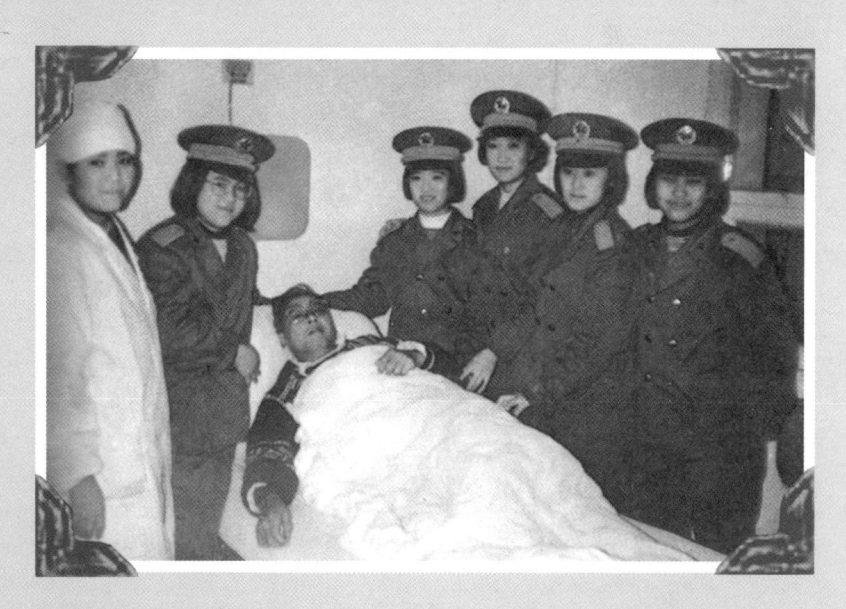

和医院实习生的最后合影

1992 年的早春

进入 1992 年的路遥身体更坏，情绪变得越来越忧郁了。他的生命已经进入倒计时状态，但他浑然不知。

这几年里他虽然四处求医，服用大量药物，但治疗效果却令人失望。他甚至怀疑自己可能患上了凶恶可怕的肿瘤——肝癌。这种恐惧感，一直使路遥没有勇气去医院证明自己的猜测，虽然妻子林达和亲戚朋友多次劝他去医院接受彻底的检查，但任何苦口婆心的劝言，在他看来似乎都是"多嘴多舌"——他把医院看成了地狱。在这样的危急的情况下，路遥对病情的治疗仍是不可思议的"鸵鸟政策"：病情稳定时，他甚至连药都不好好吃，只有当肝区疼痛难忍时，他才认真而贪婪地服用一些药物，以解燃眉之急。这样的治疗方式，只能使治疗一误再误，病情愈来愈重。

路遥此时的心情也传导在他的文章中。他在《延河》杂志第 1 期上刊发的随笔《杜鹏程：燃烧的烈火》，既用更深沉的笔端表达对文学前辈的敬意，也有对自己身体的深深担忧。

二十多年相处的日子里，他的人民性，他的自我折磨式的伟大劳动精神，都曾强烈地影响了我。我曾默默地思考过他，默默地学习过他。现在，我也默默地感谢他。在创作气质和劳动态度方面,我和他有许多相似之处。当他晚年重病缠身的时候，我每次看见他，就不由想到了自己的未来。我感到，他现在的状况也就是我未来的写照。这是青壮年时拼命工作所导致的自然结果。但是，对某一种人来说，他一旦献身于某种事业，就不会顾及自己所付出的代价。这是永远无悔的牺牲……①

一言成谶语。十多个月后，路遥竟真的追随杜老而去了，这是令人难过的事情！

就在这样的情况下，路遥结束了随笔《早晨从中午开始》的写作，并在李星陪同下，着黄军大衣给畅广元教授送稿。一见面就说："畅老师，对不起，我拖的时间太长了，现在终于写完了稿子，给你送来。"李星说："六万余字的创作随笔，难得得很！"

路遥是位诚信之人，他在身体如此状况下，硬是出色完成了字字泣血的创作随笔。此文后收入畅广元主编的研究作家创作心理的《神秘黑箱的窥视》，并由陕西人民教育出版社于1993年出版。

完成创作随笔的路遥还没有来得及喘气，又开始一个新的任务，即选编《路遥文集》。这个动议是由时任陕西人民出版社图书编辑的作家陈泽顺提出的。陈泽顺是北京知青，也是路遥延大中文系上学时的低一年级同学。对于出版社的这个建议，路遥当然积极响应，认为"出版这套文集是我前半生的一个重大事件"，马上又投入到文集稿件的整理编辑工作中去了。陈泽顺后来回忆："我非常小心地向路遥提出，为他编选和出版一套包括到目前为止作品的《路遥文集》……这次，他不但爽快地答应了我的要求，并且表现得十分兴奋。他甚至对我说：编辑和出版这套文集，是他前半生的重大事件。我们一起在我的书房里商定了编选原则。他不让我沾手，他说这正好是一种休息，一定要亲手编选。"②

路遥就是一团燃烧的烈火，他一旦投入工作，就像炉中煤一样激情澎湃！可是，他毕竟还是个病人。

元月，中共陕西省委组织部在中国作协陕西分会（1994年更名为"陕西省作家协会"）换届前对路遥又进行一次全面考察。路遥是作协陕西分会主席的拟任人选。这份"考察材料"存入路遥档案。

"文化大革命"初期，路遥尚未成年，以延川群众组织领导成员身份参加该县一些派性活动和武斗、抢枪抢粮活动，主审并逼供过县委原副书记、延安地区农办主任郭致祥、农民白长深。1984年省级机关整党时，经认真调查核实，宣传口整党领导小组批准，结论为"一般错误，不做处理"……

不足之处：有时作风比较散漫，对作协机关的一些规章制度执行不够认真；作为作协领导成员，对机关工作关心支持不够，过问少。③

中国作协陕西分会已经有九年没有换届了。自1991年以来，中共陕西省委开始换届之前的主席人选拟选等一系列工作。这些事情进展到何种程度，路遥心里自然一清二楚。

2月4日，是农历壬申年春节。春节过后的一天晚上，《陕西日报》记者刘春生去路遥家串门，发现路遥正为肝疼而痛苦地呻吟着，完全是一副肝胆欲裂的样子。刘春生是路遥弟弟王天乐的朋友，住省作协家属楼旁边的建工家属楼，1980年代后期经王天乐引见与路遥建立友谊，他甚至推荐过自己家族中坐堂的中医大夫给路遥看过病。刘春生知道路遥是乙肝患者，路遥也从不避讳他。

"你来得正好，麻烦你这两天到医院去趟，问一下治疗肝疼的最好药物，给我买点。"路遥央求道。

"我记得电视广告中有种护肝片，不知怎样？我明天到医生那里问一问，怎样？"

"能行，越快越好。"

第二天，刘春生急忙去医院找大夫，探问"护肝片"的疗效。当得知这种药物既能护肝、又无毒副作用之后，他才试着买了一盒，当日就送给路遥。

不几天，刘春生又去探望路遥病情，只见路遥喜形于色："这种药不错，吃了以后，肝疼大大减轻了，你再给我多买些。"

后来，刘春生又给路遥买了足够吃两个月的"护肝片"。"护肝片"是肝区轻微炎症的缓解药，它治标而不治本。而路遥得的是实病，这种"自欺欺人"的治疗方式，只能导致某一天身体突然崩溃。为什么才能过人的路遥却如此糊涂，这后来令许多朋友与读者百思不得其解。

送药那天，路遥格外兴奋。倒不是由于他的病情有所好转，而是他看到邓小平"南方谈话"的内部文件了。他说："邓小平还是那么清醒，一点不糊涂，他的思想比我们还解放，真是英明啊……"

接着，路遥又向刘春生谈起如何办好《延河》文学杂志，以及筹备省作协换届会议的情况等等。短短的一个小时里，路遥谈的最多的是怎样改善作家的生活与办公条件……

刘春生心里感慨：看样子，路遥早已把自己的疾病抛到九霄云外了……[4]

路遥的身体即使虚弱成这样，他还参加一些社交活动。春节期间，下海做生意的作家申晓举办陕西文艺界联欢会，邀请路遥参加。路遥不仅抱病参加了，而且还与女作家冷梦跳了一曲。冷梦发现路遥的舞步很艰涩，"走路"也很困难，确实不像在跳舞。她甚至开玩笑说，不知是我长大了，还是你变矮了，也黑了；在我的记忆里，你很高，很瘦，而且那时候也没有现在这么黑[5]……冷梦当时并不知道路遥已经是位病入膏肓的病人了。

路遥甚至心血来潮,开始以更大的激情来谋划省作协换届后改革与建设问题。路遥是陕西省第一位"茅盾文学奖"获得者,又是作协陕西分会党组成员、副主席,是下届作协陕西分会主席的理想人选,这是陕西文学界人所尽知的事情。

春节过后,路遥拖着病躯,专门打电话叫来曾当过西安电影制片厂《大西北电影》杂志发行部经理的翻译家孔保尔,对他描绘陕西作协换届后的宏伟蓝图:作协要成立一个公司和五个委员会。五个委员会为:文学创作委员会、翻译文学委员会、散文文学委员会、诗歌创作委员会、报告文学创作委员会。每个委员会实行秘书长制,文学创作委员会秘书长由王观胜来当,翻译文学委员会秘书长由你来当。每个委员会每年搞一次大奖赛,要吸引全国的文学爱好者来参加这几个大赛,光参赛报名费每年就能挣不少钱。作协公司搞三产,专门搞发行,聘请你来当经理,搞这你是内行,作家们出书就不艰难了。作家们最痛苦的是辛辛苦苦写出来的书发行量上不去,没人看,劳动成果得不到社会的认可。搞一个公司,作家们谁出了长篇小说你都给咱铺天盖地发行到书摊上,不求挣钱,挣钱靠批发书和出版发行市面上流行的畅销书,这样作协就活了。这个发行公司你给咱好好干,都能挣钱,让作协的每个职工都过上好日子……孔保尔回忆,路遥描绘这些宏伟蓝图时,"脸上绽开笑靥。说笑靥,根本不够分量,简直就是笑逐颜开……"⑥

孔保尔大学学习英语,兼修日语,曾在河南《百花园》杂志上发表过处女作和翻译小说。1984年,经人介绍认识路遥。后来在路遥鼓励下翻译过一篇短篇小说,发表在《延河》杂志上。他比路遥小十二岁,在后来的交往中,是路遥的临时"外文秘书",负责处理翻译世界各地作家协会、出版公司、作家、读者等给路遥来信以及路遥复信的回译工作。路遥曾经授权他担任自己的"经纪人",并写下委托书。当然,孔保尔也是路遥的倾诉对象和忠实听众。

路遥甚至拖着病体饶有兴致地与朋友长时间聊天，也许这是一种自我麻醉的办法。因提前约定，2月23日，下海作家申晓与王作人去路遥家聊天。几个月没见，路遥明显瘦了，脸色铁青，胡子拉碴，人显得很憔悴。他指着书房桌子上一尺多高的文稿说："昨晚四点多才把文集的稿子整理完，现在心里轻松得多了。"

看到路遥凌乱而毫无生气的家，看到路遥无精打采、愁容重重的神色，申晓开门见山地问："你咋成这样子了？是身体有啥毛病？"

路遥说："没啥事，累，乏困。"

"你得去检查一下。"

"不用，主要是心里累。"

"那你得找个解决问题的办法，老这样下去咋办？"

"唉，我为难得很……"

路遥原来可不是这样的人，他是典型的文坛硬汉。可一部《平凡的世界》写下来，他的情感竟如此脆弱。家庭问题，在路遥心里已经成为死结。其实，这两位朋友并不知道路遥当时最大的问题是身体已经走向崩溃的边缘。

换一个环境，移到大饭店里继续聊天。几杯咖啡下肚，路遥像换了一个人似的，很是兴奋，恨不得把憋了好长日子的话一下子都掏出来。大家后来的话题转到路遥到北京去领"茅盾文学奖"的经过。路遥说："我并不感到意外。但能名列这次获奖作品的榜首，这是我没想到的。"在叙述自己的六年创作的辛苦后，路遥说："我付出了这么多，这奖能不让我得吗？！"

路遥似乎有些累了，抿了一口茶，又点了一支烟，斜靠在沙发上，眯着眼，又陷入了沉思……

王作人和申晓谁也没有说话，都在静静地看着路遥，回味着他刚才的这一席话。稍稍休息一会儿，又是一顿海聊。话题又转到他的"下一部"作品了。这时的路遥神色凝重，仿佛像召开一次什么重要会议，主要领导要做最后总结时的那种神情。他稍作停顿,然后用一种非常轻松的、非常有把握的语气说:"下一部应该是不成问题的吧!凭我现在驾驭长篇的能力应该是能写出更有分量更有影响力的作品。我认为我的生活底子,我的语言能力,我的理论基础按说是很厚实的。特别是在理论方面,要比同时代的作家扎实得多。我的下一部一定会超过我现有的水平,而且题材是非常重大的。这部作品的成功我是怀有极大信心,也很有把握的。"王作人说:"又拿一个茅盾文学奖?"路遥看了王作人一眼,一字一句地说:"作人,你小看我,这次,我不仅要在国内获奖,还要拿国际大奖。你等着看!……"

饭店外的天色已经暗了,又迎来了吃晚饭的客人。三位海聊者又要了点小吃,晚上九点半才离开饭店。临起身下楼时,申晓对王作人说:"作人,你把今天路遥说的话记下,等他下一部小说得了奖,咱们再到这里相聚!"路遥说:"下次就不在这里了,找个五星级的,我请客。"

在路上,路遥又说:作协给调了房子,比以前楼上的大了,准备装修一下,装修完就要到陕北去开始"下一部"……

这次朋友间的聚会谈得很放松、很投机,王作人回家后兴奋地记下长达几十页的日记。路遥病逝后,王作人在此基础上整理了《难忘路遥》的回忆文章。[7]

春天就在路遥时好时坏的心情中悄然而至,陕西作协大院的腊梅开始孕育花朵,新的绿芽也即将钻出地面。

一天下午,路遥的心情很好。他走进《延河》美术编辑郑文华办公室,看到这位经常摆弄相机的美编正在美滋滋地试穿新西服。郑文华说:你也试试吧!路遥一试,挺合适。俩人哈哈大笑,路遥这个矮个子竟能穿高个子郑文华的衣服。路遥干脆对郑文华说:文华,你给我拍几张照片吧!于是,郑文华给路遥拍摄一组早春中的照片。这组照片中的路遥身体明显比原来消瘦,头发蓬乱,精神很差,神色深沉。有意思的是，路遥身上的灰呢纹休闲西服是郑文华新买的。郑文华自1984年调入陕西作协《延河》杂志后，一直是路遥的"御用摄影师"。郑文华因长期从事套色木刻创作，摄影的构图感极强，也非常善于抓住人物的精神世界，路遥的许多经典照片都出自他之手。然而，郑文华这次却万万没有想到，这组照片竟是路遥最后一组春天里的照片了。

1992年的春天里，病重的路遥仍想着如何把《早晨从中午开始》推销到一个好位置。

3月27日，路遥给汉中作家王蓬写了一封长信，想求他联系在漓江出版社出版自己的文论集《作家的劳动》。

王蓬兄：

您好！

先后两信都收读，因许多无法启齿的原因耽误了复信，请能原谅。

我是一个较为内向的人，有时很难在口头或行为表述自己内心激越的情绪。但和您、莫伸这样一些人呆在一块感到自在，因为我们真的超越了一些局限。

三本书[⑧]出得都不错，我因身体不太好，需要一些时间才能阅读完，我一定会用文字说说您，只是在时间上尽量宽容我。就目前而言，您是陕西最有冲劲的作家，您诸事备齐，只待东风，成功是肯定的。有人已成强弩之末，您正箭在弦上。干吧！

为聂震宁写稿一事，现在有这么个情况：我手头编了一本文论性质的集子，名曰《作家的劳动》约十五六万字，包括以前的一些文学言论（七八万字）和有关《平凡的世界》的一篇大型随笔（六万多字）。

本来，此书可以不出，因陕人社拟出我五卷文集。这些东西也将会包括进去，但我觉得这些东西淹没在小说中有点儿痛心，因此单集了一本，一则我看重这些文字，二则也想多拿几千元稿酬，就我目前及今后一段时间来看，因身体差，写作拿点钱很不容易了，现在，想请你出面同聂震宁联系一下，看能不能在漓江出这本赔钱的书。因为我目前遇到难以言传的苦衷（经济上），也许您以后会恍然大悟。

莫伸不久前来过，我们又谈起上您那里去逛一圈，但他目前走不开，又只能等到下一次了。

西安目前很"乱"，穷人富人都在谈论如何赚钱，想必汉中也一样，这一回，应该是有智慧的人赚点钱了，有机会咱们还可以好好论证一下，先写这些。

祝好！

路 遥

一九九二年三月二十七日[9]

这件事情的起因是1992年春，汉中作家王蓬又是打长途电话，又是写信，说广西壮族自治区的大型文学刊物《漓江》主编聂震宁请他组一期陕西作家作品专号，其中一定要有路遥与贾平凹的稿件。聂震宁是王蓬在北京大学作家班的同学，而路遥是王蓬多年的朋友。面对"哥们"这种定向约稿的好事，贾平凹一口答应了，而路遥却迟迟没有回信。原来，求人毕竟是个难肠的事情，路遥一直开不了这个口。

在给王蓬信中，路遥不仅想出文论集，还想约老朋友莫伸一同去汉中散散心。接到路遥的信件后，王蓬迅速与漓江出版社的老同学聂震宁联系，聂震宁回答书可以考虑出，并愿意与《女友》同时刊登随笔。王蓬把漓江出版社的意图转告给了路遥，但路遥却一直没有给漓江社寄稿。

路遥病逝后，这个谜团才揭开。原来是路遥5月又邀请莫伸一块去汉中走走，但莫伸却因事不能成行。这样，路遥也很快打消了去汉中散心的念头。莫伸后来在《永远无悔的牺牲》中非常痛心当时的决定，他写道："这是我非常痛心的一件事，5月，距他病重住院仅仅三个月——我总感觉到，路遥的病逝不仅与他常年的过度劳累有关，并且与他相当一段心情郁闷有关——如果我当时陪同他去了汉中，如果汉中之行改变了他不畅的心态，他会不会突然就不躺倒了呢？"[10]

2月下旬整理好文集稿件后，路遥又在3月撰写了文集《后记》。他这样总结自己："这五卷文集可以说是我四十岁之前文学活动的一个基本总结。其间包含着其青春的激情、痛苦和失误，包括着劳动的汗水、人生的心酸和对这个冷暖世界的复杂体验。更重要的是，它也包含了我对生活从未淡薄的挚爱与深情。至此，我也就可以对我的青年时代投去最后一瞥，从而和它永远告别了……"

4月6日下午，路遥亲自抱着一个巨大的提包，汗嘘嘘地到陕西人民出版社陈泽顺家里，交了夜以继日剪贴整理好的《路遥文集》稿件。

陈泽顺接过提包时，路遥几乎站不稳了，靠在墙边说："我累得不行。"陈泽顺赶紧把路遥扶进书房坐下，发现他已经脸色苍白。陈泽顺抱怨为什么不打电话让取，路遥只是笑笑，没做解释，双手微微颤动着捧着茶杯喝水。临走前，路遥又说："出版这套文集是我前半生的一个重大事件。"作为多年交往的朋友，陈泽顺理解这句话，但却没有意识到这也可能是某种暗示。人生的许多暗合，让我们说不清楚。

在路遥8月住进延安地区人民医院、不断传出病危消息后，作为责任编辑的陈泽顺想尽一切办法出版《路遥文集》。然而，一个巨大的遗憾是，路遥直至病逝，他仍然没有看到那套散发着油墨香的五卷本文集！

路遥病逝后,陈泽顺特意把《路遥文集》放到路遥遗像前,泣不成声地说:"路遥,你看,这是你的文集……"

没有火气的夏天

对全中国人来说,1992年的春天注定是个激情的春天。3月26日,邓小平"南方谈话"率先在《深圳特区报》刊发,紧接着《人民日报》转载了这篇指引中国人未来前行方向的重要文章。举国上下,无论高官还是普通民众,都在"社会主义市场经济"的巨大潮流下憧憬未来。

而在此之前的2月,路遥应约为共青团陕西省委机关刊物《少年月刊》撰写的随笔《少年之梦——为〈少年月刊〉而作》,也发表在第2期上了。这篇写于1991年冬天的随笔富有激情地预告未来:"为了明天,我们应该有无数美好的梦想,为了实现美好的梦想,我们要不懈地努力和奋斗。只要努力和奋斗,现实将比梦想还要美好。"是的,只要努力和奋斗,现实将比梦想还要美好。身染沉疴的路遥,冥冥之中的心与时代仍然同步共振。

4月,好友谷溪来省作协办事,在省作协招待所住了三个晚上,路遥与他就有三个通宵的深谈。这也是谷溪和路遥交往中交谈时间最长,交谈内容最广泛、最深入的一次敞开肺腑的倾诉,路遥几乎将他的生命历程,作了一次系统的回顾和梳理。平时的路遥干脆利落,有事说事,可不是这样的婆婆妈妈。这次长谈让谷溪感到有些诧异,当时虽没有仔细深想,但总觉得这不是路遥的风格。路遥病逝后,谷溪回忆说:"当时,我对路遥的这一次交谈感到惊异。他为什么要对我讲那么多事情呢?也许,是他对自己生命终结时刻,有了某种可怕的预感!

"在那次漫长的交谈中,路遥给我讲述了许多位曾给予他巨大支持和帮助的好领导、好朋友,申易就是其中的一位。"⑪

病中的人,总爱回想往事。兴许路遥认为自己很有必要在老友面前认真地反思一下自己的人生吧!

转眼间,到了5月。西安的初夏说热就热,一点过渡都没有。陕西作协大院内的作家们,也同袭来的热浪一样心潮澎湃,掀起一股购买股票的热潮。路遥也被裹挟进去,开始炒股赚钱。

作家李天芳回忆,陕西省人民广播电台的郭匡燮当时给省作协的朋友们捎话说,他们单位已买到某某公司的法人股,分在他名下的那部分他买不完,哪位朋友愿要赶快来买。路遥自然也拿了家里仅有的现款,第二天随大家高高兴兴地去了。中途他还去出版社找了老同学,替朋友代买一份。他平日最受不了排队拥挤的场面,那天竟老老实实地坐下等待,只是一支支地抽着烟。缴款手续办得缓慢而复杂,收银员怕收了假钞,凡大面值者均一一登记编号,这样足足折腾了一上午。中午他听说后边的事还多着哩,什么认购证、身份证,什么领表填表,少说也得跑几次,一下就望而生畏,再也忍耐不住了,急忙求李天芳替他代办后面的事。哪知这股票拿到手,已是三四个月后,其时路遥已重病缠身,卧床不起了……⑫

这个故事令人心酸,这就是1990年代初中国作家的基本现状。

此时,创作随笔《早晨从中午开始》开始在陕西省妇联主办的青年杂志《女友》第5期上连载。这份刊物当时每期发行一百万册,路遥选中它,主要是因它的高稿费和在青年中广泛的社会影响。这份杂志毕竟不是文学圈子里的刊物,无法达到传播效果。这样,他于5月26日,给中国文联出版社公司的李金玉写信,谈想在该社出版此单行本的想法,希望得到支持。

金兄：

　　前信想已收到。现和你商量一件事。去冬今春几个月里，我写了一篇长的随笔，题目是《早晨从中午开始》——《平凡的世界》创作随笔，稿纸上六万三千字，能排出七万字来，我想出一个单行本小册子。这篇东西全部是写《平》的创作经过的。本来可以在其它社出，考虑到书是文联公司出的，那么这本小册子似乎给你们出更合适。文章已开始（从五月号）在《女友》杂栏连载（此刊物发行一百万份），反映非常强烈。不知此事能否实行？如可以，请马上打个电话给老徐，我很快将稿件（复印件）寄过来。如不行，也请回个信，我另作安排。

　　随着远远小学毕业（六月底），我将进入乱世之中，具体事肯定会很多，我得准备全力对付。

　　祝一切好！

路遥
一九九二年五月二十六日⑬

　　路遥"一稿多投"的现实考虑，就是多赚些钱给女儿存下。面对中国文联出版公司唯一一部"茅盾文学奖"获奖作品作者的这个小小请求，李金玉怎能不答应？然而，遗憾的是路遥最终也没有看上这本小册子一眼，它在1993年才公开出版。

　　当然，《早晨从中午开始》的首发报纸是铜川矿务局主办的《铜川矿工报》。铜川矿区是路遥孕育和创作《平凡的世界》的重要场所，这也是他回报铜川人民的一种现实考虑。

　　5月，路遥甚至答应为中国咸阳保健品厂厂长来辉武撰写报告文学。来辉武是路遥朋友，也是当时中国屈指可数的积极支持文化教育事业的企业家之一。5月22日，中国作协陕西分会举行首届"双五"文学奖颁奖大会，路遥和贾平凹获突出贡献奖，这个奖是由来辉武捐助设立的。再说这个报告文学是"有偿写作",还能挣几个钱补贴家用。但妻子林达已回北京联系工作,而女儿路远(路遥病逝后改名为路茗茗)马上要小学毕业,后半年升初中,路遥必须留在家中给女儿做饭,只好专门委托《小说评论》编辑、青年作家邢小利采访。这篇报告文学的执笔者是邢小利,署名是路遥、邢小利,题目为《东方新传奇》。7月,邢小利把稿子写成后,路遥专门让邢小利找来辉武征求意见。在等待意见的日子里,他甚至推迟了回延安的计划。后来辉武得知路遥在延安住院,当即给路遥批一笔医疗费,由邢小利代领后去延安转交。

6月,西安的天气更热了。有人开玩笑说,西安只剩下"喘"了。路遥女儿路远已经通过小学毕业考试,后半年就要上初中了。从北京办好调动手续的林达,再次把女儿接到北京的外婆家过暑假。路遥和林达已经达成离婚协议,女儿归路遥管,林达准备放弃西安的一切财产,只身回京工作。这样,女儿在外婆家快快乐乐地过了一个暑期生活,这也是路遥所乐见的,因为此行之后这个名义上的家庭将要解体,女儿要跟自己生活。这样,他下定决心谋划装修房子,给女儿创造一个好的环境,让孩子今后在心灵上能平衡一些……

而路遥的身体却更加虚弱了,伴随着肝疼、腹胀等症状,还出现发寒、高烧、腹泻等新情况。这是他身体突发性病变的一个重要信号,但路遥却漠视了。

6月的一天夜里,他拖着病躯找住在陕西作协大院平房中的《延河》见习编辑航宇,告知7月要装修房子的事情,请求这位清涧籍的小老乡帮忙。这个工作自然是航宇所愿意帮助的。因为他是路遥的追随者,他能进入《延河》编辑部见习也与路遥有关。6月5日,路遥还亲自为航宇主编的报告文学集《你说黄河几道道弯》撰写了序文[14]。路遥是他的恩人,这个忙他一定要帮。

就在这天晚上，路遥草算了装修的基本花费，也透露了为何要装修的信息。说到离婚的事情，路遥伤感地说："我给她说了，咱们都是四十多岁的人了，凑合几十年就没事了，可是人家不行。"航宇说："不行也好。""好个屁，"路遥不满航宇的说法，"婆姨也没有了，还好？"⑮

事实上，路遥强大的外表之下有一颗十分脆弱的心，他不想走离婚这步路，毕竟是不光彩的事情。就在这天晚上，航宇注意到路遥的"朱砂掌"，但路遥遮遮掩掩，在玩笑中化解过去了。

妻女去京后，重病缠身的路遥饮食更加无序，一直凑合着。他解决吃饭问题有这样几种方式：一是随便到作协几位年轻人家里"蹭饭"吃，面条、稀粥均可；二是让在《延河》编辑部见习的陕北老乡航宇或者远村给熬锅小米粥，喝上两大碗；三是到外面买根黄瓜、买块干饼子凑合一下。本来他应该找个地方静养一段时间，好好让身体调理调理，可是这样的凑合，一步一步地把他引向死亡之路……

也就是这个时期，航宇在帮路遥收拾房间时偶然发现路遥患肝硬化的秘密。但路遥有些慌乱地藏起药品，再三叮咛航宇："千万不要向任何人讲，我这病几年了。"

"那你为啥不去医院好好看看呢？"

"唉，看又能怎样？"

"总能有一些效果。"

"有什么？"他说，"这病不好治，只能吃些药。"

"再没什么好办法？"

"没有好办法，国际上也没有根治这种病的先例。"

"那这样下去怎行？"

"可以，"路遥强调，"再说，我哪有时间去医院，有很多事情都得我去干。"⑯

7月的西安，正值盛夏，火辣辣的太阳烤得人们无处躲藏。可就在这时，路遥家的装修工程正式开工。这个实属下策的决定，加快了路遥生命消亡的速度。开工后的路遥，借住同层朋友家的房子。塞满了路遥家东西的房子一角的小床，就是他的栖身之地。小米稀饭仍是他最便捷也是最可口的饭食，但这毕竟是没有什么营养价值的小米稀饭。殊不知肝功能失代尝期的病人，应绝对卧床休息，饮食以高热量、高蛋白、低脂肪、维生素丰富、易消化的食物为宜。

就在这时，路遥开始闹起拉肚子，却不知这"拉肚子"是肝硬化腹水的前奏。他在渐渐逼近的死亡面前，仍然固执己见，一次次地错失治病时机。陕北俗话说好汉顶不住三泡稀，更何况是一位身体羸弱到极致的病人呢！路遥为去不足几百米的陕西省政协家属院朋友那里吃一顿小米稀饭，就要歇上三歇，身体彻底垮了。

7月中旬，路遥的病突然间加重起来。他整天躺在借居小屋的床上，身体蜷缩成一团，甚至不由自主地呻吟起来。大体在这个时候，好友海波去看他，目睹了路遥的病情。海波后来回忆说：

> 我清楚地发现他病得不轻，是在他去延安住院之前不久。那天天气很热，我在作协附近办事。办完事后去找他，想和他说会话。敲了半天门，敲不开；正准备离开，听见一个微弱的声音说："你是谁啊？"那声音不是来自他家，而是来自对门；仿佛是他的声音，但又不像。我说："你是谁啊？我找路遥！"他告诉我说："门没关，你自己进来。"这回我听清楚了，他确实是路遥，但也确定不在家里，真的在对门。
>
> 一进门，我大吃一惊。那是一间很小的房子，最多五六个平方；屋里堆满了杂物，靠墙放一张小床；路遥躺在小床上，脸色铁青，身子比原来小了许多。我急忙问："你怎么成

了这种样子,为什么不去医院?为什么住在这里?"他说:"家里正搞装修,临时借了这个房子;病了好几天了,治了感冒拉肚子,治了拉肚子又感冒,现在软得动也动不了了。"我说:"赶快去医院,可不是有什么大病啊。我来照看你。"他说:"医院去了,大夫说不要紧。作协有人照顾,你住得远,来回跑不合算。"之后,他给我说了他出文集的事,说着就睡着了,我只好退出来。

现在想,他当时的病已经很重了。只是不知道,他没去住院,真是医院误诊了,还是他知道自己得了不治之症,故意压在心里不说,"抢"着装修房子和出文集。这之后不久,他就病倒在延安了。⑪

路遥当时不仅连睁眼看海波的力气也没有了,也经常躺在省作协大院那个破藤椅上昏昏入睡,甚至打起呼噜……

一天晚上,为装修忙了整整一天的航宇想到路遥。他发现房子里黑灯瞎火,路遥一人蜷缩在床上,原来路遥在发烧,头疼得厉害。航宇赶紧叫来陕西作协的徐志昕、李国平,想了一些物理降温的办法仍不奏效。他们用自行车推着路遥去附近的陕西省商业职工医院看病。医生很快查了体温,高达 39.7 度,打了一针退烧针,再没有仔细检查。这样,他们又拥着路遥返回作协大院。大约折腾到凌晨 3 点,路遥的高烧才慢慢退去……

这次高烧时,路遥已经肝硬化腹水了!红灯一再闪烁,警报一响再响。病魔已经无可奈何地使用"发高烧"这种撒手锏来警告路遥了,可是他却一误再误,让病魔诧异。当然,面对这样置若罔闻的人,病魔只好痛下决心,加快剥夺路遥生命的速度……

病重的路遥想到远在安康市开会的弟弟王天乐,让他赶紧回来。路遥的一切,他都了如指掌。在某种程度上讲,王天乐是路遥精神的重要支柱。王天乐听到路遥病重的消息后，决定马上赶回。路遥听到弟弟要回来的消息，情绪开始好转。可是天公不作美，陕南暴雨成灾，导致山体滑坡、铁路中断、公路堵塞，王天乐没有按期返回西安。路遥的病几天后渐渐好起来了，可是他一下子苍老了许多，面部暗淡无光，行动迟缓，两眼失去往日的神色，看上去好像六七十岁的老汉。

在7月快要翻完最后几页时，路遥的装修工程，也在陕北老乡航宇和远村的帮助下进入尾声。妻子林达和女儿路远马上就要回来了，在回来之前，必须把房子全部装修好。用他的话说，等她们回到家，就什么也找不上了，也很难认出这就是她们的那个家。

为此，路遥在航宇陪同下拖着病体出入在西安市竹芭市家具一条街，开始选购新家具。很快地，柜子做好拉到家里，地毯买回铺在家里，录像机、抽油烟机、煤气灶等一切都准备到位。万事俱备，只等心爱的女儿和即将离婚的妻子林达的归来。

妻子林达与女儿的归来，可谓一波三折。当时普通民众最快捷的通信方式，仍是电报。第一封电报是"后天到"；第二封电报则是"车票和钱被盗，速汇一千四百元，具体啥时回来，另告，林达"。路遥哭笑不得。他又跑到办公室，给北京挂了长途电话，才没精打采地回家，嘴里叹息着："女人家，唉！什么事也弄不成。"

第三封电报又到了，路遥叫了省作协的小车，让航宇陪同他接站。火车晚点了几十分钟，路遥买了站台票，在月台上静静等候。随着一声汽笛声，火车进站了，路遥随着人群追赶着列车，但他气喘吁吁地力不从心了，只能站在人群中仔细打量每个车窗。虽没发现妻女何时下车，但一声"爸爸"后，路远亲热地抱住了爸爸。看到父女重逢的场面，航宇激动得眼睛都泛潮了……

8月1日，病入膏肓的路遥仍给北京的几位朋友王蒙、阎纲、刘茵、周明、白烨等连写五封信，请求其为携信之人、陕西省政协《各界》杂志筹办者马治权提供办刊帮助[18]。

路遥给白烨的信件现保存在延安大学路遥文学馆,此信应视为路遥的最后书信。

致白烨[19]

白烨兄:

您好,久不通信,不知近况如何?

现介绍马治权同志来找您。他现正筹办一份杂志《各界》(由省政协主办),现来京想得到各方支持,我特让他来找您,希望能给予大力支持和帮助。具体事宜由他向您面述。问雷达兄好。我面临许多棘手事,等理顺后再和朋友们联系。

祝好!

路 遥

一九九二年八月一日

"面临许多棘手事"是暗指什么?离婚,还是身缠重病?"等理顺后再和朋友们联系"是如何"理顺"?难道这种消极逃避的鸵鸟心态就能使上苍开眼,把沉疴一风吹走?路遥在创作上是位非常理性的伟大作家,可是在对待生命的方式上却如此马虎。就在死神渐渐逼近他的时候,居然这种态度,这真不可思议。

8月3日,原《延河》副主编贺抒玉在陕西作协机关大院见到路遥,不禁大吃一惊。

"啊呀,你怎么瘦成这样,几乎认不出来了!"

路遥说:"我拉了一个月的肚子!"

"为什么不去医院看病?"

路遥避开贺抒玉的话,低头逗贺抒玉的小孙子:"天天,你还记得我不?"

三岁的小天天看了路遥一会儿点点头说:"记得。"

"我是谁?"

路遥逗了小天天几句,无精打采地走了……⑲

房子虽然装修好了,但这个家却要解体了,也无法给女儿一个温馨的家。婚姻已经无法挽救了,夫妻十几年的林达很快就要逃离这座城市了。一切的一切,路遥均无法面对。此时的他,脆弱的生命之弦已经绷到极致,稍微加一点点外力就要折断了。

他与林达商量好准备回延安休息十来天,回来再办离婚手续,林达也同意了。这样,他又让航宇买好刚刚通旅客列车的西安到延安的火车卧铺。

路遥早在1991年撰写创作随笔《早晨从中午开始》时,这样激情地写道:

> 故乡,又回到了你的怀抱!每次走近你,就是走近母亲。你的一切都让人感到亲切和踏实。内心不由得泛起一缕希望的光芒。踏上故乡的土地,就不会感到走投无路。故乡,多么好。对一个人来说,没有故乡是不可思议的;即使流浪的吉卜赛人,也总是把他们的营地视为故乡。在这个创造了你生命的地方,会包容你的一切不幸与苦难。就是生命消失,能和故乡的土地融为一体,也是人最后一个夙愿。⑳

向死而生,放松灵魂,重启生命的航船,这是路遥要回陕北的浪漫幻想。当然,这次去延安还有两个潜台词:一个是"文集"的出版还需要一些资金,他需要找母校协调一下;另一个是万一是自己怀疑的肝癌,那么就直奔毛乌素大沙漠,在那里了断自己的生命……

是啊,回陕北去,回延安去,路遥的心情越来越迫切了!

病在延安

8月6日晨8时,路遥背着墨绿色的背包,走出了中国作协陕西分会的大门。晨练的晓雷、李星问他去哪儿。路遥兴冲冲地说:"回去,回陕北去。"是啊,路遥要回陕北去休息几天,他的身体越来越弱,迫切需要休息几天。临行前,他带了几件换洗衣服、洗漱用品,放了个中国作家协会会员证。这就是他的全部行李。

省作协的司机和航宇送路遥去火车站。到西安火车站后,路遥买了两瓶矿泉水,步履沉重地登上开往延安的火车。这是路遥有生以来第一次乘火车回家乡。西延铁路自1992年8月1日正式开通客运专列后,这是第五天了。这条铁路是陕北人民望眼欲穿的铁路,几次上下马,修修停停,终于开通客运列车。这也是路遥所盼望已久的事情啊,他的心情自然是激动的!就这样,他乘着火车离开了繁华而喧嚣的省城,回延安去了……

路遥一上火车,就躺在卧铺上。长达九个多小时的长途旅行,他连床铺也没下,更连买好的矿泉水也没喝一口。在火车的颠簸中,他的肝疼剧烈,浑身一点力气都没有了。下午5点左右,路遥终于硬撑到终点站延安站,已经再也没有力气自己走下车厢了。来接站的王天乐的好朋友、《延安报》记者李志强,只好上车搀扶着他下车。当晚,他病倒在延安宾馆。

很多年后,路遥小学美术老师白军民回忆:"我见王卫国(路遥原名)身体消瘦,精神状态非常不好,便问他怎成这样了,路遥说:唉,林达闹着要跟我离婚,这个家保不住了,我来躲几天……"[22]

应该说,婚姻的彻底失败是压垮路遥生命的最后一根稻草,路遥是个心性非常要强的人，他根本无法承受婚姻失败的打击！

路遥病倒在延安宾馆后，延安的朋友们赶来看他，发现他脸色黄而泛青，什么都不愿意吃，认为他一定是得了重病，就三番五次地要陪他上医院看病，可他就是不肯，说自己带着药。朋友们又建议路遥在延安休息几天后还是要回到西安治病，毕竟西安的医疗条件好。路遥继续摇头说：没必要，没有事。最后在大家的软硬兼施下，路遥才同意入住延安地区人民医院。

路遥病倒在延安的消息，很快传到西安电影制片厂著名编剧张子良与副厂长张弢那里。他们二人是路遥的"铁杆"朋友，8月11日下午就赶到延安宾馆。进到房间后，见路遥和原延安地委副书记、时任延安地区政协筹委会主任的冯文德并排坐在沙发上，只疲惫地抬抬手，表示欢迎。冯文德解释说：路遥病了，刚从医院检查回来，明天住院，一应的事情都联系好了。冯文德是路遥在政界的朋友，也是《平凡的世界》中"田福军"的原型人物之一。路遥创作《平凡的世界》收集素材时，曾专门到冯文德任县委书记的富县农村体验生活。路遥获茅盾文学奖后，他专门赠送一尊拓荒牛的陶瓷雕塑，基座上镌刻大诗人屈原"长太息以掩涕兮，哀民生之多艰"的诗句，以资鼓励。

见到"铁杆哥们"，路遥自然很是激动，一把拉住张子良的手，勉强地笑着对二人说：问题不大，肚子胀，脚腿肿，太累了！

张子良埋怨路遥：唉，你这个人！

路遥把张子良捏得更紧了，他的另一只手伸到眼角，不断地用拇指抹泪。

你们来得太好了！路遥突然说，泪水像断了线的珠子不停地往下落。接着他又说：这次我请你们多住几天吧，我们终于有聊天时间了……

张弢落泪了，张子良对路遥不住地点头，他们心里非常难受。

陕北民间有"男怕肿脚,女怕肿头",即民间所谓"穿鞋戴帽"的说法。路遥脚腿肿,这可是个不祥的征兆啊……

8月12日,路遥入住延安地区人民医院传染科18床。他的情绪极不稳定,不停地叹息。曹谷溪去看路遥,他号啕大哭:"谷溪呀,我这是完了,老天爷拦腰把我砍断了,我的病,你不知道,很严重,这一回怕是不行了……"

路遥这位硬汉,在最熟悉的朋友面前,才彻底显露出最脆弱的那一面。路遥曾在《早晨从中午开始》中专门这样谈过"死亡"的含义:"死亡!当它真正君临人头顶的时候,人才会非常逼近地思考这个问题。这时候,所有的人都可能变成哲学家和诗人——诗人在伤感地吟唱生命的恋歌,哲学家却理智地说,这是自然法则的胜利。"然而,那是路遥在健康状态下的思考。事实上,"向死而生"不过是哲学家的说辞而已,任何健康的普通人在死亡面前都有恐惧与脆弱的一面。

著名作家史铁生生前说:"死是一件无须乎着急去做的事,是一件无论怎样耽搁也不会错过了的事,一个必然会降临的节日。"像他这样因长期在生死边缘游走、痛不欲生的人,才会像欢迎盛大的节日一样迎接死亡的到来。这种人生境界非常人所能达到!

其实,路遥回到延安的真实目的不是治病,而是要联系《路遥文集》的征订事宜。住进医院了,路遥只好全权委托老同学高其国找母校校长申沛昌教授帮忙了。"其国,你到延大去找一下申老师,看延大能否征订一些我的文集或者预付一点款。听泽顺(即陈泽顺)说,我的文集再差一点订户和订款就能开印了。我本来一到延安就先要看申老师的,没想到一来就住了院,只好等病好些后再去申老师家了。"㉓此事落实给高其国,路遥心里放心。

8月12日,冯文德又安排延安最好的B超专家、原延安地区人民医院业务副院长陈宏如专门给路遥做了B超检查,结论是肝硬化腹水,且伴有黄疸。在写病历时,医生有意瞒着路遥,回避了"晚期""硬化"之类的严重字眼。

当化验结果放到他眼前时,路遥又咧开嘴,憨笑着对陪同他的张子良、张弢等朋友说,别再苦着你们的脸了,没意思。咱们快活些!他从床上欠起身来,把手往空中用力一伸,发表公告似的庄严宣布:我胜利了!第一,化验结果表明,没有癌变;第二,医生同意我每天少抽几根烟。他补充说,这就有点活的滋味了,否则就太无聊了……

路遥是著名作家,他在延安病重住院,路遥的清涧老乡、中共延安地委宣传部部长白崇贵认为,必须要给他的工作单位作协陕西分会报告病情,不然有失职之嫌,但路遥坚决不同意。后来,白崇贵想给中共陕西省委常委、宣传部部长王巨才汇报一下病情,路遥也坚决不同意。他一再叮嘱白崇贵和朋友们,对他住院要保密,知道的人越少越好。[24]

路遥为何要朋友们对他在延安住院情况保密呢?原因是中共陕西省委在7月决定正式拟任路遥为作协陕西分会主席,并制《干部任免呈报表》。

这份呈报表的内容是:

姓名:路遥;家庭出身:贫农;学历:大学;工资情况:文艺11级140元。

身体状况:健康

历任职务:作协陕西分会专业作家、党组成员、副主席。

拟任职务:作协陕西分会主席。

呈报单位:中共陕西省委组织部。

备注:《陕干字[1992]70号》。同意。时间:1992.7.6。加盖公章:中共陕西省委组织部。

就在作协陕西分会即将换届的这节骨眼上，路遥怎能让组织知道他身体掉链子呢？这是绝对不行的！但是，需要航宇来延安陪护。路遥去延安之前与航宇有个约定，如果在延安有什么事情，会马上打电话给航宇。他专门让人给航宇打了电话，一是带一些换洗衣服，二是拿十套《平凡的世界》。8月15日下午，航宇乘火车赶到延安专门照顾路遥。

8月16日，航宇找到传染科主治大夫马安柱，说明情况，看到了路遥的病历。上面有这样的记录：

  路遥，1992年8月8日检查，怀疑患了肝炎。
  12日，由原延安地区人民医院副院长陈宏如给路遥做B超检查证实，为肝硬化腹水，收到传染科病房住院治疗。
  ……
  路遥诉说他乏力两年余，加重伴腹胀一月。
  医院查体，一般情况尚可，神清巩膜黄染，心肺C，腹膨隆，肝肋下未及，脾肋下3.0CM后中偏硬，纯镏，纯光滑，腹水征阳性。肝功异常，入院诊断，肝炎后肝硬化。最后诊断：
  1. 乙型肝炎后肝硬化活动型伴腹水形成。
  2. 肝右叶点状钙化灶。
  3. 腹腔占位性病变未确定。㉕

主治大夫再三叮嘱航宇保密。航宇虽然十分难过，但不能在路遥面前透露半点情况，只是要求路遥心态放好，好好配合治疗。

天下没有不透风的篱笆，路遥病重与住院的消息很快在延安传开。路遥在延安和母校延安大学的朋友、同学、老乡、学生等人纷纷前去探望。好友曹谷溪送去红枣莲子粥、王克文送去小米稀饭、高其国送去长杂面……

就在这期间，笔者知道消息后也曾探望过一次，感觉那时的路遥虽然消瘦，但精神尚可。路遥很高兴笔者的探望，还与笔者说说笑笑。当然，笔者是路遥的晚辈，他不可能在笔者面前流露出什么来的。

8月16日，中共陕西省委常委、宣传部部长王巨才知道路遥病在延安的消息后，专门派陕西省委宣传部干部处处长杨学义与省作协办公室主任王根成前去延安探望路遥，并让捎去一封亲笔信。

8月17日，省委宣传部杨学义与省作协的王根成赶到延安后，动员路遥回西安治疗。路遥坚持留在延安，待病情好转后再考虑回西安治疗；他们返回西安后汇报路遥病情。

8月20日，中共陕西省委宣传部印发《关于路遥同志病情的通报》，分呈省委、省人大、省政府、省政协有关领导传阅。

8月21日，作协陕西分会派王观胜、李国平、徐志昕到延安看望路遥。路遥在中午输完液体后，主动提出要去杨家岭旧址看看。杨家岭旧址，是著名的"延安文艺座谈会"的发生地，也是中共"七大"的举办地，在延安革命旧址中具有代表性。路遥想出去走走，同事们不好强迫，请示医院同意后，把路遥扶到车上，驱车前往杨家岭。一路上，路遥兴致勃勃地给同事们讲母校延安大学、延安卷烟厂和杨家岭旧址的有关情况。到杨家岭旧址后，路遥坐在一块石条上，让同事们自行参观。返回的路上，路遥很疲惫，似乎一点力气都没有了……

路遥为什么在重病之时突然提出参观杨家岭，是想陪同事们参观，还是要在同事面前证明自己仍能行？这也是个谜。

8月下旬，正在延安调研的中共陕西省委常委、组织部长支益民在延安地委书记遆靠山等陪同下看望了路遥。

尽管延安地区人民医院尽最大努力治疗，但路遥的病情明显不能好转。这样，他情绪烦躁，身体日渐消瘦，甚至彻夜失眠，服用安眠药也起不到丝毫作用。

每天都去看望的曹谷溪忍不住悲切，努力用平静的口气劝导路遥："我有一个想法，咱们延安医院小，条件不如大城市的大医院，人家的设备好，医生强，我看转到大城市，治疗得会快一点……"

路遥长叹一口气："这种病放到哪里都是一样的治法，该有的药，延安都有；如果延安治不好，西安、北京、上海也都治不好。就是送到联合国，也治不好。到西安，离三兆的火葬场近，死了人家就会把我拉去火化。还不如死到这里，你和高其国一定会钉一口棺材，把我埋到黄土山上。"

路遥的话凄楚悲凉，曹谷溪听得非常难受，心好像一块一块地往下撕……

8月28日下午3时，在失眠七天七夜后，路遥病情突然恶化，肚子疼得在床上翻滚，高烧39.8度。下午5点半，省作协办公室李秀娥打电话询问路遥病情，陪护路遥的航宇乘机通报了路遥病情严重的情况。下午6点后，主治大夫马安柱向医院医疗办总值班室通报路遥病情，医疗办组织手术室主刀、内科主治大夫等各方面专家会诊。排除手术后，重新到B超室检查。晚上9点，路遥的病情略有好转，疼痛渐渐减轻。晚上10点，会诊医生得出结论：初步诊断是因腹水感染引发肝区疼，再未发现异常病症；根据路遥目前病情发展状况，建议他尽快转院治疗……

这样，路遥才同意转院。陪护的航宇立即将情况告知延安地委宣传部部长白崇贵，让他尽快与陕西省委办公厅和省作协取得联系，让他们尽快联系好医院。延安地委立即用传真将路遥病情报告陕西省委。

8月30日，一份《关于路遥同志的病情通报》送到陕西省委、省人民政府主要领导手中。

9月1日，中共陕西省委书记张勃兴同志百忙之中，在陕西省委宣传部呈送的《关于路遥同志的病情通报》上批示：

请卫生厅党组关心一下,是否派专家会诊,可同延安地区商量。如回西安,可安置在条件较好的大医院精心治疗护理,以使尽快恢复健康,并问候路遥同志。

张勃兴
1992年9月1日

9月2日,中共延安地委副书记张志清和秘书长张连义前往医院看望路遥,转达省委领导意见,并了解路遥的病情和治疗情况。鉴于路遥病情较重,延安医疗设备和技术有限,并根据路遥的意见,决定转西安治疗。

路遥在决定回西安后,想上一次宝塔山,但因身体原因,陪护人员没有同意。他是想最后看一眼延安么?是想对陕北这块孕育自己生命与创作的土地作最后的告别么?

9月4日下午,路遥最小的弟弟王天笑(即"九娃")看望自己的亲哥哥来了。看见小弟弟来了,路遥自然很是高兴。他把妹妹和航宇赶到外面,说自己有话给弟弟说。航宇他们刚把门闭上,就听见兄弟俩号啕大哭。航宇怕出问题,一把推开门,只见路遥抱着弟弟,失声痛哭,泪流满面。他们虽然没有见过几次面,但一母同胞,骨肉情深,这种近距离的兄弟亲情是外人无法感受到的。

航宇拉起王天笑,责备道:"你不敢这样,你哥一点刺激也承受不了。"

但是,路遥仍沉浸在巨大的悲伤之中:"哥不行了,哥照顾不了你们了。"

王天笑死死抓住路遥的手:"哥,你别说了,你会好的。"

航宇挥泪相劝,病房里一片哭声……这个场面直到护士拔吊针时才算结束。当天晚上,王天笑陪着哥哥。

9月5日,在回到延安一个月后,路遥转院回西安治疗。早晨7时,路遥洗了脸，刮了胡子，喝了一碗小米稀饭。8点，延安地区人民医院的大院早已聚集了许多送行的人。其中有延安地区政协的冯文德，延安地委的白崇贵，延安行署的樊高林，延安报社的李必达、李志强，延安文联的曹谷溪、高其国、杨明春，延安地区艺术馆的王克文等近百名干部群众。

送行的车辆排成一长串，有十三辆五十多人，硬是陪同路遥一起去延安火车站。延安火车站的站台上，也站满许多认识与不认识路遥的人们。他们知道，这位从这块土地上走出、并为这块土地讴歌而病倒的作家马上就要离开这里了。

路遥上了火车后，坐在紧挨窗口的床铺上，忍着病痛，请陪同人员把窗子打开，眼含泪水，不断吩咐："快把烟拿出来给亲人们抽……"

车厢里，护送路遥的主治医生马安柱和护士高洁，开始收拾药物，准备在列车上为路遥输液。

列车在人们的悲切声中启动了，路遥伏在车窗上，泪流满面地向为他送行的人群频频挥手告别……

时间定格

9月5日下午6点半，列车准时到达西安火车站。站台上，同样站着好多迎接路遥的亲人与朋友：他们中有霍绍亮、杨韦昕、晓雷、王根成、李秀娥、邢小利、王天乐……当然，也有准备与路遥离婚的妻子林达。路遥在晓雷与弟弟王天乐的搀扶下，艰难地走下列车，还不时地向迎接他的人招手致意。

下午7点零3分，路遥入住第四军医大学附属西京医院传染科

7号病房，由康文臻医生负责他的治疗和住院生活。

9月6日上午10点多，西京医院下了"病危通知"：肝炎后肝硬化（失代偿期），并发原发性腹膜炎。

稍有一些医学知识的人都知道，失代偿期肝硬化是肝硬化的重度或晚期，是大量肝细胞破坏后，引起广泛肝纤维化而无代谢功能，以黄疸、腹水、血液白蛋白减少和凝血酶原时间延长为主要特征。失代偿期肝硬化病人在黄疸、腹水消失出院后，一般还需要服用利尿药、补白蛋白，但工作能力丧失、恢复系统很脆弱，遭遇诱因后病情会反复，生命经常会处于危险境地。路遥的失代偿期肝硬化，并发原发性腹膜炎，这是一个非常危险的信号，在医生眼里他已经开始在生死边缘上游走了。

9月7日，作协陕西分会关于路遥医疗费的报告送到副省长徐山林手中，五万元医疗费随即落实。

9月9日上午9时，刚刚参加完"长安画坛中国画展"开幕式的陕西省省长白清才，立即驱车前往医院看望路遥。路遥当时的精神不错，能坐起来说话。

白清才说："拿出写《平凡的世界》的精神来，把病治好。"

路遥微笑着说："一定，一定。"

白清才又仔细询问了路遥的病情，然后像拉家常一样问路遥："你想吃啥？"

路遥说："想吃陕北的小米饭。"

此时，白清才和路遥都笑了。

白清才走出病房后，专门叮嘱医护人员说："你们要想尽一切办法，一定要把路遥的病治好。"㉟

9月11日上午12点零5分，路遥的病情突然加重，神志不清，处于昏迷状态，医院立即组织紧急抢救。下午7点45分，他才从长达七个多小时的昏迷中苏醒过来。在抢救期间，医生办公室黑板上写着路遥的病情变化,医生们小心翼翼地设计治疗方案。会诊医生认为,路遥四五年前可能已经肝硬化了,由于没有及时治疗,已经到了肝硬化晚期。

医生的会诊,更坚定笔者的判断,即1987年夏天路遥吐血之时,他已经知道自己患了肝硬化。倘若他当时放下手中的笔积极治疗,《平凡的世界》可能晚几年发表,他的身体也可以恢复,而不至于走到今天不可逆转的地步!可是,为了完成心中的宏图大业,路遥可以舍生求义!我们可以进一步判断,他身体每到什么程度,路遥心里非常清楚,只不过他的"保密工作"非常成功。这位文坛硬汉,只会像逐日的夸父一样死在路上,而不会苟且地生存,这就是路遥!……

在抢救期间,中共陕西省委组织部部长支益民、陕西省人大常委会副主任牟玲生等赶来医院探望,但路遥一概不知。路遥苏醒后以为自己睡了一觉,把七天七夜的失眠补回来了。

9月13日,陕西省人事厅郭开民副厅长和该厅专业技术人员管理处专家服务中心的几位同志赶来看望。

9月17日下午3点,陕西省政协副主席李森桂冒雨探望。

9月20日上午,中共陕西省省委宣传部长王巨才再次到医院探望。王巨才转达白清才省长指示:"省长好选,人才难得。要他安心治疗,等出院后,可同贾平凹商量一下,是一块出去疗养,还是单独出去,省上再困难,也要拨出专款,让他们到中国最好的地方去。"[②]

路遥是陕西人民的骄傲,陕西省自然想尽一切办法抢救他的生命。而路遥一有活力,马上想到工作。晓雷回忆当时的情景:"医护人员的精心和现代医疗手段的高明又一次把他从死亡的边缘拉回来,每周两次的新鲜血浆和每瓶两百五十四元的白蛋白似乎使他出现了转机,随着时间的推移,腹水止住了,转氨酶下降了,他也开始进食了。新的信心使他变得重现活力,我去看他,他就滔滔不绝地谈起作协的复兴，那所破旧院落的改造和修理，他说要把作协的办公院平房改造成两层楼，琉璃瓦、红地毯、喷水池，还要有雕塑，他说他已给一位朋友谈妥，让他免费为作协大院竖起高品位的雕塑……"㉘

9月23日中午，路遥再次感觉肚子胀痛，医生B超检查，又患了中型腹水。肝硬化病人最害怕腹水反复无常，今轻明重，这又让医生们紧张起来了。

9月下旬，路遥妻子林达也来看了路遥一回。她和路遥的婚姻已经名存实亡，走到尽头。本来她是商谈离婚之事，但因路遥的病情，离婚协议只能推后签订。不管怎样，一日夫妻百日恩，林达在路遥重病期间无法张开此口。路遥病逝后，朋友们对林达的意见很大，其中一个原因是路遥从病重到病危，她竟没有伺候一天，这无论如何也说不过去。她在9月22日离开西安，就回北京到中国新闻社上班。为了解决女儿上学后的吃饭问题，省作协朋友专门帮助雇了一名小保姆。

在此之前，路遥专门给晓雷写了个便条："晓雷，请将写××大楼那壹仟元稿费领出交给林达。"1992年9月21日，林达的领条上写："今领路遥写××稿费壹仟元正。"㉙

9月29日下午，路遥因诸多事情，情绪异常糟糕。航宇回忆，这种情绪一直延续到11月14日，达到了极致。后来，路遥因烦躁、疲劳同医院用"讨价还价"的方式达成了给他隔一天输一次液的协定。

10月1日，国庆节。病榻上的路遥又一次向省作协下属的"创作之家"写了一张借条："今借到创作之家壹仟元整。"晓雷回忆："比之于上一个条据，这张借条的字迹已明显看出路遥的身体更加虚弱，力不从心。除却字形歪歪扭扭，笔画有气无力，一撇一捺，都已无法控制，笔尖好像一直在纸上打滑，就像他此刻正拖着病体跌跌撞撞、颤颤巍巍地移向一个黑色的对岸，实实在在显示生命行将结束时难以支撑的悲凉步履。十天前领了也许是一生中最后一笔稿费；十天后，

也许是留下了一生中最后一张借条。生活是在怎样描画着一位蜚声遐迩的作家的命运轨迹呀！"㉚

晓雷后来才弄清楚，路遥在病重住院期间急于领稿费与借钱的用途，原来是为妻子回京工作、安排女儿上学等等急用，临时领取稿费；稿费不够，又不得不再次借款。路遥是位不会轻易被生活压垮的汉子，他的情绪波动，应该是对生存的渴望而焦虑造成的。他在此时追求生命存在的欲望，比任何人都要更强烈！

由于路遥病情的严重反复，中共陕西省委宣传部副部长郿尚贤下令：任何人不准探视。但是路遥病重的消息传开后，社会各界人士纷纷想尽一切办法前来看望，以表达慰问之心。当然，也有找路遥办事的年轻人。10月11日，路遥的榆林文友朱合作上午前去看望，一直陪同路遥至中午。在此期间，延安青年连环画家李志武找到医院，想让路遥写个便函，以便他联系出版社。路遥被扶着斜坐在病床上，歪歪扭扭地写下了：

出版社：

  由张春生改编、李志武绘画的《平凡的世界》一开始就征得我的同意，现工作已基本做完，水准不低，本人完全同意出版。

路遥 10.11
于西京医院病床上㉛

李志武等路遥把信写完后，又说，希望路遥在正式出书时，再写个序言。路遥说：序写不成了。我手篩得连笔也捉不牢了。到时候，就题上个词。㉜

当日，省作协的郑文华和诗人远村，带着路远来医院探视路遥。

10月12日，路遥向医院要了一台电视，他要收看中国共产党第十四次全国代表大会。路遥是位具有深刻政治情结的著名作家，尽管病成这样了，他仍想了解中国的政治走向。

就在此时，延安大学校长申沛昌前去看望路遥，他给路遥带去一个好消息：学校订购价值五万元的《路遥文集》，资金已经汇入陕西人民出版社账户。路遥在延安住院时，申沛昌校长在日本访问。回校得知情况后，专门召开校党政会议解决了此事。路遥听到结果后很是激动，连声说："谢谢！……"㉝

文学评论家肖云儒去看望路遥，还带去剖析路遥意识世界的长篇论文《路遥的意识世界》复印件，此文是给畅广元主编的《神秘黑箱的窥视》文论集的评论文章，路遥很是高兴。这篇文章除了书中使用外，还有几家文学刊物与学报想刊发。肖云儒征求路遥意见，路遥沉吟片刻，用一种近乎神圣的口气说，放在《延安文学》吧，对家乡的父老乡亲也算是一个交代，我一向很看重这个刊物。他用恳求的、又是不容改变的眼光看着肖云儒说：你给谷溪（时任《延安文学》主编）他们吧，怎样？肖云儒一口同意。㉞

这就是路遥，家乡父老给他鼓励，他病重之时也用自己的方式回报家乡！

医生不让路遥看书看报，但允许他听音乐。路遥专门让朋友拿来录音机与贝多芬的交响乐盒带，一遍一遍地听。作协朋友去看他，他高兴地说："这一下把老贝（即贝多芬）的1—9（指第一到第九交响乐）全听完了！"是的，音乐是他缓解焦虑情绪的最好润滑剂。当然，长期住院，路遥有焦躁情绪这也正常。

病急乱投医，求生的欲望使路遥又想到中医治疗。10月27日，路遥托朋友从西安地方医院请来个老中医，给他开了十几服中药。朋友们也知道，这是无可奈何之举，路遥对中医到了迷信的程度，他需要这种心理暗示。但就是这中药加重他极度虚弱的身体负担，引起腹泻。

10月29日，路遥又一次出现肝昏迷，虽经抢救后病情有所好转，但不久又进一步恶化。

11月1日,已调到北京工作、来西安出公差的白描,在蒙蒙的秋雨中赶去医院看望路遥。白描是路遥无话不说的好朋友,担任过《延河》执行主编。路遥的第一句话就是:"白描,拜托你,远远要到北京了,拜托你照顾她!"白描顿时感到路遥有种托孤的感觉。路遥病逝后,白描没有忘记路遥托付,专门求助中国作家协会副主席、中华文学基金会主席张锲先生。张锲先生想尽一切办法,把路遥女儿转到通县最好的潞河中学。当然,这是后话。

在随后的短暂交谈中,路遥说:我不甘心这样,我无数次地想到我将来会怎么样的死。我如果受伤,肯定不能把伤口亮在别人的面前,要死绝对不会像这种萎缩地躺在床上。大夫告诉我,肝癌,只有这么一小块,还能维持生命……

瞬间,白描的眼圈红了,他感觉到路遥活下去的愿望非常强烈。他相信路遥会战胜病魔,重新站起来的![35]

在白描之前,文学评论家李星看望过路遥,专门带去路遥邀请他撰写的《人生》英文版序言。李星让路遥好好养病、保重身体;李星走到门口时,路遥突然大声说:"李星,你也要保重!……"

为了让路遥高兴,曹谷溪特意把他早年与路遥在黄河畔拍摄的那张合影翻出来,重新洗印放大,制作了镜框,带到路遥在西安的病床前。路遥躺着,双手举起那个镜框,对年轻的自己咧开嘴笑了:"那时那么年轻,居然能骑上自行车翻成百里的山路……"他流着泪让曹谷溪把镜框放在床边,自己要再好好看看。

事实上,不仅陕西省的各级领导、陕西文学艺术界的各位朋友希望路遥能站起来,就是全国无数读者,也都希望路遥能渡过这个难关,重新回到文学的征战场上!

11月7日,中国作协陕西分会召开主席团会议,会议决定成立换届筹备领导小组,组长王汶石,住院的路遥和赵熙任副组长,另有成员若干。作协陕西分会的换届工作进入"倒计时"阶段，而此时路遥的身体却越来越差。

11月10日，路遥开始拒绝输液，拒绝治疗。他说："如果生命只剩下苟延残喘，既忍受痛苦又给大家带来麻烦，那活着还不如死了。"经医护人员再三劝说，他又勉强同意继续输液，但改为两天一次。

11月11日，路遥开始拒绝进食。医院通知路遥弟弟王天乐，请转告路遥单位，希望来人做协助工作，希望能配合治疗。

11月13日上午，路遥小弟弟王天笑找到作协陕西分会，给作协新任党组领导汇报路遥病情。

也就是这天下午，笔者专门从延安赶到西京医院的肝病治疗中心看望路遥。笔者的印象非常深，星期四的下午5点左右，笔者赶到西京医院传染科病区的路遥病房。那时的路遥，跟夏天回延安养病时的情形简直是判若两人。他已经又瘦又小，满脸焦黑，在病床上蜷曲着。笔者感觉战栗而恐怖，感到他像一堆燃过了旺火的焦炭。好在，他虽身染沉疴，头脑却很清晰，也很高兴。

"你外公的身体好吗？"

"我外公只是有肩周炎，整个身体还好。"

"这就好，我与你外公是忘年交，你外公是好人……"

沉默了片刻，路遥突然说："我这十几年，吃的是猪狗食，干的是牛马活，你解下不？……"

这突如其来的没头没脑的话，让笔者的心为之一颤，有种不祥的感觉。我们是延川同乡，但属于两代人。倘若他的心理防线没有崩溃，他不会说出这些话来的。

当天下午，笔者在他的病房待了近一个小时，在他指导下帮助他吃了饭，扶他上了厕所，还做了登记，最后才在王天笑回到房间后离开。笔者对路遥说："你身体好了，我下次去你们家看你！"路遥说："好，好！"挥着手目送笔者离开。

笔者是幸运的，探望到了病危中的路遥。路遥病危的消息不胫而走后，路遥的许多亲朋好友，以及千千万万的文学青年与忠实读者都想到医院去探望，但医院管理得非常严格，"谢绝探望"。很多人只好守候在病房外，默默地祝福路遥能渡过生命的难关……

11月14日，路遥没有输液，他给陪护的航宇讲述过去的故事：从贫穷与饥饿的少年时代，讲到如何让父亲过继给延川大伯为子的艰辛路程；从年轻时期的恋爱，讲到现实的婚姻；从这次患病的朋友帮助，讲到朋友的友谊；还讲对同事邹志安病情的同情，讲与好朋友、诗人闻频的早年交往；他甚至与航宇一一核对了所欠别人的债务……

他还告诫航宇在个人问题上不要急于求成："婆姨很关键，一个人的人生事业成败和婆姨的好坏有很大的关系。"㊱

当时的航宇从路遥说话的情绪与语调上判断，路遥的病快要好了。希望路遥的身体早日恢复健康，这也是所有人的心愿啊！

当日下午7点多，在传染科实习的北京总后的六位女兵推开房门，想同路遥合影，路遥很高兴。航宇是摄影师，她们先是集体与路遥合影，然后再分别与路遥合影。在拍照期间，路遥也邀请航宇合影。航宇万万没有想到，这组照片却成为路遥生前的最后照片！

11月15日，路遥的情绪越来越坏。原因竟是主治医生康文臻因课题需要由临床转回实验室、换了一位主治医生所致。事实上，任何细微的外部变化，都能摧垮生命脆弱的路遥。其实，当时路遥的肝功能已经全部衰竭，完全丧失新陈代谢作用，维持他生命的只是滴着血浆与白蛋白的皮管。晓雷回忆：

> 是的，已经输液三个多月了，已经很难找到一点进针的血管，粗血管插不进针，就从手指上找毛细血管，一瓶液体就得输上十几个小时，谁也难以承受这种无止境的折磨。但他更不

知道，他的肝功能已经全部衰竭，失去了新陈代谢的作用，只有那一根滴落着血浆和白蛋白的皮管才是他的维持生命的唯一来源，那才是他的生命线，他抛弃这些就等于毁灭他的生命。这最深刻的危机我不能告诉他。只能笼统的劝导，在医院里医生就是上帝，必须配合他，服从他，才可以驱除病魔，恢复得迅速。听了我的话，一向倔强而执拗的他，此刻乖顺的像个孩子：那就让他们输吧。于是新鲜的血浆重新滴落着，充实着他的奄奄一息的生命。㊲

11月16日下午，中国作协陕西分会新任党组副书记赵熙在秘书长晓雷陪同下看望路遥。此时的路遥已经平静下来，能躺在病床拉话。主治医生向赵熙、晓雷介绍了路遥的病情，将路遥的病历给他们看，厚厚的像一部巨著。医生说，路遥是积劳成疾，病得严重，要准备打持久战，这需要路遥的配合……路遥听明白了。赵熙是路遥的老朋友，早在1970年时就熟识。路遥妻子林达就是赵熙从延川调到西安的。

在看望路遥的时候，作为秘书长的晓雷还让路遥办理一件公务，即给《小说评论》编辑邢小利的评职申请表上签注意见。路遥欣然摸索出笔来，颤抖地写下"同意"，并签下他的名字。谁也没有想到，这是路遥此生所办的最后一件公务，那两个颤颤巍巍的签名竟成路遥最后的绝笔……

赵熙与晓雷离开病房时，路遥抓着赵熙的手，低微而殷切地说："生活太残酷了，我一定要站起来……"

可是病魔在万般摧残路遥的身心之后，再也没有给他生存的机会。16日晚上12点多，在病魔折磨下的路遥无望地给陪护他的小弟弟王天笑提出一点希望，让他赶快给好友、陕西省政法委书记霍世仁打电话，让他马上赶来，尽快转院。王天笑跑到护士办公室，挂了好长时间没有挂通电话。痛苦的路遥在床上打滚，一声声地呼喊："九娃，快救救我，快救救我……"王天笑抱着路遥，泪流满面，却毫无办法。

17日凌晨4点，王天笑给路遥揉肚子，感觉不对，肚子里全是血。路遥痛苦地在病床上抽搐和呻吟，缩成一团，呼喊着他的亲人们："爸爸妈妈还是离不得，爸妈……最亲……"

17日凌晨5点左右，路遥昏迷过去，不省人事，弟弟王天笑呼叫值班医生和护士接通氧气抢救……

17日清晨，绝少寒雪突降的关中，却飘起了雪花。晓雷感觉天气有些不可思议的异常，他似乎感到有什么事情要发生时，楼下的办公室主任喊他，路遥的病情突然恶化，正在抢救之中。

当晓雷赶到病房时，几十名医生和护士正在展开生命大抢救。路遥平躺在小小的病床上，身体像变压器一样接着各种管线。路遥曾在《病危中的柳青》中描写的敬爱的文学导师柳青病危的情况，再次在他的身上重演。

参与抢救的晓雷目睹了全部抢救过程：

医生们仍然在紧张地忙碌着，两个年轻力壮的小伙子，把白大褂的袖头高高挽起，一左一右地用四只手按在他的胸脯上，鼓起全力一压一放，一位留短发的女护士举着助吸器狠狠挤压着，那只橡皮球体一吸一动，配血的依然配血，输氧的依然输氧，人们都在等待一个奇迹出现，让血压表上再出现有力的升降，让心电图荧屏上面再出现忽高忽低的激烈线条，让他自己的胸脯能够再自动地一起一伏。但从8时20分开始，这一切就再也没有给人们以期待的回音，一切仪表都在显示，他的心脏已经停止了跳动，医生们失望地停止眼前徒劳的工作，但是我忽然哭求道：请你们再试试，请你们再试试……

9点30分，在路遥的心脏已经停止跳动七十分钟以后，天使们仍然不放弃他们最后的努力。他们推来一架仪器靠近病床，助颤器伸出两条电缆，电缆前端连着两只皮碗，一位女大夫用两只手举起两只皮碗，摁在那已酣睡不醒的胸脯，就像伸出两只手去打捞一个奄奄一息的溺水者。医生命令所有的人后退，离开铁床，霎时间通电，两只皮碗举起，路遥的胸脯上留下两个碗形的灼烫过的伤痕，但他依然长眠不醒。这是最后的也是最危险的最有希望的抢救措施了。随着天使们黯然而失望的神情，我挤在心电图仪前凝视荧屏，那平缓的不再大起大落的线条告诉我，即使用最危险的通电措施，我的朋友再也无法唤醒了，我的眼泪无法抑止地滚滚而下……

9点35分，这是个永远叫人揪心而绝望的时刻。天使们默默地推走氧气筒，推走输液架，推走助颤器，推走心电仪，拔掉路遥四肢和躯体上所有的电线和他鼻孔、嘴中的插管。病床上仍然留下一个有机体，但这个有机体却在刹那之间就变成无生机无意识无生命的了。

1992年11月17日晨8时20分，路遥的生命之弦彻底绷断，他的人生永远定格在这一时刻。从这一刻起，路遥再也没有醒来，他的灵魂离开了他挚爱着的平凡的世界与这个世界上的人们，回归到大地那里去了……

当日，新华社陕西分社发出消息稿：

新华社西安11月17日电 以小说《人生》《平凡的世界》而享誉文坛的作家路遥，今天被无情的病魔夺去了年轻的生命。长期艰辛的创作使他积劳成疾，终因肝硬化、腹水引起肝功能衰竭，于今晨8:20在西安西京医院猝然离世……

此时，西安城里雪花飞舞，天地一片苍茫。天地动容，草木含情；悲我路遥，魂魄长存！……

路遥病逝的消息通过电波传到全国各地后，引起社会各界的极大震动，各界人士纷纷沉痛悼念，唁电、花圈、挽联、挽幛等，从全国的四面八方雪片般地飞到中国作协陕西分会的大院。

吊唁期间，西安市电信局的四五个年轻职工，每天从早到晚，不停地从电信局送递唁电、唁函到作协大院。据《陕西文学界》的不完全统计，参加路遥病逝悼念活动的人有上千人之众……

11月21日，路遥遗体告别仪式在西安三兆公墓举行，陕西省各界人士五百多人含泪送别路遥。中共陕西省委副书记刘荣惠、省人大常委会副主任牟玲生、省人民政府副省长徐山林、中共陕西省委组织部部长支益民等陕西省领导参加了追悼大会。

作为合法妻子的林达，于11月18日晚飞回西安，处理丈夫后事。她与女儿也一同参加了路遥的追悼会。路遥灵柩前最显著的位置，摆放着林达和女儿敬献的挽带：

路遥：你若灵魂有知，请听一听我们的哀诉……

妻：林达
女：路远　泣敬

林达在亲友的搀扶下走到路遥的遗体边，无限悲戚。女儿路远已经哭成泪人。在路遥去世后的两天时间里，远远还不知道爸爸去世的消息。那两天，陕西作协派专人照看孩子，找出各种理由不让她从作协大院里穿过。这样一直瞒到19日早晨，才由母亲林达和路遥的几位亲友出面，告诉远远不幸的消息。远远毕竟是个孩子，刚刚过了十三岁生日，她根本接受不了这个残酷的现实。12月2日，是爸爸的生日,她为爸爸准备了礼物。她手里拿着制作精美的生日卡,拼命挣脱保护她的人,发疯似的扑向路遥,边哭边喊:"爸爸呀,你不是好好的吗?您回来吧,您再看看我吧!我还等着在家给您过生日呢……"

亲友搀扶着路远,路远竭力挣脱着:"不嘛!你们为什么不让我看,他是我爸爸呀!求求你们,我求求你们了,让我再看看他吧!爸爸,再过几天就是您的生日了,这是我给您亲手做的生日贺卡,您睁开眼看看呀!……"众人帮助掀开水晶棺,让女儿把生日贺卡放在路遥遗体的胸前。

这一情景让在场的人无不为之动容,都情不自禁地流下眼泪……

中国作协陕西分会副主席陈忠实,用标准关中话致的悼词回响在追悼大厅里:

我们不得不接受这样的事实,无论这个事实多么残酷以至至今仍不能被理智所接纳,这就是:一颗璀璨的星从中国的天宇间陨落了!

一颗智慧的头颅终止了异常活跃异常深刻也异常痛苦的思维。

这就是路遥。

他曾经是我们引以为自豪的文学大省里的一员主将,又是我们这个号称陕西作家群体中的小兄弟;他的猝然离队使得这个整齐的队列出现一个大位置的空缺,也使这个生机勃勃的群体呈现寂寞……

就生命的经历而言,路遥是短暂的;就生命的质量而言,路遥是辉煌的。能在如此短暂的生命历程中创造如此辉煌如此有声有色的生命高质量,路遥是无愧于他的整个人生的,无愧于哺育他的土地和人民的……⑧

追悼会结束后，路遥遗体被火化。火化完毕，王天乐、王天笑与陕西省作协的工作人员，一同捧着路遥骨灰，安放在骨灰堂编号为1109的小木格柜中，王天乐特意为哥哥留下两盒"红塔山"香烟。然后，神情疲惫到极致的天乐、天笑兄弟俩，相互搀扶着跟跟跄跄地走出骨灰堂。刚跨出门槛，兄弟俩就悲恸难忍地哭倒在地……

　　路遥病逝后，曹谷溪一直牢记路遥在延安地区医院病床上的嘱托："我死后，要把我埋葬在延安黄土山上。"曹谷溪懂得，路遥的生命和生他养他的黄土高原早已融为一体了，他的骨灰应该回到黄土地去。为此，他为这个遗嘱奔走了三年，与延安大学校长申沛昌以及霍世仁、冯文德、张史杰、赵兴国等人商量，把路遥骨灰安葬在延安大学校园的后山上。

　　1995年11月17日，即路遥病逝三周年纪念日，路遥的骨灰安葬在母校延安大学文汇山上的"路遥墓园"。这样，路遥那漂泊而思索的灵魂永远回归到生养他的黄土地中了……

　　路遥的灵魂重回延安大学后，他墓园前的鲜花从没有断过，来自全国各地的文学爱好者们，经常来此扫墓与祭奠，表达对一代著名作家的深深怀念。事实上，路遥墓已经成为延安大学乃至整个陕北的一道文化风景。

　　是的，诚如著名作家贾平凹言："他是一个优秀的作家，他是一个出色的政治家，他是一个气势磅礴的人，但他是夸父，倒在干渴的路上。他虽然去世了，他的作品仍然被读者捧读，他的故事依旧被传颂……"[39]

注释：

　　① 　路遥：《杜鹏程：燃烧的烈火》，《路遥全集·早晨从中午开始》卷，北京十月文艺出版社2013年版。

② 陈行之：《路遥逝世十八周年祭》，"爱思想"网"陈行之专栏"。

③ 张艳茜：《平凡世界里的路遥》，陕西人民出版社2013年版。

④ 刘春生：《永别了，人间——路遥的人生之旅（续篇）》，见刘仲平编《路遥纪念文集》（内部刊印）。

⑤ 冷梦：《路遥的舞步》，见申晓编《守望路遥》，太白文艺出版社2007年版。

⑥ 孔保尔：《常人路遥》，见申晓编《守望路遥》，太白文艺出版社2007年版。

⑦ 王作人：《难忘路遥》，见申晓编《守望路遥》，太白文艺出版社2007年版。

⑧ 指陕西作家王蓬1991年11月由中国文联出版公司出版的长篇小说《水葬》、传记文学《流浪者的奇迹》和漓江出版社1991年10月出版的中篇小说集《黑牡丹和她的丈夫》。

⑨ 路遥：《致王蓬》，《路遥全集·早晨从中午开始》卷，北京十月文艺出版社2013年版。

⑩ 莫伸：《永远无悔的牺牲》，见马一夫、厚夫、宋学成主编《路遥纪念集》，人民文学出版社2007年版。

⑪ 谷溪：《在苦难的烈焰中涅槃——关于路遥与申易的回忆》，《延安日报》2007年11月16日第5版。

⑫ 李天芳：《财富》，见申晓编《守望路遥》，太白文艺出版社2007年版。

⑬ 路遥：《致李金玉》，《路遥全集》"早晨从中午开始"卷，北京十月文艺出版社2013年版。

⑭ 此序文1993年在《榆林日报》刊发，以《序文一篇》名收入北京十月文艺出版社第二版《路遥全集·早晨从中午开始》卷。

⑮⑯㉕㉖㉗㉘ 航宇：《路遥在最后的日子里》，陕西师范大学出版社1993年版。

⑰ 海波：《我所认识的路遥》，《十月·长篇小说》，2012年第4期。

⑱ 马治权：《与路遥最后的交往》，见马治权2009年5月19日新浪博客。

⑲ 此信由白烨2007年捐赠给延安大学路遥文学馆收藏，未刊。

⑳ 贺抒玉：《魂系黄土地》，见申晓编《守望路遥》，太白文艺出版社2007年版。

㉑ 路遥：《早晨从中午开始》，《路遥文集》第2卷，陕西人民出版社1993年版。

㉒ 见2008年3月20日的采访白军民记录。

㉓ 高其国：《一个被拦腰砍断的巨人》，见刘仲平编《路遥纪念集》（内部刊印）。

㉔ 白崇贵：《不尽思念揣满怀》，见延安大学《路遥研究》2008年第3期（内部刊印）。

㉙㉚ 晓雷：《雪霏霏兮天垂——路遥离去的时刻》，见马一夫、厚夫、宋学成主编《路遥纪念集》，人民文学出版社2007年版。

㉙㉚　晓雷:《破碎的借条》,见申晓编《守望路遥》,太白文艺出版社 2007 年版。

㉛　张春生改编、李志武绘画本《平凡的世界》(上),人民美术出版社 2002 年版。

㉜　朱合作:《看望病中的路遥》,"各界网"2012 年 4 月 27 日。

㉝　申沛昌:《十五年后忆路遥》,见延安大学《路遥研究》2008 年第 3 期(内部刊印)。

㉞　肖云儒:《文始文终记路遥》,晓雷、李星编《星的陨落——关于路遥的回忆》,陕西人民出版社 1993 年版。

㉟　白描:《对路遥最大的支持——在 20 年后新版座谈会上的发言》,见叶咏梅编著《中国长篇连播历史档案》(上卷),中国广播出版社 2010 年版。

㊳　陈忠实:《悼路遥》,见马一夫、厚夫、宋学成主编《路遥纪念集》,人民文学出版社 2007 年版。

㊴　贾平凹:《怀念路遥》,见申晓编《守望路遥》,太白文艺出版社 2007 年版。

尾声 永远的路遥

陕西省作协大院的吊唁现场

1992年陈忠实在路遥追悼会上致悼词

路遥生命的终止，便是全国各地纪念路遥的开始：

1992年12月，《早晨从中午开始》由西北大学出版社出版。

1993年1月，5卷本《路遥文集》由陕西人民出版社出版；同月，《路遥中篇小说名作选》由陕西人民出版社出版。

1993年2月，航宇《路遥在最后的日子里》，由陕西师范大学出版社出版。

1993年5月，《早晨从中午开始》由中国文联出版公司出版。

1993年6月，晓雷、李星编《星的陨落——关于路遥的回忆》，由陕西人民出版社出版。

1993年11月17日，路遥病逝一周年纪念日，陕西《文友》编辑部决定将已举办四届的"未来作家征文大奖赛"更名为"路遥青年文学大奖赛"，以路遥的精神激励广大文学青年。据统计，首届"路遥青年文学大奖赛"有十多万名参赛者投稿参赛。

1994年10月，《平凡的世界》由华夏出版社出版。

1995年1月，兰州大学中文系赵学勇教授撰写的国内第一本研究路遥的学术专著《生命从中午消失——路遥的小说世界》，由兰州大学出版社出版；同月，由张春生改编、李志武绘画的连环画《平凡的世界》，由陕西师范大学出版社出版。

1995年6月，《路遥小说名作选》由华夏出版社出版。

1995年10月,《首届路遥青年文学奖获奖作品集》由漓江出版社出版发行。

1997年9月,《路遥获奖小说精选·人生》由经济日报出版社出版。

1997年12月,王西平、李星、李国平合著的《路遥评传》,由太白文艺出版社出版。

1998年1月,《第二届路遥青年文学奖作品集》由《女友》杂志社出版。

1998年3月,《中国当代作家选集·路遥集》由人民文学出版社出版。

1998年9月,《第三届路遥青年文学奖作品集》《第四届路遥青年文学奖作品集》由《女友》杂志社出版。

1998年,中国科学院生态环境研究中心国情研究室受中央电视台"读书时间"栏目委托,进行"1978—1998大众读书生活变迁调查",《平凡的世界》在"到现在为止对被访者影响最大的书"中排名第6位,是调查公布的前二十八部作品中"新时期以来"的唯一一部。

1998年,广西大学在广西进行的"茅盾文学奖获奖作品调查"中,《平凡的世界》是读者购买最多与最喜欢的作品。

1999年,《平凡的世界》被评为"百年百种优秀中国文学图书(1900—1999)"之一。

2000年3月,宗元学术专著《魂断人生——路遥论》,由上海文艺出版社出版。

2000年7月,列入"百年百种优秀中国文学图书"系列的《平凡的世界》,由中国青年出版社出版。

2000年8月,《人生》由时代文艺出版社出版。

2000年10月,姚维荣学术专著《路遥小说人物论》由新加坡文艺出版社出版。

2001年,中央人民广播电台应听众的强烈要求,第二次在"长篇联播"节目中播出一百五十二集的《平凡的世界》。

2001年9月,广州出版社和太白文艺出版社联合出版《路遥全集》,这是国内第一次出版以"全集"命名的路遥文集。

2002年8月,《平凡的世界》由贵州人民出版社出版。

2002年10月,由张春生改编、李志武绘画的连环画《平凡的世界》,再次由人民美术出版社出版。此书荣获第9次全国美术作品展览铜奖。

2002年11月17日,由延安大学、延安市人民政府、榆林市人民政府、陕西省作家协会共同举办的"路遥逝世十周年纪念大会暨学术报告会"在延安大学举行;同日,延安大学"路遥研究会"成立;同日,陕西师范大学新闻传播学院举办路遥逝世十周年纪念会议,路遥女儿路茗茗参加并发言;同日,清涧县人民政府将清涧县图书馆更名为"路遥图书馆"。

2003年1月,国内第一篇路遥研究综述文章《路遥研究述评》在《延安大学学报》(人文社科版)2003年第1期刊出。

2003年8月,榆林路遥文学联谊会编《不平凡的人生》,内部印行。

2004年3月,连环画《人生》由人民美术出版社出版。

2004年5月,列入"茅盾文学奖系列丛书"的《平凡的世界》由人民文学出版社出版。

2003—2004年,在中国大陆七所高校"大学生信仰状况"问卷调查中,《平凡的世界》在"对你影响最大的书"一栏名列榜首。

2005年5月,五卷本《路遥文集》由人民文学出版社出版。

2005年6月,贺智利学术专著《黄土地的儿子——路遥论》由中国文联出版社出版。

2006年1月,马一夫、厚夫主编的《路遥研究资料汇编》由中国文史出版社出版。

2006年4月,廖晓军学术专著《路遥小说的艺术世界》由三秦出版社出版。

2006年4月6日,由中国作家协会、中华文学基金会、陕西省作家协会与延安大学联合举行了路遥汉白玉雕像揭幕仪式。此重达三吨的路遥半身汉白玉雕像安放在延安大学校园内。

2006年5月,《世纪文学六十家·路遥精选集》由北京燕山出版社出版。

2006年6月,雷达主编、李文琴选编的《路遥研究资料》由山东文艺出版社出版。

2007年10月,申晓主编的《守望路遥》由太白文艺出版社出版。

2007年11月,马一夫、厚夫、宋学成主编的《路遥纪念集》由人民文学出版社出版。

2007年11月15日,"怀念路遥"图片展暨《守望路遥》首发式在西安建筑科技大学开幕,展出路遥生前照片二百余幅。

2007年11月17日,由延安大学、陕西省作家协会、榆阳区人民政府、延川县人民政府、吴起县人民政府共同主办的"路遥逝世十五周年纪念大会暨全国路遥学术研讨会"在延安大学举行;同日,延安大学"路遥文学馆"举行正式开馆揭牌仪式,王蒙题写馆名,王巨才、陈忠实等揭牌,路茗茗专门发来感谢信《瞭望父亲精神的窗口——写在延安大学路遥文学馆开馆之际》,新华社发稿报道此事。

2008年6月,阎惠玲学术专著《路遥的小说世界》由中国文联出版社出版。

2008年6月,著名实业家潘石屹先生专门到延安大学的路遥墓凭吊,参观路遥文学馆,并给延安大学路遥基金会捐赠十万元人民币。

2008年9月,马一夫、厚夫、宋学成主编的《路遥再解读——路遥逝世十五周年全国学术研讨会论文集》,由陕西人民出版社出版。

2008年9月5日,时任中共陕西省委书记的赵乐际同志参观延安大学路遥文学馆。在参观过程中,赵乐际说:"《人生》我看过,非常好;《平凡的世界》更是一部让人拿起来就放不下的作品,是一部代表了中国当代文学最高成就的作品。"

2008年10月,新浪网"读者最喜爱的茅盾文学奖获奖作品"调查,路遥的《平凡的世界》以71.46%的比例高居榜首。

2009年3月12日,北京十月文艺出版社与中国现代文学馆联合举行纪念路遥座谈会。

2009年8月1日—10月14日,应广大听众的再次强烈要求,中央人民广播电台在"文艺频道"的"长篇连播"节目中第三次播出一百五十集配乐长篇小说《平凡的世界》。

2009年11月,石天强《断裂地带的精神流亡——路遥的文学实践及其文化意义》,由北京大学出版社出版。

2009年11月17日,路遥纪念室在路遥母校延川中学建成。

2009年,《平凡的世界》入选中国社会科学院文学研究所主持的"六十年与六十部——共和国文学档案"。

2009年,《人生》入选《中华读书报》评选的"六十年六十书"。

2009年12月,日本学者安本实教授翻译的日文版《路遥小说选》由日本中国书店出版。

2010年1月,北京十月文艺出版社推出六卷本《路遥全集》。这是第二种以"全集"命名的路遥文集。

2010年11月20日,由八集纪录片《路遥》剪辑而成的四十五分钟《路遥》在凤凰卫视"我的中国心"栏目播出。

2011年3月24日,由中国作家协会、陕西省委宣传部、陕西省作家协会等多家单位联合主办的大型人物纪录片《路遥》新闻发布会在西安举行。

2011年3月28—30日,纪录片《路遥》剪辑成三集《路遥》由中央电视台科教频道(中央10台)《人物》栏目播出。

2011年5月,《五月·延川·我们追寻路遥》大型文化活动在延川县中学举行。

2011年6月11—12日，由中国人民大学文艺思潮研究所与美国哥伦比亚大学东亚系联合举办的"路遥与八十年代文学的展开"国际学术研讨会在北京举行。

2011年9月11—18日，8集人物纪录片《路遥》完整版首次在中央电视台纪录片频道"时代写真"栏目播出。

2011年9月，由傅博创作的电影文学剧本《路遥》在《电影文学》（半月刊）2011年第18期刊发。

2011年10月11日，纪录片《路遥》获第7届中国纪录片国际选片会评选的"年度十大纪录片"大奖。

2011年12月3日，路遥纪念馆在陕西省清涧县石嘴驿镇王家堡村开馆。该馆总占地面积5332平方米，建筑面积1006平方米。

2012年2月，山东大学文学院在全国十省的城乡进行"茅盾文学奖获奖作品"接受调查，读过路遥《平凡的世界》的读者占被调查者的38.6%，位列所有茅盾文学奖作品第一位，而《平凡的世界》的读者以在校学生和青年人居多。

2012年11月15日，延安大学路遥研究会与文学院共同举办纪念路遥逝世20周年座谈会与扫墓仪式。

2012年11月16日，陕西省作家协会、榆林市文联、清涧县委县政府共同在清涧县路遥纪念馆举行路遥逝世二十周年纪念活动。

2012年11月17日，纪念路遥中国名家书画作品展在北京举行。

2012年12月1日，由中国当代文学研究会、鲁迅文学院、北京十月文艺出版社与《收藏界》主办的"中国文学的回望与思考——纪念路遥逝世20周年座谈会"在鲁迅文学院举行。

2012年12月19日，北京十月文艺出版社携手北京师范大学，邀请延安大学路遥文学馆馆长厚夫与北师大四百多位学子共同缅怀路遥。

2012年,"文明中国"全民阅读调查中,《平凡的世界》甚至超过了《红楼梦》,荣获2012年读者最想读的图书第二名;同年,由北京市委宣传部等十七家单位组织的"大众有奖荐书活动"中,《平凡的世界》更是荣登榜首。

2013年1月8日,以路遥名字命名的"路遥文学奖"在京启动,但此奖自启动后因路遥女儿不同意等原因,一直备受争议。

2013年3月,张艳茜专著《平凡世界里的路遥》由陕西人民出版社出版。

2013年5月1日,程光炜、杨庆祥编《重读路遥》由北京大学出版社出版。

2013年5月,北京十月文艺出版社的第二版《路遥全集》出版。该全集是国内迄今为止收录最全的"路遥全集",厚夫应邀担任"特邀编辑"。

2013年12月16日,《文艺报》推出"经典作家·路遥研究"专版。

2014年3月,王刚编著的《路遥纪事》在时代出版传媒股份有限公司、北京时代华文书局出版。

2014年3月19日,由杨阳执导的根据路遥中篇小说《人生》改编的30集同名电视连续剧在央视八频道上演。

2015年1月,厚夫《路遥传》由人民文学出版社出版发行。

2015年2月26日,由路遥长篇小说《平凡的世界》改编的同名电视连续剧在东方卫视与北京卫视同步开播,共56集。

2015年3月5日下午,中共中央总书记、国家主席习近平与参加全国人大会议上海代表团的曹可凡交流:"我跟路遥很熟,当年住过一个窑洞,曾深入交流过。路遥和谷溪他们创办《山花》的时候,还是写诗的,不写小说。"此话经《文汇报》2015年3月6日新闻特写《那可是闪光的一分钟》披露,很快传遍全国各地。

2016年11月,王刚编著《路遥年谱》,由北京时代华文书局出版,此书系《路遥纪事》的更名版。

2016年11月30日，中共中央总书记、国家主席习近平在全国第九次作代会、第十次文代会开幕式致辞中说，"路遥的墓碑上刻着'像牛一样劳动，像土地一样奉献'"，号召文学家、艺术家要深入生活、扎根人民，坚持以人民为导向的创作情怀。

2017年5月，张艳茜著《路遥传》由陕西人民出版社出版，此书系《平凡世界里的路遥》的更名版。

2017年12月26日，陕西人民艺术剧院由孟冰编剧、宫晓东导演的《平凡的世界》，在第三届陕西现代文化艺术节上演，由此开启该剧的演出之旅。

2017年，韩文版《人生》，韩国 Wisdom house 出版社出版，译者허유영。

2018年7月，杨晓帆学术专著《路遥论》由作家出版社出版。

2018年8月，延安大学路遥与知青文学研究中心获准陕西高校哲学社会科学重点研究基地建设。

2018年12月14日，《光明日报》第14版整版刊发梁向阳理论文章《路遥："像牛一样劳动，像土地一样奉献"》。

2018年12月18日，在中共中央、国务院举行"庆祝改革开放四十周年大会"上，路遥以"鼓舞亿万农村青年投身改革开放的优秀作家"，荣获"改革先锋"称号。他是受表彰的一百位"改革先锋"人物中的两位作家之一，另一位是书写工业题材的著名作家蒋子龙。

2019年1月27日，中央电视台"新闻联播"以《路遥：鼓舞亿万城乡青年投身改革开放》为题报道路遥事迹。

2019年9月，路遥荣获中共中央宣传部、中共中央组织部等九部委评选的中华人民共和国成立七十周年"最美奋斗者"。

2019年9月，上海戏剧学院孙祖平根据厚夫《路遥传》为蓝本编剧的舞台剧《路遥的世界》，由延安大学师生公演。该剧2020年

10月在陕西省人民政府主办的"第九届陕西省艺术节"上获"文华剧目奖"。

2019年10月20日,由中央电视台录制的"故事里的中国"《平凡的世界》大型文化访谈节目,在央视一套晚黄金时间播出一个半小时。

2019年11月17日,申沛昌、厚夫、袁广斌主编的《路遥与延安大学》由新华出版社出版。

2019年,英译本《人生》(英文版书名 *life*)出版,译者为 Chloe Estep,美国西雅图 Amazon Crossing 出版。英译本据北京十月文艺出版社的《人生》(第二版)译出。

2019年12月,"典藏版"《路遥全集》由北京十月文艺出版社出版。

2020年6月,陕西省戏曲研究院创排的大型秦腔现代戏《路遥的世界》开始公演。

2020年9月,孙萍萍、詹歆睿著《路遥小说的传播与接受》由中国社会科学出版社出版。

2021年2月,西安话剧院由唐栋编剧、傅勇凡执导的话剧《路遥》开始公演。

2021年4月,北京出版集团与马来西亚汉文化中心合作,并由马来西亚汉文化中心组织翻译的马来西亚文版《平凡的世界》推介到马来西亚。

2021年,路遥被中宣部确定为建党百年100位重点宣传的共产党员。6月6日,新华社发通稿《用文学给予奋斗者精神力量》。

2021年6月18日,《文艺报》头版头条发表梁向阳长篇文章《路遥:坚定地书写时代》。

2021年7月12日,由申沛昌、张春生、厚夫、袁广斌撰写的《路遥的大学时代》由新华出版社出版发行。

2022年8月,刘雪萍著《路遥小说中的景观与人》由中国海洋大学出版社出版。

2022年10月，晓雷著《路遥别传》由陕西人民出版社出版。

2022年11月，由申沛昌、厚夫、袁广斌撰写的《路遥画传》由新华出版社出版。

2022年12月，王兆胜著《路遥：黄土地里"长"出来的作家》由党建读物出版社、接力出版社出版，该书是"中华先锋人物故事汇"系列丛书之一。

2023年3—4月，由路遥《人生》改编的37集电视连续剧《人生之路》在中央电视台综合频道晚八点黄金时间连播。

2023年7月29日，中国社会科学院"路遥与中国当代现实主义文学研究中心"成立仪式暨学术研讨会在北京举行。

2023年9月，上海戏剧学院孙祖平根据厚夫《路遥传》编剧的舞台剧《路遥的世界》，由上海戏剧学院师生公演。

2023年12月，尚飞鹏著《复活的路遥》由阳光出版社出版。

2024年10月，王刚、王晓飞合著《无法从容的人生：路遥传》由陕西人民出版社出版。

后　记

　　写完《路遥传》初稿最后一个字时，延安正下着一场多年不遇的春雪。那漫天飞舞的雪花，仿佛大自然精心设计的舞蹈，专门为我演出。上苍知道路遥生前最喜欢雨雪天气，故而要用这种方式为我的传记作品击掌庆贺？

　　《路遥传》历经近十年的准备与写作。书稿写成后，我把它交给尊敬的刘茵老师，请她批评指导。在她的热情推荐下，这部书稿进入人民文学出版社脚印工作室的编辑视野。脚印老师阅读后，提出了非常具体与中肯的修改意见。在她的指导下，我又进行了认真修订，终于形成这个文本。

　　此书在资料收集、写作等过程中，也得到中国作家协会2014年重点作品项目、"陕西省高水平大学建设项目（2013SXT01）"以及延安大学著作出版基金的资助，在此一并表示感谢。

　　这些天来，我反复默念路遥生前多次引用的德国作家托马斯·曼在纪念席勒一百周年时写的《沉重的时刻》中的一段话："终于完成了，它可能不好，但是完成了。只要能完成，它也就是好的。"

　　是的，这本关于路遥的传记终于完成了，它会获得怎样的读者认可度，拥有怎样的生命长度，一切还需要时间的检验。但不管怎样，"只要能完成，它也就是好的。"

2014年9月15日

于延安大学一步斋

修订版后记

2015年元月初,一个寒风凛冽的冬日,我收到人民文学出版社寄来的带着油墨清香的《路遥传》样书后,第一时间在扉页写上"谨以此书献给尊敬的路遥老师",又专门买了束鲜花,一并献给位于延安大学文汇山的路遥陵园。

《路遥传》自2015年元月首次出版以来,截至2024年12月,普装本已经累计印刷19次,发行了11.8万册;精装本也印刷过两次,发行0.6万册。当然,还有不计其数的盗版书仍在地下传播。就目前的图书市场而言,一本纸质书能发行10多万册,应该算是个奇迹。我知道最核心的原因,因为它是关于我国当代已故著名作家路遥的文学传记。

这十年来,许多朋友会经常问到我一个问题:"你为何要给路遥写传记?"我说:"因为路遥的人生影响到我的人生,为路遥立传是我生命的自觉。"回想与路遥交往的点点滴滴,我心中总有无限感慨。我"认识"路遥是很早以前的事情了,但是面对面的交往却是他完成《平凡的世界》之后的1989年。我追随路遥并为他立传,可以找到无数条理由:我们是延川县"一道川"的老乡,我们都是延川中学的校友,我青少年时代是位狂热的文学青年,我的外祖父与路遥是"忘年交",我又在路遥的大学母校延大任教……这一切均是客观外因。然而,最大的动力来自我内心的精神需求。

这十年来，我撰写了多篇高质量路遥研究论文，参加过央视"故事里的中国"《平凡的世界》、央广"中国之声"、凤凰卫视、陕西卫视、山东卫视等节目录制，应邀到中央组织部、国家知识产权局、清华大学、上海交大、中山大学、四川大学、大连理工大学、深圳市民文化大讲堂、宁波天一讲堂、深圳实验中学等国家机关、大中小学进行路遥讲座，主持《路遥小说导论》线上慕课与《路遥研究》省级精品课程，坚定地做好路遥文学精神的解读与传播工作。

随着"路遥热"的不断升温，国内众多的路遥史料被释放出来，这给我修订《路遥传》提供了非常好的契机。2024年初，我就着手《路遥传》的再版修订工作：一是补充与完善一些史料与细节；二是增加一些近年来新发现的路遥重要书信。作家书信作为一种重要的可信史料，保存了特定时期文学生成的生动侧面与鲜活记忆。路遥从二十世纪七十年代的文学起步阶段到八十年代文学创作的高峰阶段，那个年代连座机电话都不普及，更谈不上使用手机了，书信是他与编辑、文友、亲人联系的最主要方式。因此，我在再版本中收录路遥1975年12月写给青年诗人金谷热情洋溢的长信，收录路遥在"文学突围期"写给其"文学教父"《当代》主编秦兆阳的多封书信，收录路遥致何启治、谢望新、叶咏梅、李金玉、晓雷等文学编辑的多封重要书信。这些书信的收录，有助于读者朋友们深入了解路遥复杂的心路历程，探寻其作品形成的过程。

写《路遥传》难，修订《路遥传》当然也很难。就我而言，我虽不敢保证这本修订版《路遥传》是最好的，但我完全可以确认它是我所用心撰写的。

我记得路遥1991年3月在第三届茅盾文学奖颁奖大会的"致辞"中有这样一句话："对于作家来说，他们的劳动成果不仅要接受当代眼光的评估，还要接受历史眼光的审视。"同理，我的这本《路遥传》

也既要接受"当代眼光的评估",还要接受"历史眼光的审视"。对此,我愿意接受这样漫长的"评估"与"审视"。

厚　夫

2024年12月　于延安大学一步斋